小学館文庫

羊の頭

アンドレアス・フェーア

酒寄進一 訳

小学館

主な登場人物

レーオンハルト・クロイトナー………ミースバッハ刑事警察署の上級巡査
クレメンス・ヴァルナー………………ミースバッハ刑事警察署の首席警部
マンフレート・ヴァルナー……………クレメンス・ヴァルナーの祖父
ヤネッテ・コッホ………………………ヴァルナーの部下の刑事
ミーケ（ミヒャエル）・ハンケ…………ヴァルナーの部下の刑事
ルツ・シュヴォボダ……………………ミースバッハ刑事警察署の鑑識官
ティーナ・クライン……………………ミースバッハ刑事警察署の鑑識官
ヴェーラ・カンプライトナー…………バイエルン州刑事局の警察官
ヨーナス・ファルキング………………弁護士
ベルント、マリーア・シャオホマイアー…………ファルキングの義父母
ペーター・ツィムベック………………食堂〈マングファルミューレ〉のオーナー
ズージー（ズザンネ）・リンティンガー……………ツィムベックの恋人
カトリーン・ホーグミュラー…………ズージーの友人
スタニスラウス・クメーダー…………ツィムベックの友人、カトリーンの恋人
ヨハン・リンティンガー………………ズージーの父親。スクラップ置き場を経営
ハリー・リンティンガー………………ズージーの弟
ベネディクト・シャルタウアー………ミースバッハ刑事警察署の巡査
ユンキンガー……………………………フェステンバッハで開業する医師
パトリック・ホル………………………ミースバッハ刑事警察署で現在研修中の巡査

0
50
100km
ニュルンベルク
レーゲンスブルク
ドイツ
A8
アウクスブルク
ミュンヘン
ローゼンハイム
ヴァッサーブルク
インタール
ベルナウ・アム・キームゼー
オーストリア
ツィラー谷
グロースベネディガー山
イタリア

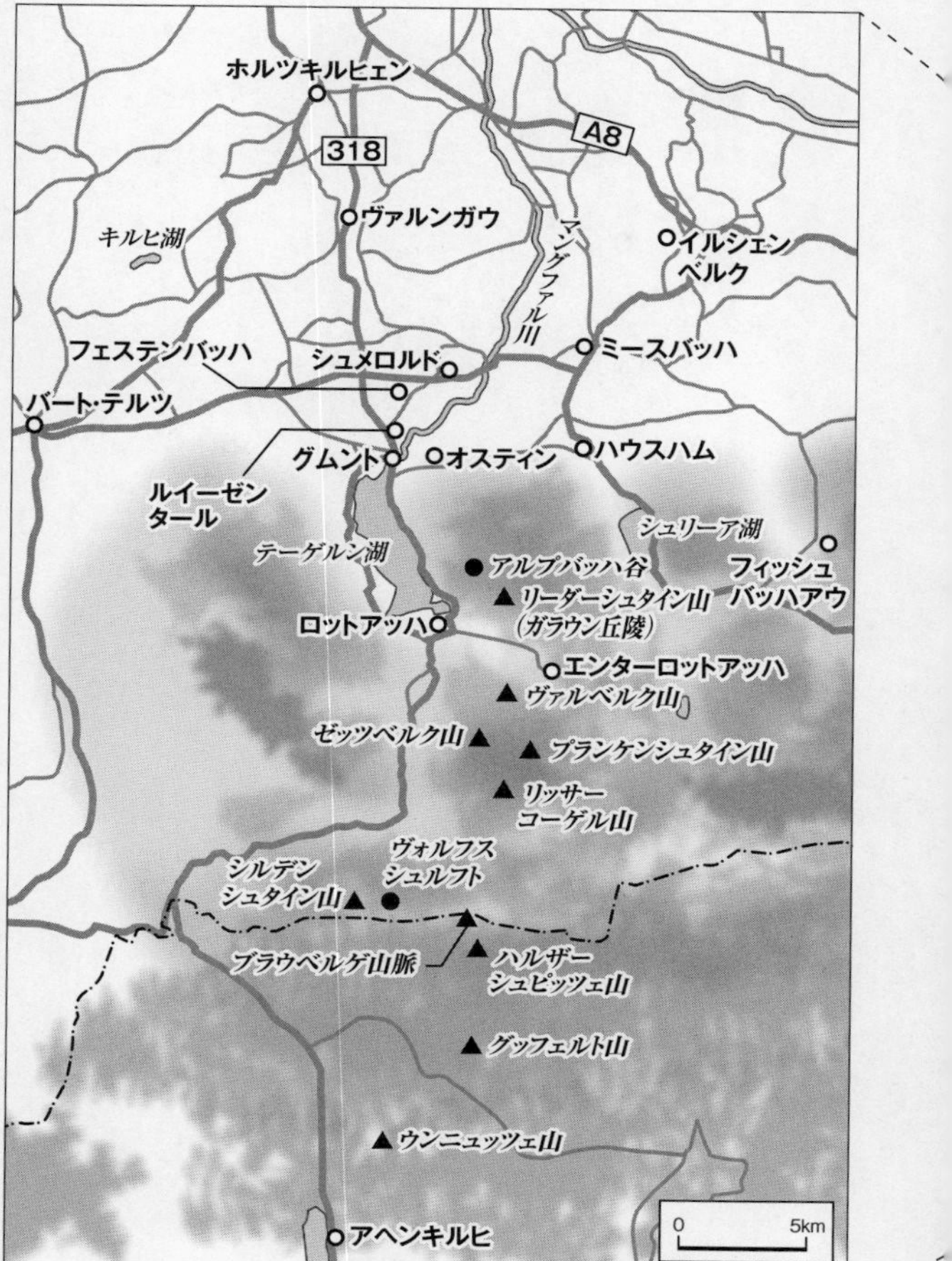

ホルツキルヒェン
318
A8
ヴァルンガウ
キルヒ湖
マングファル川
イルシェンベルク
フェステンバッハ
シュメロルド
ミースバッハ
バート・テルツ
グムント
オスティン
ハウスハム
ルイーゼンタール
シュリーア湖
テーゲルン湖
アルプバッハ谷
フィッシュバッハアウ
リーダーシュタイン山
(ガラウン丘陵)
ロットアッハ
エンターロットアッハ
ヴァルベルク山
ゼッツベルク山
プランケンシュタイン山
リッサーコーゲル山
ヴォルフスシュルフト
シルデンシュタイン山
ブラウベルゲ山脈
ハルザーシュピッツェ山
グッフェルト山
ウンニュッツェ山
0
5km
アヘンキルヒ
アヘン湖

羊の頭

ダマリスに捧ぐ
ドミニク・ブルンナーの思い出に

プロローグ

二〇〇七年六月十五日午後十時五十八分

生暖かい夜だった。ヨーナス・ファルキング弁護士はシルバーのポルシェの横に立った。コオロギが羽音を立て、猫がそばをよぎって人感センサーを作動させた。玄関の照明がともった。一階の窓は中央をハート型にくりぬいた緑色のよろい戸で、二階には木造のバルコニーがうっすら見える。家はバイエルンの農家風の作りだ。

芝生に植わった青いモミの木が夜の闇に浮かび上がる。アルマーニのスーツを着込んだファルキングはズボンのポケットに両手を突っ込んで、家人が出てくるのを待っていた。玄関の明かりが車のルーフに光を落としていた。夜になって夜露がついている。ファルキングはポケットから手をだし、露で濡《ぬ》れたルーフに人差し指でまずゼロをふたつ、そしてつづいて五つ書いた。彼はその数字を見て、夜の空気を吸った。刈りとった芝の匂いがする。家の中で足音がした。ファルキングはルーフに書いた数字を消した。

男の年齢は五十代半ば、身長は一メートル九十センチ、体重は百三十キロ。男が肉厚の手で持っていると、スポーツバッグが婦人用のポシェットに見える。もう一方の手に持ったリモコンのボタンを男が押すと、ガレージのシャッターが上がった。男はファルキングに、ついてこいと合図した。ふたりがガレージに入ると、ガラガラという音がして、シャッターが降りた。

「人目を避けたい」太った男がいった。

「こんな時間にまだ起きている人がいるというんですか？」

「暗い部屋で双眼鏡を覗《のぞ》いている奴《やつ》がいるものさ」

「まさか」ファルキングは笑った。

「わかっちゃいないな。ここは田舎だ」

太った男はスポーツバッグを作業台に置くと、うつろな目でファルキングを見た。目のまわりが濡れている。といっても、泣いているわけではない。汗をかいているのだ。すこしでも体を動かすと、そうなる。よく飲んでいるリキュールのせいもあるだろうし、これからすることに緊張しているせいかもしれない。太った男はスポーツバッグのファスナーを開け、ファルキングに中身を見せた。ランプの淡い光の中、ファルキングは札束を見た。札束はまとめてあるが、銀行でよく見る帯封ではなく、ただの輪ゴムだ。紙幣はみな使用済みのものだった。ファルキングは札束をひとつ手に取った。分厚い。どれも五十ユーロ札だ。

「一束百枚だ」太った男がいった。

二十ユーロ札の束を取りだして、ファルキングに差しだす。

「数えてみろ」

ファルキングは首を横に振った。男の手から二十ユーロ札の束を受けとると、五十ユーロ札の束といっしょにバッグに戻した。

「十九万六千ユーロ。信じます」

ファルキングはファスナーをしめた。太った男が名残惜しそうにそのバッグを見た。

「なくしたりするなよ。俺の老後の蓄えだ。マリーアの分も入ってる。俺はもうすぐくたばるかもしれないからな」

ファルキングは男の肩に手を置いた。

「まだ長生きしますよ」

太った男はうなずいた。口元の筋肉を引きつらせている。涙を流すまいとこらえているのだ。

「ベルント、マリーアのことは、わたしに任せてください。約束したでしょう。ちゃんと守ります」ファルキングはいった。

「ああ、おまえはいい奴だ」男の声はかすれていた。人差し指で目をふいた。

ファルキングは義父の体を引き寄せ、肩をぽんと叩《たた》いてスポーツバッグをつかんだ。

太った男はその金を二度と拝めない運命にあった。

同時刻

数キロ離れた夜のマングファル谷。気温は五度低く、地を這《は》う霧が川岸に漂っていた。食堂からこぼれる明かりが、家の前のがらくた置き場に光を落としている。そこにはオートバイが二台に、スポイラーを後付けした一九八〇年代のフォード・エスコートと古い車が二台置いてある。そのうちの一台はレンガの上にのせられ、すっかり錆《さ》びつき、ウィンドウガラスとヘッドライトがなくなっている。ベッドのすのこ、トラクターの古タイヤ二本や、物置小屋の横に無造作に積まれた板切れ、古レンガにも淡い光が落ちていた。食堂の裏手にはビールケースが積みあげてあって、覆いガラスが割れた外灯の光で黄色く照らされていた。その外灯は裏口の上についていた。かすかな泣き声がした。だれかが泣きながら洟《はな》をすすった。四十ワット電球の黄色い光が、白い絆創膏《ばんそうこう》を貼った若い女の鼻を照らした。すっかり腫《は》れあがっている。女の左目も腫れている。ズージーは泣いているカトリーンにティッシュを渡した。カトリーンはいらないという仕草をした。鼻が折れ、どうせかむことができない。彼女はもう一度、洟をすすって、裏口の外階段に向かってつばを吐いた。つばは赤く染まっていた。ズージーはカトリーンにタバコを差しだした。

「そのうち治るよ」ズージーは微笑《ほほえ》んだ。励ますつもりだったが、役に立たなかった。カトリーンはタバコを腫れあがった唇にくわえ、ズージーから火をもらうと、むさぼるように吸った。吐いた紫煙はおんぼろの鋳鉄製の外灯まで昇り、そのまわりを飛んでいた蛾《が》を一瞬追い払った。カトリーンは首を横に振り、あいている手で目にたまった涙をぬぐった。

「このままじゃ殺される。いつかきっと殺される」カトリーンがいった。「もう決めた」

最後の言葉にズージーは驚いた。

「どういう意味？」

「こ……こんなの耐えられない。終わりにする。わかるでしょ？　終わり。おしまい」

ズージーは不安でいっぱいになった。

「スタニと別れるの？」

「正気？」カトリーンはあきれて笑おうとしたが、腫れた鼻と目に激痛が走った。「別れるなんていおうものなら、なにをされるかわからない」

ズージーは心配そうにカトリーンを見つめた。どうするつもりだろう。なにか想像もつかないことを考えているに違いない。スタニと別れても解決にならない。いままでもこんなひどいことをされているのに、今後なにをされるかわからない。スタニはとにかくカトリーンに執着している。そのことをいまさら訊《き》く気にもなれず、ズージーは下唇をかんだ。

外壁の暗がりにカトリーンの自転車が立てかけてある。ズージーはそのときはじめて、自転車の横に置いてある旅行カバンに気づいた。カバンはぱんぱんにふくらんでいる。「ここを出ていくの？」

「ええ、ここから逃げる」カトリーンはうなずいて、夜の闇を見つめた。

「どこに？」

「ベルリン、ロンドン、イビサ島。まだ決めてない。スタニに見つからないところならどこでもいい」

「だけど、やみくもにベルリンやイビサ島に行ったたって。どうするつもり？」

「なんとかなるわよ」

ズージーは首を横に振った。

「あたしだったらホームシックになっちゃう。だって、バカンスとは違うじゃない」

「だれかを恋しくなるっていうの？　父親？　それとも兄弟？」

ズージーは肩をすくめた。

「ペーターよ」

「毎週殴られて青あざをこしらえているのに？　殴られるのが怖くて、なにもいえないんでしょ？　恋しくなるはずがないわ。あたしを信じて」

ズージーはもう一度肩をすくめ、前を見つめながら、レザージャケットからすこし出ているカトリーンの前腕を目で捉えた。血腫ができて青くなっている。カトリーンは殴られるとき、前腕で身をかばったのだ。

「あなたがいないと、さみしくなる」ズージーが小声でいった。カトリーンが紫煙を吐いた。

カトリーンはなにもいわなかった。ふたりはしばらく口をつぐんだ。

「あなたたち、もうすこし歩み寄ればいいのね。そうすれば、うまくいく。あなた、彼を愛してるじゃない」

「そんなことない。あんなことをする奴を愛せるわけがないでしょう」カトリーンは急にかっとなった。「あたしを見てよ。このざまを！」彼女はズージーに向かってわめきたてた。

「見て、わからない？」

ズージーは目に涙を浮かべ、「わかってるけど……」といって泣きだした。

カトリーンはズージーの手を握りしめた。ズージーはうつむいた。なにもいわないまま、はてしなく感じる数秒がたった。呼吸も止めていたらしく、上半身がかすかにふるえた。ふたたびカトリーンを見上げたとき、ズージーの顔は痛みと怒りで引きつっていた。顎がふるえ、頬は濡れている。

「あたしをひとりにしないで」

カトリーンは友だちを抱きしめた。カトリーン以外、ズージーには信頼できる友だちがいない。ペーター・ツィムベックがいくら暴力をふるおうと、父親と兄弟は見て見ぬふりをする。みんな、怖いのだ。ペーターの拳骨《げんこつ》は骨をも砕く。とんでもない怪力だ。最近まで彼はズージーの王子様だった。家族という牢獄《ろうごく》から解放してくれた騎士。カトリーンとスタニが付きあいをはじめたのと同じ頃だった。最初の二、三ヶ月、ふたりは夢のカップルだった。手をつないで、四六時中抱きあってキスをした。友だちにまであきれられるほどだった。だがすぐに日常がやってきた。ペーターは粗暴になり、やがてズージーの頬を張った。一年がたっても、カトリーンとズージーは付きあいをやめられずにいる。しかしペーターもスタニも自制心がなく、すぐ暴力に訴えることがわかった。カトリーンとズージーは治療を受ける必要があるほど何度も殴られた。「フェアリーテールはろくな終わり方をしない（『Fairytale Gone Bad』フィンランドのロックバンド、サンライズ・アベニューの曲）」と歌にもあるとおりだ。

「いっしょに逃げない？」カトリーンはいった。

ズージーはすこし考えてから荒い息づかいをして、首を横に振った。

「あたし、シュテルツィングより先には行ったことがないのよ」

「だからなに？　もう二十一じゃない。冒険しなくちゃ」

「無理よ。怖いもの」

「なにが？」

「知らない……人が」

「ペーターに殴られるよりも？」

「そうよ」ズージーはきっぱりといってから、世界中にうじゃうじゃいる見知らぬ人間を思い描いてぞっとしたのか、目を大きく見ひらいた。

カトリーンはタバコを地面に捨てて踏み消した。

「よく聞いて」

ズージーがうなずく。

「ベルリンかどこかで落ち着いたら、迎えにくる」

ズージーはおそるおそるカトリーンを見た。

「それなら、だれか知りあいがいるところに行くといいよ。それならそんなにひどいことにならないから。わかるでしょう?」

カトリーンはズージーの肩に両手を置き、目を見て、折れた鼻が許すかぎりの笑みを作った。ズージーはうなずいた。

「ええ、そうしましょ」ふたりは抱きあった。

「お金を貸してくれる?」ズージーから体を離し、カトリーンはいった。

「チップを貯《た》めておいた。九百ユーロある」

「ベルリンについたら返す。それでいいでしょう?」

「いいわよ」

ズージーは食堂に入った。オーナーである恋人のペーター・ツィムベックは三人の男とシャーフコップフ（ドイツ語で「羊の頭」の意。ドイツのバイエルン地方で盛んにおこなわれるトランプ遊び）をしていた。カトリーンはもう一本タバコに火をつけた。鼻がずきずきして、痛みがひどくなった。医者がくれた鎮痛剤の効力が薄れてきたのだ。カトリーンは一瞬はっとして、夜の闇に耳を澄ました。なにか音が聞こえた気がする。だが音がしたのはほんの一瞬で、すぐに聞こえなくなった。闇の奥から耳に届くのはマングファル川のせせらぎだけになった。カトリーンは開け放った裏口から店内を覗いて、友だちの姿を探した。そのときまた音が聞こえた。こちらへぐんぐん近づいてくる。森の中で獣がうなっているような音だ。切れ切れに反響している。カトリーンの胃がきゅっとすぼまった。知っている音だ。だが、聞き違いだと思いたかった。食堂に近づいてくるその音をもっとよく聞こうと、建物の角まで行ってみた。音が大きくはっきりと聞こえた。間違いない。旧型のサーブ・カブリオレのエンジン音。スタニスラウス・クメーダーのサーブ・カブリオレが食堂にやってくる。

1

アルムの酪農家でもあるアウアーアルムの主人は、ピンクに染まった二〇〇九年十月四日の朝の空を見ていた。東の空以外はまだ紺碧《こんぺき》で暗く、一片の雲もない。オゾン層が破壊されてからは、そういう空が一日のはじまりを告げる。澄み切った光と色彩のコントラストが、フィルターをかけたようなソフトな色のにじみをすべて除去して、黒い色あいを目覚めさせる。ちょうど高級なプラズマモニターのようだ。北の空では、ホルツキルヒェンのあたりで青空が途切れている。空に一本線を引いたような雲の壁があり、南の空へ広がろうと隙をうかがっている。フェーンはそこより先には来なかった。アウアーアルムの主人は、フェーンが日中に腰砕けになって国境の向こうのチロルに引きさがったりしないようにと祈った。天気予報でも、フェーンが吹くと予想している。

アウアーアルムの主人はもう一度、彼方に見えるヒルシュベルクハウスとテーゲルンゼーアー・ヒュッテに視線を向けた。あちらでもどっと人が押しよせたときに備えて、準備に余念がないだろう。飲みものを冷やし、ビールの注ぎ口《つ》の具合をたしかめ、在庫を数え、メニューを黒板に書き、どうか日曜が過ぎるまでウェイターたちが病欠しないように、と神に祈っているはずだ。

湖の反対側のまだ夜が明けきらないあたりで、レーオンハルト・クロイトナー上級巡査がジョギングをしていた。粘り強い足の運びでガラウン丘陵めざして登山道を登っていた。地面を蹴る新しいランニングシューズがバスッバスッと音をたて、森と樹脂の匂いを含んだひんやりとした秋の空気が速い息づかいで肺から出たり入ったりした。唇のまわりが汗ばみ、眉毛から汗が滴《したた》り落ちる。まだ七分しか走っていないのに、早くもふともともふくらはぎがぱんぱんに腫れてきた。駐車場を過ぎて最初の上りが一番きつい。ここを耐えなくては。肺に刺すような痛みを覚え、額に冷や汗が浮かぶのを感じて、クロイトナーは走るテンポを落とした。だがそんな加減ができる余裕はあまりなかった。これ以上ゆっくり走ったら、小走りと変わらなくなる。

クロイトナーはゼンライトナーと賭けをしていた。クロイトナーは今度の全欧警官技能コンクールで銅メダルを取ると豪語し、だめだったときはヴァイスアッハアルムで高級鴨《かも》料理をごちそうするといったのだ。しかも郡内の警官全員から意気地なしのそしりを甘んじて受けるとも。賭けをした夜のことを、クロイトナーは断片的にしか思いだせなかった。とくに午後十一時ごろの記憶がない。それにはっきり記憶している者はひとりもいないはずなのに、なぜかその場にいた全員に鴨料理をおごることになっていた。

クロイトナーはあえいだ。どうして体を動かすたびに苦痛を感じるのか理解できなかった。酒のせいではない。クロイトナーは見境のない暴飲はやめると心に誓い、晩に五百ミリリットルのジョッキでビールを六杯飲んだきり、酒は一滴も口にしていない！　その点は自分を固く戒めた。禁酒の効果が出るまで時間がかかっているのかもしれない。十三分後、クロイトナーは限界に達した。だが登りはそれほど険しくないし、この先は平坦《へいたん》な道になりそうだ。十三分。テーゲルン湖ボートクラブで一番俊足な奴なら、この時間でガラウン丘陵のてっぺんまで駆けあがれる。もちろん若い奴の場合だ。クロイトナーはもう三十七歳だ。

予定したコースの半分も走れていなかった。二十八分かかってようやく食堂に着いた彼は、早足でも同じくらいの時間で辿《たど》り着けると認めるほかなく、パニックに陥った。銅メダルを獲得するには、トラックで三千メートルを十五分以内で走らなければならない。もちろんトラックは平坦だ。だが千メートル当たり五分というのはトラックでもかなりハードなタイムだ。クロイトナーにとってゴールは数光年のかなたといえる。

クロイトナーは礼拝堂を頂く岩場を見上げた。食堂から百四十メートル先の空に浮かんでいる。彼は気を引きしめなおして、リーダーシュタイン山の頂上までの最後の道程を駆けあがる決心をした。右の十字架の道を行けば、頂上の礼拝堂に着く。

イエス・キリストの苦難の道行き（イエス・キリストの捕縛から十字架上での死、復活をいくつかのステージにわけて、祈り歩くカトリック教会の儀式）を身に染みて実感したのは今回がはじめてだ。道ばたに「留《りゅう》」と呼ばれる看板がところどころに立ててあるが、それはクロイトナー自身の苦難の道行きを連想させた。この特訓を終えれば白ビール（小麦を使った上面発酵のビール）が飲めるという思いだけで走りつづけた。第六留ではヴェロニカが布でイエスの汗をぬぐう。クロイトナーはスウェットシャツの袖で顔の汗をふいた。救世主が三度倒れた第九留で、ふとものの感覚がなくなり、クロイトナーは最後の階段を踏みはずして転びそうになった。第十二留でイエスは十字架の上で死ぬ。クロイトナーは希望を抱いた。といっても、罪深き人類が救われると期待したからではない。十字架の道は全部で十二留だと勘違いして、目的地についたと思ったためだ。あいにくイエスの埋葬まで、一般的にはまだ二留あった。だがクロイトナーは十四留を過ぎてもなおたっぷり走らされた。最近の十字架の道はイエスの復活をあらわす十五留までが主流だからだ。登山道が急な丸太の階段になったため、クロイトナーは一歩一歩足を上げながら前方に視線を向けた。道がまだ終わらないと知って、心臓も胃もしぼんだ。それでも彼は地面に打ち込まれた杭《くい》だけを見て、足を引きずるようにしてすすんだ。杭を一本一本通りすぎる。ときおり鼻先から汗が滴る。急にあたりが明るくなった。やっとの思いで顔を上げると、目的地に着いていた。

目の前に小さな礼拝堂がある。そのそばになぜかビールの十リットル樽《たる》が立ててあった。礼拝堂の周囲には鉄の手すりがめぐらされ、そこから遥《はる》か下のテーゲルン湖が望める。クロイトナーは汗がしみる目で、対岸のヒルシュベルクハウスとアウアーアルムを捉えた。向こうは今日、騒々しいことになるだろう。侵略者フン族さながらにミュンヘンの人間が大挙して押しかけ、やっとの思いで頂上まで担ぎあげたビールを飲み尽くすはずだ。下のガラウン食堂に下りれば、クロイトナーも白ビールにありつける。だが不思議なことに、白ビールには食指が動かなかった。胃のあたりで変な感じがして、彼は手すりにつかまった。そのとき赤い野球帽をかぶり、バットマンらしい絵柄がプリントされた黄色いTシャツを着た男を目の端で捉えた。男は礼拝堂のそばに立っている。ビール樽を運んできた奴に違いない。背が高く金髪で、筋骨隆々だ。男がクロイトナーのほうに顔を向けた。スタニスラウス・クメーダーだ。クロイトナーから見てもとんでもない大酒飲みで、急ぎの用事がなければ口より先に手が出る手あいだ。クロイトナーはへとへとになりながら、クメーダーに会釈した。クメーダーも会釈を返していった。

「ツィムベックを追い越したか？」

クロイトナーは首を横に振って、肺に空気を送り込んだ。クメーダーは手すりから身を乗りだして、食堂のほうを見おろした。それからもう一度クロイトナーのほうを振り返って、敵意丸出しでにらんだ。

「ファルキングって、知ってるか？」クメーダーがだしぬけにたずねた。

クロイトナーは知っていた。だが知ったのはだいぶ前のことだ。

「弁護士か？」

「そうだ。そいつがカトリーンの行方を知ってるらしい。締めあげてくれねえか」

「ここで相談されてもなあ」クロイトナーはため息をついた。

「あいつ、なにか知ってる！　おまえらが手を抜いていたとわかったら、承知しねえからな」

クロイトナーは気のないうなずき方をして、白ビールを飲み、白ソーセージを甘口のカラシで食べるところを思い描いた。それと同時に、汗でびっしょりの額から血の気が引いて、目の前に星が浮かび、喉を締めつけられる感覚を味わった。手すりから身を乗りだした直後、消化しかけたミュースリとドライフルーツを岩場に吐いた。

クロイトナーはつばを吐き、胃の中身の一部が漏れでた鼻をふいた。嘔吐《おうと》で体力を消耗したが、すこし楽になった。

ところが右肩になにか妙に生温かいものを感じた。そこを握ってみると、ぐにゃっとしたものに手が触れた。白くて、赤いシミがついている。クロイトナーは意識を集中させ、嘔吐したときに鈍い音を耳にしたことを思いだした。といっても、下顎を大きくひらいて耳がふさがっていたため、本当に鈍くしか聞こえなかった。すぐそばの地面に、さっきまでなかったものが落ちていることに気づいた。ココナッツの殻の破片みたいだ。だが外側についているのは茶色の繊維ではなく、黄色い髪だった。そして内側は赤く染まっていた。一メートル先に赤い野球帽が転がっている。すでに予感はあったが、信じたくない気持ちだった。

クロイトナーはさっき手すりのそばに立っていた男のほうを向いた。はじめは見えなかった。立っていなかったからだ。むしろ目がとまったのは、湖のほうを向いた礼拝堂の壁だ。板張りの壁が一変し、右上に向けて放射状に広がった赤いシミで染まっていた。クロイトナーは視線を下げた。スポーツシューズをはいた足が礼拝堂の前の地面に伸びている、その足の先には黄色いTシャツを着た上半身があったが、襟から上は見るも無残なありさまだった。クロイトナーはまた手すりから身を乗りだして、何度も口を開け、胃の中に残っていたミュースリを岩場にぶちまけた。

2

電話がかかってきたとき、祖父のマンフレートはもう目を覚ましていた。毎朝六時半には起きてコーヒーをいれ、居間の鉄ストーブの火をつける。冷え性のヴァルナーは、日中よりも朝のほうが凍えるからだ。

祖父の声がする。

「孫はまだ眠っているが、喜んで起こそう。日曜日だからといって、あのぐうたらを昼まで寝かせておくのはよくないからな」

ヴァルナーはすでに目を覚ましていた。祖父は電話で話すとき、声を張りあげる癖がある。

「リーダーシュタイン山で人が射殺されたそうだ」祖父がヴァルナーに伝えた。

ヴァルナーは遅れて事件現場に到着した。

祖父はゆで卵を作るといってきかなかった。だが卵は固ゆでになってしまい、ヴァルナーはそれでいいといったのに、ゆでなおすといいはった。祖父は冷蔵庫から新しい卵をだしたが、鍋まで持っていくことができなかった。ストレスがたまって痙攣《けいれん》がはじまり、卵を床に落としてしまったのだ。その片付けをして、ゆで卵は必要か否かという押し問答と三つ目のゆで卵の調理と摂取まで加わって、ヴァルナーは予定よりも三十分も遅れて家を出た。

八時すぎに駐車場に着いて、リーダーシュタイン山に登りはじめたとき、初動捜査はすでにはじまっていた。駐車場は一般車両が入れないように封鎖されている。ヴァルナーは自分の車を降りて警察車両に乗り換え、ガラウン丘陵まで上がることになった。

途中、警察の指示で下山する数人のハイカーとすれ違った。リーダーシュタイン山の頂上から半径一キロ圏内が狙撃位置とみなされ、山の周辺は広範囲で立入禁止になったのだ。

ガラウン丘陵の食堂の人間は、せっかくの日曜日に客を追い払われたためヘソを曲げていた。しかし出動した警官三十人のほとんどが埋めあわせをした。まだ朝食をすませていなかった者たちが食堂のテラスで食事にありついた。

ヴァルナーが食堂に着いてみると、そこには数台のパトカーと一般車が駐《と》まっていた。食堂のテラスは警官でいっぱいで、思い思いに地図を見たり、電話をかけたり、ノートパソコンを操作したりしていた。ヴァルナーはテラスに出て、名前を知っている数人にあいさつした。

ヤネッテがテーブルについて、地図になにか書き込んでいた。ヴァルナーは状況の説明を求めたが、ヤネッテも十分前に到着したばかりだった。

「捜査の指揮はミーケ・ハンケがしています。どこかにいるはずですけど」

ヤネッテは、リーダーシュタイン山でだれかが遠距離から射殺されたことしか知らなかった。

「いま犯人がどこから狙撃したか調べているところです。射角から方角はある程度絞り込んでいます。しかし範囲が広い上、森林地帯のほとんどが含まれていますから、いまのところ森にあるわずかな空き地を重点的に捜査しています」

ヤネッテは地図にマーカーで囲んだところを指差した。ヴァルナーはどこでコーヒーがもらえるかたずねた。ヤネッテが取ってくるといった。

ヴァルナーはあたりを見まわし、ミーケを捜したが、急にめまいを覚えてすわり込んだ。朝は貧血になりやすい。それにひどく寒かった。気温は十三度、高くても十五度だろう。ヴァルナーはダウンジャケットのファスナーを引きあげた。食堂にはリーダーシュタイン山の影がかかっていた。しかし、警官のほとんどが半袖シャツやTシャツ姿だったので、ヴァルナーは首を傾《かし》げた。彼はだれよりも寒がりだ。もっと正確にいうと、どんな男よりも寒がりだった。女なら寒がりでも問題ない。だが男は沽券《こけん》にかかわる。男らしくない、女々しいというわけだ。窓の開け閉めを自分で決められる立場になってから、ヴァルナーは寒がりなのを公言してはばからなくなった。だが、なぜそこまで冷え性なのか理由はあいかわらずわからなかった。ヤネッテがコーヒーカップをテーブルに置いた。ヴァルナーは礼をいって、何口か飲んでからカップに顔を近づけてコーヒーの湯気で顔を温めた。

「ミーケはあっちにいます」そういうと、ヤネッテはヴァルナーが上がってきた森の道のほうを指差した。ミーケはそこで三十歳くらいの女と話をしている。和やかに会話をしているらしく、女とミーケは何度も笑っている。

「あの女は？」ヴァルナーは質問した。

「あの人はミュンヘンの人間で、新しいビデオカメラを持ってきたそうです」

ヴァルナーはわけがわからずヤネッテを見た。

「よくは知りません。今日はあの人が記録映像を撮ると聞いています」

まだすこしめまいがあったが、ヴァルナーはミーケと女のところへ行った。ミュンヘンの人間がなぜ事件現場の映像を撮るのか気になった。ヴァルナーが近づくと、ミーケが気づいた。

「やっと来てくれましたか。山頂まで登ることになるので心配しましたけど、ダウンジャケットを着なくてもすみそうなのでほっとしているところです」ミーケはリーダーシュタイン山を指差し、ニヤニヤしながら隈《くま》のできた目でヴァルナーを見た。上の礼拝堂のあたりに人の気配がある。鑑識のルッとティーナだろう。死体は地面に横たわっているはずだから見えるわけもない。礼拝堂の壁に飛び散った血痕ははっきり目視できる。

ミーケはヴァルナーに女を紹介した。ヴェーラ・カンプライトナーという名で、州刑事局の人間だった。ミーケは研修で彼女と知りあったという。彼女はメーカーから最新のビデオカメラを提供され、様々な環境でテストしているところで、なにか興味深い事件があったら連絡してほしいとミーケに頼んでいたのだ。ミーケは事件現場に呼びだされてすぐ彼女に状況を説明した。ヴェーラ・カンプライトナーは、新しい望遠レンズの使い勝手を試す待ちに待った機会とばかり、喜び勇んで車に乗ってテーゲルン湖までやってきた。

ヴァルナーは女をじろじろ見た。栗《くり》色の長い髪はかなりウェーブがかかっていて、それをポニーテールにしている。セルロイド製の角縁メガネのつるにはドルチェ&ガッバーナのロゴが入っている。顔は面長で、上唇は薄く、下唇はすこし厚く、鷲鼻《わしばな》だが、醜くはない。顎から受ける印象と薄い上唇とが相まってエネルギッシュに感じる。眉毛は多くの女性がするように剃《そ》って細く整えているが、心持ち濃い。といっても雑ではなく、自然にしている感じだ。それがまた精力的な印象を与えていた。どうやら活動的に見えることをだいじにしているようだ。その一方で、立ち耳がそうした全体の印象を和らげている。もし髪を下ろしていたら、立ち耳は巻き毛に隠れていただろう。

ヴェーラ・カンプライトナーも、同じようにヴァルナーを観察していた。ちらっと彼の顔を見てから、視線を下げた。ダウンジャケットを見て、左の眉をぴくりと動かし、さらにジーンズと登山靴を見て、興味なさそうな彼女の視線がまた上に向いた。

彼女の態度に、ヴァルナーはいつ攻撃されてもいいように身構えているなと感じた。いまのところ、騒ぐ者がいるとしたらヴァルナーしか考えられない。ヴァルナーは、これからひと悶着《もんちゃく》起きると直感した。

「イレーネはどこだ?」ヴァルナーはミーケにたずねてからヴェーラ・カンプライトナーのほうを向いた。「事件現場の撮影はイレーネ・ショルツの担当だ」

「ええ、知っています」ヴェーラ・カンプライトナーはいった。「その人は鑑識を手伝っています。今日の撮影はわたしに任せるようにいってあります」

ヴァルナーはそんなところだろうと思った。彼はミーケを見た。ミーケはそんなにことを荒立てなくてもという仕草をした。だがヴァルナーの考えは違った。できるだけ平常心を保ってヴェーラ・カンプライトナーの顔を見た。

「ショルツに撮影するには及ばないといったのはあんたか？」

「あなたも同意すると思ったものですから。ふたりがかりでカメラをまわすまでもないと思ったんです。ショルツさんなら、ほかの仕事もできますし」

「なるほど。しかし通常、役割分担はわたしが指示することになっている。ちなみにショルツは撮影が得意だ」

「ショルツさんが撮影した殺人事件は何件ですか？」

「五件だ。なぜ訊く？」

「わたしは重大犯罪の現場を六十件以上撮影しています。手抜かりはありませんからご心配なく」彼女はその先をいうべきか迷って、結局口にした。「しかもクオリティーは彼女より上でしょう」

ヴァルナーはでんと構えて、怒りださないようにした。

「そうならありがたい。だがその前にいっておきたいことがある」

「というと?」

「鑑識の邪魔をしなければ、どこでなにを撮影してもかまわない。ただしすべて前もって俺に断ってからにしてもらう」

ヴェーラ・カンプライトナーは眉を吊《つ》りあげ、啞然《あぜん》として首を横に振りながら笑った。

「わかりました。気兼ねはいらない、とミーケから聞いていましたけど、あなたのことは念頭に置いていなかったようですね」

「ああ、そのとおりだ。俺はプロイセン式の謹厳実直を旨としている。部下が決めたとおりに動いていれば文句はない」

「なるほど、そういう方ですか。個人的な質問をしてもよろしいですか?」

「どうしてもというなら」

ヴェーラは顔を近づけて、ヴァルナーの耳元でささやいた。

「ひょっとしたらあそこの大きさにコンプレックスを持っていませんか?」

ヴァルナーは彼女に微笑みかけた。

「だとしたら、泌尿器科の医者に相談するさ」

ヴェーラはヴァルナーに目配せをした。

「だろうと思ってました。では捜査を楽しんでください」それから彼女は軽やかな足取りで食堂のほうへ歩いていった。ヴァルナーはミーケを黙ってじっと見た。ミーケもなにもいわなかった。ヴァルナーは咳払《せき》いした。

「あの女をここに呼んだのにはなにか訳があるんだろうな」

3

ヴァルナーとミーケは第十四留まで来た。血に染まった礼拝堂はすぐそこだ。ふたりは登山道を登りながら、今回の事件について意見を交わした。

「ダウンジャケットを着ていなかったことはともかく、死体は俺に似ているのか？」ヴァルナーはたずねた。

「似てる人なんていませんよ。人相はほとんどわかりません。見分けがつかないというか。頭の大部分が吹っ飛んでますから」

イエスが十字架を背負った第二留に着いた時点で、ヴァルナーはすでに体が火照《ほて》って、ダウンジャケットを脱ぐしかなかった。

「遠距離からの狙撃だそうだな？」

「そのようです」

「処刑ということか？」

「ええ。プロのようです」

「被害者の身元はわかってないのか？」

「クロイトナーが電話をかけてきたとき、スタニスラウス・クメーダーだといったらしいのですが、接続が悪かったようです」

「なんでたしかめないんだ？」

「あいつ、貧血を起こして、いま病院なんです」

「首なしの死体を見たせいで？」

「いいえ。ジョギングのせいです」

ジョギング。ヴァルナーはいまだに面食らっていた。クロイトナーとジョギングが、どう考えても結びつかなかったのだ。

「警官技能コンクールに出ることになって、あいつ、ゼンライトナーと賭けをしたんです」

「それは俺も耳にした。だから早朝リーダーシュタイン山まで走ってたっていうのか？」ヴァルナーは朝トレを想像しただけで寒気がした。ミーケは肩をすくめた。

「事件発生後どうなった？」

ミーケは、クロイトナーが七時ごろ、自分に電話をかけてきたと報告した。ガラウン丘陵の食堂からの電話だった。クロイトナーはジョギング中だったので、携帯電話を持っていなかった。そういうわけで、通報は事件が発生してからかなり時間が経《た》ってしまった。クロイトナーは途中、足に力が入らなくなり、すわる必要があったため、一気に食堂まで下りることができなかったのだ。ミーケが電話を受けたのは、自宅に帰る途中だった。どういうわけかクロイトナーにたずねられて、ミーケは、土曜日から日曜日にかけての夜、ミュンヘンのディスコをハシゴして、一夜をともにしてくれる女を探していたと打ち明けた。もっとも、だれも見つからなかったらしい。ミーケやほかの同僚がガラウン丘陵に着いたのは、食堂の主人が呼んだ救急医の指示で、クロイトナーが搬送されたあとだった。

ミーケが到着したとき、ルッはすでに礼拝堂で作業をはじめていた。ルッは早寝早起きなのだ。電話連絡を受けたとき、もう起きていたのだろう。ルッには、内緒で付きあっている女がいると噂《うわさ》になっている。そういう噂は、三年前に離婚したときからずっと彼につきまとっていた。だが彼の相手を見た者はひとりもいなかった。ルッ自身も女との付き合いが苦手な質《たち》だ。相手がいるという噂はどちらかというと、ルッに相手ができたらいいという同僚たちの願望のなせるわざだろう、とミーケはいった。

ヴェーラ・カンプライトナーはミーケが到着したときにはすでに来ていたという。ティーナもすこししてやってきたらしい。欠けているのはミュンヘンの法医学者だけだ。その法医学者はグムントの手前で十五キロの渋滞に引っかかっているという。秋になると、ミュンヘンを日帰り観光した者たちが毎週日曜日に渋滞を引き起こす。検察官も同じように渋滞に引っかかっていた。

十二分で、ふたりは頂上に着いた。礼拝堂でルッが待っていた。ヴァルナーは彼の顔を見てぎょっとした。ルツは亡霊のようにげっそりしていた。

4

「大丈夫か？」ヴァルナーはたずねた。

ルツはうなずいた。

「まあ、なんとか。ここの惨状は見られたものではないので」

ルツはミーケとヴァルナーを礼拝堂の裏側に案内した。裏側はテーゲルン湖のある西側を向いており、壁は板張りだった。板は元々白く塗られていたが、ペンキの大半が雨で洗い流され、カラマツ材の銀灰色の木肌が見えていた。双眼鏡で下から確認できた血痕は、目の前で見ると恐ろしく大きかった。地面にはいまだに死体が横たわっていて、ティーナがそのそばで作業していた。彼女はヴァルナーとミーケに軽く挨拶すると、また作業に集中した。ルツはヴァルナーたちに透明のビニール袋をいくつか見せた。中には血糊《ちのり》がついた皮膚片や骨片や金色の毛髪が入っていた。

「これまで発見した頭部の一部です」

ヴァルナーは思わず死体を見た。首からいく筋か血が流れだし、いずこへともなく消えていた。

「ほかに見つかったものは？」

「銃弾を見つけました」ルッはいびつになった銃弾が入った袋を礼拝堂の壁際にある木のベンチからとってきた。

「発砲は一度だけか？」

「クロイトナーはそういっています。わたしが来たときはまだいたのですが」ルッはいった。

ミーケはルッの手から銃弾の入ったビニール袋を受けとった。

「何口径だ？」

「銃弾だけではなんともいえませんが、薬莢《やっきょう》も見つかっています。七・六二×五四ミリR弾です」

「猟銃じゃないな？」ヴァルナーは手すりをつかんだ。

「目を覚ましてください！」ミーケがヴァルナーの背中を叩いた。「五四ミリR弾ですよ！」

ミーケはルッのほうを向いた。「カラシニコフとかじゃないよな？」

「ドラグノフ。まず間違いないでしょう」

「俺もそう思う」

「バルカン半島で狙撃兵が使ったやつじゃないか？」ヴァルナーはルッにたずねた。

「ええ。頑丈ないい銃だ。精度はいまいちですが、充分使えます」

「射程距離は？」

「射手の腕しだいですが、訓練を積んだ狙撃手なら八百メートルはいけます」

「今回の射程距離もそのくらいか？」

「もっと短いです。五百メートルくらいです」

「それでも腕がいいってことだな。五百メートルだって？」ヴァルナーはミーケのほうを向いた。

「なかなかの腕です。でも特別じゃないです。記録保持者はイギリス軍の狙撃兵で、アフガニスタンで二千五百メートル先のタリバン兵を射殺しています。今回もプロのようです」ミーケは銃に詳しい。特別出動コマンドつき狙撃手になる訓練を受けていたが、実際に援護射撃ができるか自信がなかったので部隊に配備されることはなかった。

ヴァルナーはもう一度、死体を見た。

「それで、クメーダーなのか？」

「ええ。身分証がありました」

「クメーダーを撃ち殺すのにプロを雇う奴なんていますかね？　そんな大物じゃないでしょう」ミーケはいった。

「プロがやったかどうかはわかっていない」ヴァルナーは銃弾の入ったビニール袋を目の前に持ってきて、銃弾を見つめた。そのとき礼拝堂の壁際にある小さなビール樽が目にとまった。「あれはクメーダーが運びあげたものか？」

「そのようです」ルッツがいった。「わたしたちじゃありません」

「奇妙な事件現場だな」ヴァルナーは山の周囲に広がる森を見下ろして、谷の向こうに見えるテーゲルン湖を眺めた。

ルッツがいった。

「被害者が特定の時間にここへ登ってくることを知っている者なら、ゆうゆう狙いをつけることができるでしょう。だれにも邪魔されないよう射線を確保できます」

ヴァルナーは事件現場を見つめ、その場の空気を感じようとした。しかし大きな揺らぎを感じるのに、ここで起きたことを具体的にイメージすることがなかなかできなかった。おそらく事件現場が引き裂かれているせいだろう。被害者が銃弾に倒れたのはたしかにここだが、犯人が被害者を待ち伏せて、銃の引き金を絞ったのはどこか下のほうだ。殺人は石を水面《みなも》に投げて波を起こすように、静かな命の流れを乱す。事件のあともしばらくその波を感じられるものだ、それを感じとる感性を持つ者には。ヴァルナーはそう確信していた。この山でもヴァルナーはさまざまな波の乱れを感じたが、それがなにを意味するかわからない。どうやらただの殺人ではなく、いろいろな思惑が絡みあっているようだ。

ヴァルナーは湿り気のある冷気を吸った。雪まじりの雨の匂いがする。もうすぐ山に冬がやってくる。風が吹き、ちぎれ雲が眼下を流れていく。捜査官たちが犯人の足跡を探っているあたりを、そのちぎれ雲がしばらく包み込んだ。ティーナが三人のところへやってきて、下で捜索している捜査官たちを見た。

「撃ったのはあのあたりです」

「礼拝堂の壁に残っている血痕から導きだしたのか?」

ティーナはうなずいた。

「血痕の形から、おおよその射角が割りだせます。もちろんおおよその角度でしかありませんが。でも狙撃手は射線に遮蔽物のないところを選ぶしかないですから、ある程度は絞り込めます。ですから森のほかの場所は除外できます」

「犯行の背景はなんだと思う?」

ティーナはよくわからないという仕草をした。

「クメーダーごときを殺すのにずいぶん手の込んだことをしていますね。おそらく殺し屋を雇ったのでしょう。いくらするものですか?」

「腕のいい奴に頼むなら最低でも一万ユーロ」ミーケがいった。「値切ったりしたら、本当に殺すかどうかわかったもんじゃない。出し惜しみはできないはずだ」

山頂はしだいに寒くなった。早朝に期待した天気はもちそうにない。ヴァルナーはふたたびダウンジャケットを着た。

「クロイトナーはほかにもなにかいっていたか?」ヴァルナーはルツを見た。

「撃たれる前、クメーダーとしゃべったそうです。クメーダーは、カトリーン・ホーグミュラーのことを知っている者がいるといったそうです」

「なんだって？　またその話か？」ミーケがため息をついた。

「ええ、しつこい奴でした、クメーダーは」

「ホーグミュラーについて、だれがなにを知っているといったんだ？」

ルツは考えてからいった。

「名前をいったそうです。ファルターとかなんとか。弁護士です」

「ファルキングか？」ミーケがたずねた。

「そうそれ。ファルキング。知ってるんですか？」

「二、三年前にちょっとな。奴がユーロカードを盗まれたんだ。たいした事件じゃなかったが、腑《ふ》に落ちないところがあった」ヴァルナーはルツを見ながら考えた。「ファルキングか……」

5

二〇〇七年六月十五日午前十時五十二分

レンガ色のボールペンがヨーナス・ファルキングの指からすべって書類に落ちた。三ヶ月前に署名したところにボールペンのノック棒が当たり、さらに数回転がって、ボールペンは動きを止めた。ファルキングは汗をかいていた。夏場の太陽のせいでオフィスに熱気がこもっているが、原因はそれではない。

「ただいま席をはずしています」電話の向こうの秘書がいった。フィルヒョウに伝言を頼めるだろうか。声が妙ににこやかだ。いくら念を押しても、頼んだことをしてくれるかあやしい。ファルキングは、大至急フィルヒョウから電話が欲しかった。緊急事態だ。「フィルヒョウが戻ったらそう伝えます」と秘書はさえずるようにいった。

受話器を置くと、彼は請求書の控えを見つめた。電話中にボールペンのノック部でしきりにつついていた書類だ。秘書のグルーバーが、十一時に上司のルカーチのところに呼ばれていることをファルキングに伝えていた。ルカーチは営業担当役員で、ファルキングの直属の上司だ。用件は伝えられていないが、秘書はなにかの請求書が問題になっていると耳にしていた。おそらく簡単にはすまないだろう。ファルキングには、それがなんの請求書かわかっていた。そしてなにを質問されるかも。販売課長のファルキングが東欧での販売の見積もりを鑑定するにあたって、一度も取り引きがない企業コンサルタントに依頼し、二万五千ユーロも支払ったのはなぜか。鑑定そのものが妥当かどうかも問題視されるだろう。なぜなら元々リスクが大きすぎるとして、東欧への進出は経営会議の議題からはずされたものだからだ。

ファルキングは三年前からライツアッハレンガ社に勤務している。はじめは法律顧問として雇われた。主な役目は法務部と顧問弁護士のあいだの調整だ。そのためには多少の法律知識を持ち、打ちあわせができる必要があった。それならファルキングにはお手のものだ。それでも、彼はその仕事に満足できなかった。もっとできることがあると思った。そして自分なりに顧客を開拓しはじめた。最初は一戸建て住宅用の屋根瓦を必要とする知人だった。それから校舎の新築や教会の屋根の張り替えの契約をとってきた。事業部はファルキングの手腕に目をつけ、セールスマンにならないかと誘いをかけてきた。基本給は法務部のサラリーよりも低いが、成功報酬は何倍にもなる。ファルキングは一年も経たずにトップセールスマンになり、人事担当役員よりも稼ぐようになった。セカンドカーにポルシェを買い（客との打ちあわせにはメルセデス・ベンツEクラスを使っていた）、ミュンヘンのボーゲンハウゼン地区に一戸建て住宅を構え、妻のアネッテには七万ユーロ相当の宝飾品を買い与えた。

だがそれからスランプになり、売り上げが落ち込んだ。それでも起死回生はできそうだった。ファルキングと付きあいのある建築会社が連邦軍の複数の兵舎の改築を請け負い、屋根瓦を発注してもらえる可能性が高かった。しかしこれに目をつけたのは彼だけではなかった。建築会社の発注担当者であるロナルド・フィルヒョウは、ドイツじゅうのメーカーから売り込みがあって判断に迷っていた。ファルキングは、フィルヒョウの舅《しゅうと》が小さな経営コンサルティング会社を経営していて、経営破綻寸前であることを知っていた。そこでそのコスベルク&パートナー社にライツアッハレンガ社のための鑑定を依頼したのだ。コンサルティング業界でいろいろ調べた結果、コスベルク&パートナー社の評判は芳しくなかった。提出される鑑定は紙屑《かみくず》だろう。だがそれはどうでもいい。フィルヒョウが感謝してファルキングに仕事をまわしてくれさえすれば帳尻はあう。

取引先の決定はその日の午前中に下ることになっていた。といってもそれは形ばかりのものだ。フィルヒョウは間接的だが、はっきりと、もう決まったも同然だとファルキングに伝えていた。電話が鳴った。

「電話をくれたそうだね」電話の向こうで、フィルヒョウがいった。

「すみません。せっつきたくはないのですが、五分後に上司に呼ばれているんです。取り引きが決まったことを報告できるとありがたいと思いまして」

「むろんだ。ただその……」フィルヒョウがいいよどんだ。

「まだ決定されていないのですか?」

「そんなことはない。三十分前に決定した……」

ファルキングの胃がひっくり返った。フィルヒョウがいいよどんだのは、価格や支払い条件が問題になっているだけとか、納入をほかのメーカーと分けあうとか、そういうことでありますように、と祈った。

「それで?」ファルキングはたずねた。

「ハンガリーの業者が請け負うことになった」フィルヒョウの声はかすれていた。

「なんですって？」ファルキングはビジネスライクに話すよう努力した。だれがいっしょに聞いているかわからない。「それは……驚きです。てっきり……うまくいくものと思っていたのですが……」

「もちろんだ。これは……きみの落ち度ではない。個人的にはきみと取り引きしたかった。あいにく社内事情に変化があって別の決断が下ることになった」

「変化？」

「たぶん新聞記事で読んでいるだろう。一週間前、スペインの投資会社がわが社に参入したんだ。その投資会社の傘下にハンガリーの屋根瓦メーカーがあってね。系列会社に発注すべきだということになったんだ」

「なるほど……それは晴天の霹靂《へきれき》です。これまでずいぶん懇意にしていただけに」ファルキングは最後の言葉に嫌味を利かせた。

「きみが失望するのもわかる。しかし役員会の決定だ」

フィルヒョウが革張りの椅子にすわりなおしたのが音でわかった。「ファルキング君、次のプロジェクトはきみにまわすようにする。大船に乗った気でいてくれ」フィルヒョウは知らんぷりを決め込むに決まっている。

「それはとても楽しみです。正直いって面食らっています。まあ、いいでしょう。そのときは声をかけてください」

フィルヒョウはいずれまた電話をすると約束した。こうして通話を終えた。ファルキング は電話機を見つめた。一瞬、頭の中が空っぽになった。最初に頭に浮かんだのは、窓のブラ インドを下ろすことだった。立ちあがってスイッチを押し、六月の明るい景色がブラインド で消えるのを見守った。二万五千ユーロも賄賂を使ったのに一銭も見返りがない。会社を騙《だま》 し、金を不正支出したことになる。まずいことになった。

デスクの電話がふたたび鳴った。

6

二〇〇七年六月十五日午前十一時

秘書のグルーバーが電話をかけてきて、ルカーチ役員に呼ばれていることをファルキング に念押しした。ファルキングは役員のフロアに最近敷かれたばかりのピジョンブルーの絨毯《じゅうたん》 を頼りなげに歩いた。接着剤の匂いがする。ゆるめていたネクタイを締めなおし、歩きなが ら八百ユーロしたイタリア製のブランドシューズを見た。屋根瓦のセールスマンにはすぎた ものだが、あえてそれをはいている。彼のトレードマークだ。

頭には血が上っていた。予想外のことが起き、代替案がない。プランBはない。二万五千ユーロの請求書をなかったことにはできないからだ。本当のことをいって大目に見てもらえるのを期待するか、知らんぷりをしてシラを切るか、ふたつにひとつだ。

ルカーチはきれいに片付いたデスクに向かってすわっていた。メモ用紙もなければ、契約書や雑誌ものっていない。整理用のトレーすら見当たらない。デスクにのっているのは、固定電話と薄いノートパソコン、そして遠くからでもすぐにそれとわかる請求書だけだった。

ルカーチは腕のいいセールスマンらしくファルキングを温かく出迎えてから、眉間にしわを寄せた。両手で請求書を持ちあげると、メガネを通してしみじみと見た。

「これはどういうことだね？」ルカーチは請求書をファルキングに突きつけた。ファルキングはその請求書を見て、驚いた顔をこしらえた。

「どうしてこれがここに？」

「コスベルク&パートナー社から送られてきた。きみの署名がある。そういう報告を受けている」

「署名した可能性はあります。毎日たくさんの書類に署名していますので、いちいち内容を読んでいません。いうまでもないでしょうが」

「ああ、それはわかるとも。だが二万五千ユーロもの額となれば、わたしなら署名する前によく見てみる」

「わたしのミスです。だれにでもあることだと思いますが。しかしあってはならないことです」ファルキングは両手で残念だという仕草をした。

「間違いないか、経理から確認の電話があったはずだ。経理も驚いたわけだ」

ファルキングは手で眉間をもんで、懸命に考えるふりをした。「電話は間の悪いときにあったのでしょう。わたしはひどいストレスでも抱えていて、間違いないといってしまったのだと思います。このところ忙しいことはご存じかと」ファルキングは請求書を指差した。

「ちゃんと説明します」

「そう願いたい。いくら考えても説明がつかないのでね」

「少々いかれた話です。コスベルク氏をご存じかどうか知りませんが、おっちょこちょいな人物なのです。請求書はそもそもわたしの法律事務所に来るものでした」ファルキングは会社の了解をとっていまだに法律事務所を構えていたが、事実上、開店休業中だった。

「きみの法律事務所が、東欧進出の可否の鑑定を依頼したのかね？」

ファルキングは請求書を手にとって、困惑しながら見つめた。

「いいえ、もちろん違います」彼は啞然とした顔で笑った。

「コスベルクがなにを勘違いしたのか、わたしにはわからないのだが。これがロシアの商習慣なら、訴訟に発展するだろう」

ファルキングはもう一度、身をすくませた。「二万五千ユーロ。二千五百ユーロのはずですが。なんてことだ。ひどい間違いです」

「つまり、請求書は間違って会社に送られてきた。そういう理解でいいのかね？」

「請求書をどこに出すべきか、書面で指示したのですが……」

「もういい。これからどうするね？」

「コスベルクに返金してもらい、新しい請求書を発行してもらいます」

「払えればいいが」

「払えますとも。経営状態は悪くないと聞いています」

「そう願うよ。わたしの知るかぎり、あの人物はフィルヒョウ氏の舅であることで、やっと会社をまわしている状態だ」

ファルキングは目を点にしてルカーチを見た。

「えっ？　そうなのですか？」

「知らなかったのか？」

ルカーチの口調からはかすかに皮肉に似たものが聞きとれた。

「ええ、さもなかったら依頼などしません。どうやら見かけに騙されないようにしないといけませんね」

「たしかに、そうすべきだ」ルカーチはファルキングから請求書を受けとると、デスクに置いた。「一週間の猶予を与える。コスベルクからでも、だれからでもいい、この金を社に戻してもらう。できなければ、問題を公にするほかなくなる」

「当然です。ご心配なく。ちゃんと返します」

ファルキングは腰を上げて退室しようとしたが、もう一度、後ろから声をかけられた。

「もうひとつある、ファルキング君……」ファルキングはまたルカーチのほうを向いた。

「わたしを愚弄しても平気だと思っているなら、きみはわたしの怖さをまったく知らないことになる」

ファルキングはポルシェに乗り込むと、上唇をハンドルに押しつけて、会社の駐車場を囲む金網を見つめた。六月の午後は、太陽は半ば傾き、一部が入道雲に隠れていてもまだ暑い。今は車内という密室の安全な雰囲気が必要だった。問題が生じ、考える必要がある。一週間以内に二万五千ユーロを調達して、コスベルクを通して会社に送金しなければならない。さもないと、仕事をなくし、検察の世話になる。公になれば刑務所行きだ。

やるべきことはじつに簡単だ。コスベルクに二万五千ユーロを渡して、ライツアッハレンガ社に返金させればいい。問題は金をコスベルクに渡せないことだ。そんなことをしたら、ネコババされる恐れがある。それはやりようがあるにしても、まず二万五千ユーロをどうやって調達するかが大問題だ。この二年間、高収入だったものの半分は税金にとられ、残りは浪費してしまった。羽振りがよかった時期に、ファルキングは一銭も貯金しなかった。

一時間前、大学時代の友人でミュンヘンの銀行で働いているオットマールに電話をかけた。彼なら金の調達方法に詳しいと思ったからだ。実際、オットマールにはアイデアがあった。自分では手がだせないインサイダー情報を持っていた。厳密には、それをファルキングに話すのも許されないことだったが、ためらうオットマールに、ファルキングは利益が上がったら礼はすると約束した。

ことは簡単だった。SDAX（小型株七十銘柄で構成されるドイツ株価指数）に上場しているある企業を外国の投資会社が吸収合併することになった。オットマールがそのことを知ったのは、彼の銀行がこの吸収合併の融資をするからだ。このことがニュースになれば、株価は確実に三十から五十パーセント上昇する。というのも、その会社には倒産の噂が流れていたからだ。二万五千ユーロを稼ぐなら元手に約七万五千ユーロが必要だ。オットマールにやる分け前もあるから、十万ユーロは欲しいところだ。それだけ貸せる人間がいるとしたらひとりしかいない。問題は貸してくれるかどうかだった。

7

「リーダーシュタイン殺人事件特別捜査班」を立ちあげる最初の会議は、青空の下でおこなわれた。ガラウン丘陵の食堂のテラスだ。店内も席があいていたが、ヴァルナーはみんなに新鮮な空気をたっぷり味わってもらうことにした。気温が摂氏六度に下がり雨雲も迫っていたが、みんな一時間前にはTシャツ姿でテラスにすわり、ダウンジャケットを着ている彼を背後で馬鹿にした連中だ。ただひとりダウンジャケットを着ていたヴァルナーはテラスでも快適だった。しかもダウンジャケットのポケットにいつも忍ばせている灰色のニット帽のおかげで耳もぬくぬくだ。

ヴァルナーがみんなの前に立つと、いっせいに静かになった。ほとんどの者が凍えて、会議が終わったらすぐ暖かい店内に入ろうとうずうずしている。

「ほとんどの者がすでに知っているだろうが」ヴァルナーはそういって口火を切った。「今日、リーダーシュタイン山で射殺されたのはスタニスラウス・クメーダーだ。みんな、奴とはなにかしら因縁があると思う」

「一年前、恋人に逃げられた奴ですよね？」ひとりの巡査が確認した。

「二年前だ。たしかにあれはクメーダーの恋人だった」ヴァルナーはメモをしたためた紙を一枚取って、さっと目を通した。「犯人は射撃の腕がいいと見るべきだ。射撃距離はおよそ四百八十メートル。凶器はドラグノフである可能性が高く、依頼殺人であり、犯人はプロと思われる。もちろん地元の人間も排除できない。ライフルの腕がいい奴はこの界隈《かいわい》にも大勢いる。それにああいう場所を選ぶには土地勘が必要だ。もちろんよそ者でも調べはつく。だが俺の勘では、普通もっと違う場所を選ぶはずだ」

雨が降りだした。だれかが傘を広げた。

「中に入りませんか?」ミーケがいった。

「すぐ終わる」ヴァルナーはつづけた。「犯人捜査は基本的に二手にわかれる。ひとつは目撃者探しだ。リーダーシュタイン山の登山口はすくなくないものの、数は限られている。登山口の駐車場近辺の住人に、あやしい車や大きなリュックサックかトランクを持った登山者を見なかったか聞き込みをしてもらう。もちろん銃を担いだ登山者がいなかったかどうかも訊いてくれ」

ミーケが立ちあがってこっそり食堂の店内に入ろうとした。

「おい! ちょっと! どこへ行くんだ?」ヴァルナーはすこし不機嫌な声を出した。

「同じ話を二度聞いてもしょうがないでしょう」

「そうとも限らない。新しい情報があるかもしれない」

「それはないでしょう。それに署に電話をかける用事があるんです」

「いまか?」

「そうです」ミーケはヴァルナーの肩に腕をまわした。「重要なことです。信じてください。少し興味深いことに気づきましてね。ちょっと調べたいんです」

「わかった。消えてよし」

ミーケはテーブルをよけながら食堂のドアのほうへ向かった。

「ああそうだ……」ヴァルナーは声をかけた。「温まりたくて入るだけなら、ついでにチェコとの国境近くに住まいを探しておくといい」

ミーケは右手の中指を立てて店内に入った。

「さて、次に被害者本人について。スタニスラウス・クメーダーを殺害したくなるほどの、あるいは殺させたくなるほどの動機を持つのはだれか。ほとんどの者はクメーダーの名前くらい知っているだろう。あいつには手を焼いていた。だが軽微な犯罪ばかりだった。傷害事件、麻薬法違反。それにコカインを密売していた。麻薬密売でだれか大物のうらみを買ったのかもしれない。だとしたら、かなりまずいことをしたのだろう。いくら密売シンジケートでも、殺し屋を雇うのはよほどのことだ。といっても、これはまだ推測の域を出ない。いまいえることはひとつだけだ。かなり異様な事件だということだ。面倒な細かい仕事が山ほどあるだろう。それからクメーダーは死ぬ直前、手がかりを残した。ファルキングという弁護士が被害者の消えた恋人カトリーン・ホーグミュラーの居場所についてなにか知っているらしいとクロイトナーに話している。これが今回の殺人事件と関係しているかどうかは不明だ。ファルキングとはまだ連絡が取れないが、留守番電話にはメッセージを残しておいた。いまのところ次の点に留意してもらいたい。狙撃した犯人は、スタニスラウス・クメーダーが今朝リーダーシュタイン山に登ることを知っていたはずだ。だから、奴がなぜビール樽を担ぎあげたのか突き止めなくてはならない。知っている奴がいるはずだ」

「その問いに答えましょう」ミーケがそのとき外に出てきた。

「おお、同僚ハンケどののご帰還だ。店の室温はどうだった？」

「じつに快適です。ダウンジャケットを着ていない者は中に入ることをすすめます」

「興味深い提案だ。検討しよう。クメーダーが登山することを知っていた者がわかったのか？」

「そうではありません。でもなんであいつがここに登ったのかわかりました」ミーケは勝ち誇り、挑発するようにニヤニヤした。

「で？　焦《じ》らすな」

「忘れたかな、諸君？」ミーケは間を置いて、同僚たちの緊張した顔を見て楽しんだ。「ちょうど三年前の今日、山の上で死亡事故があった。それ自体がいかれた話だった」

8

二〇〇六年十月四日

死に方にもいろいろあるが、ミクロ・ドゥルゴヴィチのそれは本当に変わっていた。夜中に三十メートルの高みから、宴《うたげ》を催す七十人ほどの女たちの上に落ちて死んだのだ。骨折ですむかもしれなかったのに、落ちたところによりによって古いパラソルスタンドがだしてあった。パラソルはなく、コンクリートの丸い台座に、パラソルが挿せる鉄のポールが突き立っているという代物だった。その夜、鉄のポールにささったのはパラソルではなく、ドゥルゴヴィチの後頭部だった。

なぜそんなことになったのか、時間を巻き戻そう。一九七〇年代の後半、ミースバッハ郡ではフェミニズムに目覚めた女たちの集まりがあって、彼女たちは「谷の魔女」と称していた。はじめのうち谷の魔女の主体は女学生やオルタナティブを志向した若い女で、テーゲルンゼー谷とその周辺にある古い家屋や農家で暮らしていた。そのうちに余暇活動が中心となって政治活動が影をひそめると、田舎で暮らす普通の女たちも加入するようになり、若い農婦も数人参加した。彼女たちは年に二回、谷の魔女の山祭りを催した。春のヴァルプルギスの夜と秋だ。

山祭りに参加できるのは女のみで、参加者を妻や、恋人に持つ男にとっては心穏やかなものではなかった。半年ごとに女たちが山でわけのわからないことをしているのだから当然だ。情報通の者たちによれば、酒を飲んだり、おしゃべりをしたり、踊ったりするだけだというが、女たちは男どもを焦らすため、はっきりとは説明せず、秘密めかしていた。

この祭りに参加できる男は三人の若い給仕と四人の筋骨隆々の警備員だけだった。給仕は、主催者がミュンヘンのゲルトナー広場界隈にあるゲイクラブで見つけてきた者たちで、警備員は警察用ブーツをはき、革製のヘッドギアをかぶって会場の前に立つ。彼らも祭りを楽しむ女たちにまったく興味のない連中で、関心は恋人や妻を迎えにやってきた男たちだった。筋肉男たちをかいくぐるのは不可能だった。ツィムベックのような喧嘩《けんか》好きも、警備員との殴りあいは敬遠した。というのも、連中はスタンガンや催涙スプレーで武装しており、使うことに躊躇《ちゅうちょ》しなかったからだ。

　ドゥルゴヴィチは、秋の山祭りの前日、マングファル谷の食堂で仲間のツィムベックやクメーダーといっしょに、どうやったら覗けるか長いこと相談した。自分たちの恋人に参加するなどというわけにはいかない。ツィムベックはなぜかそれはまずいと思っていた。むしろなにか突拍子もないことをやって祭りを台無しにしたほうが面白いということになった。だが、その方法が思いつかなかった。結局、双眼鏡を持って早朝からリーダーシュタイン山に登り、祭りを観察することになった。丸一昼夜そこで過ごして、女どもがガラウン丘陵でなにをしているか突き止めようとした。ただ観察するだけでは面白くないと、各自十リットルのビール樽を担ぎあげ、山頂でのんびり過ごすことになった。

　こうして三人はリーダーシュタイン山から一日中、ガラウン丘陵を観察した。夕方、数人の女が谷から登ってきたくらいで、これといった動きはなかった。日が暮れても、ガラウン丘陵からは楽しげに騒ぐ声が聞こえるだけだった。だが山頂ではビールが足りなくなり、三人は退屈でしかたなくなった。三人は女どもを脅《おど》かしてやろうと計画を練った。ドゥルゴヴイチが悪魔に変装して、リーダーシュタイン山からハンググライダーで飛び降り、恐ろしい音を立てようということになった。

計画はよかったが、リーダーシュタイン山から飛ばなければならないのが難点だった。三人はいったん谷に下りて、ドゥルゴヴィチのハンググライダーを山に担ぎあげ、礼拝堂の前で組み立てた。夜は暗かったし、部品を広げる充分な空き地もなかったので容易ではなかった。なんとか組み立てると、ドゥルゴヴィチは黒いスキーのアンダーウェア、黒いオートバイ用ヘルメット、黒いジャンパーブーツを身につけた。ツィムベックとクメーダーは悪魔に見えるといった。ハイライトは舞い降りる悪魔の効果を上げるためにホームセンターで買い込んだブランドもののスチール製たいまつだ。

ドゥルゴヴィチは礼拝堂を囲む鉄の手すりから飛び立たなければならなかった。当然、足場が悪い。ハンググライダーをつかむのに両手がふさがっていたので、ドゥルゴヴィチはツィムベックとクメーダーに体を支えてもらった。ドゥルゴヴィチは二度ハンググライダーもろとも墜落しそうになったが、ぎりぎりのところでツィムベックがつかんで手すりに戻された。十リットルのビールで三人は気が大きくなっていた。ふらふらして膝ががくがくしていたものの、ドゥルゴヴィチはなんとか手すりの上に立った。クメーダーがドゥルゴヴィチにたいまつを渡し、本当に飛びながらたいまつに火がつけられるのかとたずねた。ドゥルゴヴィチは呂律《ろれつ》の回らない口調で任せろといって飛び立った。だがドゥルゴヴィチの自信はとんでもない悲劇を招いた。食堂のテラスの上を飛んでも、夜空を舞う暗色系のハングライダーと黒ずくめの彼に気づく者はいなかった。ドゥルゴヴィチが恐ろしげな声を発しても、音楽がうるさくて効果がなかった。悪魔のハンググライダーは静かに宙を舞うだけで、だれも気づかない。自分に注意を向けさせる最後の手段はたいまつだった。チャンスを逃す気はなかった。たいまつのガスの噴射量を最大にして、発火ボタンを押した。それはたしかに、ガラウン丘陵にいた女たちには一生忘れられない光景となった。二本のたいまつから一メートル近い火柱があがり、一瞬にしてハンググライダーを火だるまにしたのだ。

ハンググライダーは火の粉を飛ばしながらものすごい速度でテラスに落ちてきた。炎に包まれたハンググライダーはドゥルゴヴィチもろとも食堂の雨樋《あまどい》に激突して、食堂の屋根に落ちた。ハンググライダーの残骸がブレーキの役目を果たしたおかげで、この時点でドゥルゴヴィチはまだ生きていた。だがそのあとがいけなかった。仰向《あおむ》けになって二メートル下のテラスに落ちた拍子にパラソルスタンドのポールで下垂体を貫かれたのだ。

スタンドはもちろんそこに置いておくべきものではなかったので、主催者は交通安全義務違反に問われた。とはいえ地方裁判所はその後、遺族が起こした訴訟で、交通安全義務違反とドゥルゴヴィチの死のあいだに因果関係は認められないとして損害補償義務を棄却した。なぜなら主催者がスタンドを片付ける義務を怠らなかったとしても、夜中に墜落したハンググライダーの破損はまぬがれなかったからだ。

9

捜査官が特別捜査班本部を設営して、分担を決めているあいだ、ミーケとヴァルナーはヴァルナーのオフィスでドゥルゴヴィチの事故報告書を読み込んだ。

「アルコールの血中濃度〇・二九か」ヴァルナーは解剖所見を読みあげた。

「さもなきゃ、こんな馬鹿なことはしなかったでしょう」

ミーケは目撃証言を読んでいた。ドゥルゴヴィチが落ちてきて度肝を抜かれた女たちの証言ばかりだった。背景を知るには、ドゥルゴヴィチのふたりの連れの証言のほうが重要だった。

「墜落する前にだれといっしょだったと思います？」ミーケは目撃証言のファイルをつかんで振った。

「クメーダーか？」

「そうです。ペーター・ツィムベックもいっしょでした」

「なにを意味するかな？」ヴァルナーはファイルを閉じた。

「わかりませんが、クメーダーは三年前その場にいたわけですよね。十月四日に。そして今日リーダーシュタイン山にまた登って頭を吹き飛ばされた」

「あいつがあそこでなにをするつもりだったか突き止める必要があるな。あいつが登山家だったとは思えない」

「あいつは掃除機並みにコカインを吸ってましたからね。登山をするとは思えません」

「そうだな」そういうと、ヴァルナーはファイルのカバーを見つめた。

「なあ、クメーダーが着ていたTシャツだが、なにがプリントされていたかな？」

「大量の血で染まっていましたけど。どうしてですか？」

「なにかのモチーフがプリントされていた。スーパーマンとか悪魔とか、そんな感じだった。翼があって、マスクをつけていた」

ミーケは覚えていなかった。首から上がない光景にぞっとして、そこまで細かく見ていなかったのだ。

「ドゥルゴヴィチだというんですか？」

「ああ、ありうるだろう。たぶん命日の弔いだったんだ」

「それなら仲間のツィムベックが登ってきてもおかしくないですね。あいつも当時いっしょでしたし、ほとんどいつもつるんでいましたから」

「ツィムベックは受刑中じゃなかったか？」

「たしか出所したばかりです」

「例の弁護士からユーロカードを盗んだのはツィムベックだったよな？」

「ファルキングですね。それで？」

「クメーダーが最後に口にした名もファルキングだ」

「でも別の文脈ででしょう」

「無関係かもしれない。それでもツィムベックとは話す必要があるな」

10

二〇〇七年六月十五日午後十時四十分

最初の手札四枚には期待が持てた。オーバー（クイーンに相当する）が三枚に木の葉（スペードに相当する）のエースが一枚。ペーター・ツィムベックは古いドイツマルク硬貨をテーブルの中央に進めた。これで賭け金は倍になる。

「乗った！　おまえは？」クロイトナーはにやっと笑って、同じように古い硬貨をテーブルの中央に置いた。これで賭け金は四倍だ。

店内の照明は薄暗かった。木製のカウンターの奥に蛍光灯がともり、テーブルの上にはネオバロック風の木彫りのランプがぶらさがっている。木の部分は四十年くらいの古さがあるかのように黒く染めてあり、人工豚革の笠《かさ》も古ぼけていて、ろくに光を通さない。電球にもほこりがかぶっていて、明かりがともらないものもいくつかあった。テーブルはひとつを除いてがら空きだ。カウンターにも人影はない。ズージーはそこに立っているべきなのに、十五分前に外に出たきり、戻っていない。

ペーターと三人のトランプ仲間はまだそのことに気づいていなかった。四人は刻々と状況が変わるシャーフコップフに夢中になっていた。今晩はとくに集中が求められた。賭け金が高額だったからだ。基本の賭け金は十ユーロ、ソロ（攻撃者が単独でほかの三人を相手に競技する）の場合は二十ユーロ。そこから金額を吊りあげる。

ツィムベックは次の四枚を一枚ずつ見ていった。一度に見ないのはジンクスだ。緊張感はいやが上にも高まる。鈴（ダイヤに相当する）の七、木の葉の九、ハートのエース、そして四枚目のオーバー。ツィムベックの胸の鼓動が速くなった。カードを並べ替えずにひとつにまとめた。こうすれば、それぞれのカードがなにか読まれずにすむ。オーバーが四枚！　こんなカードを最後に手にしたのはいつだろう。おまけに木の葉が二枚にハートのエース。木の葉を切り札にして縛りをかければ、ソロができそうだ。

順番はツィムベックからだ。だがソロをやるとはすぐにいわなかった。対抗する者をださないためだ。だから「ダブル（賭け金を倍にすること）」とだけいった。クロイトナーも賭け金を吊りあげるかもしれない。どう出るか様子を見ることにした。ウンター（ジャックに相当する）四枚が欠けている。何枚かはクロイトナーの手元にあるようだ。実際、クロイトナーはいった。

「俺も、ダブルを宣言する」

ツィムベックは考えた。ソロは簡単ではない。クロイトナーの手札にウンターが三枚あるなら、確実にヴェンツ（攻撃者が切り札としてウンター四枚だけ使って、単独でほかの三人を相手にする）を宣言するのを計算に入れておく必要がある。数札（7、8、9、10の四種類）がうまく散っていて、点数にならない自分の数札をうまく処理できれば、勝てそうだ。だが失敗すれば、賭け金の四倍を支払わなければならない……。ツィムベックはビールをごくごく飲んでから深呼吸した。大儲《おおもう》けできる見込みはある。「切り札は木の葉」そういうと、ツィムベックは鈴のオーバーを捨てた。

その瞬間、さっきから聞こえていたエンジン音が大きくなって、ぴたっと消えた。クメーダーのサーブに違いない。ツィムベックは耳を澄まし、車のドアが閉まる音と砂利を踏みしめる足音を聞いた。こんな時間になんだろう。そのときクロイトナーがいった。「コントラ（防御側がこれを宣言すると、プレイの点数が倍になる）」

ツィムベックははっとした。まずいことになった。クロイトナーがコントラを宣言するなら、切り札をすくなくとも六枚持っていることになる。ツィムベックは本気でかからないと高くつくと気づいた。カードの点数を一点も間違えずに数える必要がある。最初のラウンドはもちろんツィムベックのものだ。オーバーよりも上の札はないからだ。クロイトナーとリンティンガーのおやじが切り札をだした。ハリー・リンティンガーはだせなかった。ウンターをだす者はまだいない。むずかしい状況だ。王手をかけられた。

カトリーンは食堂の反対側で車のドアが閉まる音と砂利を踏みしめる足音を聞いた。スタニスラウス・クメーダーが迎えにきた。カトリーンの息づかいが速くなり、胃が引きつった。ズージーはまだ出てこない。金を見つけるのに手間取っているのだろうか？　カトリーンは足音を忍ばせて裏口から入ると、声をひそませてズージーの名を呼んだ。返事はない。店内に通じる扉がすこし開いている。ツィムベックの筋肉質の背中が見えた。メタリカのツアーTシャツがぴたっと張りついている。ツィムベックはほかの三人とトランプをしている最中だ。そのうちのひとりはズージーの父親。もうひとりは弟のハリー。四人目は警官だということしか知らない。その瞬間、食堂の出入口が開いた。クメーダーが入ってきた。いつものように目に隈を作っている。ほとんど眠らず、コカインを大量にやっている。

カトリーンはさっと身を引いてドアから離れ、静かに厨房《ちゅうぼう》へ向かった。厨房は暗かった。扉が開いている冷蔵庫から明かりが漏れて、少しだけ明るかった。その冷蔵庫の前にズージーが立っていた。

「なにをしてるの？」カトリーンはささやいた。

ズージーがびくっとして厨房のドアのほうを向いた。

「氷をだそうと思ったの。あなたの目に当てるため」

「そんなのいいから、急いで。スタニが来たのよ」

ズージーは口を開いて愕然《がくぜん》とした。大急ぎで吊り戸棚のところへ行って扉をひらき、中にあった缶をいじりだす。

「明かりをつけて。お金を入れた缶がわからない」

「つけないほうがいい。店から見えるかもしれないから」

ズージーは明かりのないまま探しつづける。カトリーンは配膳口のところに行くと、閉まっていた小さな引き戸をすこしだけ開けて、店の中をうかがった。クメーダーがツィムベックの後ろに立っていた。ツィムベックはカードを伏せて、テーブルに置くと、クメーダーになにかいった。クメーダーは体の向きを変えてカウンターに向かった。つまりカトリーンのほうへ来たのだ。カトリーンはそっと引き戸を閉めた。ズージーが吊り戸棚の中を探っている音がした。

「缶はどこか別のところにあるんじゃないかしら。違う？」

ズージーは手を止めた。

「ペーターがどこかにやったのかもしれない」ズージーが額を叩いた。「思いだした。配膳口のすぐ横にあった。どうしてだろうと不思議に思ったのよ」

ズージーが動いた。

「取ってくる」

カトリーンはズージーの腕をぎゅっとつかんだ。

「正気？　スタニがいるのよ。あたしがどこにいるかあなたに訊くにきまってる」

「あなたはいないっていう」

「あいつはすぐに本心を見抜くわ」

ズージーはカトリーンのいうとおりだというようにうなずいた。

「配膳口を開ければすむことよ。缶はすぐそばにあるんだから」配膳口のところへ行こうとするズージーを、カトリーンがもう一度引きとめた。

「スタニがカウンターにいる。連中が気をそらすのを待たなくちゃ」カトリーンは身を乗りだして、小さな引き戸の隙間を覗き、クメーダーがまだカウンターにいるかたしかめた。だれかがビールをグラスに注いでいるのが見えた。

ツィムベックは、次にどのカードを切るか思案し、目をすがめて、頭の中で手に入れたカードの点数を数えた。彼は唇を動かした。

「おい、ペーター！　早くしろ！」クロイトナーが文句をいった。

「うるせえな。そんな簡単じゃねえんだよ」ツィムベックはそういいかえした。

「だろうな。こっちだって下手は打たない」クロイトナーはニヤニヤしてほかのプレイヤーを見た。ドアが開いて、クメーダーが入ってきたのはそのときだった。クメーダーはプレイヤーの面々をちらっと見てから、なにかを捜す風に店内を見まわした。

「よう」クメーダーは急いでいることがわかるようにすぐにつづけた。「カトリーンはいるか？」

「見りゃわかるだろう」ツィムベックはつっけんどんにいった。

「ズージーはどこだ？　カトリーンがどこに隠れているか、あいつなら知ってるはずだ」

ツィムベックはトランプを机に置いて、クメーダーのほうを向いた。

「どうした？　自分の恋人が見つからないのか？」

「あいつ、逃げやがった。ちょっと気になってな」

クロイトナーもトランプを置いた。

「逃げた？　どういうことだ？」

「いなくなったんだ。馬鹿なことを訊くな」

「また殴ったのか？」

「馬鹿をいうな」

「俺のいないところで話せ。聞きたくない」クロイトナーは公私混同をしない。自分を子どもの代父に選んだ相手でも、子どもは元気かと聞きながら平気で逮捕する。高額の賭けトランプをする警官、盗品とわかっていて商品を買う警官、酒気帯び運転をする警官、そういう連中はたいてい脅迫に弱い。だがクロイトナーの場合、そうはいかない。目をつむってもらおうとしてプライベートなことをネタに脅してもまったく効き目がない。クロイトナーもバイエルン州の警官がバイエルン警察任務法によって常に警官として行動しなければならないことを知っている。しかしバイエルン警察任務法など糞喰《くそく》らえだ。勤務が終了したら、知ったことではない。勤務終了後、内輪の暴力沙汰に遭遇した場合、自分たちで解決するか殴られた側が訴えるかすればいいと考えていた。クロイトナーは自分からそこに割って入ることはなかった。

「どのみち話すことなんてないしな」

クロイトナーはクメーダーを疑わしげに見た。

「ああ、あいつを殴ったさ」

「やはりな」クロイトナーはニヤリとした。

「だって、あいつ、俺のサーブをぶつけそうになったんだぜ。だけど、だからって雲隠れすることあねえだろう。毎回、同じことの繰り返しだ。気に食わないことがあったら、いえばいい。なんでいつもすぐ逃げだすんだ？」

クメーダーはひどくかっかしていた。

「ビールでも飲んで黙ってろ。俺はいまソロでプレイしてるんだ」

恋人の行方を気にしていたはずなのに、クメーダーはツィムベックの後ろに立って、カードを覗こうとした。ツィムベックは手にしていたカードを伏せて、テーブルに置いた。

「この野郎！　後ろに立つな！」

クメーダーはカウンターへ行って、ビールを注いだ。そのあいだにツィムベックの運が尽きた。クロイトナーはたしかに四枚のウンターに加えて、さらに木の葉を二枚持っていた。これで二回カードを取られ、ほかの奴にも二回カードを奪われた。ツィムベックには高くついた。四枚揃《ぞろ》い、賭け金の四倍、ソロの宣言で彼はプレイヤーひとり当たり四百八十ユーロ支払うことになった。支払いはその場でおこなうものだ。みんな、二、三百ユーロなら手持ちがあった。賭け金は事前にわかっていたからだ。だが千四百ユーロもゲームで動くとは、さすがにだれも想像していなかった。

「すぐ払えってのか？」そうたずねたが、ツィムベックも、大目に見る奴などいないことはわかっていた。

「そういうもんだろう」クロイトナーはいった。「にこにこ現金払いだ」

リンティンガーのおやじも、クロイトナーの肩を持った。

「長年やってるが、ソロを仕掛けといて、払わないなんて聞いたことがないぞ」

ツィムベックは切羽詰まった。といっても、彼に対して手を上げる者はいない。彼の腕っぷしの強さは仲間うちで抜きんでていたからだ。かといって負けた金を払わないのは、沽券にかかわる。考えられないことだ。クメーダーはビールをなみなみ注いだグラスを持って、彼の背中を叩いた。

「ズージーはどうした？」

「さあな。そんなことを考えてる余裕はない」ツィムベックはクメーダーを見て、いいことを思いついた。「おまえ、金を貸してくれ」

クメーダーはズボンからしぶしぶ財布をだした。ツィムベックに貸した金はまず返ってこない。ツィムベックは、金を借りたことを思いださせられるのがなにより嫌いだった。クメーダーは紙幣で三十ユーロを財布からだし、ツィムベックに渡した。ツィムベックは手を横に振っていった。「しまっとけ」

その頃、男たちに気づかれないまま配膳口の小さな引き戸が音もなくすこしだけ開いた。その隙間から華奢《きゃしゃ》な女の手が伸びて、配膳口の横にあった紅茶の缶を探りあてた。数秒後、引き戸の隙間をすこし残して、紅茶の缶は消えていた。

ツィムベックはいきなり立ちあがると、カウンターの裏にまわった。ほかのみんなが彼を目で追った。ツィムベックは配膳口のほうを向くと、そこにあった缶や箱や汚れたグラスをわきにどかした。しかし探しものは見つからなかったようだ。ツィムベックはいらついた。

「どういうことだ！　おかしいな」ツィムベックはクメーダーのほうを向いた。「紅茶の缶があったはずだ」

クメーダーがツィムベックを見て、なんのことかわからないという仕草をした。

「青だったか赤だったか。中国人の絵がついてるやつだ」

「ああ、あれのことか」クメーダーが思いだしていった。「そこにある」

「どこだ?」

「おまえの立ってるところだよ」

ツィムベックはクメーダーのいう缶があるはずの場所が見えるように一歩わきにどいた。たしかに缶がいくつも並んでいたが、中国人の絵がついた缶はなかった。クメーダーもカウンターの裏にまわってたしかめた。

「どうなってんだ? たしかにここにあった」

「それで」ツィムベックはいった。「いまもあるか?」

「見あたらない」

「俺にも見えない。じゃあ、どこに行った?」

クメーダーは配膳口の引き戸を見た。三センチほど開いていた。

「そこの引き戸」クメーダーは隙間に人差し指を当てた。「さっきは閉まってたぞ。二分前はな」

「ちくしょう! あの馬鹿女がやったな!」そうさけぶなり、ツィムベックは裏口に向かって走った。

カトリーンはレザージャケットのポケットに急いで札束を押し込んだ。ズージーがキーを差しだした。

「オートバイを使って。自転車じゃ逃げ切れない」

カトリーンはキーを手に取ると、腫れた唇が痛くなるほどきつく友だちを抱きしめた。

「きっと迎えにくる」カトリーンは唇が痛いのもかまわずズージーにキスをした。食堂の中からツィムベックののしる声が聞こえたかと思うと、すぐ駆けだす足音がした。

「行って！」ズージーはささやいた。顔に恐怖をにじませる。

カトリーンはすばやく家の角をまわり、夜の闇に消えた。その直後、ツィムベックがズージーの前に立った。つづいてクメーダーがあらわれた。

「金はどこだ？」ツィムベックが食ってかかった。

「金？」ズージーは最後までいえなかった。顔を殴られたからだ。頬が燃えるように熱くなり、左耳に激痛が走って、なにも聞こえなくなった。ツィムベックの怒鳴り声は、右耳でしか聞こえない。

「紅茶の缶に入ってた金だ」

ズージーは目に涙を浮かべた。

「あれはあたしのよ。この二年、チップを貯めてたんだから」

「おまえの金？」ツィムベックは啞然とした。「おまえの金だと？　ここは俺の店だ。客が置いていったものは全部、俺のものだ。いいか、俺のだ！」

ズージーは腹を立て、目に涙を浮かべてツィムベックをにらんだ。ツィムベックは首を横に振った。

「服やら靴やらなんでも買ってやってるだろう。それなのに、チップは自分のだというのか！ あきれた奴だ！」

「おい、カトリーンがここにいなかったか？ あいつ、いなくなっちまって、なにかあったんじゃないかと心配なんだ」そういって、クメーダーが会話に割って入った。

ツィムベックはクメーダーをじろっとにらんだ。

「おまえの女なんてどうでもいい。俺はここではっきりさせたいことがあるんだ」

ツィムベックはふたたびズージーのほうを向いて、彼女のTシャツをつかんで引き寄せた。

「金をよこせ。どこだ？ いえよ！」

ズージーは泣きながらツィムベックを見つめるだけで、なにもいわなかった。次の一撃で、顔がざらざらした壁にぶつかった。右目になにか生温かいものを感じた。血だ。裂けた眉から血が滴った。

「持ってないわ」ズージーは小声でいった。

「なんだと？」そう怒鳴ると、ツィムベックは彼女の髪をわしづかみにした。

「おい、あれはカトリーンの自転車じゃないか」クメーダーがいきなり声をふるわせながらいった。「こいつ、カトリーンに金をやったな！」

その瞬間、食堂の正面でオートバイが走りだす音が響いた。エンジン音はすぐに遠ざかった。クメーダーが駆けだした。

ツィムベックはズージーの首をつかんだ。彼女の首を片手でつかめるほど彼の手は大きかった。

「この野郎。おまえを泥沼から救いだしてやったのは俺だぞ。俺はおまえのためになんだってしてやったじゃねえか……」

彼の息がかかった。酒とタバコの匂いがする。ツィムベックは酔っ払っていた。すぐにたがはずれて、殴りだすだろう。それも容赦なく。我を忘れたツィムベックが暴れるのと比べたら、いまやられたことなど児戯に等しい。だがツィムベックは殴らなかった。その代わりに彼女の首をつかむ手に力を入れた。ツィムベックの顔が怒りで引きつっていた。ズージーの鼓動が早鐘を打った。そのときが来たのだ。来ないことを何年も祈っていたそのときが。どうせ彼がこうするのは時間の問題だったのだ。ズージーは息ができなかった。頭に血がたまった。ツィムベックはなにもいわず、彼の手が首を締めあげる。ズージーは、頭を割られるか、首の骨を折られていつか死ぬだろうと思っていた。まさかこんなに静かに死を迎えるとは思ってもみなかった。一分以内に死ぬだろう。

食堂の前では、車がエンジン音をとどろかせながら夜の森へと走っていった。

11

今年は霜が早く降りた。雨が風景を灰色のベールで包んでいた。ミーケとヴァルナーは木立で区切られ、霜で濡れた草地が広がる丘陵を車で走っていた。そこに生えている草はハーゲと呼ばれる。常緑の菩提樹《ぼだいじゅ》やトネリコにまじってシカモアカエデが赤や黄に染まっている。夜中に降りた霜のせいで、木の葉はすっかり色づいていた。ヴァルナーは車窓を過ぎる草地と木立を見ながら、木が色づいたり、色づかなかったりするのはなぜだろうと思った。死期を悟った木々はきっと、冬枯れして殺伐とした姿をさらす前に数日から数週間、鮮やかな色で風景を飾るのだ。そして次の春ふたたび緑が萌《も》えて、枝に生気が蘇《よみがえ》り、旅人の心を癒やす……。

「ひどい天気ですね。まったく憂鬱になります」ミーケがいった。暖房は全開だ。ヴァルナーはダウンジャケットを着ていたが、ミーケはTシャツだった。樹木の死について考えるうち、ヴァルナーはうとうとして、頭《こうべ》をたれた。ミーケは助手席のパワーウィンドウを下ろした。秋の湿った冷気が顔に当たって、ヴァルナーははっとした。ミーケは外を指差した。農家が一軒見え、牛糞《ぎゅうふん》の匂いがした。

「このあたりですね。クメーダーの家がどこかあそこのおやじさんに聞いてみましょう」

髭《ひげ》を生やし、青色の作業着を着て、緑色のゴム長靴をはいた年配の男が数メートル先で手押し車から牛糞を下ろしていた。ミーケはその男のそばに車を駐めると、開いている助手席側のサイドウィンドウのほうに身を乗りだして会釈した。ヴァルナーはダウンジャケットから身分証をだして、窓ごしに呈示した。

「クメーダーの家を探しているんだが」

「百メートル先だよ。カーブを曲がったところ」男は熊手の柄でそちらを指し、警察に質問をしていいものか考えている様子だった。だが気になって結局、言葉をつづけた。「あいつ、なにかやらかしたのか？」

「いいや、死んだんだ。ありがとう」ヴァルナーはパワーウィンドウを上げて、車をだすよう、ミーケに合図した。

八十メートルほどして道はカーブになり、その先の野道のわきに小さな家があらわれた。家に通じる道は草が生え放題だった。かつて日雇い労働者用に建てられた家だ。日雇い労働者は貧しかったので、家も小さく、快適さからはほど遠い。その家の現状を考えると、野外民俗博物館行きの代物だった。現代的だといえるのは、農家からここへ電柱伝いに引かれている電線くらいで、家の外観はひどいものだ。化粧壁が大きくはがれ、石やレンガ片をまぜたモルタルがむきだしになっている。窓はどれも小さく、窓枠のペンキもとっくにはげている。ガラスが二枚ひび割れていた。ガラスのない窓も一枚あって、小さな合板で代用していた。庭は雑草だらけで、その中に錆びたガーデンファニチャーとスクーターの残骸があった。荒れ放題の菜園には金網の残骸がある。元は囲いに使われていたものだろう。花壇のひとつはこのカオスの中である程度秩序が保たれていた。二平方メートルのその花壇には大麻が植えられていた。

ヴァルナーは玄関に向かい、一瞬動きを止めて手袋をはめた。ミーケも同じことをした。本当は鑑識が作業をする前に現場に入ってはいけないことになっている。禁止されているわけではないが、ティーナとルッはすくなくとも丸一日はへそを曲げ、作業が台無しだという顔をする。

ヴァルナーは鉄製のドアノブをつかもうとして、ドアの近くに濡れた靴跡があることに気づいた。スポーツシューズのゴム底だ。だれかが最近、濡れた草を踏んでこの家に近づき、中に入り込んだとみえる。

ヴァルナーは静かにするようミーケに合図を送り、靴跡を指差した。ドアが開いていた。というより、ドアは長年のあいだに変形して、閉まらなくなっていたのだ。かすかにきしんだ音を立てながらドアを開け、家に足を踏み入れた。内部は一間で、キッチンストーブがでんと鎮座している。ほかには、たたんでいない布団、ノートパソコンがのっているデスク、イケアのワードローブ、食器棚などの家具があった。茶色に塗られたフローリングにはラグが二枚敷かれ、デジタルの室内アンテナをのせたテレビが布団の横にあり、流し台の横には食洗機があった。調度品はごく平凡だ。だが壁は異常だった。写真でびっしり埋め尽くされていたのだ。ヴァルナーとミーケは面食らって四方の壁を見まわした。写真は数百枚に及ぶ。サイズはパスポート写真からポスター大のものまであり、被写体はすべて同じ若い娘だ。

ヴァルナーはポスター大の写真に近づいてしげしげと見た。そのときどこかで金属がきしむ音がした。ミーケとヴァルナーは動きを止めた。また音がした。玄関とは反対側の、家の奥へ通じるドアから聞こえた。むかしはおそらく豚か山羊《やぎ》を飼うための家畜小屋だったところだ。ミーケは拳銃をホルスターから抜いた。ヴァルナーはダウンジャケットの前を開けてみせ、拳銃をオフィスに置いてきてしまったという仕草をした。ミーケはあきれた様子で天井を見上げ、そっとドアロへ向かった。ヴァルナーは彼の横に立ってドアノブに手をかけた。ミーケはドアが開いたらすぐ拳銃を向け、いざとなったら発砲できるよう構えた。ドアの奥でまた物音がした。ミーケはヴァルナーを見た。ヴァルナーは三つ数えて、勢いよくドアを開けた。

12

その部屋には窓がなかった。ドアから射《さ》し込む光が部屋の一角を浮かびあがらせた。フローリングにはほこりが積もり、穴や亀裂が見えた。ドアの蝶番《ちょうつがい》側に作業台があった。古くてぼろぼろだ。ペンキや糊のシミがついていて、年季が入っている。その作業台の端に人が立っていた。薄暗がりの中、最初に見えたのは真新しいジョギングシューズとパラシュート生地でできた灰色のジョギングパンツと開いたファイルだった。ファイルを手にした男は中背で、顔がよく見えない。男はもう一方の手に懐中電灯を持っていた。

「両手を後頭部に当てて出てこい」ミーケがいった。

暗がりにいた男は手にしていたファイルを、ほかのファイルが積んである作業台に置いた。

「おい、ミーケ。気はたしかか。ノックくらいしろよ」

クロイトナーが暗がりから出てきた。

「どういうことだ？」ヴァルナーはたずねた。「入院していたんじゃないのか」

「退院して勤務復帰さ。それより、面白いものを見つけた」クロイトナーは暗い部屋の奥を指差した。

「触ったもの、勝手に動かしたもののリストをルッとティーナに提出しろよ」

「なんだよ、ヴァルナー、俺はプロだ。勝手に動かすもんか」

ヴァルナーはゴム手袋をはめた自分の両手をクロイトナーの目の前に上げた。「指紋は？」

クロイトナーも両手を上げた。オイルを充塡するときにガソリンスタンドでもらえる、形の崩れたビニール手袋をはめていた。

「まあいいか」ミーケがいった。

「よし」ヴァルナーもいった。「それでも勝手にいじるな。そのファイルは？」

「私立探偵からの請求書。それと督促状。クメーダーは当然、未払いだったんだな」

「クメーダーはなんで私立探偵なんか雇ったんだ？」

クロイトナーは壁に貼られた無数の写真のほうを顎でしゃくった。

「消えた恋人か？」

「ああ、カトリーンだ」

「クメーダーは二年前、行方不明者届をだしている。そうだな？」

「捜索はしたのか？」

クロイトナーはうなずいた。

「いいや」クロイトナーがいった。

「なぜしなかった？」

「行方不明じゃありません。あいつから逃げたんですよ」ミーケがいった。「クメーダーは彼女を四六時中殴っていました。うんざりしたんでしょう」

「クメーダーの見方は違った」クロイトナーがいった。

「というと？」

「誘拐されたか、殺されたかしたと考えていた。あるいはその両方」

「誘拐？　それなら身代金の要求があっただろう」

「まあね。それにクメーダーから逃げたというカトリーンの親友の証言もあった」

「たしかその夜、おまえはその場に居あわせたといってなかったか？」ミーケがたずねた。

クロイトナーはまずいという顔をした。

「俺が？　なにか話したかな？」

「ああ、次の日の晩、〈ブロイシュトゥーベル〉でしゃべってた。ソロを宣言したツィムベックを四ラウンドで叩きのめしたと吹聴《ふいちょう》してたじゃないか。そのときクメーダーがあらわれて、殴ったら恋人がいなくなったと話したといってた」

「ああ。だけどカトリーンのことは見なかった。クメーダーはまたいなくなって、そのあとのことは知らない」

ヴァルナーは壁の写真を見つめた。

「変だな。クメーダーは彼女に暴力をふるっていたのか？　これを見るかぎり……」ヴァルナーはぴったりの言葉を探した。「崇拝していたみたいじゃないか」

「変じゃないさ」そう言われて、ヴァルナーはクロイトナーを見た。「クメーダーはあの娘を所有したかったんだ。どっちもコントロールフリークのなせるわざさ」

三人はしばらくすると、鑑識の仕事を増やさないように家から出た。日が翳《かげ》って、涼しい風が吹いていた。黒い雨雲が北西から迫っている。谷間《たにあい》でも気温は十度以下に落ちていた。

今夜、ヴァルベルク山は初雪になりそうだ。ヴァルナーはダウンジャケットのファスナーを顎まで引きあげた。ミーケは車に行って、鑑識がいつ到着するのか問いあわせた。ヴァルナーとクロイトナーはちょうど降りだしたこぬか雨の中に立っていた。どこからかカビの匂いがした。

「山でそばにいた人間が射殺されたんだからかなりショックだっただろうな?」

「当たり前だ」クロイトナーがいった。「最初はなにがなんだかわからなかった。残忍この上なかった」

ふたりはしばらく黙った。霧が流れていった。車が見えなくなるほど濃かった。

「クメーダーはなにかいったそうだな? 消えた彼女のこととか?」

「弁護士がカトリーンのことをなにか知っているらしい」

「ファルキングか?」

「ああ」

「クメーダーはこの数日、携帯からファルキングに五回も電話をかけている。なにかあったはずだ」

「弁護士に訊けばいい」

「留守番電話だった。連絡をよこすように伝言を残したが、まだ返事がない」

ミーケが戻ってきた。「十五分で来ます」それからクロイトナーの方を向いた。「クメーダーはなんでリーダーシュタイン山に登ったかいったか？」

「はっきりいわなかった。おそらくドゥルゴヴィチの命日だったからだろう」

クロイトナーは、クメーダーとツィムベックがミクロ・ドゥルゴヴィチのイカロス作戦を追悼するクラブを作ろうとしたことを話した。だがその計画は賛同者がすくなくて頓挫した。法人を作るのに必要な七人が集まらなかったのだ。そもそも設立目的が、毎年十月四日リーダーシュタイン山の頂上に集まり、ミクロ・ドゥルゴヴィチを偲《しの》んで日の出から夜までビールを飲むといういいかげんなものだった。声をかけられた者たちは、自分でビールを山頂まで担ぎあげると聞いて二の足を踏んだのだろう、とクロイトナーはいった。とにかくツィムベックとクメーダー以外だれも会員にならなかった。実害があったとすれば、クラブのモチーフを入れたTシャツを先に作ってしまったことくらいだという。包装したままのTシャツ八着を、このあとティーナが奥の部屋で見つけるだろう。

「ツィムベックはリーダーシュタイン山に来なかったのか？」

「いや、来るはずだったと思う。ツィムベックに会わなかったかってクメーダーに訊かれた。まだツィムベックには訊いてないのか？」

「電話に出ない」ミーケがいった。「このあとツィムベックの食堂に寄るつもりだ。あいつは刑務所を出たのか？」

「八月末に出所した」

「なんてこった。この二年、本当に静かだったのに」そういうと、ヴァルナーは雨で濡れたメガネをダウンジャケットにしまった。

13

警察車両が六台、殺されたスタニスラウス・クメーダーの小さな家の前に駐まった。二台が青色回転灯をつけている。ルッとティーナは家の中で、部下たちといっしょに重要と思われるものを確保した。ヤネッテはそのあいだに署でいろいろ調べ、クメーダーがニーダーバイエルンのフライユング近くの出身であることを突き止めた。両親がいまでもそこに住んでいる。クメーダーに兄弟姉妹はいなかった。職業は自動車部品販売となっているが、税務署で確認すると、一年の売り上げが九千ユーロにも達していなかった。

頼んでいたヴェーラ・カンプライトナーからの画像もヴァルナーの携帯電話に届いた。画像には被害者のTシャツが写っていた。バットマンのようなキャラがジェットエンジンのように二本のたいまつを持って飛んでいる図柄だ。その下にリーダーシュタイン山も描き込まれ、ドゥルゴ・フォーエヴァー・ファンクラブというロゴが入っていた。

ヴァルナーは、すこし離れたところに生えている、雨の滴《しずく》を落とすリンゴの木にもたれかかって、花壇の大麻を見ながら物思いにふけった。草から家に視線を移すと、雨に瓦が濡れて光っていた。雨樋の途中に錆穴があり、雨水のほとんどはそこから流れ落ちて白い樹脂製の椅子を濡らしていた。小さな窓から壁に貼られた無数の写真が見えた。スタニスラウス・クメーダーが愛し、虐待した女の写真だ。彼女がどこにいるかもわからなければ、事件に巻き込まれたのかどうかも定かではない。二年以上も彼女の行方を追っていた男が頭を吹き飛ばされた。ヴァルナーは考えつづけながら、偶然目にとまったものを見、雨樋からこぼれ落ちる水滴の音に耳を傾けた。こういう状態のとき明晰《めいせき》な考えが浮かぶものだ。一見無関係に思える複数のできごとが魔法にかかったようにひとつにつながる。だがそういう思いつきはまたたくまに消えてしまうことがある。しっかりとつかまえて記憶にとどめるためには、悠長にかまえていられない。

リンゴの木にもたれかかっていたとき、一、二度、ヴァルナーの脳裏をよぎったことがあった。だがその一瞬の思いつきにどう対応したらいいかがわからなかった。きっと関連がある。だがいったいどんな関連だろう。

野次馬を遠ざけるための紅白の立入禁止テープが張ってあった。こんな地の果てのような場所に必要なことかと思う向きもあるだろうが、数分もしないうちに五十人近くの人間が集まり、警察の捜査を興味津々に見守っていた。その群衆の中に、さっき道をたずねた髭面の男がいた。男はほかの野次馬の多くと同じように家を見ていた。しかし、態度が違う。その男も自分と同じように、クメーダーが殺された原因に思いを馳《は》せているようだと思った。最初に会ったときには見過ごしたが、男の目はするどく光っている。ヴァルナーは規制線のほうへ近づいて、その男に中に入ってくるよう合図した。

「クメーダーのことを知っているのかね？」

男はうなずいた。

「ミースバッハ刑事警察署のヴァルナー刑事だ」

「ミヒャエル・ハイトビヒラー。ここは俺の地所なんだ」男は、ヴァルナーとミーケがさっき通りすぎた農家を指差した。

「この家もあなたの持ち物なのか？」

「ああ。クメーダーに貸してた」

「最近、クメーダーの様子におかしなところはなかったかな？」

「なんで殺されたのか知りたいんだな？」

「見慣れない人物が訪ねてきたとか、クメーダーがだれかと争ったとか」

「なくはない」

「本当か？」

「喧嘩をした」

「いつ、だれと？」

「ツィムベックの食堂でのことさ。ここからそう遠くない。一キロくらいかな。マングファル川のそばだ。俺はあまり行かない。年に二度くらいだ。ビールを一杯ひっかけて帰る」

「喧嘩は最近のことか？」

「木曜日の夜さ。そのときクメーダーは喧嘩をした。若い奴とな。かなり酔っ払っていた」

「クメーダーが？」

「違うよ。もうひとりのほうさ」

「それがだれか知らないか？」

「リンティンガーのところのせがれだ。谷の下でスクラップ置き場をやってるリンティンガーだよ」

「なんで喧嘩になったんだ？」

「クメーダーが消えた恋人のことで愚痴ばかりいっていたんで、リンティンガーはかっときたのさ。いいかげんにしろ。いらつくんだよ。どうせ死んでるってね。クメーダーは、うるせえ、なにも知らないくせにっていいかえした。そしたら、リンティンガーが死体を見た、信じられないのなら、弁護士に訊いてみろっていった。するとリンティンガーのおやじとツィムベックが割って入って、リンティンガーの息子に、くだらないことをいうな、飲みすぎだっていって、その場から連れだしたんだ」

ヴァルナーは一瞬びくっとした。

「本当にクメーダーの消えた恋人の死体を見たといったのか？」

「ああ。死体っていった」

「弁護士は？　ファルキングという名だったか？」

「ああ。そんな名前だった」

14

二〇〇七年六月十五日午後十時十分

その晩は暖かく、一日が終わったばかりだった。西の空に夕陽《ゆうひ》の名残が見える。男がふたり、テラスにすわってリキュールとフランケンワインを飲んでいた。シャオホマイアーはとっておきのワインを開け、大枚をはたいたといった。どうせ一本十マルクだろう、とファルキングは思った。ワインは甘くて、風味に乏しい。そしてすっかり気が抜けていた。しかし義父の思いどおりにさせるほかない。

一昨日《おととい》、義父はアルツハイマーと診断された。アルツハイマーは特効薬のない高齢者の病気だ。五十代半ばでかかるのは早すぎる。

診断を受けたとき、ベルント・シャオホマイアーは五十六だった。不安に体をこわばらせ、半日はなにも話せなかった。彼が経営する零細の建築会社の顧客がわからなくなったのがことのはじまりだ。彼は物忘れがひどくなると、まずリキュールに逃げた。毎日、ボトルの半分は飲んだ。作業員を叱咤《しった》し、口うるさい施主に振りまわされる建築現場でのハードな一日の重圧を発散させるには必要なことだった。だがある晩、シャオホマイアーはグムントにある自宅に帰ってきて、庭木戸で知らない若い女と出会うことになる。じつは娘のアネッテだった。その場を取り繕うことはできたが、このことがあってから考え込むようになった。四ヶ月後、記憶の欠落が目立つようになり、妻のマリーアにそのことを打ち明けた。アルツハイマー症候群のことは、ふたりとも知っていた。しかしまさかシャオホマイアーの年齢で発症すると思っていなかったのだ。彼はミュンヘンの病院で検査を受けた。診断結果はアルツハイマー症候群。百パーセント証明するには解剖が必要だが、すべての徴候が発症を示唆していた。

ファルキングはその日、アルツハイマー症候群だと判明してからはじめて義父を訪ねた。最初のショックは収まり、家族のあいだでは病気について笑い話まで飛びだすくらい落ち着きが戻っていた。みんなで食卓を囲み、子牛肉のロールローストに舌鼓を打ちながら次の休暇のことを話題にした。すべてがいつもどおりで、病気などどこ吹く風といった様子だった。ところが、デザートを運ぶ手伝いをするため、ファルキングが義母のマリーアといっしょに台所に入ると、義母がいきなり泣きだした。ファルキングは義母にキッチンタオルを渡した。

彼女は洟をすすり、目にたまった涙をふくと、ファルキングにいった。

「わたしが泣いたことを夫にいわないでね」

それからふたりは台所から出て、みんなでクルミのアイスを添えたイチゴを食べた。十時に、ファルキングは義父と話したいことがあるといって、アネッテと義母は居間に移った。ふたりも、相談することがあったのだ。診断を受けてからふたりは何度も相談を重ねていたが、それでも話は尽きなかった。男ふたりはテラスでフランケンワインとリキュールを飲み、まじめな話をした。

「いまのところ打つ手はないんでしょうね」ファルキングはいった。「もちろん深刻ですけど、五年後はわからないですよ。医学の進歩は日進月歩ですから……」

「そうだといいが。しかし今後のことを考えておかなくてはな。一年後には金を稼げなくなっているかもしれないんだから」

「そうですね。準備はしなくては。アネッテの心配はいりません。いざとなったら、マリーアの面倒だってみます。でも万一のときに備えませんと」

ファルキングは、シャオホマイアーにあまり備えがないことをよく知っていた。自営業なので、公的年金基金に加入していないし、余剰金は建築業界の不景気で食い潰していた。

「してはあるんだ」シャオホマイアーは苦々しくいった。

「なにをですか？」

「万一のときの備えさ。わたしは生命保険にふたつ入っている。だがそれだけでは、マリーアの老後をまかなうのは無理だ。もう一杯どうかね？」

「いいえ、このくらいにしておきます。車の運転があるので」

シャオホマイアーは自分のグラスに酒をなみなみ注いで、ぐいっと飲み干すと、不安そうに夜の闇を見つめた。

「じつはいい話があるんです。一、二週間で二、三万ユーロ稼げるんですけど」ファルキングはいった。

「ほう」シャオホマイアーが関心を見せた。「なにか問題があるんだな？」

「毎度のことです。先立つものが必要でして」

「わたしにもいまは金がない。だが話を聞こう」

「大学時代の友だちに銀行員がいるんです。そいつの話では、SDAXに上場しているある企業が来週、吸収合併されるらしい。彼の銀行が出資しているため、彼自身は手がだせないんです。インサイダー取引になりますから」

「それじゃ、おまえやわたしが株を買ったらどうなんだ？　それは合法なのか？」

「そうですね……たぶん合法ではないでしょう。しかし、人生は短い。どうだっていいじゃないですか。そんなことを気にしている暇はない。そうでしょう？　やっぱり一杯もらいます」

シャオホマイアーはファルキングのグラスにリキュールを注いだ。

「ああ、たしかに人生は短すぎる」

ファルキングはしまったという顔をした。

「すみません。口がすべりました。そういう意味じゃないんです」

「いや、おまえのいうとおりだ。考えすぎるのがいけない」シャオホマイアーは太い指で蒸留酒用の小さなグラスをまわした。「どのくらいもうかるんだ？」

「一週間で十五から二十パーセントの儲け。もちろん友だちに分け前を渡す必要があります。ただというわけには……」ファルキングは言葉を濁した。「もちろんいきません。彼も危険を冒しますから。でも、興味はないんでしょう？」

「ああ」シャオホマイアーは肩をすくめた。ふたりはしばらく物思いに沈んだ。考えることは同じだった。

「ほかの奴が儲けるなんて悔しいですよね。せっかくいい情報が手に入ったのに……」ファルキングはリキュールを飲み干して、ちらっとシャオホマイアーを見た。大きな手に小さなグラスを持って、遠くを見つめている。

「まあ、なんだ……」シャオホマイアーがためらいがちにいった。

「なんですか？」

「ポケットマネーを用立ててもいい」

シャオホマイアーには何十年もかけて貯めたポケットマネーがあった。仕事を頼んで代金を支払っても、領収書をとらない人がいる。排水用の溝を掘ってくれとか、庭にプールをこしらえてくれとか、そういう依頼をする個人だ。そういうときは現金で払ってもらい、その現金をスポーツバッグに入れて地下室に保管していた。

「あのポケットマネーですか！」ファルキングは畏敬と皮肉がないまぜになったような言い方をした。シャオホマイアーが地下室に隠してあるポケットマネーを見せたのはひとりだけだ。それは義理の息子だった。シャオホマイアーは自分の妻マリーアと仕事の話を一切しなかった。娘はいうまでもない。女には仕事のことなどわからないと考えていたからだ。だが義理の息子なら仕事のことがわかる。なんといっても、ライツアッハレンガ社の営業マンになって最速でトップに立った男だ。リキュールに酔ったある夜、シャオホマイアーはファルキングを地下室に連れていき、スポーツバッグを見せた。税務署に内緒で大金を貯めたことがすこし自慢だったのだ。何十年ものあいだ、だれにも知られずにきた。真面目一方のシャオホマイアーが脱税をするなど、誰も夢にも思わない。

「むろん、問題は現金だということだ。銀行に持っていったら出所を訊かれるにきまってる。そして税務署に通報するだろう」

「そうですね。ただし額によります。たしか一万五千ユーロ以上の場合となにかで読みました。口座を二十個作って分散させれば、大丈夫ですよ」

「それからどうする？」

「わたしに送金すればいいんです。わたしはインターネットで株を買い、二、三日後、売却します……口座ならいつでも作れます」

「ばれる危険は？」

「ゼロですよ。株の売買をすること自体は違法ではないですから。その会社の合併がニュースで流れれば、株価は一気に上がるでしょう。ですから、それまではできるだけ内緒にしないと」

シャオホマイアーはファルキングのグラスにリキュールを注ごうとしたが、ファルキングはグラスに手をかぶせて断った。シャオホマイアーは自分のグラスに酒をなみなみ注いで、一気に飲み干すと、夜の闇を見つめた。唇が動いている。声にださずに、皮算用をしているようだ。

「二十万注ぎ込めば、三万から四万の儲けか」

「まあ、そんなところでしょう。もちろん数千は手数料で消えますが」

「それでも、一週間で三万ユーロ……」

どこからともなく生温かい風が吹いてきた。コオロギが鳴き、森の縁に生えているトネリコがざわめいた。あと何回こうやって夏の夜を楽しめるだろう。もう残り少ない、とシャオホマイアーは自覚していた。きっともうすぐ人生が終わるだろう。アルツハイマー症候群が進行し、人も物も認識できなくなるだろう。リキュールがどんな味だったかも忘れてしまうかもしれない。リキュールがリキュールという名であることも、飲むと世界が美しく見えることも思いだせなくなるのだろう。シャオホマイアーはパニックに襲われた。グラスに酒をなみなみ注いで一気に飲み干すと、グラスをガーデンテーブルにどんと置き、決意を固めた顔をして夜の闇を見つめた。

「やろうじゃないか！」彼はいった。「俺にはもう時間がない。マリーアに貧しい思いはさせられないからな。マリーアに貧しい思いをさせたら、天に召されても、自分が許せない」

シャオホマイアーは泣きそうになって、たるんだ顔を苦しげに引きつらせた。ファルキングはほっと胸をなでおろした。金をだしてくれるようだ。これで首の皮一枚つながる。

「だがひとつ頼みがある。いいかな？」

ファルキングは身をすくませた。条件をだされるとは。

「いいですとも。わたしにできることなら。なんでしょうか？」

「口座を開設する件だよ。とてもではないが、俺にはやれない。代わりに開設してくれないか？」

「というと……」

シャオホマイアーは家で女たちのどちらかが聞き耳を立てているとでもいうように、あたりを見まわした。あるいはタバコは外で吸えと妻に追いだされた隣人が数分前から生け垣に立っていると思ったのかもしれない。しかし話を聞いている者はひとりもいなかった。シャオホマイアーは生け垣を懐中電灯で照らした。やぶを抜ける猫の目がふたつ、キラッと光った。

「ちょっくら地下室に行ってくる。金をおまえに預けるよ。アネッテは今夜泊まっていくといっているから、気兼ねはいらないだろう」

ファルキングは現金を渡されるとは思っていなかった。トランクルームに二十万ユーロも積んで走りまわるのは、あまりいい気がしない。だがその一方で、金が確保できるのだ。それを増やせるかどうかは自分の手腕にかかっている。シャオホマイアーは、ファルキングがためらっていることに気づいた。

「おまえにも手数料を払うよ。儲けの十パーセント。当然だ」

「とんでもないです。そんなことで儲けるつもりはありません」ファルキングはそのことで議論したくないという態度をとった。「家族から金は取れませんよ。いろいろしてもらってますし」

それは本当だ。ライツアッハレンガ株式会社の法務部に就職できたのはシャオホマイアーのコネでだった。だが、ファルキングが儲けるつもりはないというのは、もちろん口だけのことだ。彼の皮算用はこうだった。株は四十パーセントの高騰が見込まれる。したがって利益は八万ユーロ。そのうちの半分をシャオホマイアーに渡し、二万五千ユーロはライツアッハレンガ社に払い、友人のオットマールに一万ユーロ、そして五千ユーロが自分に残る。ストレスがすこしかかる代償だ。

「リキュールをもう一杯もらえますか。帰る前の気付け薬にします」

シャオホマイアーは酒で湿った口元に感動の笑みを浮かべてファルキングの肩を痛いほど叩き、それから義理の息子と自分にもう一杯ずつ酒を注いだ。ふたりは乾杯した。それからシャオホマイアーは夜の闇を見つめた。今度は期待のまなざしで。

15

ヴァルナーとミーケはハイトビヒラーに事情聴取したあと、ペーター・ツィムベックの食堂〈マングファルミューレ〉に向かった。食堂は車で五分のところにある。牧草地を抜ける細い道を辿ってマングファル谷に下る。谷は森が深く、昼なお暗いため、ミーケは車のライトを点灯した。食堂は道沿いにあった。落ちぶれた感じだ。悪天候のせいでよけいにうらぶれて見える。

ペーター・ツィムベックが、クメーダーとその消えた恋人とファルキング弁護士についてなにか知っているといいのだが。それにツィムベックは店主だから、クメーダーとリンティンガーのせがれが喧嘩したときにその場に居あわせたはずだ。そう期待していたヴァルナーは店を見てがっかりした。雨の中、店はひっそりしていた。出入口にかけた案内板には、日曜日休業とある。店の上の住居にも、だれもいないようだ。

ヴァルナーたちはマングファル谷に沿ってリンティンガーのところへ向かった。移動中ミースバッハ署に電話をかけて、廃棄物業者のリンティンガーに関する情報を入手した。リンティンガー一家が警察の世話になったことをおぼろげに覚えていたが、実際、詐欺と税法違反でいくつか前科があった。

谷に入ると、道はマングファル川と並行して流れるマングファル運河に沿ってつづいた。浄水場をすぎたところで森になる。いまは霧が立っているので隅々までは見えないが、その森には広い空き地がある。いきなり道の右側にコンクリート壁があらわれた。その向こうはくず鉄の山だ。

ヨハン・リンティンガーと息子のハリーは古いフォード・フィエスタのエンジンルームに体を突っ込んでいた。父親のヨハンはずんぐりしていて、髪は白く髭面で、鼻を見れば酒飲みなのがわかる。ハリーは口数の少ない二十代の若者だ。廃車同然の値段で買い入れた車を修理して東欧やアフリカに売り飛ばし、税務署に申告しないですむ追加収入を得ていた。

ヴァルナーとミーケが車に乗ったまま敷地に入っていくと、リンティンガー親子は作業を中断して、ボンネットを閉じた。顔を知らなくても、リンティンガー親子は警察の匂いをかぎ分けるのが得意だった。

「作業をつづけて」ミーケはリンティンガー親子のところへ歩きながらいった。

「ちょうど片づいたところさ」父親のヨハンがすかさずいった。「なんの用だ?」

「ハリー・リンティンガーに用がある」ミーケが身分証を呈示した。

ヨハンは目を丸くした。

「なんだ! 警察? どういうことだ! おまえ、なにかしたのか?」

「話を聞きたいだけだ」ヴァルナーはいった。

「よかった。びっくりさせないでくれ。俺は生まれてこの方、警察の世話になったことがない」

「細かいことはいいたくないが、同僚からは違う話を聞いている」

父親は無邪気そうに驚いて見せた。

「そうなのか?」そのとき昔のことでも思いだしたのか、こうつづけた。「ああ、あれのことか! 大昔の話じゃないか。本当の話じゃないし」

「本当の話だ。だが今回は別の件で来た」

「ああ。わかってるよ」父親は芝居じみた泣きそうな声でいった。「汚点は消えることがない。犯罪者の烙印《らくいん》を押されたら一生ついてまわる。あんたらにとって、俺は永遠に犯罪者なのさ」

「いいかげんにしろ、リンティンガー。つべこべいうなら、そこの車を調べるぞ」ミーケがフォード・フィエスタをしげしげと見た。父親が口をつぐんだ。

「ハリー・リンティンガーさん？」ヴァルナーはまだ幼さが残っている息子のほうを見た。

ハリーがうなずいた。

「このあいだの木曜日、〈マングファルミューレ〉にいたかな？」

ハリーは父親の方を見た。

「先に手をだしたのはハリーじゃない。クメーダーが殴ろうとしたんだ。あいつが違うことをいっているなら、それは嘘《うそ》だ」

「クメーダーはなにもいってない。死んだから」

「はあ？　死んだって、どういうことだ？」ヨハンの反応はすこし大げさだった。ミーケがちらっとヴァルナーと目を見交わした。父親はクメーダーが死んだことを知っているに違いない。

「そうだ。人はあっさり死ぬことがある」ヴァルナーはまたハリーのほうを向いた。「木曜日に、あんたはクメーダーになにかいったそうだね。彼の恋人に関することだ。なんといったか教えてくれないかな？」

父親が押し殺した笑い声をあげた。

「こいつに、教えろだって？　こいつが覚えているわけがない。ぐでんぐでんになって昏睡《こんすい》状態だった。こいつは、店にいたかどうかも覚えてないさ」

「リンティンガーさん……」ヴァルナーは警告した。

「まったくのんだくれやがって。こんな言い方をしてすまない。だけど俺はほかに言葉が見つからない。若い連中はのんだくれてばかりいる」

「だれの影響かな？」ミーケがたずねた。

父親は人生最高の名文句でも聞いたかのように、ひひひっと笑い声をあげ、赤紫色になった団子鼻をひくつかせた。

「リンティンガーさん、事務所にいてもらおう。あんたは息子さんとの話が終わるまで、そこで待っててくれ」ヴァルナーはコンテナーを指差した。コンテナーのドアには「事務所」と書かれた札が吊《つ》るされている。

「どうせあいつはなにも覚えてない。無駄なこった」父親は立ち去りながらいった。

ハリーはヴァルナーたちの前に立って、油で汚れた手を布でふきながら足元のひびが入ったアスファルトを見ていた。

「あんたはカトリーン・ホーグミュラーの死体を見たといった。そうだね？」

「お……覚えてない。かなり酔っ払ってたんで」

「訊き方を変えよう。カトリーン・ホーグミュラーの死体を見たかね？」

ハリーは首を横に振った。

事務所から父親が叫んだ。

「そいつはなにも知らない！」

「それならどうして死体を見たといったんだ？」ミーケはいった。

ハリーは肩をすくめ、なんのことかわからないという顔をした。だがいつもの表情とたいして違いはなかった。

「それから弁護士というのはだれだ？」

ハリーはミーケのほうをおずおずと見た。なにもいわなければ、相手は打つ手がない。経験の浅いハリーでも、そのくらいはわかっている。

「ファルキングという弁護士だ。その弁護士も死体を見たそうじゃないか」

ハリーはゆっくり左右を見てから肩をすくめた。

「では質問を変えよう。あんたはその場にいたね。二年前だ。その女性が消えた夜」

「だれが？　俺？」

「おい、いいかげんにしろよ」ミーケが口をだした。立場を明確にするため、きつい言い方をした。「俺たちをからかってるのか？〈マングファルミューレ〉でトランプをしていただろう。ツィムベックは大損した。オーバー四枚でソロをやった」

「ああ、あの晩か」

「ようやく思いだせたか。カトリーンがそこにいたことは知っているな？」

ハリーは首を横に振った。

「覚えてないのか？　彼女のことが話題になったことも？」

今度も首を横に振った。

「おやじもそこにいたな？」

ハリーがうなずくと、ミーケはいった。

「ここにいろ」

ヴァルナーとミーケは、いまだにバラックの前に立っている父親のところへ行った。今度は自分が尋問されると気づいて、目を丸くしている。

「カトリーン・ホーグミュラーが行方不明になった夜のトランプについて話を聞かせてもらおう」ヴァルナーはそういった。

「なにを話せっていうんだい？　あいつは逃げだしたんだ」

「その夜、娘を見たのか？」

「いいや。あいつは店の裏にいた。そこにいたほかの奴からそう聞いた」

「ほほう。あんたの息子は、カトリーン・ホーグミュラーがその晩いたことをだれからも聞いてないといっていたんだがね」

「だからいっただろう。あいつはしょっちゅう酒を飲んで前後不覚になっている。のんだくれるのはやめろって何度もいってるのに、いうことを聞かない」

「いい見本がいるからな」ヴァルナーはいった。「あんたはカトリーン・ホーグミュラーが死んでいると思うか？」

「まさか。あいつは出ていったんだ。クメーダーが懸命に追ったが、捕まえられなかった。あいつは遠くに逃げて、見つからないようにしてるのさ」

「ツィムベックに会いたいんだが、どうやったら連絡がつくかな?」

「さあねえ。〈マングファルミューレ〉に行ってみたらどうだい?」

ヴァルナーとミーケは礼を口にして立ち去った。

ツィムベックは事務所の窓辺に立って、ヴァルナーたちの車が走り去るのを見ていた。ヨハン・リンティンガーが事務所に入ってきて、ツィムベックと並んで走り去る車を見送った。

「なんで奴らと話したくないんだ?」

「俺の話なんて信じっこねえからさ」ツィムベックはいった。「罪をなすりつけるに決まってる。俺はなんも話さねえ」

「今朝なにか見たのか?　あいつらがおまえに聞きたいことってなんだろうな?」

ツィムベックはリンティンガーのほうを向いて、じろっとにらんだ。

「うるせえな。一発食らいたいのか?」

リンティンガーは両手を上げた。

「ただの好奇心さ。おまえも山に登ったと思ってさ」

ツィムベックはリンティンガーの上着の袖をつかんで引き寄せた。

「俺が今朝どこにいて、なにを見ようが、おまえには関係ねえだろ。だれにも関係ない。わかったか？」

16

ヴァルナーとミーケはもう一度、クメーダーの家に寄ってみた。ルッとティーナがコカインや薬物を発見していたが、量はごくわずかだった。殺人事件の手掛かりになるものはなにも見つからなかった。ティーナは指紋の検査をすませたファイルをぶつぶついいながら寄越した。ヴェーラ・カンプライトナーも被害者の家の外観を撮り終えて、家の中に入ってきた。彼女はすこし皮肉っぽくヴァルナーに微笑みかけた。ヴァルナーは彼女の笑みに応《こた》えた。

「撮影ご苦労さん。楽しい一日だったかな？　俺は例外として、署の者はよその人間にとても親切だ」

「わたしたちが交わした会話以外はまったく問題なかったですよ。とてもすてきな事件現場でした。美しい岩場に小さな礼拝堂。あんな場所で人を殺すなんて、どこのどいつでしょうね？」

「あいにくまだ答えられない」

ヴェーラは笑った。

「わたしが撮影した映像をまだ見ていないでしょう。いいできです。大きなモニターで見ました。映画館でも見せられるクオリティーです」

「それは楽しみだ」ヴァルナーはいった。

ヴェーラは部屋の中を見まわして、壁に貼られた写真がすべて同じ女だと気づいた。

「うわっ！　なんですか、これ。大恋愛の証《あかし》って感じですね。ロマンチック！　でも、かわいそう。彼女は彼のもとを去ったようですね」

ヴァルナーはもう一度、大量の写真を見た。

「ああ。ロミオとジュリエットだな。実際にはもうすこし込み入っているが」

ヴェーラはカメラのモニター越しに部屋を見た。

「気を悪くしないでほしいんですけど、わたしのロマンチックという言葉に引っかかったようですね」

「いいや、なんとも思わない。ただ、あんたが恋愛映画を撮影しているとは知らなかった」

ヴェーラはカメラをヴァルナーに向けた。

「なにをいわれても平気です。説明していただけますか。これは殺人事件と関係があるんですか？」

「さあね。ここに写っている女は二〇〇七年に行方不明になった。それっきりどうなったかだれも知らない」

「なんだかホラーじみてますね」

「クメーダーから逃げだして、見つからないように身を隠している者は多い。相当ひどい乱暴を働くからね」

ヴェーラはビデオカメラを下ろして、改めて部屋を見まわした。

「ロマンチックではなくなったけど、面白くなってきました」

「まあ、撮影を楽しんでくれ」ヴァルナーはいった。「ただし、映像は重要な証拠になるかもしれないってことを忘れないように」

ヴァルナーはにやっと笑って挑発した。ヴェーラは実際にすこし楽しんでいるようだった。

「帰るんですか？」彼女がたずねた。

「ミーケと俺は署に戻る。五時に特別捜査班の会議をひらき、これからの方針を決める。あんたも来るかい？」

「もちろん」ヴェーラはいった。「今日一日撮り歩いたものを見せたいですし」

ヴァルナーは、家の裏手で若い女と話をしているミーケを見つけた。女は二十歳《はたち》そこそこで、ミーケの唇に見惚《みと》れている。ミーケは警察の仕事をとくとくと話しているようだ。口外してはまずいことをしゃべってしまうのではないかと心配した。ミーケはなにをいうかわからない。若い女から電話番号を教えてもらうと、ミーケはヴァルナーのあとについて車のところへやってきた。

車の中でクロイトナーが見つけたファイルにヴァルナーは目を通した。クメーダーはカトリーン・ホーグミュラーの失踪と関連すると思われる情報を、普段の彼からは想像もつかないほど正確に整理していた。ドイツやオーストリアのどこかで見つかった身元不明の死体に関する新聞記事の切り抜き。少女売買や誘拐された若い娘の運命を報じた記事。クメーダーは雑誌にのっている集合写真も切り抜いていた。どの写真にもだれかに矢印がつけられていた。つねに若い女だ。どれも顔が似ている。髪が黒く、写真を見るかぎり比較的背が高く、痩せている。クメーダーは矢印をつけた女が消えた彼女だと考えていたようだ。

ファイルにはローゼンハイムの探偵事務所からの請求書や報告書も綴《と》じてあった。ヴァルナーは探偵事務所の便箋に印刷された携帯の番号に電話をかけてみた。探偵事務所の所長グレーゴル・ピコウスキが出た。これから子どもと映画を見るところで、ポップコーン売り場の行列に並んでいるという。明日の午前中にもう一度電話をすることになった。ヴァルナーは通話を終えると、ダウンジャケットの袖で曇ったサイドウィンドウをふいた。

しばらくして霧がたちこめる牧草地をものもいわず車を走らせてから、ミーケがいった。

「あの、頼みたいことがあるんですが」

「さっきの娘が絡んでるのか？」

「まあ、そんなところです。でも、無理をいうつもりはないです。ヴェーラがこんなところまでやってきたのは、なにか期待してのことかもしれませんので」

「カメラのテストが目的じゃないのか」

「ええ、もちろんそうです。でもほかにもなにか期待してるかもしれません、今晩とか。そこをボスにうまくやってほしいんです」

「ちょっと待て！　面倒なことは嫌だぞ」

「いや、いや。心配しないでください。彼女が俺のことをたずねたら、仕事で出かけてるといってくれれば充分です。目撃者への事情聴取とかなんとか」

「なるほど……」

「頼めますか？」

「どうして自分でいわないんだ？　特別捜査班の会議に来るといってたぞ」

「たぶん会わないと思うんです。その前に退散するので」

「どうして？」

「顔をあわせたくないんですよ。そのほうがいいです」

「携帯電話の電源も切るってことか」

「まあ、そうです。実際、事情聴取中に電話がかかってくるのは面倒。わかるでしょう」

「わかったよ」そういうと、ヴァルナーはまたしても曇ったサイドウィンドウに視線を向け、柵に囲まれた草地に放牧されている鹿の群れを見た。

ミースバッハ警察署に設置された特別捜査班用の大部屋はヴァルナーの指示で暖房が効いていた。いつもと違って室温に不平をこぼす者はいなかった。捜査官の大方が今朝、天気を読み違えて、ガラウン丘陵で凍える羽目に陥った。だから部屋が暖かいのは歓迎だった。応援のため所轄外から派遣されてきた刑事たちの中には、日中ヴァルナーのダウンジャケットをうらやましがり、特別捜査班のリーダーの天気の読みの鋭さに感心している者もいたが、この頃にはミースバッハ署の人間から、ヴァルナーが毎年九月半ばからいつも同じダウンジャケットを着て、五月はじめまで脱がないことを教えられていた。

山上での殺人事件をめぐる最初の騒ぎは下火になり、倦怠感《けんたいかん》が漂っていた。特別捜査班のメンバーは十時間前から捜査にかかりきりだが、さしたる成果はなかった。事件現場は広く、リーダーシュタイン山に登る道も複数ある。ミーケは朝、現場に到着するとすぐ、事件発生から二時間以内に待機を求めたり立入を禁止したりした登山者全員から氏名と住所を聞き取った。その者たちが登山中に下りてきた犯人とすれ違った可能性があるからだ。その中には、クロイトナーとクメーダーのすぐあとリーダーシュタイン山の頂上についた五人の登山者もいた。そのうちの三人はショック状態に陥り、医者の治療が必要だった。聞き取りの結果も芳しくはなかった。それでも、三十代半ばの登山者がこの程度の登山にしては異様に大きなリュックサックを背負っていたという複数の目撃情報が得られた。証言によると、男は事件の直後リーダーシュタイン山を下山していたという。といっても、あるグループはその男がシュリーア湖のほうへ下っていったといい、別のグループはアルプバッハ谷を抜けてテーゲルン湖へ向かう山道を歩いていたといった。人相風体もまちまちで、正確な似顔絵の作成に協力できる者は皆無だった。

ヤネッテは被害者のクメーダーに関する情報をまとめた。クメーダーには麻薬所持や傷害、さらに公務執行妨害でいくつも前科があった。テーゲルンゼーの森林祭でクロイトナーの頭をビールジョッキで殴り、ジョッキに残っていたビールをその場にいたほかの警官たちにぶちまけたこともある。クロイトナー本人は殴られたことを根に持ってはいなかった。ジョッキを振りまわすくらいご愛嬌《あいきょう》だといって自分でもやったからだ。しかしビールをかけられたことは、長年地元で警官をしている彼にとって面子《メンツ》を傷つけるものだった。そのせいで危険な傷害事件としてクメーダーは立件され、公務執行妨害と公務員侮辱罪で有罪になった。クメーダーは超満員の法廷でクロイトナーに謝罪し、執行猶予の判決を受けた。

クメーダーはテーゲルン湖南の駐車場に車を駐め、リーダーシュタイン山への急峻《きゅうしゅん》な道を登っていた。それはクロイトナーがとったルートでもある。クメーダーの車の中には山に担ぎあげた十リットルのビール樽の請求書があった。請求書はハウスハムの酒販売業者が発行したものだ。酒販売業者はクメーダーと長年の知りあいで、彼がそわそわしていて焦っている印象だったと証言した。クメーダーがこのあいだの木曜日にツィムベックの食堂で喧嘩した話は酒販売業者の耳にも入っていたが、詳しいことは知らなかった。

会議の最後に、ヴァルナーはこれから数日の分担を決めた。四人は警察が山で記録した証人のリストに従って事情聴取し、ほかの数人はリーダーシュタイン山への登山口にある駐車場の周辺で聞き込みをし、ひとりはドラグノフを使った殺人事件がほかにも発生しているかどうか州刑事局で調べることになった。

ヴァルナーはすべて無駄に終わるような予感を覚えていた。事件解決の糸口は、クメーダー、ファルキング、ツィムベック、カトリーン・ホーグミュラーの四人の絡みを解きほぐすか、まったく思いもよらないところから得られるだろうと思っていた。

17

会議を終えると、ヴァルナーはコーヒーを持って自分の部屋に戻り、考えを巡らすことにした。ところが彼の部屋の前には、会議に顔をださなかったヴェーラ・カンプライトナーが立っていた。

「やあ、カンプライトナーさん。特別捜査班の会議にはいなかったね」

「画像を見直して、少し編集していたんです。ミーケは？」

「あいつは……」ヴァルナーは言葉を濁した。ミーケのためとはいっても、嘘をつくのは嫌だった。「帰った。用事があるといって」

「あら、がっかり。さようならをいおうと思ったのに。よろしくいってくださる？」

「伝える」ヴァルナーはいった。ヴェーラはカメラを持ったまま戸口でもじもじしていた。

「まだなにか？」

「ミュンヘンへ帰る途中に料理が美味《おい》しい食堂がないかなと思ったんです。お腹《なか》がすいちゃったので」

「マルクト広場に郷土料理の店がある。ローストポークとカツレツがうまい。バイエルンの伝統料理もある。たとえばヒラタケとマンゴー入りの秋のサラダ、ラズベリードレッシングあえ」ヴァルナーはちらっと考えてからこう付け加えた。「俺もいっしょに行くかな」

「わたしといっしょに食事をしようというんですか？」

「気持ちはわかる。だが落ち着いて話ができるかもしれない。試さない手はない」

「わたしは頑固な男って好きですよ。世間では気が利く上品な男がいいっていいますけど、評価のしすぎだと思います」

「いっしょに食事をするってことだな。気が変わらないうちに行こう」

その瞬間、ヴァルナーの固定電話が鳴った。受話器を取りながら、ヴェーラにすまないといって、電話の液晶画面を見た。知らない番号だ。

「ヴァルナーです……」

「こんばんは。つながってよかった。リーダーシュタイン山の件を捜査されていますね」

「そうだが。どなたかな？」

「これは申し訳ない。うっかり名乗るのを忘れていました。ファルキングです。ヨーナス・ファルキング。ホルツキルヒェンで弁護士をしています」

ヴァルナーは肘掛け椅子にすわったところだったが、体に緊張が走った。

「ファルキングさん、電話をもらえてよかった。留守番電話にメッセージを残したんだが」

「そうなんですか？　これは失敬。まだ確認していませんでした。日曜日は携帯電話を使わないので」

ヴェーラが外で待っているとヴァルナーに合図したが、ヴァルナーは椅子を指差した。

「ファルキングさん、部屋にミュンヘンから来ているカンプライトナーという同僚がいる。オンフックにしてもいいかな？」

相手はすこしためらってからいった。

「ええ、まあ、いいです。かまいません」

ヴァルナーはオンフックボタンを押した。

「オンフックにした」

ヴェーラ・カンプライトナーが電話のマイクを通してあいさつした。ファルキングは彼女が通話に加わることを歓迎したが、自分が認めないうちは他言無用だと釘《くぎ》を刺した。

「了解だ、ファルキングさん。まずはあなたから電話をかけてきた理由を聞かせてもらおう。そのあと二、三訊きたいことがある」

「電話したのは、今朝リーダーシュタイン山で起きた殺人事件のことです。被害者の身元はすでにわかっていますか？」

「ああ」

「被害者の身元を教えてください」

「いいとも。明日には新聞にのる。被害者はスタニスラウス・クメーダー。グムント在住」

電話の向こうが静かになった。ファルキングは咳払いしてたずねた。

「間違いないですか？　死んだ人の身元ですが」

「ああ」ヴァルナーはいった。「意外だったかな？」

「いいえ」ファルキングはいった。「気になっていたので訊きました」

「被害者とは知りあいだったのか？」

「それほどではありません」

「しかし彼はこの数日、五回もあなたに電話をかけているね」

「そのとおりです。しかしいまはそのことに触れたくありません。とにかく質問はぬきで、わたしの話を聞いてください」

ヴァルナーとヴェーラは顔を見あわせた。

「いいだろう。殺人事件についてなにか証言したいのだね？」

「ええ。証言する用意があります。証言内容は……あなたの役に立つはずだといっておきましょう」

「うかがおう」

「それがですね、電話では話したくないのです」

「では署に来てほしい」

「それも事情があって、いたしかねます。わたしの話を聞けば、理解できるでしょう」

ヴァルナーはいらいらしてきた。

「ではどうしろと？」

「ここに来ていただきたい」

「どういう話なのか、とっかかりだけでも教えてくれ。悪くとらないでほしいが、こちらがすでに知っている話かもしれないので」

「いや、知っているはずがありません。そして知っておいたほうがいいと保証します」

「もうすこし具体的に話せないのか？」

「わたしは今朝、リーダーシュタイン山に登っていました。そして目撃したんです。たぶん見たのはわたしだけでしょう。それを警察に伝えるのは義務だと思っています。わたしは被害者が頭を吹き飛ばされるところを見て、その直後、あなたがたが強い関心を寄せる人物を目撃したのです」

「では殺人の直前に見たことを教えてくれるかな？　あなたの情報に信憑性《しんぴょうせい》があるかどうか、それでわかると思うので」

ファルキングは一瞬考えるような間を取った。

「殺人事件が起きる直前、ジョギングスーツの男が頂上に登ってきました。事件が起きたとき、その男は手すりから身を乗りだしていました」

「いいだろう。そのことは、いまのところ特別捜査班しか知らないことだ。では本当に殺人の瞬間を目撃したんだね？」

「そういっているじゃないですか」ファルキングは機嫌を損ねたようだ。

「すまない。あなたを疑っているわけではない。重要な目撃証言があるという電話がひっきりなしにかかっているが、たいていは的はずれでね。あなたのところにうかがおう」

ヴァルナーはヴェーラに、すまないという仕草をした。ヴェーラは理解を示した。

「いや、今夜は都合が悪いんです。まだ仕事があるので。明日でもいいですか？」

「困ったね。明日の何時だね？」

「午前中に連絡をします。ちなみにひとりで来てください」

「あなたが弁護士ならわかると思うが、それは規則違反になる」

「わかっています」ファルキングはつづけた。「裁判で証拠として提出できるようにふたりで来たいというのでしょう。しかし今回の件はその必要がありません」

「なぜだ？」

「公の場では証言しないからです」

ヴェーラは心なしか愉快そうな表情を見せ、ヴァルナーは天井を仰《あお》ぎ見た。だが彼はそのまま親しげな声で話した。

「ファルキングさん、どうも解せないね。証言台に立たないのなら、なにを伝えたいんだ？」

「わたしの証言を加えて、いくつか根本的な問題を解明したいのですよ。わたしが知っていることをあなたにお話しする。しかしあくまでオフレコです。わたしのいわんとしていることがおわかりいただけますね」

「証言はいつ使えるんだ？」

「一定の保証が得られてからです。法律上の問題があるので。それからわたしの身の安全もあります」

「身の危険を感じているのか？」

「わたしの話を聞けばわかるでしょう」

「あなたには、こちらの電話の液晶画面にある電話番号で連絡がつくか？」

「ええ。しかしわたしから電話をします」

「こちらの役に立てばいいが」ヴァルナーはいった。

ファルキングは唖然として笑った。

「立ちますとも！　わたしの話で事件は解決したも同然になります！」

「まず話を聞いてからだね、ファルキングさん。最後にもうひとつ質問がある。カトリーン・ホーグミュラーの失踪と関係があるのか？」

ファルキングは二、三秒ためらってから答えた。

「取り引きの一部がそれです」

18

二〇〇七年六月十五日午後十一時十分

ファルキングは親の家に泊まっていくという妻のアネッテに別れを告げた。義母のマリーアにも別れのキスをした。シャオホマイアーは義理の息子をシルバーのポルシェまで送った。五分前、ファルキングはトランクルームにスポーツバッグをしまった。スポーツバッグがもうすぐ持っていかれると思っただけで、シャオホマイアーは切ない気持ちになったのだ。知りあってからはじめて抱擁した。シャオホマイアーの大きな体は熱を帯び、汗っぽく、リキュールをはじめとするさまざまな臭気に包まれていた。ゴリラの抱擁のほうが毛深いだろうが、五十歩百歩だ、と思いながら、ファルキングはシャオホマイアーが体を離すのを息を止めて待った。

敷地を出るときに手を振ると、ファルキングは二十万ユーロを積んだ車で、ひとり夜の道へと走りだしたが、百メートルほど走ったところで、いったん車を停《と》めて考えた。

森林祭のシーズンだから、警察が検問をしているはずだ。ファルキングはリキュールを飲みすぎた。酔っ払ってはいないが、血中アルコール濃度は確実に〇・〇五パーセント以上あるだろう。国道三一八号線でホルツキルヒェンへ向かうのはいい選択肢とはいえない。運転免許停止よりも札束でいっぱいのスポーツバッグが発見されることが気にかかる。

ファルキングは車の向きを変え、山の墓地の前を通ってハウスハムに通じる道を行くことにした。オスティンの手前で、小さな道に左折する。丘に点在する農場をいくつか抜け、マングファル谷へと下ることになる。その道は関係者以外立入禁止だが、こんな遅い時間に見《み》咎《とが》める者はいないだろう。マングファル谷に下りたら、谷沿いにミースバッハとバート・テルツをつなぐ国道まで進む。国道を数百メートル走ると、ヴァルンガウに通じる道に曲がる。起伏のある牧草地がつづく細い道で、ヴァルンガウからさらにホルツキルヒェンへと通じている。そのルートなら人里離れたところをとおり、交通量もすくなく警察が検問をする可能性はまずない。

ファルキングは漆黒の闇の中、カーブの多い狭い道を走った。牧草地や照明の落ちた農家のそばを通り、見えるのはヘッドライトの光が切りとった道の一部だけだ。そのうちファルキングは不安に襲われた。闇の中、どこにも人影はない。ファルキングは車に閉じ込められているような気分を味わった。そしてトランクルームには生まれてこのかた手にしたことのない額の現金が入っている。

ファルキングはサイドウィンドウを下ろして、車に空気を入れた。気持ちがすこし落ち着いた。ポルシェの排気音も神経を和らげてくれる。丘への登り口でギアを下げると、マフラーがうなるのをやめた。そのとき一瞬、悲鳴を聞いたような気がした。だれかが助けを求めている。必死に叫んでいるように聞こえる。ファルキングは窓を閉めた。神経がまいっているだけだと自分にいいきかせたが、鳥肌が立っていた。

カトリーンはカウボーイブーツをはいていたので走りづらかったが、建物の角をまわってオートバイまで一目散に走った。百二十五ccのホンダで、倒れても自分で起こせる大きさだ。街灯の下に駐めてあったので、キーの挿し口がすぐに見つかった。ついさっきズージーを置き去りにしてきた建物の裏手から、ツィムベックがズージーを怒鳴りつけて殴る音が聞こえた。

カトリーンは心臓が口から飛びだしそうだった。戻って友だちを助けるべきか一瞬迷った。

だが鼻に痛みを覚えて、自分が戻ってもなにもできないことを思いだした。戻れば、折れた鼻をもう一度殴られるだけのことだ。ズージーはツィムベックの折檻《せっかん》に耐えられず、カトリーンは逃げだしたばかりだと白状するだろう。キーを挿すのに手間取った。手がふるえた。息をするたび、白い息が見えた。スタニの声も聞こえた。キーをまわすと、オートバイのエンジンがかかった。これで、逃げようとしているのがばれる。

カトリーンはオートバイを押してスタンドを上げ、アクセルを踏む。後輪が砂利をはねかえした。オートバイは空転しそうになったが、なんとかバランスをとって、道路にハンドルを向けた。道路に出たところで、あわてていてライトをつけていないことに気づいた。ライトのスイッチがどこにあるのかわからない。そのまま闇の中を疾走した。道路はかろうじて見える。新月だった。道路は森を通る。いきなりハンドルが振動した。道路からそれたのだ。下草の生えた脇道を突き抜ける。カトリーンの全身がふるえた。そのとき、大きなエンジン音が聞こえた。サーブのエンジン音だ。木の間にヘッドライトの光が見えた。車とは数百メートルしか離れていない。しかもみるみる距離が縮まっている。車のライトがまた森を照らした。一瞬、道路が見えた。カトリーンはアクセルを踏み、柔らかい森の地面からアスファルトに飛びだした。ライトのスイッチがまだ見つからない。思うように速度を上げられない。サーブが迫ってきた。背後から射すライトのおかげで、道路が見えるようになった。カトリーンはオートバイの速度を上げて、追っ手との距離を開けた。最初のカーブは狭かったが、路面は乾いていて、はっきり見えた。すぐにふたつ目のカーブが来た。だが、気づいたときには遅かった。カーブを切るためオートバイを右に傾けた。しかしそこには濡れた落ち葉がたまっていた。オートバイは三十メートルほど横滑りして、木にぶつかって止まった。カトリーンは右足をなんとかオートバイの下から抜いた。そのときまたヘッドライトの光が見えた。足首に痛みが走って、カトリーンは悲鳴をあげた。サーブのエンジン音が近づいてくる。あいつはすぐここに来るだろう。

ズージーは目を見開いて、ツィムベックの怒りにゆがんだ顔を見つめた。首をつかまれて、息ができない。血流が頸《けい》動脈でせき止められている。よりによってツィムベックの引きつった顔を見ながら死ぬことになるのか。愛する人の微笑みに見守られながらではなく、司祭の温かい手を額に感じながらでもない。ツィムベックの呪わしい顔が死出の旅路についてまわるとは。

意識が飛びそうになった。ツィムベックの顔がしだいにかすんでいく。いきなり射した光が強さをまし、ズージーのまわりにあったものをすべてのみ込んだ。ツィムベックも光にのみ込まれ、喉をしめられている感覚がなくなった。ツィムベックの上に浮かんでいるような気がする。ズージーはもうどうでもよくなった。さらに空を漂い、谷底にある店が眼下に見えた。店はしだいに小さくなり、谷全体が一望でき、マングファル川とテーゲルン湖まで遠望できるようになった。テーゲルン湖が青く光っている。青？　どういうことだろう。青いはずがない。いつも緑色だ。強い光がすべてを明るく美しくし、違って見せた。ズージーはテーゲルン湖の上を漂った。光はヴァルベルクの上空にある。その光は顔だった。その顔がズージーに微笑んで、いった。

「なにをしてる？」

ツィムベックがズージーの首から手を離した。二メートルほど離れた裏口にクロイトナーが立って、ツィムベックを見ながら心配そうにいった。

「正気か？」

ズージーは息を吹き返した。必死で息を吸い、咳き込みながら喉元に手を当てて、助けを求めるようにクロイトナーを見た。クロイトナーがツィムベックにいった。

「やめておけ」

ツィムベックは答えた。

「おまえには関係ない。これは俺たちふたりの問題だ」

クロイトナーがいった。

「俺に関係あるかどうかは俺が決める」

ツィムベックは苦しそうに息をしているズージーを見ると、左手をあげ、ズージーの裂けた眉から流れでた血を親指でぬぐった。それからツィムベックは親指についた血をなめて

「これで懲りただろう」というと、クロイトナーの横をすり抜けて店に戻った。クロイトナーはあわれむような目でズージーをちらっと見て肩をすくめ、やはり店に戻った。ズージーは外灯を見上げた。そのまわりをいまだに蛾が飛んでいた。口から吐いた息が白くなって、一瞬、蛾を包んだ。外灯の淡い光は、死の門出でズージーが見た光に似ていた。今回はクロイトナーが止めに入ってくれたが、次はだれか来てくれるだろうか。

シルバーのポルシェは夜を切り裂くように走っていた。車内はレザーシートの匂いがしている。ノラ・ジョーンズのハスキーな歌声がスイングのリズムと共にファルキングを包んでいる。ヘッドライトに道端の樹木や灌木《かんぼく》が浮かびあがる。鉄条網のそばに雌牛が立っていたが、ヘッドライトを浴びても驚かなかった。すこし先に星空を背景に見える農家はごつくて、横に長かった。彫刻を施したバルコニーは、昔の持ち主が裕福だった証拠だ。家の前には木のベンチと、ハーブやサラダ菜やヒエンソウが生えている花壇があり、その横に子どものためのトランポリンとカラフルなボールが二個とボビーカーがあった。

ファルキングは眠りに入った森を走った。森が右側だけになった。もうすぐマングファル谷へ下る坂道になる。ノラ・ジョーンズの歌声が消えた。ファルキングはカーオーディオを操作して、別のCDを選んだ。ふたたび道路に視線を向けたとき、亡霊のような影が目に飛び込んできた。

ファルキングはブレーキを踏んだ。ABSが利いて、がくがくと車が振動した。その影のぎりぎり手前で車は止まった。ファルキングは心臓が止まるかと思った。アドレナリンが体の隅々に流れ、すぐに心臓が破裂しそうになった。路上にあらわれたのは黒髪の女だった。左目を怪我《けが》しているようだ。鼻には白い絆創膏が貼ってあり、そこから流れ落ちた血で女の口と白いTシャツが真っ赤に濡れている。さっきは止まれというように手を前に突きだしていたが、いまは腕を下ろし、よろよろと助手席側に歩いてきた。

パワードアロックのボタンはどこだ。なんの用だろう。なにかの罠《わな》だろうか。次の瞬間、女の仲間が暗がりから飛びだし、ファルキングを殴り殺して、強盗を働くかもしれない。アクセルを踏んで、走り去るべきじゃないか。だが本当に助けを求めていたらどうする。

ファルキングが呆然《ぼうぜん》としていると、女が助手席のドアを勢いよく開けて、ファルキングを見つめた。無傷なほうの目は涙に濡れていて、顎から助手席の白いレザーに血が滴った。

「乗せてください。お願い！」そういって、女は唇についた血をなめた。

ファルキングは一方でほっとした。亡霊のように見えた女が人間だったからだ。だがまだ信用はできない。だれかが藪《やぶ》から飛びだして駆け寄ってこないか、あたりをうかがい、それから女の両手に視線を移した。拳銃もナイフも持っていない。空手で、傷だらけで、血をにじませている。ファルキングはうなずいた。女は助手席にすわった。シートに血のシミがつくな、とファルキングは思った。

女が彼に顔を向けた。青あざを作った目がすぐ近くに見えたので、ファルキングは息をのんだ。

「ええと……」

女は若い。二十代半ばだろう。だれかに殴られる前は、かわいい顔だったに違いない。

「何のご用でしょう？」ファルキングはいった。言葉はゆっくり口から出た。馬鹿げた質問だ。助けを求めているにきまっている。暴力をふるった奴から逃げているのだ。この女を助けたらその怪物にからまれるかもしれないと気づいて、ファルキングは心穏やかでいられなくなった。

「とにかく走らせて」若い女はあわててレザージャケットのファスナーを下げた。「ホルツキルヒェン駅まで送ってくれませんか？　まだ列車が走っているかご存じ？　ミュンヘンに行かなくてはならないんです。乗せていってくれれば、お金を払います」途切れ途切れにそういうと、女はふるえる手でファルキングの目の前にくしゃくしゃの紙幣を数枚差しだした。百ユーロくらいだろう。ファルキングは困惑した。八万ユーロはする車に乗り込んでおいて、ホルツキルヒェンまで乗せてくれたら百ユーロ払うというのだ。正気ではない。

「ホルツキルヒェンまで乗せていってあげましょう。しかし鼻血が出ていますよ」

その瞬間、鼻の絆創膏の下からどろっと血がこぼれ、上唇を伝って女のTシャツと助手席にこぼれ落ちた。女は手の甲で血をぬぐったが、思ったより多いことに気づいて、紙幣でふいた。

「医者のところへ寄ってくれます？」

「だれか知っているのかい？」

「遠くないです。フェステンバッハです」

ファルキングは裏道を走って辿り着けるか考えた。

「お願い。車をだして！」女がせっついた。

ファルキングはギアを入れて発車した。

「マングファル谷に下りるんだね？」

女はうなずいた。

ふたりはしばらく黙った。

「いったいだれに……そんなひどいことを？　目と鼻だが？」

返事はなかった。助手席の女は話そうとしなかった。まあいい、知りたいわけじゃない。女を医者のところに連れていって、トランクルームにあるスポーツバッグを家に運ぶだけだ。マングファル谷を抜ける道路に出ると、女は黙って右を指差した。数百メートル先でマングファル川を渡り、対岸の斜面を上ることになる。そのあたりがフェステンバッハのはずだ。

車の前方にはヘッドライトの光で浮かんだ道が見えるだけで、その先は黒々とした森だ。前方の木の間にちらちら光が見えた。車が近づいてきた。数秒後、ファルキングは直線にさしかかった。対向車があらわれた。若い女は助手席のフットスペースにもぐり込んだ。対向車は道をふさいで、ファルキングにパッシングした。止まれという合図だ。ファルキングは速度を落とした。

「どうしたんですか？　そのまま走ってください」

ファルキングは脈が上がっていた。腹部がきりりと引きつり、息が苦しくなった。怖かった。

「止まるしかない。道をふさがれた」

相手の車も停車した。二、三秒のあいだ、二台は向かいあった。ファルキングは運転手の顔をたしかめようとしたが、車内は薄暗いうえ、ヘッドライトがまぶしすぎて、顔の輪郭しかわからなかった。

相手の車がけたたましいエンジン音を立てて前進した。男はゆっくりファルキングのほうへ車を転がし、左にハンドルを切って、ポルシェの運転席側に寄せた。ファルキングは相手が古いサーブであることに気づいた。

サーブが止まって運転席側のサイドウィンドウを下ろし、顎をしゃくって、同じようにしろと合図した。ファルキングはパワーウィンドウのボタンを押して、スタニスラウス・クメーダーの顔を見た。落ち着きがなく、猜疑心《さいぎしん》に満ちている。

「途中で女を見なかったか？」

ファルキングはけげんそうに眉を吊りあげた。

「革ジャンを着ていて、カウボーイブーツをはいている。黒髪で、顔に絆創膏を貼っている」

「ああ、見かけたよ……」ファルキングはいった。

19

客の入りは三分の一ほどだった。数年前に古風な作りのテーブルを入れた。ろくろで円柱状にあしらって黒いペンキを塗った脚部に、ブナ材の明るい天板。だがテーブルは古くない。そう見えるだけだ。背もたれに彫刻を施した椅子も古く見える。百年前によくあった飾りだ。ランプの笠からカウンターまで暗色系の木材と真鍮《しんちゅう》で作られていて帝政時代を彷彿《ほうふつ》とさせる。

ヴェーラとヴァルナーは大きなテーブルに向かってすわった。それぞれメニューを手にしていた。

「カラフルな秋のサラダのラズベリードレッシングあえって本当にありますね」ヴェーラはつづけた。「たいした記憶力ですね」

「いや、あると思ったのさ。いつもメニューにあるんでね。いまどこを見ている?」

ヴェーラはヴァルナーにメニューを見せた。ヴァルナーはちらっと見て、秋のサラダを探した。

「本当だ。一ページまるまるサラダじゃないか」

「あら、見たことなかったんですか?」

「ああ。いつも肉料理のところしか見ないから、その先をめくったことがない」

「肉料理はなにがおすすめですか?」

「ローストポークが柔らかくてジューシーだ。とろっとした黒ビールソースがついている。ポテトのクネーデル（ドイツ語で「団子」の意）をひとつかふたつつけるといい。小さなメロンくらいの大きさがあって、バターでローストしたパン粉が上にのっている」ヴァルナーは説明するうちに食欲が湧いてきた。

「すごくおいしそうですね」ヴェーラの言葉には皮肉がまじっていた。

「その料理に、きみのスリムな体が求めるようなものは添加されてはいないと思うが」

「そうね。入っていないでしょう」ヴェーラはいった。

ウェイトレスが来ると、ヴァルナーは鹿肉のグーラッシュ（ハンガリーから伝わった牛肉シチュー）を注文したが、ヴェーラはまだ迷っているのか、もう一度サラダのページを人差し指でなぞってからいった。

「ローストポークを試してみます」

ヴァルナーは驚いた。

「ポテトのクネーデルは二個お願いします」ウェイトレスに訊かれる前に、ヴェーラはいった。

　ウェイトレスが立ち去っても、ヴァルナーはヴェーラに微笑みかけただけでなにもいわなかった。ヴェーラは肩をすくめた。

「地元の料理から目を背けるのは失礼ですものね。ちょっと失礼」

　ヴェーラはトイレに立った。そのタイミングに、ヴァルナーは祖父に電話をかけて帰りが遅くなると伝えることにした。

　祖父は電話に出なかった。ヴァルナーはなにかあったのではないかと気になったが、きっとテレビの音量を大きくしすぎて、鳴っているのが聞こえないのだろうと思った。祖父は年のわりに耳がいいが、高音には難儀していた。ヴァルナーは、祖父が緊急用にいつも携行している携帯電話の番号にかけた。携帯電話は電源が入っているのに、祖父はそれにも出なかった。

「帰りが遅くなるって家に電話をかけているんですか？」

　ヴァルナーが首を傾げながら携帯電話をたたんだとき、ヴェーラは席に戻ってきた。

「ああ」ヴァルナーはいった。「だが出なかった」

「だれにかけたんですか？」

「祖父だ。ときどき電話に気づかないことがある。だが携帯電話にも出ないのははじめてだ」

「高齢なんですか？」

「もうすぐ八十になる。いたって元気だが、その年齢だとなにがあるかわからない」

「そうですね。心配ですね」

「心配はしていない。いや、すこしは気になる、かな。一時間したらもう一度電話をかけてみる。心配するのはそれからでいい」

「もし床に倒れて動けずにいたらどうします？」

「祖父は頑健だ。一時間くらい耐えられるだろう」

「住んでいるのはミースバッハですか？」

「ああ。なぜだ？」

「ちょっと家に帰って、様子を見てきたらどうですか？」

ヴァルナーは考えた。家に帰るまで落ち着かないだろう。食事も楽しめない。だがヴェーラをひとり食堂に残していくのも気が引ける。べつに彼女に気があるからではない。単純に不作法だからだ。

ヴァルナーは窓の外を見た。外は暗くなっていた。広場は閑散としていた。十代の少年が三人、噴水のまわりをスケートボードで走っているくらいだ。あとは年配の男がすこし品のない身なりをしたかわいらしい若い女と腕を組んで歩いている。ヴァルナーには男の顔が見えなかった。歩き方を見るかぎり、おいぼれとはいえないが、年金生活者のようだ。服装の品がよければ、若い女は老人の散歩に付き添っている介護者だと思うところだ。その老人が祖父を連想させ、ヴァルナーは祖父が電話に出なかったことを思いだした。ほかにもすこしヴァルナーの祖父に似たところがあった。老人は女になにか冗談をいっているらしい。女はさっきからしきりに笑っている。若い女相手に笑い話とは元気な老人だ。祖父もそういうことをよくやる。ヴァルナーはもの悲しさと、心の温《ぬく》もりを同時に感じた。祖父が電話に出なかったことが気がかりでもあった。

「あそこの老人を見て、おじいさんのことを考えているんですか?」ヴェーラがたずねた。

「ああ。ずいぶん似ている。というより……」その瞬間、老人が食堂のほうを向いた。顔が見えた。ヴァルナーは凍りついた。

「どうしたんですか?」ヴェーラがたずねた。

「あれは……祖父だ!」

「あら……それで、あの若い女の人は?」

ヴァルナーはあんぐり口を開けて窓の外を見つめた。

「それは……俺が知りたいくらいだ」

食事中、ふたりは当たり障りのない会話をした。ミースバッハ郡では犯罪はよくあるのか。警察が忙しくするくらいにはある、とヴァルナーは答えた。もちろん殺人事件は比較的すくない。だがその点ではミュンヘンも地方都市だ。ミュンヘンでさえ、殺人事件は年に十件もない。その代わり、命と健康を害することを覚悟しないと、ミュンヘンでは地下鉄に乗れない。

ヴェーラはローストポークとクネーデル二個をきれいに平らげ、ヴァルナーも鹿肉のグーラッシュを食べ終わると、ウェイトレスにおいしかったと伝えた。デザートをすすめられたが、それは丁重に断った。そのあとヴェーラが、祖父といっしょに暮らしているのかとヴァルナーにたずねた。

「成り行きでな。じいさんはひとりで暮らしていた。俺は急に家探しをする必要に迫られた……」ヴァルナーはその先をいうのをためらった。「住んでいた家を出なくてはならなくなってな」

「離婚？」

「なんでそう思う？」

「おじいさんと暮らしているなら、女っ気はないということでしょう。でなきゃ、あなたが留守のあいだ、その人がおじいさんの世話を焼いているはず。それにあなたの性格じゃ、女性とうまくいくはずがないと思います。嫌になるほどコントロールフリークですから。でも関係が成立したら、とことん付きあう性格とみました。つまり一度は結婚したけれど、奥さんに愛想をつかされた。あとは想像がつきます」

ヴァルナーは啞然としてヴェーラを見た。

「刑事になろうと思わなかったのか？　きみのような連想の才があれば、引く手あまただ」

「じゃあ、やっぱり離婚したんですね。もう長いんですか？」

「数年になる」

「当ててみましょうか。奥さんはあなたのコントロールフリークに耐えられなくなったんでしょう」

ヴァルナーは二、三秒黙ってテーブルを見つめ、パンくずを払った。記憶が蘇って、「そうかもな」と小声でいった。「きみがよければ、ここは俺が払う」

「そういうと思いました」ヴェーラはいった。

ヴァルナーがこわばった笑みを浮かべて、ズボンから財布をだすと、ヴェーラもハンドバッグから自分の財布をだして、テーブルに置いた。

「いいから、俺が払う」ヴァルナーはいった。ヴェーラがそれでもなにかいおうとすると、先にこういった。「いいってことさ。本当だ。せっかくの日曜日に捜査に協力してくれた。そういう人は、ミースバッハではローストポークをごちそうしてもらえる」

「そうはいっても、わたしのほうこそ機材をテストしたくて、勝手に首を突っ込んだんですけど。もちろんあなたがすこし過激に反応したことにはカチンときました。それだけは指摘させていただきますけど、でも、わたしがいいたいのは……」ヴェーラはそこで言葉を詰まらせ、上目遣いにヴァルナーを見た。彼女にまくしたてられ、ヴァルナーは面食らった。

「ごめんなさい」ヴェーラはいった。

「今朝のことか？　別に構わない。いい映像を制作してくれ。あのことはもう忘れた」

「違うんです。あなたの離婚のこと、いうべきじゃなかったですね」

「平気さ。気にしちゃいない。それより出会ってから、俺たちはずっとこういう会話をしてるな」

「そうですね。でも、どんなにきついことをいってもあなたは傷つかないと思っていました。離婚を話題にするまでは」

ヴァルナーは押し黙った。なにをいったらいいかわからなかった。ヴェーラのいうとおりだ。といっても、この話題をつづける気はなかった。

「ひどいことがあったんでしょう？」

ヴァルナーはヴェーラの顔を見つめた。彼女の表情がいきなり穏やかになった。暗褐色の瞳をヴァルナーに向けて返事を待っている。唇が心なしか開き、形のいい下唇のカーブが強調されていた。

「なかなかドラマチックだった。だがいまはそのことを話すタイミングじゃない」

「そうですね、ごめんなさい。もうひとつ訊いてもいいですか？」

ヴァルナーはうなずいた。

「お相手は生きているんですか？」

「ああ、ぴんぴんしている」

その瞬間、ヴェーラの携帯電話が鳴った。画面を見ると、彼女はごめんなさいといって立ちあがり、二、三メートル離れた。ヴァルナーはウェイトレスを手招きして、支払いをすませた。ヴェーラが通話を終えるのを待っているあいだ、切れ切れの言葉が耳に入った。ヴェーラは、いまミースバッハにいて、着くのに一時間かかるといった。そして電話の相手にローラントに電話をかけて、つながらなかったら救急車を呼んだほうがいいとアドバイスした。

店を出るとき、ヴァルナーがたずねた。

「なにか手伝えることはあるかな？　電話での話がすこし聞こえた」

「いいえ、けっこうです。ありがとう。ひとりでなんとかなります。あなたのおじいさんのこととすこし似ていますね」

ふたりは食堂の向かいに駐めたヴェーラの車のところまで歩いた。

「さっきの電話はきみのおじいさんだったのか？」

「別れた夫の母親です。家で転んでくるぶしを痛めたらしくて、骨折したのではないかと心配して電話をかけてきたんです」ヴァルナーのもの問いたげな目つきに気づいて、ヴェーラはつづけた。「わたし、二年前に離婚したんです。でも義母とはなんとなく付きあいがつづいていて。変ですよね」

「わかるよ」ヴァルナーはいった。ふたりは車のところに戻った。「こんなことをいったら驚くかもしれないが、また会えたらうれしい」

ヴェーラが彼に微笑みかけた。

「また来ますね。捜査のほう頑張ってください。それから、おじいさんによろしく」

ヴァルナーは夜の闇に消える車を見送った。逆光の中、彼女が髪を下ろしたことがわかった。

20

ヴァルナーは祖父と暮らす小さな家に近づいた。住宅街の夜の通りを凍《い》てつく風が吹き抜けた。木の葉が散りはじめていた。風にあおられて宙を舞い、ヴァルナーのズボンにまとわりついた。ときおり雨粒が顔に当たり、冷気がダウンジャケットの襟から臆面もなく忍び込んでくる。

ヴァルナーが祖父母の元で暮らすようになったのは、父親がベネズエラへ行ったきり帰ってこなかったからだ。一九七七年のことで、旅先でなにかあったのか、あるいは過去を捨てたのか、皆目わからなかった。ヴァルナーはこのとき八歳だった。一九七一年、母親がテーゲルン湖で水浴中に事故死していたので、祖父母に引き取られ、いまはヴァルナーと祖父のふたりで暮らしている。祖母は存命だが、話題にのぼることはなく、年と共に忘れ去った遠い親戚のような扱いだった。

　祖父は家にいなかった。鉄ストーブにはブリケットがひとつくすぶっていた。数時間は経っているようだ。熾《お》きはまだ残っているものの、ブリケットはもう熱を発していない。ヴァルナーはテレビの上のデジタル温度計を見た。玄関横の外壁に取りつけたセンサーによると、零下四度。居間の室温は十九度に落ちていた。ブリケットの上にブナ材の薪《まき》を二本のせて、通気口を開けた。しばらくして、薪がちろちろ燃えだした。見ているだけで、体が温かくなる。ヴァルナーはすこしのあいだ揺れる炎を見つめた。それからダウンジャケットを脱ごうとしたが、思い直してそのまま鉄ストーブの前の椅子にすわった。その直後、玄関で金属がこすれる音がした。祖父が帰ってきて、鍵穴に鍵を差そうとしているのだ。うまく差し込めず、手間取っている。神経を病んでいて手がふるえるため、いろいろな場面で厄介ごとを抱えている。ヴァルナーはドアを開けてやろうかと一瞬考えたが、放っておくことにした。ひとつに、鍵を差すのは祖父にとっていい訓練になる。老人からそういう機会を奪うのはよくない。それに、若い娘といちゃつける者が玄関くらい開けられなくてどうする。祖父のことを考えて玄関に最新式のシリンダー錠を取りつけるのをやめ、旧式の錠とごつい鍵をいままで使っていた。おかげで刑事警察の保安関係専門家からさんざん小言をいわれている。一般市民にピッキング対策を推奨している最中に、これではしめしがつかない、と。

ガリガリ鳴っていたかと思うと、カチャッと音がした。ようやく鍵が開いたのだ。祖父が家に入ったことは別の状況でも確認できた。鼻歌が聞こえた。「心をひらいて、楽しいことをしよう」（ドイツの民謡）のようだ。あるいは一九七〇年代のヒット曲か。いずれにせよ、機嫌はすこぶるよさそうだ。

鼻歌が遠くなった。台所に向かったようだ。鼻歌に冷蔵庫の扉が開く音がまじった。つづいてシュポンという音がして、王冠が作業台に落ちたときの典型的な音が響いた。吊り戸棚を開けて、グラスを取ったのだろう。吊り戸棚を閉める音がした。鼻歌がまた大きくなった。祖父が居間に入ってきた。

「フーム・フムフム・フーム。ストーブをたいているのか。でかした。ブリケットに熾きが残っていたか？　フーム・フムフム・フーム」

「ああ、残っていた。しかしこんなに家をあけるのなら、ブリケットひとつでは足りない。室温は十九度だった」

「そう文句をいいなさんな！　フーム・フムフム・フーム」ビール瓶が白ビール用のグラスに当たってカチカチ鳴った。祖父が自分でビールを注ぐのは危険だ。ヴァルナーは心配して見守った。白ビール用のグラスには取っ手がなく、祖父はそういうグラスを落としたことがあるので、取っ手つきの白ビール用グラスを見つけて祖父に贈ってあった。これは祖父にとっての福音だった。白ビールを愛飲する者にとって、白ビールをごついビールジョッキで飲むことほど苦痛なことはないからだ。もっとも頑丈さという点ではごついビールジョッキのほうが利がある。相当乱暴に扱っても壊れない。ヴァルナーは立ちあがって、グラスと瓶をやさしく祖父から取った。

「俺がやるよ。さもないとせっかくのグラスがまた壊れてしまう」

祖父はいわれるままにした。強い薬を飲まなければ、自分で白ビールを注げないことはわかっていた。だが薬を服用したら、もうアルコールは摂取できない。

「ちょっと前に電話をかけたんだが」

「気がつかなかった。ここにか？」

「携帯電話にさ」

祖父はびくっとした。ダウンジャケットの左ポケットに手を入れると、携帯電話をだしてディスプレイを見つめた。だが携帯電話の操作に慣れていないので、くさび形文字の陶板でも見ているような顔をした。ヴァルナーは祖父の手から携帯電話を取り、ボタンを押した。ディスプレイが光った。ヴァルナーはアイコンを指差した。

「このアイコンはメールが届いた通知で、電話があったときに表示される」

「ああ、前に教えてもらったな。なんで着信音が鳴らなかったんだ？」

ヴァルナーは白ビールをなみなみ注いだグラスを祖父に渡した。

「音量を下げているからだ」

「なんてことだ。それじゃ、聞こえるわけがない」

「どうせ聞こえない。着信音は高音だからな。だから振動するように設定しておいた」

祖父はヴァルナーをおどおどしながら見つめた。話の先があることを予感しているのだ。

「電話がかかってきたとき振動する」

「ああ、だからか！　振動したから、なんだろうと思ったんだ。こう、腰のあたりで」祖父はダウンジャケットのその個所《かしょ》に触れた。

「そうか。腰のあたりが振動したのか」ヴァルナーはそういわずにいられなかった。

「おまえが電話をかけてきたからだったんだな。留守番電話になにかメッセージを残したのか？」

「メッセージを残してどうする？　どうせ聞かないくせに」

祖父は反論できなかった。代わりにヴァルナーが手にしている白ビールの瓶を見た。

「白ビールをもらえるかな？」

ヴァルナーはビールをグラスに注いだ。

「ダウンジャケットを脱いだらどうだ。室温は二十四度あるぞ」

祖父は白ビール用グラスをぎこちなくカウチ用のテーブルに置くと、ヴァルナーに手伝ってもらってダウンジャケットを脱いだ。ヴァルナーは廊下に出て、ダウンジャケットをワードローブにかけてから祖父にいった。

「どこに行ってたんだ？　ちょっと心配した」

返事はなかった。ヴァルナーが居間に戻ると、祖父はカウチにすわって、グラスに口をつけていた。三分の一ほど飲むと、カウチ用のテーブルにグラスを置いて、口についた泡をぬぐった。ヴァルナーは椅子にすわって、静かにハミングをしている祖父を見つめた。

「それで？　どこに行ってたんだ？」

「いや、なに……フロッシュエーダーと出かけてた」

グレーゴル・フロッシュエーダーは祖父の旧友だ。マングファル谷にある、紙幣用の紙を生産する製紙工場でいっしょに四十年働いた。いつも同じシフトで、濾過機《ろか》や攪拌機《かくはん》やカッター機を動かしていた。何十年ものあいだ紙幣用の紙を手にしてきた祖父は、その千分の一でもかすめておけば、いまごろ億万長者になっていただろうと口癖のようにいう。実際できないわけではなかった。一度、透かしが三ミリずれたため、一夜にして十億マルク相当の紙幣が処分されたことがある。全紙一枚あたり千マルク紙幣が二十枚印刷できる。透かしのずれなどだれも気づかないはずだ。もちろん食事休みに、遊び半分に考えただけだ。それから祖父たちは、贋金《にせがね》作りのシンジケートにその紙を売ったらいくらになるか想像を巡らした。きっと大金をせしめられる。贋金作りで一番むずかしいのが紙の製造だからだ。食事休みが終わるころ、ふたりはたいてい喧嘩になっていた。フロッシュエーダーはその金でポルシェのカブリオレを買うといい、祖父は紙幣用の紙を盗んだタイミングでそんなことをすべきじゃないといった。目立つことをすれば、すぐにばれてしまうからだ。だからそういうことをするときは絶対にフロッシュエーダーと組むまいと心に決めた。組むならだれか別の奴がいい。もちろんフロッシュエーダーは、親友がヘルベルト・スルトカやヴァルター・ボーデンハマーと組んだと知れば、きっとへそを曲げるだろう。休みが終わると、ふたりはまた攪拌機やカッター機に向かい、一日中、大量の紙を目にする。それでも祖父は盗みを働かなかった。フロッシュエーダーとそういうことで組むこともなかった。

「フロッシュエーダーと？」

「ああ。なぜ訊くんだ？」

「フロッシュエーダーは今日アンスバッハにいる娘を訪ねるって聞いていたが」

それは嘘だった。これが訴訟となれば、法廷では証拠として認められないだろう。だが血縁のものを問いただすのに刑事訴訟法を守る必要はない。

「そうだったか……」祖父は落ち着きをなくした。ヴァルナーの嘘に引っかかった。

「そうだったかってなんだ？　娘のところへ行ったフロッシュエーダーがいっしょだったというのは、どういうわけだ？」

「それは今日だったか？　ああ、フロッシュエーダーといっしょではなかった。あれは昨日のことだった」祖父はそういってヴァルナーを煙《けむ》に巻こうとしたが、ヴァルナーはくい下がった。

「今日はなにをしてたんだ？」

「いろいろさ。スルトカのところに顔をだして、おしゃべりをした。十二月に会社の創立百年の記念行事があるんだ。元従業員が全員招待された。にぎやかになるだろう」

「それは木曜日に聞いた。スルトカを訪ねたといってた。スルトカは去年、ただ結婚しただけで州政府の次官夫人になった娘の話しかしない間抜けで、癇《かん》に障るから当分顔をださないといってなかったか？」

「いいかげんにしろ！　あいつとのおしゃべりはたしかに我慢がならん。あいつは自分が州政府の次官になったみたいに話すんだ。基礎学校もまともに卒業しなかった奴なんだぞ」

「一家全員が追放されたんだろう。仕方がないじゃないか」

「だからなんだ？　難民になったって、勉強はできる。なのに、どこぞの収容所でほとんどの時間をごろごろして過ごしたんだ」

「とにかくスルトカのところには行ってないわけだ」

「ああ、スルトカのとこなんて……行くもんか。行ったのは木曜日。おまえのいうとおりだ。おまえ、年をとると、くどくてかなわん」祖父はビールをひと口飲むと、しつけのいい孫たちに囲まれているように笑顔をつくってグラスを見つめた。「このグラスはうれしかった。ありがとうな！」

「どういたしまして。しかし話題を変えないでもらおう。今日どこにいたか覚えているはずだ。それとも心配しないといけないか？　認知症になったと……」ヴァルナーは祖父をとても心配そうに見た。「それならそれで、相談しないといけない」

祖父はヴァルナーをなだめようとして、彼の腕に手を置いた。「いいや、その心配は無用だ。ここは……」祖父は人差し指で眉間を指した。「四十代の人間にだって負けない」

「いいだろう。それじゃ、どこにいたのか教えてもらおう」

祖父はなにか言い訳を考えたが、すでに失態を演じた状況では、嘘は見透かされるという結論に達したらしく、やり方を変えた。

「ちょいとしつこくないか？　これは尋問か？」

「いいや。しつこすぎたのならあやまる。ただ、じいさんがなにをしているのか気になってね。俺だって自分がしていることを話すだろう。なんならこれからは日中にしたことをお互いに秘密にしてもいい。まったく問題ない」

「大げさな。秘密だと？」

「なんならそう呼んでもいい。今日したことを俺にいえない事情があるんだろう。かまわないさ。その事情とやらを尊重する。だけどそれが俺を傷つけることは認めてもらう」

「くだらん！　傷つけるだなんて！　なにも隠しちゃいない。今日会っていたのはおまえが知らない者だ。名前をいったって意味がなかろう」

「相手は同じ年か？」

　祖父はいいかげんにうんざりしていた。

「なんだ、その質問は？　年齢など知らん。身分証を改めたりしないからな」

「年齢なんて、見た目でだいたいわかるだろう」

　ヴァルナーは祖父をけげんそうに見た。祖父はあきらかに追い詰められていた。グラスをがっしりつかんで、どうやったらこの窮地から抜けだせるか必死に考えていた。ヴァルナーは、祖父が若い娘といっしょだったことをいわないことにした。そんなことをいったら、尾行でもしていたに違いないと難癖をつけられる恐れがある。

「俺より若くはあった」祖父がいった。

「それで、どうやって知りあったんだ？」

「酒場で出会った。ああいうところはいつも出会いの場になる」

「いきなり意気投合したのか？」

「まさか。はじめはおしゃべりをする。そのうちにいい奴だと思うようになって、それで知りあいのできあがりだ」

「なるほど」ヴァルナーはいった。「もう一杯飲むかい？」

　祖父はビールを飲み干していた。

「ああ、もらおう」そういうと、祖父はヴァルナーにグラスを差しだした。

「その新しい知りあいのことをぜひ話してくれ。すぐに戻る」ヴァルナーは台所へ行った。

祖父に考える時間を与えることにした。しかし台所でヴァルナーは考え直した。祖父がだれと会おうが自分には関係ない。そのことを話したがらないのは、孫にいらぬ心配をかけることを恐れているからかもしれない。たしかにいらぬ心配をしている、それは認めるほかない。

ヴァルナーは自分が関わりたくないと思うような人間にはなるまいと決心した。

「まあ、どうでもいい。気が向いたら教えてくれ」ビールを注いで居間に戻ってきたヴァルナーはいった。そのとき家の電話が鳴った。ヴァルナーは祖父にビールを渡した。

「知りあいかい？」ヴァルナーはたずねた。

「まさか。こんな時間にかけてくる知りあいはいない」

電話をかけてきたのはミーケだった。

「どうでした？　楽しめました？」

「まあな。おまえは今晩、デートの約束をしたのか？」ヴァルナーはいった。

「約束はしたんですけどね」ミーケがいった。「血なまぐさい話を俺から聞きたかっただけでした。そういう話に飢えている人間が多い。信じられないでしょう。ものすごくショックでした」

「ショック？」ヴァルナーはたずねた。あきれたという調子を含んだ声だった。「つまりおまえとベッドに入ろうとしなかったということか？」

「本物の殺人捜査官とデートをして、ドキドキしたかっただけだったんです。おまけをつける必要があるなんて考えてもいない。昔はこんなことなかったですよ。ちゃんとそういうところをわきまえていた。いまは利用することしか考えていない。結論として、早めにデートを打ち切って、いまは署にいます」

「本当にはずれだったようだな」

「その代わりに発見したことがあります。クメーダーの携帯電話の通話記録を洗い直したんですが、ツィムベックとの通話が何度かありまして、最後がじつに興味深いんです。クメーダーが射殺されたまさにその時刻に、ツィムベックが電話をかけているんです。クメーダーは出ることができませんでしたが」

「ツィムベックが犯人だというのか？」

「なんともいえません。ひと晩考えてください」

「ツィムベックの所在はいまだに不明なんだよな？」

「ええ」

「捜索をつづけさせろ。明日の早朝に会おう」

ヴァルナーは一瞬、動きを止めた。クメーダーと約束していたのに、ツィムベックはリーダーシュタイン山に来なかった。そしてクメーダーが射殺されたその瞬間、電話をかけている。どういうことだろう。例の弁護士の証言が取れれば、すべてがわかるかもしれない。しかしヴァルナーの第六感は、この事件はもっと複雑なはずだと告げていた。

21

月曜日の朝は霧が濃かった。ポタージュスープのように顔やメガネのレンズにからみつく。ヴァルナーはダウンジャケットのポケットに手を突っ込み、歩いて署に向かった。ニット帽はかぶらなかった。湿った空気に当たったほうが、目が覚めると思ったからだ。ヴァルナーは夜中につらつら考えて、祖父が馬鹿なまねをしないよう、あの娘を直接訪ねることにした。若い女が老人に言い寄るのはなんのためだろう。金だろうか。今朝、祖父はヴァルナーより早く目を覚まし、鉄ストーブに火をつけ、コーヒーの用意をしてくれた。昨日の件について突っ込んだ質問をするにはいい機会だった。けれども新たな尋問はしなかった。ヴァルナーは睡眠不足で、血圧が下がっていたからだ。

十五分ほど霧にかすむミースバッハを散歩し、コーヒーを三杯飲んでから、ようやく特別捜査班の本部に顔をだして捜査プランを立てられるようになった。目撃者探しは芳しくなかった。あやしい人物を目撃したという登山者と現場近くの住民は十人を超えた。あやしげなリュックサックやバッグ、それこそ銃を持っているのを見た、あるいは見たと思うという者までいた。だが有力な証言はまだなかった。

それに、あいかわらず動機が不明だった。二年前に被害者の恋人が失踪したことと関連がありそうだが、それがどういうふうに犯行の動機につながるのかがはっきりしなかった。

次の論点は、死ぬ前の数日、クメーダーが携帯電話で通話した記録だ。電話番号と氏名をまとめたヤネッテが、そのリストをみんなに配った。

「クメーダーはもっぱら友だちのペーター・ツィムベックと電話で話している」ヴァルナーがいった。「最後の着信は昨日の朝六時四十二分。だがつながらなかった。クメーダーが狙撃されたのとほぼ同時刻だ。ツィムベックとはまだ連絡がつかない。早く事情聴取ができればいいんだが」


捜査会議のあと、今後の捜査について内輪で相談するため、ミーケ、ティーナ、ルツ、ヤネッテの四人はヴァルナーの部屋に集まった。シーリングライトがついていた。霧のせいで日中なのに薄暗い。霧は深く、じめじめしていて褐色に見える。音も遮られているのか、どこも静かだ。部屋にはコーヒーの匂いが漂っていた。かすかにシナモンとオレンジの匂いもする。ティーナは最近、フルーツティーを愛飲している。「秋の夢」とか「冬の夢」とか「クリスマスの夢」とか名前はさまざまだが、どれもシナモンとオレンジの匂いがした。

ヴァルナーはファルキングから電話があったことを特別捜査班のメンバーに黙っていた。期待が膨らむだけだからだ。殺人捜査官に精神的な負担をかけるものはいろいろある。なかでも失望は大敵だ。ヤネッテは内輪の話しあいに最近加わるようになっていたので伏せることはしなかった。

ところが、もう十時になるというのにファルキングからはなんの音沙汰もなかった。よくない徴候だ。

ヴァルナーはヨーナス・ファルキングについて調べるようにヤネッテに頼んでおいた。弁護人として六回訴訟手続きに関わっていた。たいていは交通違反関連だった。そして一度は被害者として警察の記録にのっていた。ファルキングのユーロカードが悪用されたのだ。犯人はペーター・ツィムベック。そのときドアをノックする音がした。

「どうぞ」ヴァルナーはいった。

クロイトナーが入ってきて部屋を見まわした。面子が揃っていても、驚きの色は見せなかった。特別捜査班の会議が終わったあと、主要メンバーがヴァルナーの部屋に集まることを知っていたからだ。だが、その場に呼ばれるのははじめてだった。うさんくささを覚えているのか、部屋に入ってくるとき、どことなくぎこちなかった。

「よう。選ばれし者たちってか？」

「いつもの面子だ」ヴァルナーはいった。「すわったらどうだ。コーヒーを飲むか？」

クロイトナーは警戒しながら、すすめられたオフィスチェアにすわった。悪ふざけの標的にされ、まんまと罠にかかったクロイトナーを五人が膝をたたいて大笑いするのではないかと思っているようだった。

だがヴァルナーはそんなそぶりはせず、ただマグカップにコーヒーを注いでクロイトナーに差しだした。

「ミルクと砂糖はヤネッテのところにある」

「なにかいる？」ヤネッテがいった。

クロイトナーはためらった。まだ状況がつかめずにいた。

「ミルク。ほんのちょっと」

それから六人は半円を作ってすわった。全員がコーヒーを注いだマグカップを手にしていた。まるで互いに名も知らないアルコール依存症患者のセミナーのようだった。

クロイトナーはヴァルナーを見てからミーケに視線を向け、またヴァルナーに視線を戻してからヴァルナーのデスクを見た。これはどういう集まりだろう。こんなに親切にしてくれたためしはない。私服の刑事さまたちとのコーヒータイム。助力が欲しくて、下手に出ているようだ。どうやらクロイトナーが頭脳明晰で、困ったときは相談するほかないという認識に至ったようだ。「プリンセス殺人事件」の犯人を張り倒して、事件を解決したのは自分だ。だれも認めなかったが、すこしでも考える力がある奴ならわかることだ。

「すぐに来てくれて感謝する。おまえの助けがいる」

ヴァルナーの言葉でクロイトナーは我に返った。

「本当に？　俺の助けが？　どういう風の吹きまわしだい？」

「そりゃあ、おまえは古株だし、勘が働いて、いろいろ目端も利く」

ほほう、とクロイトナーは思った。

「そして……」そういうと、ヴァルナーはデスクにのっていた薄いファイルを持ちあげた。

「二年前にこのファイルをこしらえた。いくつか訊きたいことがある」

ヴァルナーはクロイトナーにファイルを渡した。それは事件簿で、「ペーター・ツィムベック」と書かれていた。クロイトナーはファイルをひらいた。ツィムベックと関わったのは一度や二度ではない。中身を見ないと、どの事件かわからなかった。クロイトナーが目を通していると、ヴァルナーが助け船をだした。

「二〇〇七年六月十六日の事件だ。被害者はホルツキルヒェンの弁護士。名前はヨーナス・ファルキング」

「よく覚えていないな。でもこの事件簿に全部のってるんじゃないか?」

「まあな。だがいくつか記載されていないことがある。俺の記憶ではな」

「ああ、あれは変な事件だった。しかし俺にはどうしようもなかった。訴えがだされなかったんでな」

クロイトナーの猜疑心はすこし引っ込んだが、完全には消えなかった。問題の残る捜査をいまになってあげつらうつもりかもしれない。

「なんでいまさら?」

「すこし偶然が重なりすぎている。全員がクメーダー殺人事件に関係している。それも……」ヴァルナーはファイルを指差した。「数ある偶然のひとつだ。まどろっこしいからいうが、これから話すことは他言無用だ」

捜査の核心を教えられるのだと気づいて、クロイトナーは誇らしく感じつつも、不快な気持ちも芽生えた。「内輪」とはそういうものだ。特別捜査班の会議では黙っていて、ここでいろいろ相談しているのだ。おいしい話はここでして、下っ端はつまらない仕事に奔走させられる。事件解決の決め手はここで話されるのだ！　クロイトナーは肝に銘じることにした。

「はじめに、弁護士のヨーナス・ファルキングが昨日の夜、俺に電話をかけてきた。クメーダー殺人事件に決定的な意味を持つ証言をするといっている。本当かどうかはわからない。いまのところまだ彼からの連絡はない。二点目、クメーダーはリーダーシュタイン山でツィムベックと会う予定だったが、ツィムベックが到着する前に射殺された。ちょうどそのとき、ツィムベックはクメーダーの携帯に電話をかけている。三点目、ツィムベックとファルキングには共通の過去がある。共通の過去はいいすぎかもしれないが、このファイルがふたりのつながりを示唆している」

ヴァルナーはクロイトナーが手にしているファイルに指をのせた。

「盗んだのか拾ったのか知らないが、ツィムベックはファルキングのユーロカードで金を引きだした。それだけなら興味など覚えない。しかし、クメーダーの恋人が消えた二年前の六月の夜となれば、話が違う。なにか関連があるはずだ。だから当時なにがあったか詳しく知りたい。そこでおまえの出番だ」

クロイトナーはうなずいて、記憶を呼び覚ますために事件簿をめくり、ファイルをデスクに置いてから両手を頭の後ろにやって、天井を見つめながらいった。

「コーヒーをもう一杯もらえるかな?」

ヴァルナーがじきじきに注いだ。

「ミルクだっけ?」

「ああ」クロイトナーはいった。「クッキーがあれば欲しいな」

「いいや、クッキーはない。そしてすぐに話さなければ、コーヒーもなくなる」

「ああ、そう焦りなさんな。ちょいと込み入った事情があるんだ。なにかにおうと、俺は二年前にいったはずだ。ようやく耳を貸してくれたわけだ。うれしいよ」

22

二〇〇七年六月十六日午前八時二十一分

パトカーは朝のフォアアルペンラントを走っていた。クロイトナーは制服の半袖シャツを着て、助手席側の開け放ったサイドウィンドウに肘をついていた。外は夏。気温は二十七度。ハンドルを握っているのはベネディクト・シャルタウアーだ。クロイトナーはときおりちらっと彼を見た。シャルタウアーは研修中で、まだまだ覚えなければならないことがたくさんある。ミスも連発していた。クロイトナーは若い同僚から目をそらすと、周囲に視線を走らせた。集中し、慌てず正確に。いつものことだ。いつもと違うところがあればすぐに気づいて、どう対処すべきか考える。

グシャインドルの農場で、家の前に古い家具がだされていた。この二十年、家具が外にだされていたことはない。しかも古家具だ。グシャインドルは吝嗇《りんしょく》家で通っている。ものを捨てることがない。一九九二年に彼はがらくたを保管するために納屋の増築申請をだして許可された。この農家はいわばブラックホールだ。一度迷い込めば、二度と出てこられない。それなのに古家具が外に並んでいる。まるでこれからノミの市をひらこうとでもしているように。もちろん彼がノミの市をひらくはずがない。吝嗇家がものを手放せるわけがないからだ。一九六〇年代のカビの生えたチェストでも、手放すくらいならたたき壊すという奴だ。どういう風の吹きまわしだろう。クロイトナーは研修中のシャルタウアーに質問してみた。

シャルタウアーは答える前にじっくり考えた。恥をかきたくなかったのだ。研修の成果をクロイトナーに見せたくて、シャルタウアーは農家がよく見えるところにパトカーを駐めた。ジーンズに黄色いゴム長靴をはいた女が増築した納屋からテレビを運びだして、すくなくとも四十年近く昔のテレビ台の上にそのテレビを置いた。

「グシャインドルじいさんは不在ですね。そうじゃなきゃ、黙って見ていないでしょう」シャルタウアーがいった。

「そうだな。だけど、なんでいないんだ？」

「きっとあの女が……」シャルタウアーはためらいがちにいった。「……どこかに誘いだしたとか？　そしてがらくたを盗んで、処分するのでしょう。行ってみますか？」

「正解とはいえんな。グシャインドルは先週、卒中の発作を起こして入院中だ。いまは口が利けない」

シャルタウアーはうなずいた。

「じゃあ、やっぱり泥棒じゃないすか？」

クロイトナーはにやっとしていった。

「卒中になる直前に、がらくたをもう見たくない、処分しろといったのかもしれない」

シャルタウアーはクロイトナーが本気かどうかよくわからなかった。

「グシャインドルが？」

「いうわけないだろう。冗談だよ。しかし確認のしようがない」

「ではどうしますか？」

「こういう場合はよく頭を巡らすんだ。警官には必要なことだ。いつでもよく考える」

シャルタウアーはうなずいた。

「第一に……」クロイトナーはつづけた。「だれがだれのためになにをしているか。熟考はそこからはじまる。第二に、グシャインドルじいさんが了解していない可能性がある。とはいえ、ああいうがらくたを納屋からだすのは、火災の危険を軽減する。害虫やカビの発生を防げることはいうまでもない。とにかくじいさんが気に入らなければ、あいつらを訴えればいい。また口が利けるようになったらな。わかるか？　いろんな可能性がある。それをよく熟考するんだ」

「それで、熟考した結果は？」

「俺たちの出る幕はない。行くぞ」

シャルタウアーはギアを入れると、牛の放牧地や小川に沿って走り、農家のそばを通った。警察が介入する必要のあることはなかった。だが言い方を変えれば、犯罪が起きると思えないところだからこそ、だれかが悪いことを企《たくら》んでいるかもしれない。けれども思いがけない発想をするのがクロイトナーだ。クロイトナーはだれひとり思いもしないことまで計算に入れる。それが過去に何度も収穫をもたらした。

小川に沿って車を走らせていると、林の向こうでなにかが光った。なにか銀色のものが日の光を反射したのだ。二、三メートル走ると、はっきりと見分けられた。シルバーメタリックのポルシェが道ばたに駐まっている。ポルシェは小川の斜面に半ば横倒しになっていた。

前のバンパーが太いブナの木に接しているが、へこんではいなかった。車はおそらく木のところへゆっくり滑っていっただけだろう。

シャルタウアーはポルシェの手前五メートルのところに停車した。ふたりはパトカーから降りてスポーツカーに近づいた。車内にはだれもいない。キーが差したままで、白いレザーの助手席に赤いシミがあるのをシャルタウアーは確認した。助手席の足下のカバーにも赤いシミがあった。

「血じゃないすか？」

クロイトナーは肩をすくめ、こういう状況ではどうしたらいいか提案してみろ、とシャルタウアーに身振りで合図した。

「ドアは開けないほうがいいでしょう。もしかしたら……」シャルタウアーは開けてはいけない理由など考えていなかった。

「爆弾が仕掛けてあるってのか？」クロイトナーが先をつづけた。

「爆弾」

「くだらない。なんでこの車が爆発するっていうんだ？」

「それは……その……テロリストが仕掛けたかもしれないでしょう」

「雑草を吹き飛ばすためか？」

「いや、その……」

「新品のポルシェを自動車爆弾にするなんて、そんな馬鹿なことは、さすがのアルカーイダだってしないだろう。使うならおまえのポロみたいな車だ。わかるか？　それともバグダッドでアメリカ兵が吹き飛ばされたとき、車がポルシェだったのを見たことがあるのか？」

「そんな場面をテレビは映さないですよ。つまり自動車爆弾の車種がなんだったかなんて。どうせ爆発したあとですし」

「バグダッドでポルシェを爆発させないということはちゃんと理性が働いている証拠だ。一台八万ユーロはするからな。そういうのを吹き飛ばすのは罪だ。イスラーム原理主義者でもそのくらい心得ている」

　シャルタウアーはうなずいた。

「じゃあ、どうする？」

「持ち主に連絡します」

「それで？」

「盗難車かどうか確認します」

「なるほど。それから？」

「場合によります……」

「持ち主が取りにきた場合だ」

シャルタウアーには状況が複雑すぎて、勘を働かすほかなかった。

「ここは駐車禁止じゃないです。ええと……農地の走行被害が適用されますかね」

「どんな被害が生じている？」

シャルタウアーは雑草を踏みしだいたポルシェのわだちを見た。トウヒの若木が数本折れている。

「大きくはないすね」

「血中アルコール濃度の検査をするんだよ！　当然のことだ」クロイトナーはいらいらしながらいった。

「持ち主が自分で木にぶつけたっていうんすか？」

「九割がたそうだな」

「なるほど。でも事故から八時間は経ってますよね」

「だからなんだ？　事故を起こした時点で〇・二パーセントなら、いまでも〇・一パーセントはあるはずだ。だから最初の疑問は、そいつが事故のあと酒を飲んだかどうかだ」

「なるほど。一滴も飲んでいないのに、血中にアルコールがあれば……」

「そいつに逃げ道はない。そういうことだ。よし、はじめるぞ。まず持ち主の確認だ。さっさとやれ」

二十分後、ヨーナス・ファルキングがタクシーで到着した。彼は車の所有者であることを証明した。事情聴取の際、ファルキングは昨夜、グムントに住む妻の両親を訪ねて、午後十一時半、ホルツキルヒェンの自宅の前に車を駐め、今朝になって車がないことに気づいたといった。クロイトナーとシャルタウアーはちらっと視線を交わした。昨夜、車でホルツキルヒェンに帰ったんだな、とクロイトナーが念を押した。ファルキングはおどおどした。

「たしかそうです。いや、一昨夜だったかもしれません」

そういいながら、ファルキングは何度も車のフロントのトランクルームに目をやった。クロイトナーは、ファルキングの記憶が戻る手伝いをした。クロイトナーたちふたりはファルキングが来るのを待っているあいだにミースバッハの指令センターに電話をかけ、車の持ち主に前科があるかどうか、あるいは酒気帯び運転かなにかで摘発されたかどうか問いあわせていた。その際、早朝にタクシー運転手が呼ばれ、ホルツキルヒェンまで客を乗せたことを突き止めていた。客には所持金がなく、あとで支払うといった。ルイーゼンタールからホルツキルヒェンまで走れば相当の料金になるので、タクシー運転手は納得しなかった。タクシー運転手は客の身元を警察に通報した。それがファルキング弁護士だったのだ。ファルキングはユーロカードを入れた財布を盗まれたことを認めた。だがどこで盗まれたか覚えていないという。すでにユーロカードは利用停止していた。

「昨日ホルツキルヒェンまでタクシーに乗った。そうだな？」

「ええ、そのとおりです。思いだしました。かなり酒を飲んでいました。ですから車は置いてきたんです」

「男のところにか」

ファルキングはうなずこうとして、この几帳面《きちょうめん》な警官ならシャオホマイアーに確認の電話をかけるだろうと思い直した。

「いいえ、一キロほど車を走らせました。でも、運転するのは危険だと思って、そこに車を駐めたんです。ルイーゼンタールでした」

「ホルツキルヒェンに戻るのに、なんでルイーゼンタールをまわったんだ？」クロイトナーはたずねた。

「警察の検問が怖くて、ヴァルンガウを抜ける裏道を走った。そうだろう？」シャルタウアーがいった。

ファルキングは、若い警官に見抜かれてはお手上げだという仕草をした。クロイトナーはシャルタウアーにアルコール検知器をだせと指示してから、ふたたびファルキングのほうを向いた。

「昨夜、帰宅してから酒は飲んだか？」

「いいえ」

「かなり酔ってたようだな。キーを差したままにするとは」

ファルキングは肩をすくめた。

「助手席のシミはなんだ?」

「鼻血が出たんです。ハンドルに鼻をぶつけたみたいで。ちょっと飲んでいたので」

「ここまで自分で運転してきたんじゃないのか?　ここからルイーゼンタールまでは歩いて三十分だ。そこまで歩いてタクシーを呼ぶこともできる」

「なんでそんな手間をかけるんですか?　マングファル川まで下るよりここのほうが携帯はつながりやすいでしょう」

「ひどく酔っていたと自分でいったじゃないか」

シャルタウアーがアルコール検知器を持ってきた。ファルキングはそこに息を吹きかけなければならなかった。結果は〇・〇パーセント。

クロイトナーは面食らった。ファルキングは満足そうだった。

「これで昨夜の血中アルコール濃度は多くて〇・一パーセントだったことになりますね」ファルキングはいった。「アルコールが完全に抜けていては、夜中に〇・五パーセントだったと証明することもできませんね」

「しかし、どうやって帰宅したか忘れるほど酩酊《めいてい》していたんだろう?」

「酒が強くないので」ファルキングは傲慢に見えないように笑みを浮かべた。「ところで車についてですが、提案があります。泥棒は車を乗り捨てています。自動車の無許可運転に当たります。これは被害者の告訴が必要ですね。でも、わたしは訴えません。これで一件落着です」

「なんで刑事告訴しないんです？　泥棒のせいでなにか被害が出ているかもしれないでしょう」シャルタウアーが首を傾げた。

「どうせ泥棒はつかまりません。書類を作成するだけ面倒じゃないですか」

クロイトナーはファルキングを見つめた。弁護士らしくない言動だ。

「ユーロカードはどうする？」

「利用停止にしました。二、三日で新しいのがもらえます。車の件と同じです。泥棒はつかまらないでしょう。あなた方のストレスになるだけです。家に帰りましょうよ」

「カードはいつどこで盗まれた？」

「わかりません。気づいたら……なかったんです。あとになって気づきました。ああ、そうだ。タクシー代を払おうとしたときです」

「偶然すぎるな」クロイトナーはいった。「同じ日に車とユーロカードを盗まれるなんて」

「そういうこともあります。なにがいいたいんです？」

「はっきりいおう。気に入らない。あんたは最初に、車でホルツキルヒェンまで走ったといった。それから途中で車を駐めて、タクシーに乗ったといい直した。酩酊していたのでよく覚えていないといいながら、昨夜の血中アルコール濃度はせいぜい〇・一パーセント。それから助手席の血。作り話としか思えない」

「いいですか。車に関しては犯罪行為になりません。刑法二四八条bには告訴が不可欠です。それからわたしが酔っ払っていたことについては、確証がないですね。あとはユーロカードの窃盗ですが、被害が出たかどうかもわからない。血については説明しました。なんで騒ぐことがあるんです？」

「臭いんだよ、ファルキングさん。それも、ものすごく」

「いいでしょう。どうしようというのです。ええと、名前は……」

「クロイトナー」

「クロイトナーさん？」そういうと、ファルキングは微笑んだ。

クロイトナーはファルキングを見てからポルシェに視線を向け、あたりを見まわした。だが目にとまったのはシャルタウアーだけだった。なにか釈然としなかった。弁護士が公にしたくないことが起きたのは確実だ。あいにくそれがなんなのか見当もつかない。道の側溝にはまったポルシェやBMWやメルセデス・ベンツが朝見つかれば、ふつうは前の夜に持ち主が泥酔していたというのが定番だ。ところがファルキングは酔っていなかった。それはたしかだ。飲んだとしてもビール二、三杯だろう。それなのに車を置いて立ち去った。警察に事情を話そうとしないのはなぜだろう。どうして最初は家まで運転したといったのだろう。自分の車がどこで盗まれようと関係ないということか。嘘をついたということは、なにか隠しているのだ。説明する気はないのだろう。

「まずはあんたのユーロカードだ。ほかのことはあとで考える」クロイトナーはいった。

「キーは車に差してあった。どういうことだ?」

「たぶんわたしが差しっぱなしにしたのでしょう」ファルキングはいった。「いけなかったですかね?」

「まあいい。じゃあな」

クロイトナーとシャルタウアーはパトカーに乗って、走り去った。ファルキングがしばらく車の横に立ってパトカーを見送るのを、クロイトナーはルームミラーで確かめた。ファルキングはそれからトランクルームを開けた。クロイトナーはシャルタウアーに車を駐めるよう指示した。ファルキングはしばらくトランクルームを見つめてから、ふたたび閉めると、フェンダーに寄りかかって呆然としている。どうも臭い。

23

ヴァルナーも忘れていた細部を思いだした。うさんくさいから捜索令状を発付して、ファルキングのポルシェをばらばらにし、助手席の血痕がだれのものか確認すべきだ、とクロイトナーは主張した。

「たまねぎがたっぷりの肉の煮込みを食ったあとの義理のおやじの糞みたいに臭い」

幸い、この比喩を実体験した者はすくない。ヴァルナーは、クロイトナーが大げさなのを知っていた。だがその一方で、クロイトナーを甘く見るのは禁物だ。彼の直感はときどき鋭いものがある。

「捜査の理由はどうする」ヴァルナーはそのときたずねた。クロイトナーを調子に乗せるためにそうたずねたわけではない。クロイトナーが役に立つことを考えている可能性があるからだ。しかし、クロイトナーはあきらめるほかなかった。ファルキングが犯罪に手を染めているかどうか、彼にも確証はなかった。犯罪行為の通報はどこからもなかった。クメーダーが恋人を誘拐されたといって、警察を煩わせたのはその一週間後だ。だがそのときにはファルキングを追おうとするクロイトナーの熱意は冷めていた。それにカトリーン・ホーグミュラーは誘拐されたのではなく、逃げだしたのだ。みんながそう思っていた。

ユーロカードに関しては、ヴァルナーもひとつ覚えていることがあった。

「ツィムベックがユーロカードで金を引きだそうとしたんじゃなかったか?」

クロイトナーがうなずいた。

「そうそう! 信じられないが、本当だ。ツィムベックは前の夜に使った。引きだした額は千ユーロ。手近なATMに行って防犯カメラに顔を撮られているんだから世話はない。まったく間抜けだ。ツィムベックはすぐ暴力をふるうが、本当はそんな馬鹿じゃない。歯医者や耳鼻咽喉科の医者があいつのおかげで儲けているのだから、手数料くらいもらってもいいはずだと考えるような奴だからな。それに足し算も得意だ。ただすこし皮算用をする質で、詰めが甘い。賭けトランプをすればわかる。下手ではないが、別の奴が賭け金を吊りあげているのに、オーバー四枚でソロをやるような奴だからな。ツィムベックのおつむの中身は推して知るべしだ」

「ユーロカードの暗証番号はどうしてわかったんだ？」ミーケが質問した。

「白状しなかった。いや、いいはしたな。だけど説明になってなかった」

「なんといったんだ？」

「適当に数字を四つ打ち込んだら、うまくいったっていうんだ」

「本当はどうやって暗証番号を割りだしたんだ？」ヴァルナーはたずねた。

「読み取り機でしょう」ルツがいった。

「それはありえない」クロイトナーはいった。「ツィムベックはコンピュータのスイッチをつけるのがやっとだ。暗証番号を読み取るなんてできるわけがない」

「それなら別の方法があったはずだな。ユーロカードに暗証番号のメモが貼ってあったとか」ヴァルナーはいった。

「それならそう自供したはずです」ミーケがいった。

「たしかに」ヴァルナーはいった。「ファルキングがツィムベックに暗証番号を教えたとしたらどうかな」

「なぜです？」

「脅迫されたんだ」

ミーケは、気に入らないという顔をした。

「そうかもしれない。もしかしたら本当にファルキングを締めあげたのかもしれないですね。だがそれなら、どうしてファルキングはそのことを警察にいわなかったんです？」ミーケはクロイトナーに顔を向ける。「彼は当時なんて証言したんだ？」

「ユーロカードがないことにあとで気づいたといっていた。ちなみにタクシー料金を払おうとしたときに」

「だとすれば、彼がツィムベックに暗証番号を教えたはずはないな」

「まあ、とにかくだ。どちらかが嘘をついている。あるいは、ふたりともかもしれない。実際には窃盗事件ではなく、恐喝による奪取だったのかもしれない。しかし犯人も被害者も、真実を明かそうとしなかった」ヴァルナーはクロイトナーのほうを向いた。「ファルキングの車を盗んだのもツィムベックだと思うか？」

「どうかなあ。あれからあの件は追いかけていない。ファルキングは告訴しなかったんでね。公訴もありうるんじゃないかって検察官にはいったんだ。とにかく臭い話だから、捜査したほうがいいって。だけど、検察は知ってるだろ。『車を乗り捨てただけのことで、公訴だと？頭は大丈夫か』まったく鼻持ちならない。これが有名人のポルシェだったら、すぐに公訴されてただろうな。検察官はテレビに顔をだせるからな。そういうもんだ。本音ではな」

「ああ」ヴァルナーはいった。「おまえのいうとおりだ。しかしそんなことで目くじら立てずに、これからどうするか考えるべきだ」

その場が沈黙に包まれた。最後にミーケがいった。

「これまでどおりに捜査をすすめましょう。ツィムベックを見つけることと、ファルキングからの連絡を待つんです。やるべきことはふたつ。ツィムベックを見つけることと、クメーダーからカトリーン・ホーグミュラーを捜す依頼を受けた私立探偵に事情聴取することです」

ヴァルナーはまずツィムベックを捜すようにミーケにいった。

「十二時半ごろ、いっしょにローゼンハイムに行って、私立探偵を訪ねる」

相談を終えて全員がヴァルナーの部屋を出ると、入れ替わりにヴェーラが入ってきた。ヴァルナーは思わず内心で笑みをこぼした。

「こんにちは」ヴェーラがいった。

「やあ」ヴァルナーはいった。

「また会えて喜んでくれると思ったんですけど」

ヴァルナーは椅子をすすめた。

「どうしてそう思ったんだ？　すわったらどうだ」

「だって……」ヴェーラは明らかに戸惑っていた。「昨日そういったじゃないですか。それが別れの言葉だったでしょう。それともわたしの聞き違い？」

「そんなことはない。たしかにそういった。やさしい言葉をかけたかったんだ。あの晩をいい気分で閉じたかったんでな」

ヴェーラはじっとヴァルナーを見た。彼の言葉が信じられず、その表情に皮肉がひそんでいないかたしかめるように。いや、皮肉は欠片《かけら》もなかった。皮肉な気持ちもなければ、おもねる笑みでもなかった。本心だ。

ヴァルナーもヴェーラを見た。彼女は今日、髪を下ろしていた。似あっている。髪を後ろで結んでいると、きつく感じる。いまはまったく違っていた。すこしだけ、そそる。レザーの匂いが部屋に広がった。ヴェーラが身につけているレザージャケットの匂いだ。強いレザーの匂いにまじって、レモンの香りが漂っている。おそらくヴェーラのオードトワレだ。ヴァルナーの目が彼女の首元と耳元に泳いだ。動脈が浮きでている。オードトワレをつけているのはそのあたりだろう。霧吹きでかけたわけではないようだ。さもなければ、部屋中に匂いがこもる。たぶん指につけて軽くなぞったのだろう。レザーの匂いにそこはかとないニュアンスを与えているだけだ。ヴァルナーは彼女の髪の匂いをかごうとして、こっそり息を深く吸い込んだ。ヴェーラは半ば開けていた口を閉じて、一度息をのんでからいった。

「おじゃまだったかしら。ごめんなさい」

ヴェーラは立ち去ろうとした。ヴァルナーは一瞬遅れて、なにをしなければならないか気づいた。

「待った。あれは冗談だったんだ。きみにはそう聞こえなかったかもしれないが……」

「あらそう？　わたしが笑わなかったことに気づきました？」ヴェーラは立ち止まって振り返り、じろっとヴァルナーをにらみつけた。

「まいったな。この時期は血の巡りが悪くてね。だからすぐに喜びを顔にだせない。だけどここ……」ヴァルナーは右手を胸に当てた。「……俺のハートは、きみがいきなり部屋に入ってきたときにときめいた。本当だ。心臓を見てほしいくらいだ。しかし見た目は疲れた顔をしている。同僚はもう慣れているから、見た目、そう見た目だけ憮然《ぶぜん》としていても、気にもかけない」

「あなたの心臓がラインダンスをしているというんですか？」彼女の顔にあざけるような表情が浮かんだ。「ちょっと大げさじゃありませんか？」

「変なことをいうのも、うれしいからだ」

「もう一度入り直しましょうか。はじめからやり直してもいいですけど」

「それはいい。原則的には。しかしそれで血の巡りがよくなるわけではないから、やっても無駄だな。血の巡りがよくならなければ、笑顔は望めない。ハートはときめいているのに、だれにもわかってもらえない。それよりどうしてここに？」

「撮影した映像全部に目を通したんです。リーダーシュタイン山の映像はだめでした。ちょうど雲が出たので。なんとかなると思ったんですけど、鮮明には撮れませんでした」

「今日もう一度試せばいい」

「そのつもりでしたけど。でもこの天気では……」ヴェーラは窓の外の土砂降りの雨を指差した。

ヴァルナーも外を見ると、すこし考えてから息を吸った。ココナッツの匂いがする。きっと彼女のシャンプーの匂いだ。

「わかった」ヴァルナーはいった。「血の巡りがよくなることをしよう」

24

ヴァルナーはスポーツシューズをはいた。オフィスに一足常備している。捜査をするのに地面は選べないからだ。すこし面倒だったが、ヴァルナーはヴェーラのビデオカメラを運んだ。ヴェーラには有無をいわせなかった。ハートが喜んでいる証だ。そしてていねいな口の利き方はよしてくれといった。数メートル歩いたところでヴェーラが気づいたことだが、ヴァルナーはダウンジャケットを車に置いていた。外気温は十二度なのだから無理をしすぎではないかとヴェーラはたずねた。

「馬鹿にしないでくれ」ヴァルナーはいった。「自分のことはわかってる。防寒に関して手は抜かない」

「ほかは手を抜いてるってこと？」ヴェーラは嫌味をいった。

「よくわかったな」ヴァルナーはそう答えた。「今回は山登りをするってことを考慮に入れる必要がある。俺でも内側から火照ってくる。汗だくになって山頂に着けば、逆に体が冷えて、急速に体温が落ちる恐れがあるんだ。だがそうはならないだろう。いまにわかる」

ヴェーラははじめから山を登ることに懐疑的だった。ガスがかかっていては、視界はひらけないだろう。ミースバッハにとどまっていたほうがましだ。ところがガラウン丘陵まで残り三分の一ほどのところに来ると、急にあたりが明るくなった。登るうちに、霧が晴れ、霧の切れ間に太陽が顔をだして、目の前のトウヒやシラカバに黄色い光を注いだ。だがそれは短いあいだだけで、すぐにまた霧が流れてきた。山間《やまあい》の森はまたもや灰色に染まって、薄暗くなった。しばらくはそういう光景が繰り返された。明るくなって霧が晴れ、日が射す。頭上はるか高いところに青空があらわれたとき、山頂に礼拝堂をいただくリーダーシュタイン山が見えた。礼拝堂には薄雲がまとわりつき、錬金術師の工房で煮えたぎる釜の中で岩山が泳いでいるようだ。ヴェーラは立ち止まって感嘆した。

「太陽。信じられない」ヴェーラはいった。

「もっとよくなる」ヴァルナーはいった。「上で眺めよう」

ガラウン丘陵の食堂まで来ると、すでに雲が切れていた。数組の客がテラスで白ビールを飲みながら十月の太陽を満喫していた。ヴェーラとヴァルナーは食堂を左に見ながら、十字架の道へと登った。道は急峻で、木の階段が組まれていた。ヴァルナーは息を切らし、眉間の汗をぬぐった。汗が一滴、メガネの左のガラスについたので、立ち止まってふいた。

「カメラは自分で持ちますけど」ヴェーラがいった。

「だめだ。担ぐのにやっと慣れたところだ。メガネをかけていて曇ったりしないか？」

「適宜ふいてるわ」ヴェーラは丸まったティッシュをヴァルナーの目の前に出してみせた。

ヴァルナーはうなずいてメガネをかけると、ビデオカメラのケースをつかんで歩きだした。

「そういえば、義理の母親の具合は？」

「大丈夫。昨夜、病院まで付きあった。ねんざをしただけ。二、三日で退院できる。義母があなたによろしくといってた」

「俺に？　なんで？」

「あなたに若い娘と交際しているおじいさんがいるって話したの。そしてあなたがそのことを気にしているって。面白がってた」

「そんな話をするのか？　血のつながりがないのに」

「興奮する話をすると喜ぶのよ」

「昨日、自宅で転んだんだろう。充分、興奮する話じゃないか？」

「いいじゃない。あなたのことも、おじいさんのことも直接知らないんだから」

ふたりはしばらく黙々と歩いた。十字架の道を辿ったが、どの留にも目をとめなかった。

「自分をさらしたくないの？」ヴェーラはいった。

「どうして？　知らない女の人に俺の祖父のプライバシーを話してほしくないだけだ」

「それは違うでしょう。だって……あなたはいつも恰好《かっこう》をつけていて、焦るということがない。デスクを完璧に片付けて、自分の意に添わないことがあると冗談を飛ばす。つまりあなたは絶えず状況を自分でコントロールしている。コントロールフリークなんでしょ」

「じつに興味深い。なぜだかわかるか？」

「教えて」

ヴァルナーは立ち止まって、息を吸った。

「きみが自分のことを話しているように聞こえるからさ」

「そうかもね。でも話しているのはわたしのことではなくて、あなたのことよ。それも気に入らない。だから話題を変えようとしている。コントロールできなくならないように。それが肝心なことでしょ」

ヴァルナーは歩きつづけた。

「自分を語ることに不安なんて覚えないさ。ただ意味がない。なんで俺のことを話さなくちゃならないんだ？」

「わたしが面白いと思うからよ」

「きみがね。俺は興味ないな。自分のことはわかっている。そのことで議論する気はない」

「ごめんなさい。自分が偏屈だと自覚している人がいるとは知らなかった」

「この地上でただひとりそれを認めている人間でもある」ヴァルナーはにやっと彼女に笑いかけた。

「あらやだ！　また冗談で逃げるのね。ほかの人が自分をどう見ているか気になるけど、それを知るのが怖いって白状しなさい」

「オーケー。君の目から見ると、俺はどうしようもないコントロールフリーク。そしてたしかに、俺はいままで自分をそういうふうには見てこなかった。そして十月のすばらしい日に、色づいた秋の森を抜けながら山登りしているときには、もっとすてきな話題がほしい。それで？」

ヴェーラは、珍しい昆虫でもあるかのようにヴァルナーを見た。

「それで？　もしかしたら自分の性格が気になって、話してみたいのではないかしら。すこしだけ胸襟をひらいて、コントロールするのをやめるのよ。信じて、そのほうがずっと気楽だから」

「経験者は語るってやつか？」

「そんなことはないわ」

ヴァルナーは彼女の言葉を信じないという顔をした。

「コントロールするのをやめれば気が楽になるかどうか精通しているわけではない。人に胸襟をひらくというのも、わたしが得意なことではない。でも自分のことは考えている。その点でわたしはすくなくとも自分を変えようとしている」

「俺のいるところでそういう試みをしたかな？」

ヴェーラはむっとして、きつい目つきでヴァルナーをにらんだ。

「わかったわ。あなたは救いようのないコントロールフリークで、変わる気がないのね」

「ああ。職業上、問題はないと思っている」

ヴェーラは啞然とすると同時に腹を立て、失望したという顔つきをした。

「職業上ね、いいわ」すたすた歩きだしてから、ヴェーラはいきなり立ち止まった。「わたしがいらだつのを面白がっているでしょう。どうして？」

ヴァルナーはあっけに取られてヴェーラを見た。すぐにはなにもいえなかった。ヴァルナーは融通が利かない。それは間違いない。ヴェーラはヴァルナーに近づき、すこしでも理解しようとしたのだ。仮面をはいで、その内側の顔を見ようとした。きっとヴァルナーに関心があるのだ。ある意味、ヴァルナーを気に入っている。ならば挑発したのはなぜだ。それがヴェーラのやり方なのだろうか。そうかもしれない。あるいは、そうでもしないとヴァルナーの殻は破れないからかもしれない。固いクルミの殻を割るにはハンマーがいるということか。ヴァルナーはどういう反応をしただろう。いつもと同じだ。超然として、どんなボールが飛んできてもやる気なさそうに投げ返す。だが結局、自分が築いたレトリックの伽藍《がらん》の中で道に迷っている。そこから抜けだすには、自分でハンマーを持ちだして、たたき壊すほかない。

ない。

「面白がってなんかいないさ。なんとなく……そういう口を利いてしまった。すまない」

ふたりはまた立ち止まった。ヴェーラは黙ってヴァルナーを見た。もっと弁解めいた言葉が必要らしい。

「人間的にきみに興味がないというわけではない」

「それはよかったわ」

「きみが皮肉をいっても、事態は好転しないぞ」

「そうね。ごめん」

ヴァルナーはそれにはなにもいわなかった。あらぬほうをじっと見つめ、メガネをはずしてシャツできれいにふくと、また同じほうを見て、首を傾げた。

「なに？」ヴェーラがたずねた。

「なにか目にとまったんだが、見失った」

「なにを見たというの？」

「なにか金属だ。この先の森だ」

ヴァルナーは改めて落ち葉が降り積もった森の地面を凝視した。そのとき探していたものを見つけた。そこへ歩いていった。

金属の塊が落ち葉の上にのっていた。銃弾だ。ヴァルナーはしゃがんで、しばらくその銃弾を見つめた。

「銃弾？」ヴェーラがたずねた。

「そのようだ」

「猟銃のでしょ？」

「そうかもしれない。七・六二ミリ弾のようだ。ハンティングでも使うが、軍用銃でも利用されている。凶器から発射されたものかもしれない」ヴァルナーは礼拝堂のほうを見上げた。射線は想定される範囲内だ。「ティッシュの袋かなにかないか？」

ヴェーラはジャケットからティッシュの袋をだしてヴァルナーに渡した。ヴァルナーはティッシュを取りだすと、一枚だけ残してヴェーラに返した。そしてそのティッシュでそっと銃弾を拾いあげて袋に入れた。

「犯人は二回発砲したということ？」

「クロイトナーは銃声を一回しか聞いていない。だが、確実とはいえない。あいつがしらふだったかどうかあやしいからな。とにかくこの銃弾を調べさせる」

五分後、ふたりは頂上に立った。眼下に雲海が広がり、テーゲルン湖を囲む山々の頂が顔をだしている。大きな環礁のようだ。北は地平線まで雲海がつづき、南にはツィラー谷の氷河とイタリアが見える。南東はグロースベネディガー山まで見通せる。雲海からにょっきり顔をだしている白い頂。秋の太陽に照らされた白銀の世界だ。

礼拝堂のあたりにはヴァルナーたちふたりしかいなかった。ヴェーラは撮影するのを忘れてメルヘンのような景色にうっとりした。

「美しい。すごく美しい」

ヴァルナーは彼女の背後に立って、手すりをつかんでいる彼女の手に自分の手を重ねた。ふたりの指が絡みあった。ヴェーラはヴァルナーにもたれかかった。ヴァルナーは彼女の髪に鼻をつけた。ココナッツとすこしエキゾチックな匂いがした。彼女の髪は柔らかく、日を浴びて温かかった。

25

時間が経つにつれ、霧が深くなった。車なのにローゼンハイムまで一時間近くかかってしまった。高速道路八号線では視界不良のため、あちこちで追突事故が起きていた。天気予報士によれば、霧が晴れるまでしばらくかかるようだ。異常なほど密度の濃い逆転層のせいらしい。アルプスを前にしたそのあたりの土地はどこも靄《もや》の中に沈み、どんよりしていた。霧が日の光を遮り、日中なのにもう街灯がともっていた。

ヴェーラとヴァルナーはすこしのあいだ仲睦《むつ》まじい時間を過ごしたあと仕事に取りかかった。ヴェーラは狙撃者がいたとされるリーダーシュタイン山の麓《ふもと》周辺を撮影した。光量は充分だった。ヴェーラの新しい望遠レンズは高精細だった。昼ごろ、ヴァルナーはミースバッハでヴェーラを降ろした。彼女はもうしばらくミースバッハにとどまるといった。霧が出ていたが、町を見てまわり、あちこち撮影することにしたのだ。義母がなにもいってこなければ、いっしょに夕食をとろうと約束した。そのあと十二時十五分にヴァルナーは署でミーケを拾い、いっしょにローゼンハイムへ向かった。移動中、ミーケはペーター・ツィムベックがなかなか見つからないことを報告した。〈マングファルミューレ〉にもいなかった。月曜日は夜しか営業しないからだ。

「あいつの留守番電話に何度もメッセージを残したんですが、なしのつぶてです。ツィムベックが乗っている車のナンバーがわかったので、巡回中のパトカーに、見つけたら奴を署に連れてくるよう指示しました。この霧ですから見つかるかどうか。すぐそばまで接近しないと無理でしょうね」

探偵のグレーゴル・ピコウスキはローゼンハイム旧市街のはずれに新しく建ったビルに事務所を構えていた。調度品は質素で、デスクと書類棚は白で統一してあった。コンピュータもそうだ。ハイテクだ。しつらえはいかにもプロらしいが、所員はピコウスキ以外にいないようだ。ピコウスキはクメーダーの依頼でたしかにカトリーン・ホーグミュラーを捜していた。クメーダーの依頼はそれなりに金がかかったらしい。ピコウスキにいわせると、クメーダーは恋人が誘拐されたと信じ込んでいたという。もちろんピコウスキは、警察がどうして捜査に乗りださないのか問いあわせた。ミースバッハ警察署のクロイトナー巡査が応対して、犯罪や自殺を裏付けるものがない、ホーグミュラー嬢はクメーダーに見つかりたくないと思っているはずだと答えた。クメーダーは相手にせず、なにか陰謀の犠牲になったとまでいいだした。誘拐犯がいたとして、なにも要求してこないという事実を前にしても、クメーダーは自分の推理に固執した。恋人がどこかの地下室に閉じ込められて、ひどい目にあっていると思い込んでいた。調査をした際、クメーダー本人が恋人にひどいことをしていたことがわかり、ピコウスキは倫理的にこの仕事をつづけていいものか悩んだ。だがその問題はふたつの理由から重要ではなくなった。まず肝心のカトリーン・ホーグミュラーが見つからなかった。それから依頼人が滞納している報酬を払う気がないか、払えない状況だったため、しばらく前に捜索を打ち切っていたのだ。カトリーンには、行方を心配する家族がいなかった。父親はだれかわからず、母親は重度のアルコール依存症で治療施設に入っていた。母親は四年前から娘と一切連絡をとっていなかった。探偵にいわせると、カトリーンから母親に連絡することは考えられない。

ピコウスキはカトリーンの元級友からも話を聞いていた。その元級友はミュンヘンに引っ越していたが、ときどき連絡を取りあっていたという。だが興味深いことに、二〇〇七年六月を最後に連絡が途絶えていた。電話にもでないし、メールにも返事がなかった。カトリーンのEメールアカウントは二〇〇八年から利用記録がないため止められていた。カトリーンは痕跡をすべて消し去ったと結論づけるほかなかった。だが調査にあたったピコウスキは、依頼人の疑惑がある意味、的を射ているという印象を受けていた。カトリーンは二〇〇七年六月十五日に忽然《こつぜん》と姿を消していたからだ。

署に帰る途中、ヴァルナーはイルシェンベルクの手前で電話を受けた。弁護士のヨーナス・ファルキングからだった。ヴァルナーと会う用意があるという。ヴァルナーが高速道路を移動中だったので、ファルキングは高速道路のホルツキルヒェンの出口から近いゴルフクラブのレストランで会おうと提案した。

「あそこなら静かで落ち着ける。レストランはがら空きだろう。この霧ではだれもゴルフをしないと思う」とファルキングはいった。

午後三時二十分、ヴァルナーとミーケはゴルフクラブ〈バレー〉の駐車場に着いた。そのゴルフクラブは数年前にできたばかりだ。ゴルフコースはかつてラジオ・フリーヨーロッパの敷地だった。巨大な放送設備で、東欧に向けて西側のプロパガンダをここから放送していた。電磁波を心配する地域住民にはうれしいことに、放送局の施設は解体され、代わりに敷地に起伏がつけられ、フェアウェイとグリーンとバンクが配された。金には糸目をつけず、目標を高く設定していた。噂ではいつかライダーカップの会場になることをめざしているという。ふたりは駐車場の向こうにうっすらとシルエットが浮かぶクラブハウスへ歩いていった。こんな天気だというのに、パッティンググリーンのそばを通ると、プレイヤーがふたりボールをカップに入れようとしていた。打ち放しのゴルフ練習場には照明がついていた。だが照明は役に立っていない。打ったボールは三十メートルも飛べば霧の中に消えてしまう。それなのにここでも男がふたりと女がひとり、天気をものともせず練習に励んでいた。

ヴァルナーとミーケがレストランに入ると、ウェイトレスが雑誌から目を上げた。ふたりはプライバシーが守れそうな一番奥の席についた。ウェイトレスは唯一の客のために無駄に歩かされることにむっとしていたが、ふたりは無視した。コーヒーのお代わりをするころになっても、ファルキングは一向にあらわれなかった。ヴァルナーはファルキングの携帯に電話をかけた。ファルキングは渋滞に引っかかってしまったと詫《わ》びた。原因も渋滞の長さもわからないという。

午後四時二十分、ファルキングがレストランに到着した。ダークスーツにネクタイ姿で、小ぶりのバッグを提げていた。ローブと法律書を入れておくいわゆる弁護士御用達《ごようたし》のバッグとは違う。アタッシェケースだ。そういうバッグを持つ弁護士は法廷には立たず、契約書作成を専門にしていると、相場は決まっている。ファルキングはウォールストリートの銀行マンのように見える。そのイメージが本人も気に入っているようだ。しかしスーツにはシワが寄っていて、シミがついていた。高級スーツとはいえ、しばらくクリーニングにだしていないようだ。ファルキングは困惑の色を見せながら席についた。

「ふたりだけで話すことにしていたはずですが」ファルキングは名乗ってからいった。

「同僚は俺と同じで口が堅い」ヴァルナーは保証した。

「あなたをどこまで信用できるか、わたしにはまだわかっていないのですけどね。言い方を変えると、ふたりだけのほうがわたしには都合がいい」

「あなたはそういうだろうが、こちらにも言い分がある」

ファルキングはなにもいわなかった。

「ミーケ、カウンターでウェイトレスとおしゃべりでもしてきてくれ」

ミーケは立ちあがって、ファルキングの肩に手を置いた。

「信用しないなんてあんまりだぞ」

ファルキングは仕方がないという仕草をした。

「そして俺は根に持つほうだ」そう脅しをかけてからミーケは笑みを作り、不審に思いつつも期待のまなざしを向けている若いウェイトレスがいるカウンターへ向かった。

ファルキングが注文したカプチーノが来ると、ふたりは郡内の犯罪事件に関する裁判やファルキングが契約法と損害賠償を専門にしているという話をした。ヴァルナーはちらっとカウンターを見て、ミーケがウェイトレスとうまくやっているかたしかめた。

「さて、本題に入ろう。まず、この秘密ごかしはなんだ？　目撃したことをどうしてさっさと話さない？」

「いろいろ事情があるんですよ。なんというか、きわめて込み入った法律上の問題がありましてね。わたしがあなたに協力する前にまず解決しておく必要があるのです」

「どういうことだ？　取り引きか？」

「まあ、そんなところです」

「それは相手が悪いな。検察局を交渉相手にしないと」

「わかっていますとも。そういうことを判断できるのは検察局だってことくらいはね」ファルキングはいきなりあたりをうかがうと、なぜかわからないが激しくうなずいて、急いでカプチーノをひと口飲み、それからスプーンでカプチーノをかきまわした。「でも連中は融通が利きますかね？　第二国家試験に受かったばかりのミュンヘンから来た弱冠二十八歳の女の検察官が相手でしょう。彼女はそもそも家族法が専門で、妊娠したがっている。いいたいことはわかりますよね」

ヴァルナーにもファルキングのいいたいことはよくわかった。バイエルン州で裁判官になるには、検察局に二、三年勤務する必要がある。

「今回の事件の担当はケッセルバッハだ。あなたが彼女を知っているかわからないが、彼女は経験があって、そういう阿吽《あうん》の呼吸は知っている」

「本当に？　それはうれしい。それでも……」ファルキングはスプーンをなめてから砂糖をすくって、半分飲んでしまったカプチーノに入れてかきまわした。「問題はあの人たちはミュンヘンから来ているということなんですよ。いいですか？　ここの事情に疎いってことです。わたしの関心事を判断するには、ここの事情に明るい必要があるのです。判断材料は法的なだけでなく、この土地の風土に照らしてみる必要があるのです。おわかりでしょうか？」

「困惑のきわみだ」

「わたしはあなたに自分の関心事を説明します。ケッセルバッハ検察官だか、だれだか知りませんが、わたしに代わってその人と掛けあっていただきたいのです。そうすればわたしは証言します。その証言を聞けば、だいぶ楽ができると約束します」

「犯人の名前がわかっているのか？」

「まあ、そうです。つまりわたしが証言すれば、あなたは犯人に辿り着けるはずです」

「いいだろう。その代償は？」

「ここから先が難題です。どう説明したらいいか」

「カトリーン・ホーグミュラーの失踪と関係があるのか？」

ファルキングの顔が凍った。「たぶん」

「クメーダーがあなたに電話をかけたのはなぜだ？　ホーグミュラーの失踪についてなにか知っているのか？」

ファルキングはすこし考えた。

「ええ。あの男はかなりしつこかったですね。わたしはあの男のことを調べました。恋人が誘拐されたと思い込んでいたようですね」

「失踪についてなにか知っているのか？」

「その話題を終わらせるために、ひとまず知らないとお答えしましょう」

「ということは、あとで別の証言をするかもしれないということか？」

「困りましたね。どうしてわたしの関心事について質問しないのですか？」

「ではお願いしよう」ヴァルナーはいった。「メモをとっていいかな？」

「困ります。それって、証拠に使えるじゃないですか」

そのときファルキングの携帯電話が鳴った。すまないといって立ちあがると、ファルキングは電話に出ながら席を立った。ヴァルナーはミーケのほうを見た。ミーケはカウンター越しに若いウェイトレスになにかささやいている。ウェイトレスが甲高い声で笑った。ヴァルナーは時計を見た。もうすぐ五時だ。いろいろやることがあるのに、男用のサウナに入った生娘《きむすめ》みたいな行動を取る弁護士に振りまわされるとは。ファルキングが受けた電話は面倒な話のようだ。話し方から、相手は女らしい。落ち着けとさかんにいっている。ヴァルナーにもかつて経験があった。そのあとファルキングがトイレの廊下のほうに姿を消したため、話の内容はわからなかった。しばらくして戻ってきたファルキングはテーブルのそばに立って、義父が徘徊《はいかい》して姿が見えなくなったといった。

「義父はアルツハイマーで、自宅の外では右も左もわからないんですよ。たぶんグムントのどこかをさまよっているのでしょう。妻と義母が捜しているんですが、霧が深くて手間取っているんです。わたしも捜しにいくと約束するほかありませんでした。そちらが一件落着したらまた連絡します」

ヴァルナーはあきれてしまった。

「どうしても行くのか？」

「仕方ないです」

ヴァルナーは警察も協力をしようといった。ファルキングは、いよいよとなったらお願いするといった。

「ああ、そうだ」ファルキングは去り際にいった。「部下はもう家に帰してもいいんじゃないですかね。たぶん、そのほうがいい」

「なんだって？」

「わたしが証言すれば、どういう意味かわかると思います。ではまた。急いでいるので」

26

二〇〇七年六月十五日午後十一時二十八分

その家は脇道を入ったところに建っていた。一九九〇年代に建てられたもので、農家風だ。一階部分の外壁には漆喰《しっくい》が塗られ、二階部分は板張りだ。切り妻にはバロック風の彫りものを施した飾り板があり、屋根はこけら葺《ぶ》きと、近ごろでは珍しく、少々贅沢《ぜいたく》に見える。隣接する敷地にも一戸建てが建っていて、その真向かいに十七世紀に建てられた農家があった。農家の横にはずっとあとの時代に建てられた小さな別棟が見える。隣家と農家には明かりがともっていなかった。ファルキングと娘はオーク材のドアの前に立っていた。頭の高さにクラウンガラスの小窓がある。ガラスは褐色で、不透明だった。

家の中はしんと静まりかえっていた。ベルを鳴らしてから三十秒ほど、ドアの上にある二百ワット電球の外灯の光の中に立った。ふたりの背後にはツタをからませた大きなトレリスが立ててあり、来訪者の姿が近隣の家から見えないように目隠しになっていた。赤外線センサーは、トレリスと玄関のあいだに人が入ったときに作動するようになっている。これで隣人は夜中にだれが訪ねてきたか見ることができない。じつは来訪者のほとんどが夜中に来た。

トレリスにからませたツタは冬でも枯れない種類で、一年じゅう、視界を遮っていた。

ファルキングは一歩わきにどいて、ツタの陰から隣家をうかがった。照明はともっていないが、黒い窓辺にだれかが立って盗み見ていないともかぎらない。娘はもう一度ベルを鳴らした。

「電話をかけておいたんだから、わたしたちが来ることはわかっているはずだ」

「別の患者がまだいるのかもしれないわね」

家の前にバート・テルツのナンバープレートの車が駐まっているからきっとそうだ。ドクター・ユンキンガーのところには遠くから通ってくる患者がいると見える。

ファルキングは夏めいた夜の空気を吸った。生暖かかった。だがときおり近くのマングファル谷から、冷たく湿ったそよ風が吹きあがってきた。

娘の恋人と会ってから五分が経過していた。そのことを思いだすと、ファルキングの両手に汗がにじんだ。お互いの車に乗ったまま顔と顔をあわせた。サーブに乗っていた男は腕にバットマンの刺青《いれずみ》を彫っていて、タバコを持った手を窓からだしていた。だらしなく垂らすのではなく、小刻みに動かしている。男は目に隈を作っていた。男はファルキングをにらみつけてから、ファルキングの言葉を聞きながらポルシェの内部を覗きみた。なにが見えるのかファルキングにはわからなかった。顔を横に向けて、なにが見えるかたしかめる勇気はなかった。なにか見つけたら、男はきっと暴力をふるうだろう。ファルキングでは相手にならない。ファルキングは腕力に訴えるタイプではないが、相手はまさにそういうタイプだ。

「上で見ましたよ」ファルキングは自分が来たほうを指差した。「マングファル谷を登ったあたりで女を見かけました。顔になにか白いものをつけていましたね。包帯だったかもしれません」ファルキングはしっかりした声でいった。嘘をつくのは得意だ。相手が腕力なら、こちらは口先で勝負だ。相手はゆっくりうなずいた。目がファルキングを食い入るように見つめた。虹彩のまわりの白目が充血している。相手のサーブが近づき、ポルシェのハイビームに照らされたときから、ファルキングはそのことに気づいていた。なんてことだ、ドラッグをやっている。すこしして三台目の車が角を曲がってきて、ヘッドライトが二台の車を照らした。

「どっちへ行った？」相手が質問した。

「そうですね。農家のほうでしたかね。このあたりはよく知らないので」

男がもう一度、車を覗き込んだので、ファルキングは内臓が凍りつきそうになった。それから男はアクセルを踏んで走り去った。ファルキングはまだ助手席を見ることができなかった。両手がぶるぶるふるえていた。

「行ったの？」押し殺した声がした。助手席のフットスペースで娘のレザージャケットがキラッと光った。娘はそこで小さくなっていたのだ。

「ああ。もう出てきていい」

娘は苦労して体を隙間からだした。鼻血がレザージャケットを伝ってジーンズにこぼれていた。ファルキングは結婚式のときに祖母からもらった、J・Fのイニシャルが入った白い木綿のハンカチを彼女に差しだした。ハンカチはあっというまに赤く染まった。ファルキングは娘をじっと見た。

「車をだして」娘はいった。

ファルキングはうなずいて、深呼吸すると、ふるえる手をハンドルに置いた。

クラウンガラスを通して室内の光が見えた。室内ドアが開いて、廊下の照明がついたのだ。だれかが近づいてきて、玄関ドアを開けた。ファルキングと同じくらいの年齢の男だった。金髪でメガネをかけている。髪はすこしばかり薄い。アバクロンビー&フィッチというロゴ入りのTシャツにジーンズという出《い》で立《た》ちで、外科用の手袋をはめていた。

「やあ、入りたまえ」ドクター・ユンキンガーは急いでいるかのようにいったが、ファルキングを見て、困惑した。

「ここまで車に乗せてもらったんです」娘がいった。

ユンキンガーはふたりを質素な診察室に案内した。診察室に入ったとき、外で車が走りだす音がした。ユンキンガーはバート・テルツから来た患者を別のドアから外にだし、ファルキングと娘を出迎えたようだ。

「診察するところを見たいのかね?」ユンキンガーは鼻の絆創膏をはずそうとしていた。

「いいや、外で待っている」そういうと、ファルキングは診察室から出た。

十五分後、娘は真新しい包帯を巻いてもらって診察室から出てくると、医者に別れを告げた。

「どこまで送っていけばいい?」ファルキングはリモコンで車を解錠し、若い娘のためにドアを開けてやった。

娘はレザージャケットのポケットに手を入れ、オートバイのキーをだしてみせた。

「わたしのオートバイのところまでお願い。五分もあれば着くわ」

「マングファル谷に下りるのか?」

娘はうなずいた。ファルキングは医者の家を振り返った。部屋のひとつにいまだに明かりがともっていた。

「大丈夫かな?　きみの彼氏がそのあたりを捜しまわっているんじゃないか?」

「もう谷は捜してないわよ。谷の上の農家を見てまわってると思う。そばを通って、あいつがそのあたりをうろついてたら、そのまま谷へ下りればいいのよ」

ファルキングは車に乗り込んだ。第六感が谷には下りず、家に帰れと告げていた。金の安全を確保しなくては。

マングファル川へと下る細い道を走った。その夜は新月で、あたりは漆黒の闇に包まれていた。見えるのはヘッドライトに照らされた道路の一部だけだ。対向車はなかった。ファルキングはほっとした。あと二分。それで娘を車から降ろせる。あとは野となれ山となれだ。谷に下りたのだから、元々のプランどおりシュメロルド、ミュラー・アム・バウム、ヴァル、ヴァルンガウを通ってホルツキルヒェンへ向かえばいい。ガレージに車を入れれば、ほっとひと安心できる。

「あの医者はああいう治療を専門にしているのかい？　その……いいたいことはわかるね？」

「ええ。一切質問しない」

「追加料金がいるのか？」

「現金で二百。保険の医療報酬をどうしているのかは知らない」

「どうやって知ったんだ？」

娘は窓の外の闇を見つめた。ちょうどマングファル川にかかる小さな橋を渡っていた。

「救急医療センターの医者から電話番号を教えてもらったの。あたしみたいな状態で病院に行ったら、二度と行く気になれないでしょうね。医者から質問攻めにあう。それなら追加料金を二百ユーロ払ったほうがまし」

「なるほど」ファルキングはいった。

娘の指示で、ファルキングはシュメロルドのほうへ左折した。

「あとどのくらいだ？」ファルキングは質問した。

「五百メートル」

ファルキングはルームミラーをちらっと見た。暗い。だれも追ってこない。前方にも森を通して射すヘッドライトの光は見えない。車はカーブを曲がった。ファルキングははっとした。七十メートル先の路上になにかが横たわっている。ファルキングは息をのんで、ブレーキを踏んだ。

「なに、どうしたの？」娘がたずねた。

ファルキングは前方を見つめた。人間がうっすらと見える。身じろぎひとつしていない。一瞬、息をのんでからファルキングはいった。

「あれは……人じゃないか？」

ファルキングは車をゆっくり前進させた。やはり人間だ。若い男がうつ伏せになってアスファルトの上に倒れている。道ばたにはスクーターがある。

「ゆっくり近づいてみる」

娘は不安そうにうなずいて、また助手席のフットスペースにもぐり込んだ。ファルキングは汗ばんだ両手をスーツのズボンでふいて、左右の森にだれかいないかうかがった。センターロックのボタンを手探りする。シュッという音がして、車のドアはすべてロックされた。アスファルトに横たわっている男まで十メートル。そのとき目の端でなにかがキラッと光るのを見た。右側の下草の中だ。そしてヘッドライトの光の中をなにかがよぎった。ホタルだろうか？　あるいは動物の目？　だがファルキングは、それが別のなにかだと気づいた。

27

ヴェーラは警察署のヴァルナーの部屋にいた。ヴァルナーが入ってくると、ヴェーラは微笑んだ。ヴァルナーも笑みを浮かべた。

「やあ。午後はなにをしていたんだ？」

「すこし撮影してた。見て」

ヴェーラはコンピュータ画面のアイコンをクリックした。ヴァルナーが画面にあらわれた。リーダーシュタイン山の頂上に立って、クロイトナーがどこで犯行を目の当たりにして嘔吐したか、ヴェーラに説明していた。ヴァルナーは状況を再現しようとして、手すりから身を乗りだし、奇声を発した。背後でヴェーラの笑い声が聞こえた。それから悲鳴。ヴァルナーのメガネがすべって落ちたのだ。運よく崖の下ではなく、近くの草むらに落ちたが、拾うのにひと苦労した。ヴェーラの笑い声が大きくなり、画面がぐらぐら揺れた。ヴァルナーは、ビデオカメラを置いて手伝ってくれ、とヴェーラにいった。

「メガネが取れなければ、ヘリコプターを呼ぶしかない。樹木と撮影者の区別もつかないくらいの近眼なんだ」

ヴァルナーは画面の中でそういいながらビデオカメラのほうに這っていき、画面から消えた。するといきなり女性の悲鳴があがり、画面が飛んだ。映像はそこで終わっていた。

「これを消去したら、証拠隠滅になるかな？」ヴァルナーはマウスでそのアイコンをゴミ箱に移動した。

「気はたしか？　孫に見せたら最高じゃない。警察の仕事がこんなに滑稽だなんて！」

「滑稽かもしれないが、俺には苦痛だ」

「そういうだろうと思った」

「気がかりなのは、こういうものがだれにでも見られるコンピュータに保存されてしまうことだ」

「いいじゃない」

「孫に見られるならいい。だが……そうだな……納税者連盟とかに見られたらどうする？　国費でまかなわれている警察の仕事が滑稽だと知られてしまうぞ！」

ヴェーラは愉快そうに彼を見た。「あきれた人ね」

「ああ。十字架の道の最後で、キスをすれば俺を救えると思ったんだろうがな」

ヴァルナーはゴミ箱のアイコンをクリックした。プログラムが「ゴミ箱にある項目を完全に消去してもよろしいですか？」と念を押した。ヴァルナーの意志は固かった。データはゴミ箱を消去するときの音と共に消えた。

「いまのデータだが、ほかのデータとともに、きみのカメラに保存されているんだろうな」

「もちろんよ。あたりまえでしょ」

「市内見学はどうだった？」

「面白かったわ」ヴェーラはいった。だがなにかすっきりしない言い方だった。ヴェーラはなにかいいよどんでいる。

「それで？」ヴァルナーはいった。

「それでって、なに？」

「なにかいうことがあるんだろう？　市内見学について」

「いっていいものかどうか。普通だったらいうんだけど」

「なにかあったんだな？」

「まあ、そんなところ」

「つまり？」

「いうことがあるってこと」

「じゃあ、いったらどうだ？」

「話していいかどうか」

「馬鹿なことをいうな。もう戻れないところまで来てる。それとも、すべてを知る前にきみを部屋からだすと思うか。さっさといえよ」

「わかったわ。自分が悪いんですからね」

「なにがあった？　俺が心配することか？」

ヴェーラはオフィスチェアの下のバーを引いて、背もたれが後ろに倒れるようにした。それから背もたれに体を預けると、彼女は腕組みをして、ヴァルナーをじっと見つめた。

「あなたのおじいさんに会った」

「ほう、おしゃべりしたのか？」

「いいえ。声をかけられる状況ではなかったわ。その……ひとりじゃなかったから」

ヴァルナーは眉を吊りあげた。

「若い女といっしょだった」

「昨日の？」

「昨日の女だった」

「どういう印象だった？　つまり……ふたりはどんな仲に見えた？」

「本当に知りたいの？」

ヴァルナーはボールペンを指でくるくるまわしてから、ノック部でデスクマットを叩き、クリーニング店の名が入ったボディを興味深そうに見てから、ヴェーラに視線を移した。彼女は腕を組んだままオフィスチェアにすわって返事を待っていた。

「知らなくてもいい」ヴァルナーはいった。「祖父は大人だ。なにをしようが自由だ」

「わたしもそう思う」そういうと、ヴェーラは皮肉っぽくヴァルナーを見た。

「なんだよ? 信じないのか?」

「ええ。おじいさんと若い娘が今日なにをしていたか詳しく知りたいんでしょ」

たしかに詳しく知りたい。もちろん了見が狭いことになる。だがこのままにしていたら、祖父は悲惨な目にあうかもしれない。そうなったら、阻止できたのにと自分を責めることになりそうだ。

ヴェーラが話した。数時間前、霧の立ちこめたミースバッハの路地を歩いていたときのことだ。二十メートル先も見えないほど霧が深く、ヴェーラはペストが猖獗《しょうけつ》を極め、いがらっぽい香を焚《た》いていた中世の町をイメージしていた。そんな香など役に立たなかったはずだが、暗黒の中世を演出するのにひと役買っていた。ヴェーラはその路地から出て、狭い通りに視線を泳がせた。薄墨色にくすんだ霧に包まれた通りだった。じめじめしていて、ここも中世っぽかった。ただ霧の向こうでリーバイスのネオンサインが明滅していた。そのとき通りの先のマルクト広場らしきところから射す光で老いさらばえた人物の姿が浮かんで見えた。すこし背中が曲がっているが、なかなかの風采で、年の割にしゃれっ気がある。なんとヴァルナーの祖父だった。はじめはひとりだったが、まもなく隣に別の人影があらわれた。だれかがマルクト広場のほうからやってきて、祖父の横に立った。シルエットから推して若い女だ。ミニスカートにコンバースのチャックテイラーをはき、靴下をくるぶしまで丸めて下げていた。たぶんタイツをはいているに違いない。髪は下ろしてあり、しきりに手で払っていたという。それがかわいらしくてそそられた、とヴェーラはいった。

「おじいさんを誘惑しているのは間違いなかったわ。それからふたりはいっしょに霧の中に消えた」

「それだけか？」ヴァルナーはたずねた。

「あなたが気にしていたことは知っていたから」ヴェーラはいった。「もちろんふたりのあとをつけたわ。ふたりはカフェのテラスにすわった。テラスに設置した大型暖房機が、寒さだけでなく三十メートル四方の霧も追い払っていた。だからテラスがよく見えた。おじいさんはココアを飲み、若い女はコーラ、いえ、赤ワインだったかしら？　それはよくわからなかった。しばらくさかんにおしゃべりしていた」ここでヴェーラは口をつぐんだ。

「それで？」ヴァルナーはたずねた。

「そのあとふたりはカフェを出たわ」

そのあとはどうしたのかという質問に、ヴェーラはあいまいな答え方をした。報告するほどのことはなにもなかったというが、ヴァルナーはなにかあったなと直感した。

「報告するほどでないかどうかは自分で判断する」

「よくわからない」ヴェーラはまた腕組みした。

「どうしていわないんだ？　なにかまずいことでもあるのか？」

「それはわからない。もうすこし情報がないと。それより……人にはプライバシーがあると思うのよ」

「俺は刑事だ。プライバシーなどかまってられるか。なにが起きているかが重要だ」

ヴェーラはそれにはなにもいわず、自分の上腕を指でとんとん叩き、それからビデオカメラを手に取って、ヴァルナーのコンピュータにつないだ。映像が再生された。リーダーシュタイン山。ヴェーラは早送りした。めまぐるしく変わる映像の色調は黄色と赤から灰色になった。ヴェーラは早送りをいったん止めて、捜している個所になるまでまた二度ほど早送りした。

霧の中に立つ祖父。そのそばに若い女がいる。カメラがズームアップした。祖父が娘に笑いかけている。娘も祖父以上に笑っている。祖父は女と会話するのがいまでもじつにうまい。笑っている娘の上腕に手を伸ばすと、そのまま触れつづけた。娘はなんとも思っていないようだ。二、三秒して、祖父はまた娘の腕から手を離し、自分の尻のほう、つまりズボンの尻ポケットに伸ばした。

「ここです」ヴェーラはいった。

祖父はズボンから財布をだし、額面は不明だが、紙幣を一枚抜いて、娘の手に握らせた。

ヴァルナーは口をあんぐり開けて、映像を見つめた。

「ありえない」息をのんでそういった。

娘は断ったようだが、祖父はどうしても紙幣を渡したいようだ。

「断っているのは形だけだな」ヴァルナーは言葉をしぼりだした。

祖父に押し切られて、娘は紙幣を上着にしまった。

「やはりな!」ヴァルナーは啞然として首を横に振って、いったとおりだろうとでもいうようにヴェーラを見た。

「わたしはただ記録しただけ。解釈するのはあなたよ」

画面に映っていたふたりはそれから灰色の霧の中に消えた。

「いま見たのがなんなのかじっくり考えなければ」

「なにを見たというの?」

「老人が娼婦《しょうふ》らしき若い娘にいいよった。娘も意に反しはしないようで、老人から金まで受けとった。これは売春じゃないか? それとも考えすぎか?」

「いいえ、作業仮説としてありね」

ヴァルナーは立ち上がって、部屋の中を歩きまわった。ヴェーラはビデオカメラを膝にのせて、指でとんとん叩いた。

「あれ以上は追わなかったのか？」ヴァルナーは質問した。

「もちろん、あとをつけたわ。でも簡単じゃなかった。霧が深かったから」

「だろうな。で、ふたりはどこへ行ったんだ？」

ヴェーラはすこし早送りした。ミースバッハ市内の一軒のアパートが画面に浮かんだ。古くて、修復されずに荒れ放題だった。

「そのアパートに入っていったわ。この先は映像がない。気づいたときは、ビデオカメラが間にあわなかった。どこかわかる？」

「ああ」ヴァルナーはミースバッハを隅から隅まで知っていた。彼はワードローブからダウンジャケットをだした。

「どうするつもり？」

「わからない。だがなにかしなければ」

「おじいさんは大人なんでしょう」

「おかしなことに、それでも目を光らせていなければいけないようだ」

「いっしょに行く？」

「ありがとう。だがこればかりはひとりでやるほかない」

ヴァルナーはヴェーラにキスをして、部屋から出た。

28

そのアパートの窓は古いタイプの両開き窓だった。ものによっては立て付けが悪くなって傾いているし、ガラスが二枚とも割れているものもある。明るい黄土色の壁面はあちこちで化粧壁がはがれ落ち、灰色の下地がじかに風に当たっていた。表玄関の薄汚れた緑色のドアの横に白いプラスチックのベルがあった。ぼろぼろの建物の中で、そこだけ開封したばかりの新品に見える。ベルのプレートには何人もの名が書かれていたが、六つあるどのベルも、フルネームではなかった。ヴァルナーは表玄関を開けた。鍵がかからないのだろう。ヴァルナーはそのまま廊下に入った。かび臭い。料理とタバコの匂いが何十年もかけて内壁と階段の手すりに染み込んでいる。木製の手すりはべとべとしていた。

二階で若い女の笑い声が聞こえた。ヴァルナーは声が漏れているドアへ足を向けた。しばらくドアを見つめた。ヴァルナーの目の高さよりすこし上に、ルクレツィア・バイスルという表札がかかっていた。何度も笑い声があがり、祖父の声も聞こえた。ヴァルナーは迷った。自分はなにをしたいのだろう。中に入っていって祖父を引っぱりだすのか。祖父は大人だし、頭はしっかりしている。すくなくとも本質的な部分は。それに体力もある。幸福感を生みだすテストステロンの分泌が祖父の理性を曇らせているのは確実だ。だがそういうことはもっと若い男にも起こりうる。

ヴァルナーはノックをした。力強く。笑い声がぴたっと消えた。だがドアに近づく足音は聞こえない。ヴァルナーはもう一度ノックをした。ドアの向こうで人の気配がした。小股で歩く足音。ドアが開いた。

ルクレツィア・バイスルはせいぜい二十五歳くらいの娘だった。リラ色のレギンスをはき、ヒールが十二センチはある室内履きをはいていた。トップスはタンクトップの上にバンラックの紳士用シャツを引っかけている。髪は黒く、短くカットし、目は褐色で生き生きしていて、アイラインをしっかり引いていた。バイオレット色の口紅はレギンスの色にあわせている。頰はすこしだけふっくらしており、心なしか二重顎に見える。あと十年したらきっと体重に問題を抱えそうだが、いまは若くてかわいらしく、にこにこ笑っている。

「こんにちは」ルクレツィアにはウィーン訛《なまり》があり、まるでヴァルナーと旧知の間柄のようなあいさつをした。

「やあ」ヴァルナーはすこしためらってから、疑いを晴らしてくれるなにかがあるのではないかと期待して娘をじっと見つめた。だが予感は的中していた。「ルクレツィア・バイスルさん？」

ルクレツィアはドアに貼った自分の表札を見て、ヴァルナーに笑いかけた。

「この表札のとおりですけど」

ヴァルナーは愛想よく微笑んだ。

「ドアを開けるのがだれかはわかりませんからね！　不法占拠者かもしれないし、家政婦や親戚の可能性もある。いきなり本題に入るのはまずいかもしれない」

「たしかに。そういう可能性はあります」ルクレツィアは笑った。「ふざけているんですか？」

「ああ、俺はひょうきんなほうでね。だからいま……」ヴァルナーは口ごもった。せっかくの雰囲気を台無しにしたくなかった。「まあ、なんというか……」

「わかってます。でもいまは都合が悪いんです。お客さんがいまして。一時間後の七時はいかがですか？」

「お客か。それは気になる」

「ちょっと困ります。お客をほうっておくことはできないので、いいでしょうか」

「お客はだれだ？」

ルクレツィアは信じられないという顔でヴァルナーを見つめた。

「ごめんなさい。そういうことは訊くものではありませんよ」

「ああ、そうだな。では、アパートの前で待っていると伝えてくれ」

ルクレツィアは押し黙った。状況がすこしずつわかってきたようだ。

「では、だれが待っていると伝えればいいですか？」

「孫だ」

ルクレッツィアはうなずいた。気さくな雰囲気がさっと消えた。玄関に立っている見知らぬ男に警戒心を抱いた。男は女に用があるのではなく、祖父と話したいのだ。ルクレッツィアはヴァルナーを頭のてっぺんからつま先まで仔細《しさい》に見た。

「警察の方ですね？」

「祖父が話したのか？」

ルクレッツィアはゆっくり首を横に振った。

「そのくらいわかります」

「ここにはプライベートで来ている」

娘はふっと笑って、さげすむようなまなざしを隠そうとしなかった。

「そうでしょうね」娘はいった。「外で待っているんですね？」

ドアが閉まった。朝の野原を思いださせる香水の匂いがヴァルナーの鼻をくすぐった。

29

ヴァルナーは夜霧の中、ダウンジャケットに身を包んでたたずみ、ぶるぶるふるえていた。

ニット帽を目深にかぶり、自分の白い息を見つめた。頭上の街灯に向かって息を吐くと、大きな光のもやが浮かんだ。ヴァルナーは体を温めるために膝の屈伸をしたが、両手はダウンジャケットのポケットに入れたままにした。二十回屈伸をしたところで、祖父がアパートの表玄関から出てきた。おずおずとヴァルナーのところへ歩いてくる。ふくれっ面をしている。

「なんだ？」祖父はいった。

「なんでもない」ヴァルナーはできるだけさりげない口調でいった。「夕食の買い物はなにがいいか訊こうと思ってね」

「その必要はない。オーブンでグリルするばかりになっている。わしが帰らなかったら自分で温めてくれ」

「というと、夕食に戻らないのか？」

「まだわからない。様子見だ」

「夕食に戻らないのなら、どこにいるのかな？」

祖父は肩をすくめた。「おい……」

短い沈黙。ヴァルナーは洟をかんでからいった。

「若い知りあいって彼女なのか？」

ヴァルナーは明かりが漏れている上のほうの窓を指差した。ルクレツィアがそこに立って、通りを見おろしていた。

「ああ。それで？」

「本当をいうと、俺にはどうでもいい。だがそれでも、どういう関係なのか知りたい」

「普通の関係さ」祖父はいった。

「八十の男と二十五の娘の関係のどこが普通なんだ？」

「おまえはどうでもいいっていわなかったか？」

「本当をいうとっていったぞ。本当をいうとだ！」

「それじゃ、どうでもいいんじゃないか。『本当をいうと』ってそういうことだろう？」

「いいか、この件は俺にとってあまり愉快なことじゃないんだ。日曜日にあの娘のことで嘘をついたな。そのことを明かさず、話をでっちあげた」

「あの娘と会っていたことをどうやって知ったんだ？　警察は暇を持て余して、家族をスパイしているのか？」

「偶然、マルクト広場で見かけたんだ。食堂から。なんでそのことを俺にいわないのか、それが気になってな」

「おまえが気に入らないだろうと思ったからさ」

「なにが気に入らないっていうんだ？」

祖父はルクレツィアのいる窓をちらっと見上げてから、ヴァルナーに近寄って声をひそめた。

「おまえのじいさんは……まあ、なんというか……おまえよりも女にもてるってことさ。気持ちはわかる」

　ヴァルナーはあきれてなにもいえず、夜の闇を見つめた。

「なんて顔をしているんだ？　問題は年齢ではない。魅力があるかどうかだ。女は喜ばせなくてはいけない！」祖父は最後の言葉をきれいな標準語でいった。「ほめたりすかしたりすれば、女は喜ぶもんさ。みんな経験がなさすぎるんだ。だけどハードルはそんなに高くはない」

「それはよかったな」ヴァルナーは祖父が娘に金を渡したことをいうべきか迷った。

祖父はヴァルナーのジャケットの袖を引っぱって、ひそひそ声で話した。

「おまえだって女と付きあえるさ。だけど昔のことはもう吹っ切ったほうがいい。わかるか？　さもないと、ズボンの中のおまえのお友だちはこれからもつきに見放される。そのうちお友だちはどうすればいいかわからなくなるぞ。じゃあな、おやすみ」

「俺のことは心配いらない。大丈夫さ。問題はじいさんだ」ヴァルナーは咳払いをした。

「ミス・バイスルとはどうやって知りあったんだ、それだけは知っておきたい」

「土曜日の午前中、マルクト広場で知りあった。トマトをふたつ買ったんだ。そのとき彼女が、ウィーンではパラダイザー（トマトを意味するオーストリア方言）というのよっていった。わしは、戦争中に隣に住んでいた女がフェクラブルック（オーストリアのオーバーエステライヒ州にある町の名）出身の親衛隊員と結婚していたから耳にしたことがあるって応えた。隣の女はその親衛隊員のせいで一九四二年からトマトを食べることができなかった。その親衛隊員がいった。トマトはアメリカから入ってきた。ドイツ人は敵性野菜を食べない。その話が娘に受けたんだ」

「ハードルは本当にそれほど高くなかったようだな。まあいい。それからよく会っているわけだ」

「今のところ三回」

「まさかあの娘はお付きあいのたびに金を受けとったりしないよな？」

「なにを考えているんだ？　わしはそんなことのために金をだしたりしない……まったく、くだらん」

「バイスルさんに金を払ったことはないのか？　自分からすすんで……」

祖父は一瞬考えた。

「あのなあ、こんな寒いところで尋問か？　嘘をついてるっていうのか？」

「まさか、嘘をついてるとは思わないさ。だけど、気づいていないかもしれない。小銭だから……すぐに忘れたのかも」

祖父は困惑してヴァルナーを見た。ヴァルナーは考えた。映像を祖父に見せることにヴェーラは反対しないだろう。ヴェーラは自分のことは棚に上げて、他人のプライバシーに首を突っ込むところがあるようだ。だが自分は祖父に本当に映像を見せたいと思っているのだろうか。あきらかに大人気ない。といっても、祖父の態度もひどい。もしかしたら祖父があの女にとっていつもの客でしかないことをわからせたほうが身のためかもしれない。だが結論を出す前に、ヴァルナーの携帯電話が鳴った。仕事の電話だ、と祖父にいってから電話に出た。

「ミーケ、どうした？　ファルキングから連絡が入ったか？」祖父のことが気になっていて、ヴァルナーは弁護士のことを忘れていた。「なんだって。嘘だといってくれ……わかった。すぐに向かう」

30

内部が入り組んだその建物は、ホルツキルヒェンのマルクト広場から五百メートルほど離れた脇道にあった。建てられたのは一九〇〇年ごろで、それから増改築されていた。窓はリフォームで大きくなり、二重窓に差し替えられていた。道路に面した一階にはオーニング業者が店をだし、その横に来客用の駐車場があった。階段室に通じている側面のドアは、アルミとガラスでできていた。そのドアの横に特殊鋼の表札があった。

ヨーナス・ファルキング

弁護士
二階

普段は夜になると、ビルの前の駐車場はがらがらになるが、いまは警察車両が六台駐まっている。ヴァルナーは五十メートル手前の路上に車を駐めた。警察車両の回転灯がぼんやり見える。霧のせいでほとんど先が見えない。

家の前には紅白の立入禁止テープが張られ、百人近い市民を押しとどめていた。建物の近くまで行くと、ヴァルナーは夜の闇の中をまだたくさんの人が自分と同じ方向に走っていることに気づいた。ヴァルナーはシャルタウアー巡査にあいさつして、立入禁止テープをくぐった。弁護士の表札が横に貼ってあるドアは開け放たれていた。

ヴァルナーは、壁が白く塗られた階段室に入った。二階に着くと、そこの玄関ドアがすこし開いていることに気づいた。隙間から黒い目が十個、上下に並んで覗いていた。弁護士事務所と同じ階に住むトルコ人一家が捜査の様子を、不安を覚えつつ興味津々にうかがっているのだ。ヴァルナーがそのドアのほうへ足を向けると、パタンとドアが閉まった。

「連中はなにも知りません」知っている声がした。ミーケがヴァルナーのほうへやってきた。あきらかにその階の別のドアから出てきたようだ。そのドアの奥は警察の強力なライトでまぶしいほどに照らしだされていた。白いつなぎを着て、靴にビニールカバーをつけた捜査官たちが狭い廊下を横切っていて、ヴァルナーはSF映画の撮影現場にでも紛れ込んだような感覚に襲われた。

「どういうことだ？」

「ファルキングからぜんぜん連絡が来ないので、クロイトナーに弁護士事務所へ行って、様子を見てくるように頼んだんです」

「ファルキングは行方がわからなくなった義父を捜すためにグムントへ行ったんじゃないのか？」

「ええ。しかし別居している奥さんの話では、五時半に義父は見つかったそうです。奥さんはいま両親のところで暮らしていますが、ファルキングとはまだ結婚しているといってました……」ミーケは、ヴァルナーが事情を察するのを待った。

「わかった」ヴァルナーはいった。

「それで、奥さんの話では、ファルキングは五時四十五分にホルツキルヒェンに戻ったそうです」

「クロイトナーが発見したのは何時だ？」

「七時五分前です。照明はついていましたが、だれも出ず、ドアが施錠されていなかったので、クロイトナーはプラスチックカードで中に入ったそうです」

「プラスチックカード？」

「ええ、プラスチックカードです」

こういう細部について、公式の報告書ではもうすこしわかりやすい言葉で表現されることだろう。

「わかった」ヴァルナーはいった。「それでどんな状況だ?」

「射殺されていました。命中弾は三発。そのうちの一発が致命傷となりました。おそらく自動連発銃です。たしかティーナが薬莢をひとつ発見しました。それから殺人犯はもう数発、発砲したようです。住居には何カ所か破損個所があります」

「住居? 事務所じゃないのか」

「兼用だったようです。来客用のソファがソファベッドで、使用済みのシーツが敷いてありました。それから小さな台所と浴室。といっても、便器と洗面台とシャワーだけですが」

「弁護士稼業はうまくいってなかったようだな」

「ええ。典型的な田舎の弁護士です。一度裁判で会ったことがあります。たしか交通違反の裁判でした。ファルキングは口が達者でしたが、法律には疎かったですね。依頼人にもばれればれでした」

ティーナがふたりのところにやってきた。

「やあ、ティーナ。夜になってからまた出勤させることになって申し訳ない」ヴァルナーはいった。

「あら、ボスがあいつを射殺したんですか？」

「特別捜査班の指揮者に冗談をいうのはよせ」ミーケはいった。「そうそう、特別捜査班をふたつ掛けもちすることになりますかね？」

「ふたつの事件が関係していなければな」

「関係していますかね？」

「ファルキングはクメーダー殺人事件の絡みでなにか重要な目撃をしたといっていたんだ。そして今度は本人が死んだ。関連があるとしか思えない」

ティーナが、薬莢が二個入ったビニール袋をヴァルナーに渡した。

「七・六二×五四ミリR弾です。関連性は濃厚ですね」

ヴァルナーはちらっと薬莢を見て、ビニール袋を手の中でいじった。

「どういう意味だ？　ドラグノフなのか？」

「おそらく」

ミーケはヴァルナーの手から薬莢を取った。

「昨日の朝の殺し屋がファルキングに見られたことに気づいて、目撃者を始末したのでしょう。一目瞭然です。すごいですね」

「その推理に反する証拠はなにもないのか？　決めつけるのは早い」

ミーケはすこし考えた。

「いいえ、ありません。そういうことだったに違いありません」

ヴァルナーはティーナのほうを向いた。

「ティーナはどうだ？」

「昨日の犯人はプロだったと思います。五百メートルの距離から一発で命中させました。そういう奴が、ここに侵入して乱射するとは考えにくいです。しかも薬莢を置き去りにしています」

ヴァルナーはまたミーケのほうを見た。

「かもしれませんね」ミーケはいった。「しかし、昨日の殺人は長い時間をかけて計画したものでしょう。ここではとっさの判断が必要でした。ちくしょう、殺し屋の矜持《きょうじ》なんかかまっていられるかって考えたんじゃないでしょうか。だからただ引き金を絞って、一丁上がり」

「犯行時刻はわかっているのか？」

「トルコ人一家はミュンヘンの親戚を訪ねて、六時半ごろ帰宅しています。この霧ですから、ファルキングはグムントから戻るのにすくなくとも三十分はかかったでしょう。犯行時刻は六時から六時半のあいだですね」

「いい換えれば、六時から六時半のあいだにここで銃の乱射があったということだな。だれも銃声を聞いていないのか？」

「さっきいったように、トルコ人一家は留守でした。ほかはほとんどが事務所です。二軒先の住人が大きな音を聞いています。しかしそれがなんの音かわからなかったそうです。いまのところ、ほかの目撃者を探させているところです。犯人の車を目撃した者がいるかもしれません。といっても、この霧ですから……」

白いつなぎを着た鑑識官のルッツが弁護士の住居兼事務所になっている部屋から出てきた。つづいてビデオカメラを手にしたヴェーラ・カンプライトナーも出てきて、ヴァルナーに微笑みかけた。

「やあ」そういうと、ルッツは疲れた様子でヴァルナーにうなずきかけた。

「田舎にしてはつぎつぎと事件が起きるわね」ヴェーラはいった。

「ああ。これからはひとりで車を乗りまわさないほうがいい。このところどうも物騒だ。全部映像に収めたか？」

「ええ。わたしとしては、もう入ってもいいと思うけど」

「いやいや」ルッツはいった。「証拠物件をすべて確認するまで入ってもらっては困ります。証拠物件だらけなんです」

ヴァルナーは手を払う仕草をした。

「まあいい。入れるようになったらいってくれ。同一犯人だと思うか？」

「むずかしいですね。一見すると、プロには見えません」

「クメーダーを殺した犯人が目撃者の口をふさいだってことですかね？」とミーケがいった。

「犯人は準備の時間がなくて、おそまつな犯行に至ったのかもしれません。そう考えられるでしょう」

「凶器は同じか？」

「すくなくとも銃弾は同一です。武器が同じかというと。運がよければ、銃弾の旋条痕が証拠に使えるかもしれません」ルッはまた住居に入った。

「弁護士はどうして昨日の殺人を目撃できたんでしょうね？　偶然かしら？」そういうと、ティーナはヴァルナーの手から薬莢が入っている袋を取った。

「たまたま山登りをしていて殺人を目撃したんだ。偶然かどうかはわからない」

ルッが戻ってきた。

「忘れるところでした。リュックサックがありました。けっこう大きいです。登山用ですね。ブルーとグリーン。ベースの色はブルーです。より正確にはピジョンブルーか、ターコイズブルー。まあ、くすんだブルーといいますか」

「色がそんなに重要か？」

「色が？　いいえ、重要じゃないです」

「よし、リュックサックの色はブルーとグリーンでいい。ほかには？」

「でも色がなにか意味を持つかもしれません。リュックサックです。だれかが昨日、目撃しているかもしれませんよ」

「ルッ！」ヴァルナーは少々癇に障った。「ファルキングはリーダーシュタイン山にいて、殺人を目撃した。彼がそこにいたことを証明する人間はいらない」

「そうでした！」ルッは額を叩いた。「ボケてますね」

ミーケもいらいらしながらルッを見た。

「まどろっこしいな。リュックサックがどうしたのか早くいえ」

「リュックサックに布きれが入っていました。木綿の布です。おそらく古いシーツの切れ端でしょう。そこにオイルが付着しているんです」

「エンジンオイルじゃないか。手についたオイルをその布でふいたんだろう」ミーケがいった。「だがそのリュックサックに銃を入れて運んだのかもしれない。それでオイルがついた」

「銃の種類は特定できるのか？」ヴァルナーはたずねた。

「できると思います」

「弁護士のファルキングがどうして銃を？」ミーケがたずねた。

ヴァルナーは肩をすくめた。

31

ヴァルナーはヴェーラの隣に立って、彼女がビデオカメラを古い毛布にくるむのを見ていた。ヴァルナーはダウンジャケットのポケットに両手を入れていた。

「捜査に協力してくれて感謝する」

ヴェーラはカメラケースの蓋を閉じて、ヴァルナーのほうを向いた。

「お安いご用よ」

髪を下ろしたヴェーラの栗色の巻き毛が、レザージャケットの襟にかかっていた。流れてくる湿った冷気に、かすかにココナッツの匂いがまじっていた。ヴェーラはヴァルナーを見て軽く口を開けたが、なにもいわなかった。自分がなにかいう番だ、ということはヴァルナーにもわかっていた。

「これからミュンヘンに帰るのか?」

「ちょっと遅くなっちゃったわね」ヴェーラは周囲を見まわした。あたりは夜の闇と霧に包まれていた。「この辺でまだなにか飲めるところはあるかしら?」

「なんなら、うちで飲むといい」

ヴェーラははにかむ顔をした。

「誘ってくれてありがとう。でも……明日、義母の面倒を見ないといけないのよ」

「きみの元夫にさせたらいいじゃないか」

ヴェーラの顔がこわばった。

「彼も入院しているの。虚脱状態になって」

「なんだそれは？」

「今度話す」

ヴァルナーはうなずくと、ダウンジャケットのポケットからだした手で彼女の冷たくなった手を取った。ヴェーラはまだ決心がつかないようだが、それでも手を握りかえした。「ミースバッハからミュンヘンまでは三十分だ。朝はもう十分長くかかるかもしれない」

ヴァルナーは彼女の冷たい手を自分のダウンジャケットにすべり込ませた。ヴェーラはされるがままになり、ヴァルナーに体を寄せると、もう一方の手もダウンジャケットの中に入れて、頭を彼の胸に預けた。「返事は？」

「その誘いにはなにが含まれているの？」

「ただ酒と一泊。もちろん宿泊もただだ」

「それ以上お近づきにはならないの？」

「いいや、そっちも料金のうちだ」

ヴェーラは彼を見て微笑んだ。

「じゃあ、試してみようかしら」

「ぜひ」

ヴェーラはダウンジャケットのファスナーを下ろすと、ヴァルナーの胸に腕をまわして抱きついた。

「お邪魔でしょうか」ヴァルナーの背後で声がした。ミーケだ。霧の中から姿をあらわした。ヴァルナーとヴェーラはあわてて体を離した。

「霧が深いからだれにも見られないと思ったんだが」

「この時期に屋外でそういうことをしますかね？　すぐお暇《いとま》します」ミーケはジャケットから手書きのリストをだした。「ファルキングがこの数日、電話で話した相手のリストです。ちなみに携帯電話の通話記録です」

「それで？」ヴァルナーはたずねた。

ミーケはリストを見た。

「一度は奥さん、それからヴァッサーブルクに住む両親。留守番電話が八件。それから昨日ボスにかけてきた電話」

「とくにおかしなところはないな」

「最後までいってないですから。昨日の七時半、ズージー・リンティンガーに電話をかけています。日曜日の朝です！」

「クメーダーが殺されてから間もないな」

「そうです。どうして警察ではなく、ズージー・リンティンガーに電話をかけたんでしょうね？　われわれにはもっとあとになってかけてきたわけですし」

ヴァルナーは肩をすくめた。

「それから午前十時すこしすぎに電話を受けています。ズージー・リンティンガーからの電話です」

「スクラップ置き場を経営しているリンティンガーと関係があるのか？」

「どんぴしゃです。リンティンガーの親父《おやじ》が彼女の父親です」

「じゃあ、ツィムベックと同棲《どうせい》しているって女か？」

「そうです」

「だんだん訳がわからなくなってきたぞ。ツィムベックとクメーダーはリーダーシュタイン山で待ちあわせていた。ツィムベックは来ず、クメーダーは射殺され、ファルキングがそれを目撃した。ファルキングは殺人の直後、ツィムベックの恋人に電話をかけている」

「そういうことになります」ミーケはいった。「そこからなにが見えてくるかですね」

「すこし待ってくれ」ヴァルナーはいった。

ミーケはヴァルナーの肩をぽんと叩いた。

「考えすぎないことです。ではまた明日」

32

二〇〇九年九月十四日午前九時五十五分

リーダーシュタイン山で事件が起きる三週間前、一九九三年製のゴルフがベルナウ・アム・キームゼー市内の道ばたに駐《と》まっていた。朝から暑かった。運転席にいる若い女はレバーをまわして、左右の窓を下ろしていた。そよ風が吹き抜けて、湖の匂いがした。あと数分で道路の反対側の門がひらく。ペーター・ツィムベックが旅行カバンを提げてベルナウ刑務所から出てきて、車のところへ来た。ズージーは降りてツィムベックを抱くべきか考えた。そういう欲求は感じなかった。

面会に行くたび、ツィムベックが気の毒になった。自分は外に出られるが、彼にはそれが許されない。彼は分厚くて狭苦しい塀の中に残らなければならない。そこに長くいればいるほど、卑屈になる。彼は面会が終わるときにかならずズージーの手を取って微笑《ほほえ》み、ズージーがたずねてもいないのに、がんばるよ、といった。ズージーはそのたび、胸が張り裂けそうになった。口元に笑みを浮かべても、みじめな目をしていた。自由にあこがれ、彼女に焦がれていたのだ。塀の中ではとことん孤独に苛《さいな》まれる。かろうじて耐えているのはズージーが待っているからだ。

だが、そのズージーはいまペーター・ツィムベックを抱きしめる気になれなかった。彼には別の一面があるからだ。刑務所に入れられて当然の人間なのだ。弁護士の件だけではない。それ自体は重い罪ではなかった。しかしツィムベックはそのとき重大な傷害事件で保護観察中だった。オスティン森林祭でいきなり乱闘騒ぎを起こしたせいなのだ。別の客と同席中、そのミュンヘンから来た若者に、自分のビールを飲んだといいがかりをつけた。事実ではなかったが、相手が素手で生のジャガイモを握りつぶせそうな巨漢だったので若者はわびを入れた。だがツィムベックはわびを受け入れなかった。最初から殴りあいがしたかったのだ。理由は自分でもわからなかったが、とにかく殴りあいたかった。ツィムベックは若者の口調にあざけりを感じた。

「馬鹿にしてんのか？　ふざけんじゃねえ」そう叫ぶと、ツィムベックは喧嘩《けんか》の相手になりそうもない若者の襟をつかんで、たてつづけに頬を張った。若者は目を丸くして、顔に飛んでくるパワーショベルのような平手を払いのけようとした。一番やってはいけないことだった。なぜなら、やり返したことになるからだ。ツィムベックは待ってましたとばかり若者をベンチから引っぱりあげて、思いっきり横面を張った。こういうときはテーブルの下にはいつくばるにかぎるが、ツィムベックもそこは心得ていて、若者の前に立ち塞がった。まわりで怒号が飛び交った。数人の若者が駆けより、警備員や腕力に自信のある地元の男衆も取り囲んだ。だが相手がだれかわかると、みんな尻込みして、落ち着けとなだめに入った。ズージーもツィムベックに声をかけた。しかし頭に血が上ったツィムベックは若者を拳骨《げんこつ》で殴り、蹴りまで入れた。若者はその場でのびてしまった。

森林祭が目当てでミュンヘンから来たその若者は数週間入院し、膝関節を粉砕されたため、二年たってもまともに歩けない状態だった。ツィムベックは禁固二年九ヶ月を言い渡され、一年半おつとめしたあと、保護観察を受けることになった。弁護士の件で、彼は改めて一年の禁固刑を言い渡され、保護観察期間の残り十五ヶ月も刑期に加算された。そして今日が出所日だった。

ズージーは暗澹《あんたん》たる思いだった。ツィムベックとはもういっしょに暮らす気がない。だがそのことをどう切りだしたらいいかわからなかった。

ツィムベックはかつて彼女の白馬の騎士だった。彼女を家族から解放してくれたのはツィムベックだ。母親が早く死に、家族は父親と兄のダニエルと弟のハリーの三人だけだった。父親のヨハン・リンティンガーは一九八〇年代から中古車の売買をしているが、会社として登記しておらず、また、収入があっても税金をまったく納めていなかった。副業である小口の麻薬密売や贓物《ぞうぶつ》収得、窃盗、不法賭博についても同様だ。ただし表向きは、マングファル谷でスクラップ置き場を経営していた。

母親の死後、ズージーは十五歳で主婦をさせられた。掃除に料理、いかがわしい商売で五百ユーロ稼いできた親兄弟を誉《ほ》めること。母親の代わりに父親のベッドに引きずりこまれたこともあった。父親の手がズージーのＴシャツの中まで入ってきたが、兄のダニエルのおかげでことなきを得た。といっても、父親が娘に手をだしたことを怒ったのではない。父親の手が早いことを嘆いていた生前の母親を思ってのことだった。父親はこんな糞野郎《くそ》を育てた覚えはないと兄を怒鳴りつけ、それっきりズージーに手をだそうとしなくなった。

かといって、暮らしが楽になったわけではなかった。意趣返し（といっても、ズージーの側ではなく、父親だ）に、リンティンガーは娘が出かけることも、恋人を家に呼ぶことも禁じた。といっても、前からそういう傾向はあった。リンティンガーの家は他人を歓迎しない。父親とふたりの兄弟はズージーの恋人をぞんざいに扱った。一度訪ねてきた者がふたたび顔を見せることはなかった。ズージーにはひとりだけ女友だちがいた。いっしょに学校に通ったカトリーン・ホーグミュラーだ。家にだれもいないとき、こっそり会い、毎日のように電話でおしゃべりをした。

ズージーが十八歳の誕生日を迎えた直後の七月の暖かい午後、カトリーンが電話をかけてきて、エンターロットアッハの森林祭に誘った。父親が許してくれない、とズージーはいったが、カトリーンは引きさがらなかった。

「もう十八なんだから成人でしょ。父親に赦《ゆる》しを求める必要なんてないわよ。そもそも外出を禁止されて、父親と兄弟の家政婦みたいに働くなんて最低じゃない。このままじゃだめよ。

森林祭に付きあうなら、あたしが迎えにいって、おやじさんに意見してあげる」

ズージーはパニックになった。カトリーンがやってきて、家庭環境について意見するなんて、考えただけでぞっとする。けれども、カトリーンは正しい。状況を変える必要があった。そこでズージーは約束の日にむりやり家から飛びだし、ヒッチハイクで森林祭に出かけた。カトリーンはふたりの若い男といっしょだった。ひとりはスタニスラウスという珍しい名前で、カトリーンが気に入ったようだった。背が高く、がっしりしていて、目のまわりに隈《くま》ができていた。もうひとりも背が高く、スタニスラウスよりも体格がよかった。男の笑みには自信がみなぎっていた。紹介されたときにズージーに向けて見せた笑みは、おまえが欲しい、俺のものにしてみせるといっていた。ズージーはそれがいたく気に入って、その男とくっつくようにしてベンチにすわった。若者の名前はペーター・ツィムベックといった。しばらくすると若者は彼女の腰に手をまわした。ズージーは若者にぴったりくっついた。

日が暮れると、めっぽううまいチキンのローストがあるが、三十分は並ばないといけないといってツィムベックは席を立ち、それっきりなかなか戻ってこなかった。するとズージーの肩に手を置く者がいて、父親の声がした。

「こんなところでなにをやってんだ！」

その刹那《せつな》、肩に置かれた手がズージーの頬を張った。ズージーは腫《は》れた目で父親の後ろに兄弟がいるのを見た。これで森林祭はおしまいだ。

そのときツィムベックがチキンのローストを持って戻ってきた。ヨハン・リンティンガーとそのふたりの息子にあいさつもせず、一瞥《いちべつ》すらくれずにズージーの方にかがんで、紙皿にのったチキンのローストを置き、それからズージーの目を見て静かにいった。

「腫れてるじゃねえか。どうしたんだ？」

ズージーはそれでもおどおどしてなにもいえず、じっと父親を見ていた。父親はツィムベックに気づいたらしく、二歩さがってから、退散しようとした。だがそれでは顔がつぶれる。ヨハン・リンティンガーは懸命に落ち着きを保とうとしながら、かすれた声でいった。

「こいつは俺の娘だ。家に連れて帰る」

ヨハン・リンティンガーはツィムベックの目を見た。ダニエルとハリーは、束になれば相手はおじけづくだろうと期待して、父親の横に立って身構えた。といっても、家族の名誉ごときのために手を上げる気はなかった。ペーター・ツィムベックは顔色も変えず、三人を順に頭のてっぺんからつま先までゆっくり見た。そしていった。

「失《う》せろ」

それから三人に背を向けて、チキンのローストをむしゃむしゃ食べはじめた。リンティンガー親子はあっけに取られて、三十秒近くその場から動かず、ツィムベックが着ている民族服のシャツからもそれとよくわかる隆々とした広背筋を見つめていた。父親のヨハン・リンティンガーは結局、背を向けてその場から立ち去った。ふたりの息子も立つ瀬がなく、かっかしながら父親に従った。

その日からズージーは自由になった。だが日を経ずに、古い牢獄《ろうごく》が新しい牢獄に変わっただけだと気づくことになった。

ペーター・ツィムベックはマングファル谷で食堂を経営していた。ズージーは食堂の上で暮らすツィムベックと同居し、食堂で毎日働くことになった。賃金をもらうことなど考えもしなかった。そこが家だったからだ。住まいはあるし、食べものにも困らない。ツィムベックはときどきすてきな服を買ってくれる。ただしよく買ってくれたのははじめのうちで、だんだん買ってくれなくなった。ズージーの家族はこの状況を黙認した。ツィムベックも違法な商売に手を染めていたので、まもなくズージーの家族にも気を許し、やがて手を組むようになった。ズージーが殴られていることはリンティンガー親子も気づいていたが、なにもいわなかった。ズージーが自分でまいた種だからだ。解決するのもズージーだ。兄のダニエルが一度だけ、殴るのはよくないとペーター・ツィムベックに意見したことがあった。だがダニエルはまもなく、自動車窃盗団に関わっていることが発覚して、国外に逃亡してしまった。

ズージーは暗澹たる思いだった。ツィムベックとはいっしょに暮らせない。もう愛していなかった。いまは別の男を愛している。この二年間ひとりで食堂を切り盛りしてきた。そのあいだに多くの男と出会った。何人かは遊び半分だったが、しつこく迫る者もいた。その全員をズージーは相手にしなかった。

ところがある日、彼女の心の琴線に触れる男があらわれた。ハンサムではないし、体力があるわけでもない。金持ちではなく、なかなか彼女に声をかけられないような奥手だった。それでもズージーはその男の視線を感じたし、足繁《しげ》く通ってくることに気づいた。消防団の夏祭りに店をだしたときも、消防団と縁がないのにやってきた。彼は最後まで残った。ほかの男たちが帰ってしまっても、彼は残って、片付けを手伝ってくれた。朝日が昇ると、ふたりは店のテラスにすわって四方山《よもやま》話をしながらコーヒーを飲んだ。ふたりには話すことがたくさんあった。彼は人生にいろいろ思いを馳《は》せていた。ズージーにはそれが新鮮だった。思いを馳せること、というより、そうやって思いを馳せられることに魅力を感じた。これまでに男とそういう話をしたことがない。そしていまズージーはおなかに子を宿し、その男を愛している。しかもペーター・ツィムベックを愛したときよりもはるかに深く。

通りの反対側で鋼鉄の扉があいた。旅行カバンを手にしたペーター・ツィムベックが日の中に出てくると、目をしばたたいてズージーを見た。ズージーはその場から一歩も動かなかった。ツィムベックは車のところへやってきて、ドアを開け、旅行カバンを後席に投げて、ズージーの横のシートにすわった。彼は微笑んだ。ズージーも微笑んでみせた。

「キスをしてくれるかな?」ツィムベックがいった。

ズージーはうなずいた。ふたりはキスをした。ツィムベックはヒゲをそっていて歯磨き粉の味がした。ふたりが顔を離すと、ツィムベックは彼女を見ていった。

「長かった」

「ええ」そういうと、ズージーはうつろな目をした。「ひどかった?」

「ひどいのなんの」ツィムベックの目がキラッと光って、愛に飢えているかのようにズージーをなめるように見た。ズージーは彼の目を見た。そのときアフターシェイブローションの匂いがした。かつて愛した顔のはずなのに、いまはもう愛《いと》しさを微塵《みじん》も感じない。ツィムベックはもっとよく見ようとして、片手でズージーの頰をつかみ、顔を自分のほうに向けた。

「なんでそんなに悲しそうな目つきをするんだ?」

ズージーはまた微笑もうとした。

「悲しいはずがないじゃない……あなたが戻ってきて、こんなにうれしいことはないわ」

ズージーは彼を抱いた。嘘《うそ》をついていることを見抜かれないためだ。ズージーの腕から体を離したとき、ツィムベックの目はうるんでいた。

「会いたかった。どんなに会いたかったか、おまえにはわかんねえだろうな」

「あたしも会いたかった」そういうと、ズージーは彼の髪をなでた。

ツィムベックは気を取り直して、ズージーに微笑みかけた。

「で? 浮気はしなかったろうな?」

「なにをいってるのよ！」ズージーは笑って、彼の胸を軽く突いた。

「なにがあるかわかんねえからな。二年は長い」ツィムベックはそこでいったん口をつぐんだ。笑みが凍った。「ほかに付きあってる奴《やつ》はいないよな？」

「馬鹿なことをいわないで」

「訊《き》いてみただけさ。どうなんだ？　正直に答えろよ」

ズージーはためらった。自分がためらったことに気づいた。ほんの一瞬だったが、ためらった。ツィムベックに気づかれる前に答えなくては。

「もちろんいないわ。わたしが大事に思っているのはひとりだけ。わかってるくせに」

ツィムベックはズージーを抱き寄せると、ふざけてヘッドロックをして、ズージーの髪の毛をくしゃくしゃにした。

「ほかに男を作ったら、ただじゃおかない」

ツィムベックはズージーを放してキスをすると、彼女の日焼けしたふとももに大きな手を置いて、布をたくしあげた。

「だせ。家に帰りたい」

33

タオル地のパジャマを着た祖父が浴室に向かうところを、ヴァルナーが止めて、いまは使用中だといった。祖父はなぜ浴室に入れないのかわからず、きょとんとした。だがシャワーの音を耳にすると、祖父はニヤニヤして、拳骨でヴァルナーの胸を突いた。

「神に感謝。これでたったひとりの孫が生きながら枯れていくのを見ないですむ」

二十分後、ヴェーラとヴァルナーは台所に顔をだした。祖父はシャワーを浴びていないのに、ワイシャツを着てネクタイを結び、ベストを羽織って、アイロンでしっかり折り目をつけたズボンをはいていた。

「祖父のマンフレート」ヴァルナーはいった。「こっちはヴェーラ」

「はじめまして」祖父がいった。「こんなに美しい人を我が家に迎えたのはひさしぶりだ。どうぞすわってください。朝食はすぐにできます」

「ご親切にどうも」そういうと、ヴェーラは朝食をとらないといおうとした。

だがヴァルナーがいった。

「すわりなよ」

祖父はたっぷりの朝食を食卓に並べていた。ロウソクまでともっていた。

「快適な夜を過ごせたのならいいのですが」そういいながら、祖父はコーヒーメーカーのガラスポットを食卓に運んできた。

「ええ、おかげさまで」ヴェーラはいった。「ここは……とても快適ですね」

「ええ、クレメンスはいい奴です。少々、女の扱いに慣れていませんがね。コーヒーでいいですか？」

「ええ」

ヴァルナーはいたたまれなくなって窓の外を見た。

「あれまあ、こいつの顔を見てください。わしは口が過ぎたかな？」

「大丈夫ですよ」ヴェーラは祖父を安心させようとした。

「思ったことをすぐ口にする質《たち》でして。これで、くだらないことをいうおいぼれと思われましたかね」

「心配するな」ヴァルナーはいった。「じいさんは恥ずかしいことを平気でいうとヴェーラに教えておいた」

「いっていないですよね？」祖父はヴェーラに笑いかけ、コーヒーを注いだ。

「ええ」ヴェーラは困っているようだった。「言葉にはしませんでした」と小声で付け加えた。

祖父はコーヒーポットをコーヒーメーカーに戻し、卵立てをふたつ持ってきた。卵は冷めないようにカバーがかぶせてある。

「半熟です。うまくできたと思うのですが。もっと柔らかいほうがお好みなら、作りなおします」

「半熟でけっこうです」卵は欲しくなかったが、朝から議論するのもかったるかったので、ヴェーラはいった。

ヴァルナーとヴェーラは眠そうな顔をしながら、固ゆでの卵を食べた。そのあいだ祖父はひとりでおしゃべりをつづけ、ヴェーラを質問攻めにした。どんな仕事についているのか。なぜミュンヘンからこんな田舎にやってきたのか。そしてあなたのような上品で賢い女性がうちに泊まったことがとにかくうれしいといった。

「卵はちょいと固すぎましたかな？」祖父はいった。

「いいえ、そんなことはないです。完璧です」

「作りなおしてもいいですよ。問題ない」

「卵はすばらしい。ゆで卵をこれ以上うまくはできない。そうだろう？」ヴァルナーはヴェーラを見た。

「本当にそう。また卵を食べることがあったら、絶対にこの感じね」

「もうひとつ食べたいですか？」

「もうひとつ欲しいといったんじゃない。今度また卵を食べる機会があったらという意味だ。

わかったか？」ヴァルナーはできるだけやさしくいうようにした。

「そうかもしれんが……そういっておいて、じつはもうひとつ食べたいと思っているってこともある」

「言葉どおりの意味だよ」

「ほんと、ごちそうさま」ヴェーラはいった。「卵はひとつで充分です」

「勘違いしないでほしいですな。無理に食べろといっているわけじゃないんです」

「ええ、わかっています。ご親切……痛み入ります」

「口がうまい」祖父はコーヒーを飲んでいるヴェーラをやさしく微笑みながら見つめ、それからヴァルナーにこっそり目配せをした。

ヴェーラがコーヒーカップを置くと、祖父は彼女の前腕に手を置いて、彼女のほうに身を寄せた。「いいことを教えてあげましょう。クレメンスなら、間違いはないですぞ。多少堅物なところはありますし、映画の男優みたいに女ならだれでも一目惚《ひとめぼ》れするっていうタイプじゃないですが、こいつのハートは……」祖父は胸に手を置いた。「……黄金に等しい。そこが大事なところです。こいつには、大変な時期もありましたが、だからこそどういう心根かわかるというもので……」

「いったように」ヴァルナーは祖父の話に割って入った。「朝食はすばらしかった。だが仕事が呼んでいる。そうだろう？」

「こういう奴ですよ」祖父はヴェーラにささやいた。「誉めているのに、迷惑がる」

「より正確には、目の前で自分の話をされるのが迷惑なんだ。それでも、誉めてくれて感謝する」

ヴァルナーはヴェーラのほうを向いた。

「じいさんは、俺に相手ができないことを心配していてね。そこがまあ、いいところなんだが。血糊《ちのり》のついた壁を撮影してくれと警察がきみをこの家に呼ぶことがあったら、なんでそんなことになったか察してくれ」

ふたりはヴェーラの車のそばに立った。ヴェーラの目がおどおどしている。ヴェーラは微笑み、その笑みも愛情がこもってはいたが、不安そうだ。ヴァルナーは両手を彼女のレザージャケットの中に入れて、腰にまわした。細くて、よくしまっている。昨夜の記憶のとおりだ。ヴァルナーのまなざしにも愛情がこもっていた。もしそこにも不安がよぎったのなら、それはヴェーラが妙な目つきをしているせいだ。

「それで？」ヴェーラがいった。

「それでって、なにが？」

「わたしたち、これからどうなるのかしら？」

ヴァルナーは笑って、横を向いた。

「俺はコントロールフリークなんだろ」

「ごめんなさい。昨夜のことがあなたにとってどんな意味を持つのか……わたしにはよくわからないの。もうかかってこない電話を何時間も待ったりする年じゃないから」

「どんな意味を持つかまだよく考えていない」

「じゃあ、考えて」ヴェーラは彼にキスをした。

ヴァルナーは栗《くり》色の巻き毛に指を入れ、親指で彼女の耳の形をなぞった。「明日か来週、同じようにやさしい気持ちになれるか、まあ様子見だな」

「わかった」そういうと、ヴェーラは彼の首に腕をまわした。

「とにかく相手を電話口で無駄に待たすようなことはしないようにしようじゃないか。まあ、なんとかやれるだろう。もう十五のガキじゃないんだから」

ヴェーラの車のテールランプが霧の中に消えたとき、ヴァルナーは顔に冷たい秋風を感じ、胃のあたりがむずむずした。今日はこれからふたつの殺人事件の解明に取り組む。この幸福な気持ちがあれば、なんとかなりそうだ。

34

夜のうちにホルツキルヒェンで聞き込みがおこなわれた。しかし犯行時刻に弁護士事務所に入る人影を見た者はいなかった。事務所前の駐車場に車が駐まっていたかどうか覚えている者も見つからなかった。霧のせいで視界は五十メートルがいいところだった。それに霧が銃声の緩衝材になった。一方、事務所にあったファイルの分析もはじまっていた。依頼人は多くなかった。彼が抱えてきた案件は自動車事故などの軽い裁判に立ったり、隣人とのいざこざの仲裁をしたりするくらいが関の山だ。

ファルキングは、妻のアネッテがホルツキルヒェン生まれだったので、生まれ育ったヴァッサーブルクから移ってきた。五年前にライツアッハレンガ株式会社の法務部に職を得、二年とすこし前に雇用関係を変更したが、二〇〇七年八月から収入記録がファイルされなくなり、口座への振り込みも途絶えていた。

ヴァルナーは、なぜ雇用関係が終わったのか税務署とライツアッハレンガ株式会社にあたるよう指示した。雇用関係が終わったのはカトリーン・ホーグミュラーの失踪とユーロカード窃盗、およびファルキングの車の件と時期的に近い。なにか関連があるかもしれない。

特別捜査班の仕事は二件の殺人事件で倍増した。人員を増やすことはできるが、倍増は無理だ。だから一番成果が出そうなところから攻めるほかなかった。

ヴァルナーは二件の殺人事件が関連しているという作業仮説を立てた。理由は以下のとおりだ。

――二件の殺人事件が起きたのは時期的に近い。
――両事件で使用された銃の弾丸は同一で、めったに使われない。
――二人目の被害者ファルキングは、最初の事件の犯人を知っているとヴァルナーにほのめかした。
――奇妙なことに、クメーダーの恋人が行方不明になったのと同じ二〇〇七年六月の夜、ファルキングがクメーダーの親友ツィムベックによって盗難にあっている。

十時にヴァルナーは特別捜査班の会議を招集した。会議室には三十人以上の捜査官がひしめきあった。外はあいかわらず霧に包まれている。天井の照明がともり、まるで十二月の午後のようだ。ヴァルナーはすこしのあいだ換気することに同意した。ほかの署から応援に来て、ヴァルナーのことをよく知らない連中が窓を開け放つようにしつこく提案し、環境破壊を考慮すれば換気をしたほうがいいという主張を展開した。ヴァルナーも、二酸化炭素地獄を避けるには窓を開けるほかないと認めざるをえなかった。

こうして基本の問題が解決すると、ヴァルナーはこれまでの捜査結果をまとめ、捜査官たちに報告を求めた。

昨日はペーター・ツィムベックへの事情聴取ができずに終わったが、若い同僚ヤネッテ・コッホがふたりの被害者及びペーター・ツィムベックの携帯電話の通話記録と移動記録を入手していた。ツィムベックはふたりの被害者とつながりがある上、犯行時刻にリーダーシュタイン山の付近にいたことがわかり、ますます重要人物になった。ツィムベックはクメーダーと親交があった。死んだ弁護士とのつながりを考えると、カトリーン・ホーグミュラーの謎の失踪とツィムベックにも接点があることになる。

またヤネッテは、ファルキングが電話で話した人物の中で友人でも親戚でも依頼人でもない人物を割りだした。通話記録から該当する三人に電話で連絡したところ、三人とも既婚の主婦だった。三件とも、ファルキングは夫の与り知《あずか》らないところで既婚女性と接触していたことになる。三人とも、ファルキングに法律相談をしたといったが、どういう用件だったか明かそうとしなかった。またファルキングの口座記録から、この三人が顧問料を支払っていないことが判明した。そのことを問いただすと、費用が発生する前に用事は済んだと、三人とも口を揃《そろ》えて答えた。

「おそらく離婚相談だったのではないでしょうか」ヤネッテはそう憶測した。「それなら夫には内緒にしていることも、質問されること自体迷惑がることもわかります。でも三件とも離婚には至りませんでした。もしかしたら離婚争議は扱わないとファルキングにいわれたのかもしれません。ただ腑《ふ》に落ちないのは、三人ともたびたびファルキングに電話をしていることです」

ヤネッテが三台の携帯電話の移動記録を入手したのは、一時間前のことだった。地方の基地局はもちろんかなり広範囲をカバーしているため、正確な場所の特定は無理だった。それでも日曜日に、ファルキングが朝五時という非常に早い時間にホルツキルヒェンを出て、テーゲルンゼー方面に向かったことは確認できた。ファルキングはそのあとしばらくグムントにとどまっていたが、やはり正確な場所はわからなかった。六時すこしすぎ、ファルキングはテーゲルンゼーにいた。六時七分、そこで携帯電話の電源を切った。興味深いのは、リーダーシュタイン山の登山者がよく利用するテーゲルンゼー南の駐車場ではなく、北側のアルプバッハ谷を通ってガラウン丘陵に登っていたことだ。テーゲルンゼー南の駐車場の場合、レーベルクで別の基地局に切り替わるので、これは証明可能だった。クメーダーは五時半ごろ、家を出て、五時四十五分にテーゲルンゼー南に到着している。六時半ごろにはリーダーシュタイン山に着いていたと思われる。クロイトナーによれば、六時四十二分にクメーダーは射殺された。

ペーター・ツィムベックは六時十五分ごろ、テーゲルンゼー南の駐車場に着いて、そこからクメーダーに電話をかけている。おそらく遅刻する旨を伝えるためだったのだろう。発信時間は六時十四分。そのまま登りはじめれば、犯行時刻にガラウン丘陵に着けるので、犯人の可能性はある。興味深いのは、ツィムベックが六時四十二分にもう一度クメーダーに電話をかけていることだ。犯行時刻だ。

事件の経過はふた通り考えられる、とヴァルナーがいった。第一のケース。山頂にいるクメーダーを狙いやすい場所に誘導するために、ツィムベックが電話をかけた。そのとき、ファルキングがツィムベックを見ていた。第二のケース。クメーダーを射殺したのはツィムベックではなく、撃たれるところを目撃したか、銃声を聞いてクメーダーに電話をかけた。これなら犯行時刻に電話をかけた理由の説明になる。あいにく目撃者になった同僚のクロイトナーは、電話が鳴ったのが犯行の前かあとか覚えていなかった。というのも、クロイトナーはちょうどそのとき、手すりごしに谷を眺めていて、クメーダーを見ていなかったからだ。ヴァルナーがそう報告すると、捜査官のあいだからくすくす笑う声がした。またクメーダーの携帯電話についても、ふたつのケースを考えておく必要がある。

ツィムベックが犯人でない場合、もちろん真犯人がだれかという問題が生じる。今のところ、動機を持つ人間は捜査線上に浮かんでいない。動機はクメーダーの恋人カトリーン・ホーグミュラーの失踪となんらかの関連があるかもしれないが、そう断定するには情報がすくなすぎる。

ツィムベックが犯人の場合、同じように動機が問題だ。なぜ親友を射殺しなければならなかったのか。ヴァルナーにも、ほかの捜査官たちにも、それに対する答えはなかった。数分前、ツィムベックが自分の経営する食堂にあらわれたという連絡が届いた。彼なら答えられるかもしれない。

35

驚くほど深閑としていた。ヴァルナーは食堂前の駐車場に立って耳を澄ました。なにも聞こえない。近くを流れるマングファル川のせせらぎすら耳に入らなかった。この時期は水量が減る上、霧に音が吸い込まれている。ときおり食堂で物音がするだけだ。テーブルにのせてあった椅子を下ろしているのだろう。

ヴァルナーたちは店内でクロイトナーに出会った。若い巡査のホルは裏口を見張っている。

「やあ、クロイトナー」ミーケはいった。「ここでなにをしてるんだ？」

「尋問をはじめてたのさ」

「俺たちがツィムベックさんになにを質問するつもりか知らないだろうに。ところで元気かい？」ミーケはツィムベックに向かっていうと、椅子を引き寄せてすわった。

「それじゃ、いままで聞きだしたことを教えてもらおう」ヴァルナーがいった。

クロイトナーはツィムベックと視線を交わした。

「まだ人定質問をしただけだ」

「おいおい！　おまえたちの仲はわかっている。いまさら人定質問もないだろう」ヴァルナーはツィムベックのほうを向いた。「ミースバッハ刑事警察署のヴァルナー首席警部だ。こっちは同僚のミヒャエル・ハンケ。すでに顔見知りだよな」

「そうかもな」ツィムベックは刑事を相手にしなくてはならないのが面白くないようだった。

「人定質問がすんでるのなら、さっそく本題に入ろう。一昨日《おととい》の朝、リーダーシュタイン山にいたか？」

「いいや」ツィムベックはすこしもためらわなかった。「なぜそんなことを訊く？」

「あんたの友人スタニスラウス・クメーダーがそこで射殺された」

「聞いたよ。ショックだった」

「リーダーシュタイン山で彼と会う約束だったのではないかね」

「どこでそんなことを聞いた？」

ミーケが口をはさんだ。

「ツィムベック、つべこべいうな。おまえが撃ったなんていってない。だがおまえはあの山に登った。ドゥルゴヴィチの記念とかいう奇妙な目的でな」

ツィムベックはカウンターに立った。

「だれかコーヒーを飲むかい？」

ツィムベックは棚からコーヒーカップを取った。

「いいや、けっこう」ヴァルナーはいった。「あんたはリーダーシュタイン山にいたのか、いなかったのか、どっちだ？」

「ああ。いたよ。だけど遅刻した。土曜日の晩、ここは混んでいてな。寝坊したんだ」

「それで？」

「ガラウン丘陵に着いてみたら、警察がいた。俺は山を下った。クメーダーが射殺されたことはあとで知った」

「撃ったのはだれだと思う？」

ツィムベックはコーヒーカップの上にドリッパーを置くと、フィルターをのせ、ブリキ缶からコーヒーをすくった。

「あいつを殺したのはだれかって？　あいつは喧嘩っぱやいし、ろくなことをしてこなかった。だけどあいつのどたまを狙撃銃でふっとばす奴なんて知らねえ」

「ほう、もうそこまで知っているのか？」

「ああ。噂《うわさ》になってる」

ヴァルナーがクロイトナーのほうを見ると、クロイトナーは目をそらした。

「クメーダーの彼女の失踪となにか関係があるんじゃないかな？」

「ありゃあ失踪じゃない。愛想を尽かして出ていったんだ」ツィムベックは湯沸かし器に水を注いで、スイッチを入れた。

「クメーダーの見方は違った」

「あいつだけな」

「そうともいえない。このあいだの木曜日、クメーダーとハリー・リンティンガーが殴りあいの喧嘩をしたそうじゃないか」

「そうなのかい?」ツィムベックは腕組みして、カウンターの奥の作業台に寄りかかった。

「ああ。リンティンガーがクメーダーの恋人は死んだって主張した」

ツィムベックはなにもいわず、クロイトナー、ミーケ、ヴァルナーと順に見た。

「殴りあいの喧嘩はあったんだな?」

「殴りあいは大袈裟《おおげさ》だ。ちょっとばかし小突いただけだ」

「知ってるなら話してくれ」

「クメーダーはあの夜、ぐでんぐでんに酔っ払って、またぞろくだらない話をしだしたんだ。それも大声でな。みんな、聞かされる羽目に陥った。そのうちにハリーの奴が、いいかげんにしろっていったんだ。クメーダーにな。だけどあいつは黙らなかった。それで売り言葉に買い言葉さ。気づいたらふたりともいなくなっていた。それだけだった」

「リンティンガーは、カトリーン・ホーグミュラーが死んだといったのか?」

「かもな。だけど、あいつもクメーダーに負けないくらい酔っ払ってた」

「どうしてそんなことをいったんだ?」

「クメーダーの女々しさに腹が立ったからだろう。黙らせようとして、どうせ死んでるっていったのさ」

ヴァルナーはクロイトナーのほうを見た。

「ハリー・リンティンガーを知っているか？」

「すこしは」そういいながら、クロイトナーはリンティンガー親子といっしょにツィムベックにひと泡吹かせた伝説のソロプレイのことを思いだしているようだった。ヴァルナーはツィムベックがいるカウンターへ行った。ツィムベックは湯をドリッパーに注いでいた。

「コーヒーメーカーはないのか？」

「あるさ。だけど、このほうがうまい」

ヴァルナーはうなずいて、店内を見まわした。冷えたタバコの匂いがする。禁煙のはずなのに。たぶん見て見ぬふりをしているのだろう。コーヒーの匂いが冷えたタバコの匂いに混じった。カウンターの後ろの流し台は清潔だが、ほかはどこも、触ったらべとべとしそうに見える。

「やはりガラウンに登ったんだな。上に着いたのは何時ごろだ？」

「さあ。七時半か八時」

「では、仮に七時四十五分としよう。それでも約束の時間に一時間遅刻している。殺人事件は六時四十二分に起きた。それで、あんたはそのあとどうしたんだ？」

「そのまま下山した。ほかにしようがなかっただろう？　封鎖されてたからな」

「俺だったら、友だちに電話をかけて、どこにいるか訊いてみるがな。追悼会はできなくなったから、これからどうするか相談するはずだ」

「もちろん電話をかけたさ。だけどでなかった」

「何時だ？」

ツィムベックはドリッパーを流し台におくと、ヴァルナーの最後の質問を聞いていなかったかのように、湯気を上げているコーヒーをじっと見た。

「覚えてない。それより、これはなんだ？　撃ったのは俺じゃねえぞ」

「おまえが犯人だなんて、だれもいっちゃいない。だがおまえの話は、われわれが調べたことと一致しない点がある」

「そうかい？　なにを調べたんだ？」

「たとえばおまえの通話記録。たしかにクメーダーに電話をかけているが、それは七時四十五分ではなく……」ヴァルナーはミーケを見た。ミーケがA4用紙を一枚ジャケットからだして広げ、上から下へ指でなぞった。

「六時十四分。一時間半も前だ。そのときはクメーダーも電話に出た」

「ああ、たしかにそうだ。あいつに電話をかけて、すこし遅れるっていったんだ。ちょうど目が覚めたときだ」

「いいや、あんたはすでにテーゲルンゼー南の駐車場にいた」

ツィムベックはヴァルナーの目を見た。険しい目つきだ。

「ちくしょう。たしかに駐車場にいた。それがどうした？」

「なぜ嘘をつく？」

「二年もムショに放り込まれていたんだぜ。感謝する気にはなれねえな。ほかに質問は？」

「二〇〇七年六月十五日になにをした？」

「俺はコンピュータか？　なにをしたかなんて、いちいち覚えてると思うか？」

「おまえがユーロカードとポルシェを盗んだ日だ。最近まで刑務所に入っていたのはユーロカードのせいじゃないか」ミーケはツィムベックが思いだす手伝いをした。

「それなら、俺がなにをしたか知ってんじゃねえか。だけどポルシェは俺じゃねえ。それとも、だれかがそういってんのか？」

「ユーロカードはどうやって手に入れた？」

「見つけたのさ」

「どこで？」

「事件簿にぜんぶ書いてある。俺を馬鹿にしてんのか？」

「ユーロカードに関してはいくつか腑に落ちないことがある。たとえば暗証番号はどうやって知ったんだ？」

「もう何千回もいっただろ。たまたまさ。適当に四桁の数字を打ち込んだら、うまくいったんだ」

「おい、ツィムベック。そういう戯言《ざれごと》はおまえのばあさんにいえ。暗証番号はファルキングから聞いた。そうだろう？　そうに決まってる」ミーケは立ちあがって、ヴァルナーのいるカウンターに近付いた。

ツィムベックは自分のコーヒーに角砂糖を二個落として、スプーンでていねいにかきまわした。

「俺はもうなにもいわない。おまえらと話す義務なんてないからな。ユーロカードの話だってそうだ」あざ笑うような声だった。「あれのせいで結局さんざんな目にあった」

「たしかにそうだな」ミーケはツィムベックの目を見ようとしたが、目はツィムベックが口につけたコーヒーカップに隠れて見えなかった。

「あんたといっしょに暮らしているリンティンガーさんと話がしたい」ヴァルナーはいった。

「いないよ」

「馬鹿をいうな。いるに決まってる」クロイトナーが背後からいった。クロイトナーが口をだしたことにツィムベックは渋い顔をしてから、配膳口のほうを顎でしゃくった。その奥は厨房《ちゅうぼう》だ。

ズージー・リンティンガーは赤い人工樹脂の副《そ》え木がついた腕をふとももにのせ、あいているほうの右手で副え木の端のカバーのほつれをいじっていた。暗くて冷え冷えする厨房でスツールにすわっていた。コンロの上の蛍光灯がともっていた。顔には小さな裂傷の痕があり、左目のまわりに青あざができていた。そのうえ左上の糸切り歯が折れていた。歯が欠けている個所《かしょ》の唇も切れていた。ズージーは緊張しているのか、指でしきりに人工樹脂のギプスをいじっている。彼女とは、ヴァルナーとミーケのふたりだけで会った。ツィムベックが入ってきて威圧しないように、クロイトナーは店でツィムベックを見張った。だが、厨房に入ってこなくても存在感は消えなかった。ズージーはツィムベックとクロイトナーがいる配膳口の向こうをしきりに気にした。ヴァルナーはズージーの顔と骨折した腕を見つめた。

「彼のことで問題を抱えているのだね？」

ズージーは首を横に振った。

「地下室の階段で転んだんです」

ズージーは平静を装った。

「訴えたらいいのに。彼は前科があるから、刑務所でのお勤めは確実に長くなる」

ズージーはなにもいわなかった。ミーケがそばにやってきた。

「簡単じゃないことはわかっています。しかしわたしたちにはあなたを保護する手立てがあります」

それでもズージーは黙ったまま、副え木をいじりながら厨房の床を見つめていた。

「これで終わりじゃないでしょう。やめさせるには、あなたが行動するしかないんです。ほかに方法はありません」

ズージーは考えあぐねているのか、それでも黙っていたが、やがて蚊の鳴くような声でいった。

「保護なんてできっこありません」

そのとおりだということを、ヴァルナーたちも重々承知していた。ヴァルナーは彼女に名刺を差しだした。

「考えておいてくれ。あなたの相談にのれるスタッフがいる。女のスタッフがよければ手配する。電話を待っている」

ズージーは名刺を見たが、手に取ろうとしなかった。ヴァルナーは名刺をコンロの上に置いた。

「あたしからなにが訊きたいんですか?」ズージーはいった。

「あなたは昨日の午前中、ヨーナス・ファルキングさんと二度電話で話している。間違いないね?」

ズージーはうなずいた。

「なにを話したのかね?」

ズージーは考える素振りをした。明らかにまずいことはいえないと思っている。

「あの人は……弁護士です。知りたいことがあったんです。法的なことで」

「それって……」ミーケは声をひそめた。「……彼とのこと？　彼との関係で問題を抱えていることについてですか？」

　ズージーは首を横に振った。

「では、なんですか？」

「いわなければだめですか？」

「ファルキングさんは死にました。昨日の夜、殺されたのです」

　ズージーが愕然《がくぜん》とした。本心のようだった。口を半ばあけたまま、息づかいを荒くしている。

「ファルキングさんにどういう用件があったか、話してくれませんか？」

　ズージーはためらう様子を見せ、それから首を横に振った。

　ミーケが声を大きくした。

「いいですか、われわれの捜査にとってきわめて重要なことなんです。これは殺人事件なんですよ！」

　ヴァルナーはミーケの腕を引いた。

「よすんだ」ヴァルナーはコンロの上に置いた名刺を指差した。「こちらの電話番号は教えた」

ヴァルナーはミーケ、クロイトナー、ホルの三人とパトカーに戻った。霧をとおしてわずかに日の光が射《さ》している。すぐにまた霧が濃くなるだろう。

「はっきりしたのは、あいつらは、俺たちをコケにしているってことです」ミーケがいった。

「彼女はどうなんだ？」ヴァルナーはたずねた。「弁護士に電話した理由はなんだ？　恋人のことでなにか対処しようとしたのかな？」

クロイトナーは肩をすくめた。

「そうは思えないね。あの娘は怯《おび》えきっている。ツィムベックがムショに入る前からそうだった」

「もう何年もあの娘を虐待しているというのか？」

クロイトナーはうなずいた。

「あの娘の腕の骨を折ったのはあいつなんだな」

「はじめてじゃない。ツィムベックってのはそういう奴さ。一度キレると……」

ヴァルナーは面食らった。

「おまえは一度も止めに入らなかったのか？」

「その場にいたときは止めに入ったさ。あいつのことを訴えろと娘に助言したこともある。それ以上どうしろっていうんだ？　ぼこぼこにされても娘は動こうとしない。こっちは手も足も出ない。まあ、わからないでもない。訴えたりしたら、ツィムベックにまたやられる。

そのときは命がないだろう。それにいつかまた出所する」

ヴァルナーは霧の中に建つ食堂のほうを見た。ズージーが空っぽのビールケースを持って裏口から出てきて、ほかのビールケースの上に積みあげた。そのときズージーがヴァルナーたちをちらっと見たが、すぐに目をそむけて、また食堂に入った。

「俺たちが来る前、ツィムベックとなにを話していたんだ?」

「あいつがなにか漏らさないかなと思ってね。二年前のことだ。あいつは、あんたたちには絶対になにもいわないが、俺にだったら話すかもしれない」

「それで?」

「口が堅かった。なにかある。だけど、奴からは聞きだせない」

「おまえはその夜、この食堂にいたんだよな。なにか気づかなかったのか? トランプをしてたんだよな。そしてそこにクメーダーもいた。カトリーンも」

「報告したように、直接見てはいない」

「その夜、ほかになにかなかったか? ツィムベックはずっと食堂にいたのか?」

「俺がいたときはな。そのあとは……知らない」

36
二〇〇七年六月十五日午後十一時十五分

ツィムベックとクロイトナーが店内に戻ると、リンティンガー親子がビールをなみなみ注《つ》いだグラスを前にしてテーブルに向かってすわっていた。

「適当に注がせてもらったぜ。かまわないだろう？」

「飲んだ印をコースターにつけたか？」ツィムベックはたずねた。

つけていなかった。

ツィムベックはズボンからボールペンをだし、父親のほうに渡した。リンティンガーはビールのコースターに一本線を引き、テーブル越しにボールペンを息子に差しだした。息子のハリーもコースターの縁に線を一本引いた。そのときズージーが入口から店に入ってきて一瞬足を止め、うつろな目で父親と弟を見た。ズージーの眉には血がついていて、首には絞められた痕があった。ハリーは姉を見て、一瞬迷ってから、うつむいた。父親も同じようにした。ズージーは厨房に入った。店には用がない。男たちには男たちの用事があった。

「それで」リンティンガーがいった。「どうするんだ？」

「どうするって？」ツィムベックはたずねた。

「だから……金だよ。清算」リンティンガーが笑った。「ソロでボロ負けした奴がいる」

リンティンガーはひっひっひと笑い、クロイトナーとハリーを見て、同意を求めた。だが、息子は笑わなかった。ビールグラスをしっかり握りしめて考え込んでいる。クロイトナーは、ここでなぜ笑う必要があるのかわからないという顔をした。笑う場面ではない。といっても、ツィムベックがリンティンガーの娘を殺しかけたことではない。ツィムベックが大金をすったことだ。冗談ではすまされないだろう。リンティンガーは笑うのをやめた。

「記憶力がいいな」ツィムベックはいった。

リンティンガーは肩をすくめた。これが別のときなら、黙って目をつむったかもしれない。しかしいまはクロイトナーという味方がいる。クロイトナーが儲《もう》けをあきらめるはずがない。それなら自分も取り分をもらわなければと考えたのだ。

「そうかい。負けた分を払う気がないのか」リンティンガーは小声でそういうと、真顔になった。

「金は払う！」ツィムベックは声をあげた。大声ではないが、腹を立てているのがその場にいるみんなに伝わり、まずいことになると警戒心を呼び起こすのに充分な大きさだった。これ以上ツィムベックを怒らせたら取り返しのつかないことになる。リンティンガーはそれっきりなにもいわず、ツィムベックの言葉を信じるという仕草をした。

支払うのは自分の決断だとみんなにわからせるために、ツィムベックはわざと数秒おいてから腰を上げ、ズボンのポケットを探った。五十ユーロ紙幣が三枚あった。ツィムベックの席にあった金とあわせれば、クロイトナーに払う分くらいはある。クロイトナーは金を数えずにそのまま受けとると、ビール代として十ユーロ紙幣を一枚テーブルに置いた。

「つりはいい」

トランプはこれでお開きだ。残る問題は、リンティンガー親子への支払いをどうするかだ。クロイトナーは、自分には関係ないし、どうするか知らないほうが得策だと直感し、軽いあいさつをしただけで店から出ていった。

「さて、おふたり」クロイトナーが外に出ると、ツィムベックがいった。「いまは持ちあわせがない」

ハリーと父親は、ツィムベックがなにをいいだすのか見当もつかなかった。支払うといったばかりだ。警官がいなくなれば、その言葉は反故《ほご》にされるのだろうか。

「だが、ここにも金がない」ツィムベックがまたいった。「間抜けな話だ。そうさ、さっきまではあったんだ」ツィムベックは、頭を下げてテーブルの真ん中を見ていたヨハン・リンティンガーの目を覗《のぞ》き込んだ。「払えるはずだった。貧乏人じゃないからな。だけど、てめえの娘が俺の金をカトリーンにやっちまったんだ」

リンティンガーは黙っていた。どう返事をしたらいいかわからなかった。

「カトリーンは逃げちまった。金もなくなった。そのせいで恋人の父親に金が払えないなんて間抜けもはなはだしい。賭けで負けた金はその場で払うのが鉄則だ」

リンティンガーはごくんとつばをのみ込んで、何年も前からテーブルについているタバコの焼け跡を見つづけた。「にこにこ現金払い」といったのはクロイトナーだというべきか考えたが、口をつぐんでおくことにした。

「さあ、どうする？　よかったらアドバイスをくれねえかな、おやじさん」

「そりゃあ、すぐに払わなくたっていい。明日でもいい」

「なんだって？　明日払う？　トランプで負けたら、その場で払うもんだ。ずっとそうだった。そうじゃないか？」

「まあ、そうだが、例外があってもいいだろう」

「そして、俺とトランプをするもんじゃねえっていいふらすんだろう。冗談じゃねえぞ」

リンティンガーは話がまずい方向に向かっていると感じた。どういう結末が待っているか、気が気ではなくなった。

「だれにも話さないさ。誓うよ」

「だめだ、だめだ！　このままおまえを帰すと思うか？　すぐに払ってやる。ここで待ってろ。金を取ってくるから」

ツィムベックは立ちあがって、カウンターの奥にまわった。

「ATMからおろしてくるのか？　それなら待つさ。気にするな」

「ATMからおろせればいいんだがな。それがだめなんだ。俺のカードではな」

リンティンガーは、ツィムベックがなにをいおうとしているのか考えた。ツィムベックは顔をつぶさずに、うまく払わずにすます腹なのかもしれない。

「俺に金を貸せっていうのか？　負けた分は払って、借りた金をあとで返すとか」

ツィムベックは微笑んだ。リンティンガーの言葉を愉快に思っているようだ。カウンターの奥でリキュールをグラスに注いで、ぐいっと飲み干してからいった。

「俺に恥をかかす気か？　そんな最低の話は聞いたこともない。払うといったんだから、ちゃんと払う」そういうと、ツィムベックは作業台の下の引き出しを開け、拳銃を取りだして振りまわした。リンティンガー親子が眉を吊《つ》りあげた。

「金を調達してくる。おまえはここで待っていろ。ハリーには付きあってもらう。人生の勉強になるだろう」

リンティンガーは唖然《あぜん》として口を開け、不安まじりの声でいった。

「おまえ、本当にいかれてるな！」

「そうさ！」ツィムベックはいった。

「おまえがなにをしようと関係ない。俺たちはここで待たせてもらう」リンティンガーがいった。

「それは違う！　待つのはおまえだけだ！」ツィムベックはじっと拳銃を見つめているハリーに視線を向けた。

「ハリー、どうだい？　ここで男を上げるか、おまえの親父《おやじ》みたいな軟弱者になるか、どっちだ？」

父親のほうのリンティンガーはなにもいわず、心配そうに息子を見た。

「どうするかな」息子のハリーがいった。

「だれにだってできることだ。ただ度胸があればいい。どうだ？」

ハリーはためらった。ツィムベックはハリーに向かって拳銃を投げた。リンティンガーのおやじが小声でいった。

「やめておけ」

だが、本気で説得しているようには聞こえなかった。ハリーは拳銃に魅《み》せられた。

「銃弾は装塡してあるのか？」

「試してみろ」

ハリーは腕を伸ばして、出入口のほうに銃口を向けた。

「おいおい！　ここでぶっぱなすな。気はたしかか？」

ハリーは銃口を下げた。ツィムベックはカウンターから出てくると、ハリーの手から拳銃を取った。

「ちゃんと弾《たま》が出るかどうか。俺のじいさんがクロイトナーのじいさんからかっぱらったものだ」

「なんだって！　あいつのじいさんから？」リンティンガーはクロイトナーがさっき出ていったドアのほうを顎でしゃくった。

「正確にはクロイトナーのひいじいさんさ。デュルンバッハで巡査をしてた。根っからのナチだった。アメリカ軍が攻めてきたとき、英雄になって死のうと路上で敵に立ちはだかった」

「それで？　何人か撃ち殺したのか？」

「馬鹿いえ。あっさり撃たれたんだよ。それでよかったのさ。ひいじいさんの死体は何日も道路の側溝に転がっていて、だれも片づけようとしなかった。俺のじいさんは十六だった。夜中に死体のところへ行って、この拳銃をかっぱらったのさ」ツィムベックは安全装置を解除して、歩きだした。

「待てよ。そこまでしなくてもいいだろう。今度払えよ。そこまで重要なことか？」

ツィムベックはテーブルに戻ってきて、リンティンガーにかがみ込んだ。

「ソロを仕掛けといて、払わないなんて聞いたことがない。そういったのはだれだ？」

リンティンガーは左目を痙攣《けいれん》させた。

「ただの遊びだ。本気でいう奴がいるもんか」

「おい、あれは戯言だったっていうのか？　その重い腰を下ろして、俺たちが戻ってくるのを待ってろ」ツィムベックは拳銃でリンティンガーの鼻を軽くつついてから、その拳銃でハリーについてこいと合図した。ツィムベックはそのまま外に出ていった。ハリーは父親をちらっと見てから、ツィムベックに従った。

父親のヨハン・リンティンガーは息子を見送った。心配のあまり顔にしわを作った。ほんの一瞬体に力を入れ、立ちあがって息子を追おうとしたが、すぐに力を抜いてベンチに腰を下ろした。

娘のズージーが厨房に通じるドアロに姿をあらわした。リンティンガーは今回、目をそらさず、娘の目と首を絞められた痕を見て、自分がちっぽけで無力なことを思い知らされた。娘にさげすまれているのがわかった。娘の目を見れば、嫌悪されているのは疑いようがない。彼女の愛情はすでに何年も前に失っていた。そのことは承知していたし、納得もしていた。だがこの瞬間、もっと違うものを娘に感じた。同情だ。年をとって、弱腰になり、このまま卑怯者《ひきょうもの》として死ぬのだろう。そのとき外で車のエンジンのかかる音がした。

37

パトカーは霧のかかった道をゆっくり走っていた。グムントとハウスハムとミースバッハで結ばれる三角地帯を抜けるその道には、起伏のある牧草地と農家が点々とつづいていた。視界が悪く、すぐそばで草を食《は》む牛もまともに見えないほどだった。パトリック・ホル巡査は濃いもやの中を気をつけながら運転した。人間や牛や対向車がいきなりフロントグリルの真ん前にあらわれることが何度もあった。対向車のドライバーは巡査ほど注意深く運転していなかった。二、三年前だったら道路標識を見落として道に迷うこともあったが、今はナビがある。クロイトナーはツィムベックの食堂を訪ねたあと、独自に調査することにした。

「こんな霧の中を走りまわってもむだですよ」ホルは最近、知恵がついたつもりか、文句をいうようになった。それが知性のない証拠だと知らない。実際には経験に乏しい。

「そうかい」クロイトナーはいった。「無駄かい？　長年のパトロール経験からわかるってのか？」

「経験なんていらないすよ。馬鹿じゃなけりゃわかります。なにも見えない。つまりあやしいと思われるものも見えない。道ばたで産業廃棄物を不法投棄している奴がいても、わからないでしょう」

「ひよっ子のくせにいうじゃないか。よく聞け。これはただのパトロールじゃない。殺人事件の捜査だ」

「それは刑事の仕事じゃないすか？」

「まあな。だけど連中には無理だ。だから俺たちの働きにかかってる」

「そうすか。事件を解決するっていうんすね。お手並み拝見だ」

「おい、止めろ。学習するいい機会だ」

二十メートル先に男が立っていた。霧に包まれながら柵のそばにたたずんで牧草地を見つめている。

「カトリーン・ホーグミュラーだが、この土地から出ていったとは思えない。二年前なにかあったんだ。マングファル谷のどこかこのあたりでな。それが知りたければ、年寄りに訊くのが一番いい。見ろよ、霧が立ちこめていても、あたりに目を光らせている。ああいうじいさんは土地に根をおろしている。夜中にテレビなんか見ないで、じっと耳を澄ましてるもんなんだ。わかるか？」

「ホーグミュラーになにがあったか知ってるっていうんすか？」

「それはわからない。だけど、なにか知ってるかもしれない」

ホルはゆっくりとその男のそばに車を近づけた。

クロイトナーはサイドウィンドウを下ろした。

「よう、元気かい？」

六十代半ばくらいのその男は、パトカーのほうに身をかがめた。

「牛乳の代金が二十三セントなんだ、元気になれるもんか」

「そりゃたまらないな。ところで訊きたいことがある。このあたりに住んでるんだよな？」

「もちろん、ずっとだ」

「二〇〇七年六月十五日になにか変わったことがなかったかな？　ちょっと前だが、なにか覚えてないか？」

男は霧を見ながらいった。

「六月十五日？　二〇〇七年の？　ずいぶん変なことを訊くな」

「どうなんだ？」

「もちろん覚えてる」男は真剣な顔をして深呼吸した。「その日付は一生忘れない……」

クロイトナーはどうだというようにホルを見た。ホルは感心していた。

「その日になにがあった？」

「このあたりの農民と連れだって、州政府に陳情書をだしたんだ。牛乳の代金についてのな。州首相にも会った。事務次官が俺たちを出迎えたとき、車でやってきて、降りたんだ」

ホルの表情がほぐれた。クロイトナーは目をあわせないようにした。

「知りたいのはその日の夜のことなんだが」

「夜？　テーブルダンスを見にいった。ミュンヘンにはめったに行かないんでな。やっぱり欠かせない」男はみだらな表情をして笑った。

クロイトナーの忍耐力も限界に達した。

「そうか。夜もここにはいなかったってことだな」

「帰りついたのは夜が明ける頃だった。ぐでんぐでんに酔っ払ってたんで、乳搾りをしようとしたら、牛の奴、俺がわからなかった」

「だろうな」クロイトナーは不機嫌な声でいった。ホルの表情はたしかめていないが、ニヤニヤしているに決まっている。「その夜、事件が起きたようなんだ。だれに訊いたらいいかな?」

「魔女のグルーバーに訊いてみな。あいつなら詳しい。だけど、なにも買うなよ。あいつが売り物にしている薬草はみんな、うちの牧草地から盗んだものなんだ」

「わかった。どこへ行けば会える?」

五分後、ふたりは小さな木の家の前に立った。小さな増築部分で薪《まき》がたかれているようだ。

クロイトナーは小さな菜園に足を踏み入れた。薬草と花が植えてある。クロイトナーは増築部分に近づいて、ドアをノックした。すこしして四十歳くらいの女がドアを開けた。ジーンズをはき、穴が開いているスウェットシャツを着ていた。クロイトナーを見て、一瞬びっくりしたが、すぐに待っていたとでもいうようにうなずいた。

「あれのことかい?」女は後ろを指差した。

クロイトナーは、女がなにをいっているのか判然としなかったが、とりあえず否定した。

「ああ」女はいった。「それじゃ二年前の六月の話だね……」

その頃ミースバッハの刑事警察署では、鑑識が把握していることをルッツが整理して報告をしていた。一番収穫があったのは弁護士事務所だ。DNAの痕跡と指紋をいくつか採取した。ファルキングはここで依頼人と会っていたのだから無理もない。保全された銃弾の検査結果に期待がかかっていた。事件現場で発見された銃弾二発はいい状態だった。二発とも、ソファの背もたれに撃ち込まれていた。リーダーシュタイン山の事件現場でも二発目の銃弾が見つかっていた。こちらも比較的いい状態だった。リーダーシュタイン山と弁護士事務所の銃弾が同じ銃から発射されたものかどうかはまだ判明していない。一方、銃の出どころから犯人を割りだすのは望み薄だが、それでも最近ドラグノフの売買があったかどうか調べるようミュンヘン警察に依頼した。もし犯人がプロの殺し屋であれば、銃を国外で調達した可能性もある。だが犯人が地元の人間なら、ミュンヘンのブラックマーケットで銃を買った可能性が高い。ミュンヘンの情報屋によれば、たしかにしばらく前、ドラグノフに需要があったらしい。ミュンヘン警察はいま、その手がかりを追っているところで、今週中に具体的な成果がもたらされるだろうという。

ヴァルナーが捜査官たちに仕事を割り振ろうとしたとき、ヤネッテが話しかけてきた。クロイトナーからの電話で、カトリーン・ホーグミュラーの事件が解明されたから、大至急電話をくれという。

38

クロイトナーの困ったところは、ナンセンスなことをいっているのか、事件解決の糸口になることをいっているのか判然としない点にある。今回もそうだった。クロイトナーはカトリーン・ホーグミュラー殺害の証人を見つけだしたという。それが本当なら、クメーダー殺人事件にとって重要なことだ。クメーダーは恋人を殺した犯人に迫りすぎて、口封じされたのかもしれない。とにかくヴァルナーは事情聴取をクロイトナーに任せず、自分ですることにした。ところがクロイトナーの話では、証人は竈《かまど》でなにかをこしらえていて、家から離れるのを拒んでいるという。証人マルタ・グルーバーは古典的な意味での薬草作りではなかった。もともとこの界隈《かいわい》の者ではなく、メッツィンゲン出身で、オカルト趣味を本格化させるため、十五年前に当時の同居人とともにフォアアルペンラントに移り住んできた。遠出をしたときに崩れかけた小さな家を見つけたマルタ・グルーバーは、そこが薬草を乾燥させるのに最適だし、占星術をおこなうにも、生理を月齢にあわせるにも理想的だと判断した。しかもマングファル谷はその家のあたりから森になる。マルタ・グルーバーが夢中になっている呪術や秘教に好都合だ。四年前、同居人は寂しすぎるといって出ていった。薬草にそれほど執心ではなかったし、月齢についてもどうでもよかった。どうせ自分が生理になるわけではないし、性生活に支障をきたす連れあいの生理周期にも関心がなかったからだ。しかしマルタ・グルーバーはそのまま住みつづけ、薬草を売って暮らした。彼女をよくいわないのは、近在の農婦たちだけではなかった。

クロイトナーは菜園でヴァルナーの到着を待っていた。

「どうだい、最初から俺に相談しておけばよかったんだ」クロイトナーがそういって、あいさつしてきた。

ヴァルナーは菜園に足を踏み入れて、あたりを見まわした。

「どうやって見つけた?」

「直感。直感と経験だ」クロイトナーは反抗的な態度が影をひそめたホル巡査のほうをちらっと見た。ヴァルナーは霧に包まれた空気を吸った。薪が燃える匂いがする。屋根に小さな煙突があり、そこから黒い煙が出て、霧と一体になっていた。煙には安酒の匂いがまじっていた。

「証人は中でなにをしてるんだ?」

「なにかを煮込んでいる。だからここを離れられないんだ」

「気はたしかか? 酒の密造を黙って見過ごすことはできないぞ」

「俺たちは税務署じゃないだろう? あの女がなにをこしらえようとかまわない」

ヴァルナーも、事を荒立てる気はなかった。

「外に呼びだせ」

「中に入るのが嫌なのかい？」クロイトナーは増築した作業場のドアへ誘うような仕草をした。

「悪事に荷担しろってのか？」

クロイトナーはふくれっ面をしながら家に入った。

「几帳面《きちょうめん》すぎるのも困りもんだ。グルーバーさん、ちょっと出てきてくれないか？」

グルーバーは外に出てきたが、いまは蒸留の一番だいじなところで、温度を一定に保たないといけないから、ときどき様子を見て薪を足す必要があるといった。酒の蒸留は税務署が監督責任を負っているはずだが、とヴァルナーはたずねた。グルーバーは税務署の人間を招待していないことを認め、長年そうしてきたとうそぶいた。

「もう十四年つづけてるけど、だれも文句をいわなかった」

「それ以上酒の蒸留についてはいうな。それより問題の夜のことを証言してくれ」

ヴァルナーがそういうと、グルーバーは火を見てくるといって作業場に戻り、また庭に出てきたかと思うと、今度は母屋に入っていった。一分後、グルーバーは一冊の手帳を手にしてヴァルナーのそばに立った。紙の専門店で買えるようなきれいに装丁を施したものだ。グルーバーはそれを日記帳がわりにしていた。グルーバーは二〇〇七年六月十五日のページをひらくと、人差し指でなぞりながらいった。

「やっぱり。新月！　あたしは森に入ってた」

「薬草採りか？」ヴァルナーがたずねた。

「ああ、そうさ。あんたは満月の夜に薬草を集めたりするのかい？」

「おい、勘弁してくれ！　だけど新月だった以外にも、なにか変なことに気づいたんだろう？　そういう話じゃなかったかな？」ヴァルナーはクロイトナーのほうに視線を向けた。

クロイトナーが励ますようにグルーバーを見た。

「ああ。銃声を一回聞いた」

「銃声！　銃声に間違いなかったのか？」

「もちろん。六月は禁猟期。だから変だなって思った」

「雷鳴じゃなかったんだな？　夜中に嵐になったわけじゃなかったんだな？」

グルーバーは手帳のページを指でなぞりつづけた。

「満天の星と書いてあるから、嵐はなかったね。大熊座と北極星がよく見えた」

「銃声は一発だけだったのか？」

「一発だけだった」

「いつどこでだ？」

「真夜中だったはずだよ。だけど、薬草採取のときは腕時計をしないからねえ。どこだったかも、よくわからない。マングファル谷のどこかさ。あたしは方向音痴なんだ。森は暗かった。新月だったからね。銃声はあっちからだった」グルーバーは掌《てのひら》を南西の方角に向けた。マングファル川の水がテーゲルン湖から流れだす方角だ。

「とにかく夜中に銃声のような音を聞いたが、どこだったかはよくわからないんだな」

「銃声のような音じゃなく、あれは銃声だった。間違いない。あたしはほぼ毎晩出歩いてる。勘違いはしないさ」

「なぜそのとき警察に通報しなかった？」

「次の日新聞を見たけど、銃声についての記事はなかった。だれかが発砲したとか、だれかがいなくなったとか、そういう記事はね。密猟者だろうって思ったんだ」

ヴァルナーはクロイトナーを見た。クロイトナーは、ヴァルナーの非難するような目を無視した。

「その夜、ホーグミュラーが消えたんだ」クロイトナーが弁解めいた口調でいった。「こういう証言は一聴に値する」

「死体を捜すにせよ、どこからはじめたらいいかわかるとありがたいんだがな」ヴァルナーはぐっと気持ちを抑えていった。

「なんでバイルハマーのおかみに訊かないんだい？　あの人ならなにかわかるはずだよ」

「そりゃだれだ？」

「シュリーア湖でみやげもの店をやってる」

「ほかにも警察の助けになるという理由はあるのか？」

「あの人は死者を召喚して話が聞ける」グルーバーは当然のことのようにいった。ヴァルナーは困惑して彼女を見た。

「夜中に射殺された本人なら、自分がどこに埋められてるかいえるじゃないか」

「わかった、グルーバーさん」ヴァルナーはいった。「協力ありがとう。試してみる」ヴァルナーは時計を見た。「もう四時だ。時間が経《た》つのが早い！」

最後の言葉はどちらかというとクロイトナーに向けて発したものだった。だがクロイトナーはまだ、ヴァルナーに無駄足を踏ませたとは思っていないようだった。

「バイルハマーに訊くというのはすごいアイデアだ。電話番号を知ってるかい？」

「じゃあ、俺は行く」ヴァルナーは軽く会釈をして別れを告げると、車に乗り込んで、走り去った。クロイトナーとホルとグルーバーの三人は車が霧の向こうに消えるまで見送った。

それからグルーバーがクロイトナーの腕を引っぱった。

「あの人、あたしの話を信じてないね。だけど、いいかい。死体はこの谷に絶対ある。その魂が毎夜彷徨《さまよ》っているのを感じるんだ」

クロイトナーは半信半疑でグルーバーを見た。

「バイルハマーの電話番号を教えてくれないか？」

39

ヴァルナーが出かけているあいだに、ミーケがライツアッハレンガ株式会社に電話をかけていた。ファルキングとの雇用関係は二〇〇七年七月三十一日に終わっていた。フリーの弁護士に戻りたいとファルキング本人から申し出があったからだという。雇われの身でえていた稼ぎと、うらぶれた事務所の収入を比べたら、それが本人の希望だったとは到底思えなかった。ファルキングはやめざるをえなかったのだろう。おそらくなにかまずいことをしでかしたのだ。しかし雇用主側はなぜか、それを明かしたくないらしい。

祖父は張り切って、カスラー（塩漬して軽く燻製した豚肉）のセロリピューレ添えをこしらえていた。しかもヴァルナーがたらふく食べられるように、二度もセロリピューレを盛り付け直した。

「なんだい、セロリを食べると精がつくとかいわないよな？」

祖父は肩をすくめて、言葉を濁した。ヴァルナーは笑った。祖父も笑って、上目遣いにヴァルナーを見た。

「で？」祖父はたずねた。「彼女とはどうなんだ？」

「さあな。様子見だ」

「気に入ってるんだろう?」

「まあな……」ヴァルナーはピューレをフォークでこねた。

「そして彼女もおまえを気に入ってる。見ればわかる」

ヴァルナーは肩をすくめた。

「ああ、そう思う。しかし彼女はちょっと事情を抱えているんだ。どうしたいか自分でも決心がつかないらしい。そんな印象だ」

「自分がしたいことがわかっている女なんているのか? それは高望みというやつだ」

「とにかく様子見だ」

「待ってるだけじゃだめだぞ。なにがしたいのか教えてやるくらいでないと。女はそういうのに弱い。ヴェーラはいい女だ。わしを信じろ。突っ張ってみせているが、内心はちょっと不安を抱えている。だが、いい女だ」

「よくわかったじゃないか」

「直感さ。だからわしの話をよく聞け。わしとしてはぜひ褐色の巻き毛のひ孫をだな……」

「それはちょっと先走りすぎだ。そう思わないか? うちに一度泊まっただけだぞ」

祖父は考え深げに白ビールのグラスを引き寄せた。

「わしにはあまり時間が残されていないかもしれん」

「待ってくれ」ヴァルナーはいった。「時間はたっぷりあるさ。最近は体調もいいじゃないか。ふるえたりしない。ずっとよくなってる」

祖父はヴァルナーの肩に手を置くと、憂いを含んだ笑みを浮かべた。

「時間はもう残されていない。わかっているくせに。だが、せっつきはしない。ひ孫に会えればすばらしい。だが会えないなら、それでもいい」

台所が静寂に包まれた。ひ孫を話題にするのは微妙だ。祖父にはかつてひ孫がいた。生後三ヶ月は生きた。障害を持っていたので、医者の見立てよりも長生きしたほうだ。だがそのせいで、ヴァルナーの夫婦仲は破綻した。もう何年も前の話だ。しかし死んだ子の影がいまだに家をおおっている。その子のことを考えない日はない。しかし祖父がひ孫のことを話題にすると、マレーネの記憶が蘇《よみがえ》る。そしてあのとき、彼女の心が折れたことも。

「ところで、そっちはどうなんだ」ヴァルナーは暗い思いを吹き払うようにいった。

「うまくいってる」そういうと、祖父はピューレをひと匙《さじ》すくって口に入れた。「明後日《あさって》また会う約束をしている」

「いいね」

「あの娘が気に入らないんだろう？」

「あの娘に他意はない。だけど、まあ……なんというか……」ヴァルナーはいいよどんだ。祖父に嫌な思いをさせたくなかったのだ。

「いったらどうだ。気に入らないことなら、無視するからいい」

「仲よくしていると思っているようだが……はたしてあの娘も同じように考えているかどうか。いいたいことはわかるだろう?」

「あの娘の生業《なりわい》は知ってるさ。しかし途中で投げだすのはわしの流儀じゃない。それに、あの娘はわしの金で生活しているわけじゃない」

ヴァルナーは疑わしそうに祖父を見た。とにかくバイスルの生業は知っている。だが金を渡していることを祖父はどうして否定するのだろう?

「あんまりしつこく訊くからいうが、たしかに金を渡したことはある。カフェに入ったときだ。わしがズボンのポケットからすぐに財布をだせなかったとき、彼女が払ってくれたんだ。だけど、わしが招待するっていってあったんだ。だから金を渡した。おまえの知らないことだろうが、それでも話しておく」

「そんな義理立てはしなくていいんだが」ヴァルナーは良心がとがめた。「あの娘は大層やさしいんだろうな。だけど無防備にはならないでくれ。あの娘がなにを考えているかまったくわからない。だから気になるんだ」ヴァルナーはやさしく祖父を見た。「いいかい? じいさんがいまでも女にもてるのはたいしたことだと思う。本当に元気だ」

祖父が顔を輝かせた。

「白ビールをもう一杯飲むかい?」ヴァルナーはテーブルを片づけはじめた。

「もう一杯もらおう。アルコールでセロリの効力が失われることはない。ところで捜査はどうなってる？」

「聞き込みをつづけているが、進展がない」

「手伝おうか？」

「どうかな」ヴァルナーは皿を食洗機に入れて、冷蔵庫のところへ行った。

「クメーダーという名前に聞き覚えはあるかい？　あるいはツィムベックとかファルキング」

祖父はすこし考えてから、首を横に振った。ヴァルナーは祖父のグラスに白ビールを注いだ。

「リンティンガーは？」

「リンティンガー？　スクラップ置き場をやってる奴か？」

「そいつさ」

「あいつら、親子で毎年二回はタイに行ってる」

「なんで知ってるんだ？」

「フロッシュエーダーの娘が旅行会社で働いていて、あのふたりはいつもそこで予約を入れるのさ。リンティンガー親子とは二十年来の知己だ。ふたりはいつも金欠だったのに、急にタイへ行くようになったらしい」

「急に？」

「たしか二年前から」

40

二〇〇九年九月十四日午後四時四十五分

ヨハン・リンティンガーはタバコを吸って、鼻から煙を吐いた。生え際が後退した額に汗をかいている。部屋が暑くて、椰子《やし》の木陰にでもいるような気分だ。だが、壁に貼ったタイの大判ポスターが熱帯にいると錯覚させるだけだ。タバコを吸っているのはリンティンガーだけではなかった。息子のハリーもズージーも、来客用の樹脂製の椅子にすわってタバコを吸っている。

ツィムベックはその部屋に一脚しかないオフィスチェアにすわって、デスクに向かっていた。ツィムベックは半分ほど吸い終わったタバコを口にくわえ、デスクに広げた札を両手で数えていた。タバコの煙がしみるのか、目をすがめている。

部屋にいる者はだれひとり、うんともすんともいわない。ヨハン・リンティンガーは窓の外を見た。午後の日差しがスクラップ置き場に無造作に置かれた二十数台のスクラップを照らしている。リンティンガーはズージーに視線を向けた。ズージーがどんな気持ちか手に取るようにわかった。ズージーが刑務所にツィムベックを迎えにいったのは午前中のことだ。ツィムベックは二年間も女に会えなかったのだから、家でさっそく挑みかかったに違いない。ズージーは手をふるわせながらタバコに火をつけ、タバコを吸ってからちらっと父親を見た。そのまなざしにリンティンガーはびくっとした。

娘が自分で選んだことだ、とリンティンガーは自分にいいきかせた。だが気持ちは落ち着かない。自分の子どもが襲われたのだ。しかもまだ序の口だ。ツィムベックは娘を虐待するだろう。何度も、何度も。娘の骨を砕き、歯を折る。いずれズージーの死体がマングファル川で見つかることだろう。リンティンガーのような人間でも、子どもはかわいい。しかしリンティンガーはいたたまれない気持ちだった。生きた心地がしないほどだ。ツィムベックがまだ金を数えている。

ふたりがやってきたのは午後三時ごろだった。ツィムベックは陽気だった。すっかりはしゃいでいた。ハイタッチをして、ひさしぶりだなと声をかけあったほどだ。ズージーだけはむっつりしていた。喜んでいるとは到底思えない。そしてサマードレスのボタンがいくつかはずれていた。

みんなで事務所の前の日向《ひなた》でテーブルを囲み、ツィムベックの出所を祝してリキュールとビールで乾杯した。それからしばらくおしゃべりがつづいた。ムショはどうだった？　これからどうするつもりだ？　なんとかなるのか？　十五分ほどおしゃべりがつづくと、ツィムベックがリキュールの瓶をつかんでラッパ飲みしてから、どんとテーブルに置いた。

「なんとかなるのかだと？　うまく行くにきまってる。二年耐えた甲斐《かい》があったというもんさ。それとも俺の金になにかあったのか？」

ツィムベックが出所当日にやってきて、金のことをたずねるのははじめからわかっていたことだ。

「ちゃんと無事さ」ヨハン・リンティンガーがいった。

「よし、じゃあ、だせ！」

ヨハン・リンティンガーはあいまいな答えをした。

「そう簡単にいわないでくれ。まさか、おまえが今日来るとは思わなかったんだ……わかるだろう？　すこし時間をくれ」

「ほう、そうかい？　俺がすぐ欲しがると思わなかったのか？　いつならいいんだ？　クリスマスか？」

「いやいや！　クリスマスだなんて。だけど……」

リンティンガーは最後までいえなかった。ツィムベックに青い作業服の襟元をつかまれ、ぐいっと引き寄せられた。

「まさか俺をかつごうってんじゃねえよな。金を持ってこい。さもないと、ただじゃおかねえ！」

ヨハン・リンティンガーはうなずいた。ツィムベックはリンティンガーを地面に突き飛ばした。

「すこし時間がかかる。まずスクラップの山をどかさないと」リンティンガーは立ちあがりながらいった。

「じゃあ、さっさとやれ！」

リンティンガーは安全なところに金を隠していた。スクラップ置き場のアスファルトにマンホールの蓋がはめてあった。その隠し場所が泥棒に見つからないように、リンティンガー親子はマンホールの蓋の上に車のスクラップを二十台積みあげていた。だから隠し場所を知っていても、まずスクラップをどかさないと金に手が届かない寸法だ。普通の工具では手も足も出ない。

息子のハリー・リンティンガーがクレーンに乗り込み、スクラップを一台ずつ空いている場所に動かした。マンホールの蓋が顔をだすと、ヨハン・リンティンガーはそこから札束を入れたビニール袋をだした。

「ほらよ」リンティンガーはツィムベックにいった。「おまえのためにちゃんと保管していた。二年間。俺たちに任せておけば安心だ」

ツィムベックは明らかにそう思っていなかった。金を数えるためにもう一台テーブルをだせといった。リンティンガーは二年間も預けておいて、いまになって疑うなんて情けないと嘆いてみせた。しかしツィムベックは、つべこべいうなと一喝し、事務所のデスクに向かってすわると、袋からだした紙幣をきれいにデスクに並べて数えはじめた。リンティンガーは、金が全額揃っているかツィムベックが確かめなければいいがと祈っていた。二年のうちにもともといくらあったか忘れてしまうのではないかと密《ひそ》かに期待してもいた。だがツィムベックは、袋の中身が総額十九万六千ユーロであることをしっかり覚えていた。

ツィムベックは二年前と同じように、紙幣を数えた。千ユーロで束にしてビニール袋に戻し、メモ用紙にまず四本縦に線を書いていき、五本目はそこに斜めに線を引く。塊がふたつできると、丸で囲んだ。丸が十五個になったところで、ツィムベックはまたタバコに火をつけ、天井に向かって紫煙を吐いた。煙のせいでヨハン・リンティンガーがよく見えない。リンティンガーは、日をさんさんと浴びたスクラップ置き場に向いた窓を背にして立ち、神経質にタバコを吸っていた。判別できるのはそのくらいだ。それから眉間に汗がにじんでいるのも見えた。そわそわして、汗をかいている。デスクの上の紙幣が原因なのは火を見るより明らかだ。一生かけたって四万六千ユーロも稼げない甲斐性なしだ。

リンティンガーはツィムベックの視線を避けた。ツィムベックは火のついたタバコをくわえて、残りの紙幣をゆっくり数えはじめた。最後の数枚が袋に入った。ツィムベックはメモ用紙に線は引かず、その下に数字を書き込んだ。

リンティンガーは窓台に置いていた灰皿でタバコをもみ消し、軽く咳《せき》払いした。それ以外、部屋の中は静かだった。リンティンガーは息子のほうを見た。息子はさっきから催眠術にでもかかったかのようにツィムベックを見つめていた。ツィムベックは線と丸をひとつずつ鉛筆でチェックしながらかすかに唇を動かし、最後にメモ用紙に数字を書き込んだ。十七万五千三百四十。ツィムベックはメモ用紙の上に鉛筆を置くと、タバコを灰皿から取って、オフィスチェアの背にもたれかかりながらタバコを深々と吸った。それから唇をとがらせて煙を吐くと、なにか考え込むように赤く燃えているタバコの先端を見つめた。いま判明したことを、頭の中で整理しているようだ。部屋の中はいまだに死んだように静かだった。ツィムベックは紙幣を入れたビニール袋をつかむと、リンティンガーの足下に投げた。

「札はどれだけ入ってる?」ツィムベックはたずねた。

「ちょっと手数料をもらったのさ……」

「札はどれだけ入ってるかって訊いてんだよ!」ツィムベックは叫んだ。

「百七十五束とすこし」

「本当は何束入ってないといけないんだ?」

「百九十六束。だけどハリーの取り分をさっぴいたっていいじゃないか。違うか?」

「いいとも。百ユーロだ」

「ユーロカードで下ろした金の十パーセントといわなかったか？」

「まあ、そうだけど」リンティンガーは床に落ちている袋を指差したが、拾いあげようとはしなかった。

「二十万近くあったんだぞ。それなのに、ハリーの取り分は百ユーロ？　それが公平だっていうのか？」

「百ユーロ？」

「アイデアを思いついたのはハリーか？」沈黙。「金を見つけたのはハリーか？」沈黙。「アホみたいに道路に寝転がる以外にしたことはあるのか？」

「だけど、いっしょだった」リンティンガーは一縷《いちる》の望みを託していった。

「カトリーンもその場にいた。そう考えてみろ」そういうと、ツィムベックはタバコをもみ消した。リンティンガーはとうとう口をつぐみ、ほこりっぽい床を見つめた。だからツィムベックのまなざしを見ずにすんだ。もし見ていたら、血が凍っていただろう。ツィムベックはオフィスチェアから腰を上げると、デスクをまわって前に出てきた。

「つまりおまえらふたりで、俺をこけにしようとした。そうなんだな？　俺がムショにいて、手も足も出ないのをいいことに、俺の金をかっぱらったわけだ」

「かっぱらったなんて」リンティンガーはいまだにうつむいて、おどおどしながらいった。

「当然の分け前だと思ったんだ。もちろん……」

「当然の分け前だと？」ツィムベックの声が明るくなった。笑いさえした。「当然の分け前ねえ！」

「おまえとは違う計算の仕方をしただけだ。だけど、いいぜ。おまえの好きにしろ。それで一向にかまわない」リンティンガーのしゃべり方が速くなった。ツィムベックが近づいてくるのを、目で見るより、耳で聞いてわかった。「話しあえば……」

ツィムベックはリンティンガーの前に立って耳をつかむと、いたずらをした学童にするようにその耳をひねりあげた。ものすごい激痛に、リンティンガーは悲鳴をあげ、樹脂製の椅子から落ちて尻餅をついた。それからツィムベックの前にひざまずいて、ツィムベックの腕をつかんだ。

「俺の腕から手を離せ」ツィムベックはいった。

リンティンガーはいわれたとおりにした。だがむずかしかった。手を離した状態で苦痛に耐えなければならない。首を可能なかぎり曲げるほかなかった。

「俺の金はいつ返ってくる？」

「四週間くれ。雑費を引いて……」

その瞬間、リンティンガーがまた悲鳴をあげた。雑費という言葉が、ツィムベックの逆鱗《げきりん》に触れたのだ。

「雑費だと？　ビニール袋代か？　クレーンを動かした電気代か？　五十ユーロやろう。俺はけちじゃないからな」

リンティンガーは大きく開けた口から言葉にならない声を発した。

「ほら、取り分を取れ！」

ビニール袋はリンティンガーの目の前にあった。ツィムベックがまた耳をひねると、リンティンガーが絶叫した。

「放してやって！」ズージーは立ちあがると、ツィムベックのところへ来て懇願するように彼の腕に触れた。だがツィムベックは怒りが収まらず、リンティンガーを放すと、今度はズージーの胸元をつかんだ。

「口をだすな！　おまえとおまえのろくでなしの親兄弟、おまえらは俺の金をかっぱらった。だが二度目はない。わかったか？」

ツィムベックに払いのけられて、ズージーは吹っ飛んだ。頬をデスクの角にぶつけ、苦しそうにしゃがみ込んだ。リンティンガーは耳を押さえて、いまだにひざまずいていた。

「耳をちぎったな！　なにも感じない。俺の耳になんてことしやがる！」リンティンガーは半べそをかいた。ツィムベックは片手でリンティンガーを立たせると、今度は酒で赤くなった団子っ鼻をつまんだ。

「よく聞け」ツィムベックはいった。「二週間のうちに二万ユーロ持ってこい。さもないと仕置きしてやる。わかったか？」

リンティンガーはうなずいたが、鼻はツィムベックにつままれたままだった。どうやったら二週間で二万ユーロを調達できるだろう。リンティンガーには皆目見当もつかなかった。

41

朝になり、ヴァルナーが出勤する時間になったが、視界はあいかわらず好転しなかった。霧が出てからもう三日になる。はじめは気分転換になると思っていた者たちもさすがにうんざりしていた。異常だといいだす者もちらほらいた。たしかに世界が半径五十メートルの範囲内にしかないような感覚に襲われる。それ以外の世界は自然の気まぐれでまったく視界に入らない。地上二、三百メートルでは一日中太陽が輝いているかと思うと、つらいものがある。

署につくと、すでにコーヒーメーカーのスイッチが入れてあり、廊下にも部屋にもいい匂いが漂っていた。

ヴァルナーはまず給湯室の食器戸棚から自分のマグカップを取り、ガラスポットから湯気を上げる黒々したコーヒーを注いだ。それから冷蔵庫からだした牛乳をマグカップの四分の一ほど加えた。ヴァルナーは壁際の温水暖房機にもたれかかり、ぽかぽかしている部分にふとももを当てた。一分もしないでマグカップのコーヒーを飲み干す。これで胃とふとももが温かくなった。ようやく血の巡りがよくなるだろう。

給湯室でのウォームアップという朝の日課をすますと、ヴァルナーは特別捜査班用に設営した会議室に向かい、捜査官たちと握手をし、捜査の状況をたずね、事件の解決は目前という気分になって、みんなが俄然《がぜん》やる気になるよう配慮した。ただしヴァルナー自身は解決するなどと毛ほども思っていなかった。クメーダー殺人事件のほうには、役立ちそうな遺留品がなにひとつない。それがクメーダーの恋人の失踪事件を優先して追っている理由のひとつだ。もちろんクメーダー殺害と接点があるかどうかはっきりしていないが。ファルキング殺人事件のほうは手がかりが山ほどあった。事件現場のいたるところでDNAの痕跡と指紋が採取された。なにかを聞いた、見たという証言も取れた。だが証拠物件や証言が多いのも考えものだ。すべて調べて、捜査に役立つか評価しなければならない。

まだ血の巡りがよくなかったが、ヴァルナーは署内を歩いていて、自分が近づくとみんな話すのをやめることに気づいた。いや、捜査官たちの目つきもおかしい。どういうことだろう。自分の与り知らないところでなにかが進行しているような違和感があった。二杯目のコーヒーを飲むことにして給湯室に戻ると、そこに若い巡査のホルがいた。ホルはコーヒーメーカーのそばに立って、マグカップにコーヒーを注ごうとしていた。そのマグカップには「おはよう、ミスター・ファン」というロゴがプリントしてあり、無精髭《ひげ》を生やした団子っ鼻のコミック風の顔が描かれていた。目には隈があり、歯をむいている。

「それで飲まないほうがいいぞ。今日一日、無事で過ごしたいのならな」

ホルがびっくりしてヴァルナーを見た。

「そのマグカップはミーケのだ。あいつ専用だ。白いマグカップを使うといいだろう。そっちはだれが使ってもいいことになっている」

「なんて偏屈な」ホルがいった。

「二、三年警官をしていれば、だれだってそうなる。五年もすれば、気にもならなくなるだろう。そうすれば、自分用のすてきなマグカップを持つことになる」

ホルはミーケのマグカップをそっと食器戸棚に戻して、何の変哲もない白いマグカップを取りだした。ホルはコーヒーを注ぎながら、ちらっとヴァルナーを見た。

「みんな、どうしちまったんだ？」ヴァルナーはたずねた。

「なんのことでしょうか？」

「なんか様子がおかしい。なにか俺に隠しているような気がしてならない」

「ああ、そのことですか」そういうと、ホルは冷蔵庫から牛乳のパックをだし、ゆっくりコーヒーに加えた。ヴァルナーは待った。ところがホルはそれっきりなにもいわなかった。

「よかったら、そのことってやつを教えてくれないかな？」

「それはできない相談です。ボスに隠しごとをするはずがないでしょう」ホルは牛乳を冷蔵庫に戻すと、ヴァルナーに微笑みかけた。「砂糖はどこでしょうか？」

「おい、よく聞け。どうも変だ。おまえには警察で頭角をあらわす資質がある。その手伝いができる人間を不快にするのは得策ではないな」

ヴァルナーはコーヒーメーカーの横の小さな棚から角砂糖のパックをだして、ホルに渡した。

「わかりました。先輩のアドバイスに従います」

「いい判断だ。聞こう……」

「クロイトナーが金を集めているんです」

「なんのために？」

「死者と話せるっていう魔女に払うためです」

「バイルハマーか？」

「はい、そうです。そういう名前です」

ヴァルナーはふたたびダウンジャケットを着て、ミーケの部屋に入った。

「ええ、そうです。あいつが小銭を集めてました」

「そんなくだらないことにおまえは付きあったりしないよな」

「付きあう？　そんな大げさな。たったの五ユーロですよ」

「信じられない。魔女を雇うために、クロイトナーに金を与えたのか？」

「そんな目くじら立てなくても。余興みたいなもんです。やって損はないかと」

「なるほど。それで、だれも俺にいわないのはどうしてだ？」

「ボスに負担をかけたくないからです。ボスが腹を立てるのは目に見えてますから」

「俺が腹を立てる？　まさか。俺はいたって冷静だ」

「では、誤解していたということで」

「ただし、腹の立つことはある……」ヴァルナーは声を大きくした。「自称友人ミーケ・ハンケが俺に内緒でクロイトナーと結託したことだ！　信じられない！」

「結託って！　それは大げさですよ」

「クロイトナーはどこだ？」

「バイルハマーのところに向かっている頃だと思います」

42

みやげもの店はまだ開いていなかった。クロイトナーはその前に立って、開店時間が書かれた札を見ていた。いまは九時すこし前。開店は九時半。クロイトナーは店の裏手にまわった。グルーバーの話では、みやげもの店が入っているアパートの表玄関がそこにあるという。クロイトナーは角をまがって、びくっとした。目の前にヴァルナーが立っていたのだ。

「やあ」クロイトナーは驚いて笑った。「どうしてここに？」

「待ってた」

クロイトナーは息をのんだ。

「なんだって？　本当に？」

「バイルハマーを訪ねるんだな？」

「まあ、そんなところだ」クロイトナーは挑むように顔を前にだした。「まさかあんたが魔女に用があるとはね」

「ああ、あるさ」ヴァルナーはそういうと、二十ユーロ紙幣をだして、二本の指にはさんでクロイトナーに差しだした。

「それはなんだい？」

「俺からのカンパだ。俺のところに顔をだして、カンパするかどうか訊くのを忘れただろう」

クロイトナーはためらいがちにその紙幣を取って、制服の胸ポケットにしまった。

「カトリックに宗旨替えかい？」

「くだらない話を聞くのもたまには一興だと思ったのさ」

クロイトナーは納得してうなずくと、バイルハマーと書かれたベルを押した。名前の左右には、横に倒した8が書いてある。無限の象徴だ。

二間の住居は狭く、タバコの匂いがした。まともに換気などしないのだろう。ヴァルナーはそのことを確認して、ほっとした。タバコの匂いは五分で慣れるが、風が抜けるのに慣れるのは無理だ。くるぶしや首にまとわりつく冷たい空気の流れを感じてしまうと、まったく集中できなくなる。バイルハマーには名前がないようだ。渡された名刺には「バイルハマー　霊媒師」、そして電話番号とメールアドレスしか印刷されていなかった。

「どうぞお入りになって」バイルハマーはドアを開けて、ヴァルナーたちにいった。年齢は五十代前半で、太っていて顔にしわはないが、髪には白髪がちらほら見えていた。だぶだぶの白いセーターに身を包み、ストライプが三本入った体にぴったりのパンツと室内履きをはいていた。事前に来訪を告げていなかったというのに、制服姿のクロイトナーを見ても動じる様子がなかった。

「こんにちは、バイルハマーさん。あなたの助けを借りたいんだが……」

バイルハマーはヴァルナーにその先をいわせなかった。

「あのドアに入っておくれ。話はそれからだ」

三人は居間に入った。色あせた飾り気のないカウチに、ビーチ材の脚の低いテーブル。天板には深緑色のタイルが貼ってある。それから古臭い家具が数台。だがそのデザインは、流《は》行《や》っていたとしてもだれも買いそうにない代物だ。居間にはたくさんの鉢植えがあって、薄暗かった。窓際には天井まで届くキャットタワーがあった。キャットタワーにはスエード張りの台があり、そこでネコが四匹眠っていた。ふたりの来客が入ってきたときすこし目を開けたが、すぐにまた目を閉じた。カウチ用のテーブルには小型の古いカセットレコーダーがのっていて、その横にブロイシュトゥーベルの名入りの灰皿があった。おそらく売りものとして仕入れたものだろう。だが細長いタバコの燃えさしが置いてあった。三人がすわると、バイルハマーは口をひらいた。「役に立たなくても、百ユーロもらうよ。役に立ったときはもう百だ」

「質問の内容はわかっているのか？」ヴァルナーはたずねた。

「いいえ。だけど、ここにくるってことは難問なんだろうね」

「いいだろう」ヴァルナーはうさんくさいと思った。警官が来ると、グルーバーがバイルハマーに電話で伝えたのかもしれない。だとすれば、質問の内容も知っているはずだ。

「グルーバーさんを知っているかね？」

「そりゃ、だれだい？」

「マングファル谷に住む薬草取りのばあさんだ。薬草の調合をしていて、新月に薬草を摘む」クロイトナーがいった。

「あいつかね！　あんないんちきな奴とは関係ないさ。それじゃ、はじめようか。あと二十分で店を開けなくちゃならない」バイルハマーはタバコを吸ってから、カセットレコーダーのスイッチを入れた。「さあ集中するよ」

「なんのために？」ヴァルナーは質問した。

「あんたらが知りたいことのためさ」カセットレコーダーから壊れたラジオ受信機のような雑音が聞こえた。その雑音の中にときどき、吹雪のような音や鳥のさえずりや、人間の声といえなくもない音がまじっていた。二分ほどして、バイルハマーはカセットレコーダーを止めて、ヴァルナーをじろっと見た。

「これはどういうことだい?」

ヴァルナーは困惑した。

「どうした?」

「あたしを訪ねる人はたいてい、知っている人を捜しにくる。親戚や亡くなった妻や友だちだ」

「それで?」

バイルハマーはタバコの先でカセットレコーダーを指した。非難がましい仕草だ。

「女がやってきた。だけど、その女はあんたらを知らないといっている」

「そのとおりだ」ヴァルナーは認めた。「それでも捜している」

「なんで知らない人を捜しているんだい?」

「それが仕事なのさ」クロイトナーがいった。

「ちくしょう。あんたも警察か!」バイルハマーはヴァルナーを指差した。

「刑事だ。身分を名乗ろうとしたが、あんたがそうさせてくれなかった……」

「ああ、そうだった。だけど、どうでもいい。ただし、これが仕事がらみなら、報酬は高くするよ。わかってくれるね？」

「いや待て。今回は個人的な興味で来たんだ。なにがわかるか単なる好奇心だ。プライベートなんだ。わかるな？　だから通常料金だ」

「その情報を仕事で使ったら？」

「使うとは思えない。ただし訳あって使う場合は、もう百ユーロ払おう」

バイルハマーはタバコを深々と吸った。フィルターの近くが赤く燃えた。ヴァルナーは、バイルハマーが納得したと判断した。

バイルハマーがもう一度カセットレコーダーのスイッチを入れた。また雑音がして、数秒経つと、そこに別の音がまじった。今回は明らかに女の声だ。大きな滝を背にして、なにか訴えているように聞こえる。はっきりとは聞き取れないが、なんとなくイメージすることはできた。それはこんな声だった。

「ヴァーーハーーママハーーサエズリアッササームムム、マーーーーーハーーセセラギヴァマハーー」

「俺にはマングファル谷といってるように聞こえる」クロイトナーがヴァルナーにささやいた。バイルハマーはクロイトナーのささやく声を無視した。カセットレコーダーの雑音にじっと耳を傾けている。上半身を前後に揺らし、唇を動かしている。なんとなく言葉を口にしているようだ。バイルハマーはときどきなにかにぞっとしたかのように身をふるわせ、上唇の上と目の下に汗をにじませた。

十分後、トランス状態が解けると、バイルハマーはカセットレコーダーのスイッチを切った。雑音が消えた。クロイトナーとヴァルナーは彼女を見つめた。バイルハマーはまず新しいタバコに火をつけてセーターの袖で顔をぬぐった。

「とんでもないね」バイルハマーは首を横に振りながら紫煙を吐いた。

「だれか死んだのか？」クロイトナーがたずねた。

バイルハマーはクロイトナーに微笑みかけた。

「なにいってんだい。あたしは死者としか話さない。あんたらもそのために来たんだろう？」

「その死者はなんといっていた？」ヴァルナーは質問した。

「不幸だと嘆いていた。女の哀れな魂は本当に幸運に見放され、苦しんでいる。身動きが取れないからさ。二本の川にはさまれた冷たい土の中でね」

「正確な場所はいわなかったのか？」ヴァルナーはどんな情報でも欲しいと思っていたから二十ユーロをカンパしたのだ。

「どうやって？　GPSのデータがお望みかい？」

「なにかヒントが欲しい」

「いまいった以上のことはいわなかった」

「すくなくとも十分は話していたじゃないか。天気の話をしていたわけじゃあるまい」

「あんたがあたしをどう思っているのか知らないけど、あんたと話しているように死者と言葉を交わすわけじゃないんだ。あっちは死んじゃってるからね。あの世から語りかけてくる。わかるかい？　それがどのくらい遠いかわかるかね？　死者のメッセージはとってもあいまいなんだ。何度も訊き返さなければならない」

「すまなかった。霊媒については素人なんだ」ヴァルナーの皮肉はバイルハマーには伝わらなかった。「まあいい。二本の川にはさまれた冷たい土の中なんだな」

バイルハマーはうなずいた。

「女の魂が暗示しているのがなにか、あんたはわからないか？」

「さあねえ。それはあたしの仕事じゃないからね。あたしは聞こえた言葉を伝えるだけさ」

「じゃあ、魂にもっと詳しく訊いてくれないか？　できるか？」

「それは無理だね。もう店を開ける時間だし、もし霊魂が望んでいれば、最初からもっと詳しい説明をしたはずさ」

バイルハマーははじめて納得できることをいった。ヴァルナーは考え込んだ。死者がなぜ謎めいた言い方をしたのか不思議だ。死ぬと、そういう言い方をするものなのだろうか。生ある者に畏敬の念を抱かせるために、わざとわかりづらくあいまいなメッセージを送ってくるのだろうか。たとえば汚水処理場横の電柱から北に二メートルとかいえないものだろうか。

そうは問屋が卸さないようだ。二本の川にはさまれた冷たい土の中！　それがバイルハマーのような人間がイメージしている由緒正しい霊の言葉なのだ。ヴァルナーは、ばかげたことに付きあってしまった自分に腹が立った。

クロイトナーとバイルハマーが廊下に出て金のやりとりをしているあいだ、ヴァルナーはカセットレコーダーに視線を向けた。立ち去る前に、カセットテープの挿入口を開けてみた。中は空っぽだった。ヴァルナーはびっくりした。ほんのすこしだが、たしかにびっくりした。もっと驚いたのは、カセットレコーダーに電源ケーブルがつながっていなかったことだ。ヴァルナーは裏返して、電池カバーを外してみたが、電池も入っていなかった。フォーチュン・クッキーのおみくじとおぼしき紙切れが一枚入っているだけだった。その紙には「幸運は求める者の元に来たる」と書いてあった。

ヴァルナーはダウンジャケットのファスナーを引きあげ、ニット帽をかぶった。クロイトナーといっしょにみやげもの店の前に立つと、シュリーア湖の波音が聞こえるほうを見た。だが湖自体は霧に沈んで見えなかった。

「すくなくとも死んでいることはわかったな」クロイトナーがしばらくしていった。

「さあ、どうかな。死体が見つかるまでは、なんともいえない」

「死体のある場所はわかったじゃないか。なんとなくはな」

ヴァルナーは驚いてクロイトナーを見た。クロイトナーはつづけていった。

「しかしなぞなぞか。『二本の川にはさまれた』ってのはどういう意味かな？」

「さあ、どういう意味かな？　なにか案はあるか？」

クロイトナーは懸命に考えて、思いついたことをいった。

「たとえばテーゲルン湖とシュリーア湖のあいだ」

「しかしそのあいだに冷たい土はない。あるのは山だ」

クロイトナーの説はあっさりくつがえされた。

「いってみただけだ。冷たい土ねえ……」

「冷たい土ってのは、マングファル谷かもしれない。彼女が最後に目撃されたのがあそこだ」ヴァルナーはいった。

「しかしあそこを流れている川は一本だけだ」クロイトナーが突っ込みを入れた。

「正確には二本ある。マングファル川とマングファル運河だ」

クロイトナーは右手の人差し指でヴァルナーの鼻を指して、指を前後させた。その指先が鼻に当たるような気がして、ヴァルナーはすこし不快になった。

「それだ。川と運河のあいだに死体は埋まっている」クロイトナーは鋭い視線でヴァルナーを見ると、人差し指を引っ込めて、拳を握り、左手をたたいた。「絶対にそれだ！」

クロイトナーはまなざしをさらに鋭くして、ヴァルナーを見た。ヴァルナーは一メートルほどさがると、右の掌を突きだして横に振った。

「あきらめろ。捜索に人を割けというのか？」

43

ふたりは二時間前からマングファル谷をうろつき、右も左もわからなくなっていた。川筋に近い低地は霧が深かった。近くの木がかろうじて見えるくらいだ。若い巡査のホルはうんざりしていた。金属探知機を担がされているのだから無理もない。

「かつがれたんじゃないすか。俺は死者と話したことなんて一度もないすけど。そして話したという奴にも会ったことがないです。死者と話せるといっているおばがいますけど、頭がおかしいだけです」ホルはそういってぼやきながら、金属探知機を左右に振った。マングファル川と運河のあいだの土地はじめじめしていて冷たく、ぬかるんでいた。

「だから金がかかるんだ」クロイトナーが答えた。「死者はだれとでも話すわけじゃないからな」

「でもなんでバイルハマーなんすか？　分け前とか渡してるんすかね？」

金属探知機が金属を探知したときの音を立てた。この百二十分、ふたりはいろいろなものを見つけていた。錆《さ》びたコネクティングロッド、国防軍時代の鉄兜《てつかぶと》、なぜかわからないが、釘《くぎ》は百本に及び、五十年前の三輪車まで掘りだした。クロイトナーはスコップを持っていた。金属探知機を担ぐよりは楽だった。ホルは切り株に腰かけ、土を掘り返すクロイトナーを見ていた。

「うまいもんすね。第二次世界大戦時、塹壕《ざんごう》掘りでもしてたんすか？」

「第二次世界大戦？　おい、頭は大丈夫か？　七十年前の話だぞ」

「そうでしたっけ？　なんだ、それじゃ、戦争に行ってないんすね？」

「殴るぞ、こら」その瞬間、スコップが金属に当たった。「おっ、なにかあるぞ！」クロイトナーが興奮して叫んだ。

「ホイールキャップでしょう？　それとも、なにか別のものすか？」

「来てみろ」

ホルはしぶしぶ腰を上げ、黒土に開いた穴のところへ歩いてきた。クロイトナーは五十センチほど掘ったところで、チタンでできた細長いものを掘り当てたのだ。そのそばに木材のようなものがある。さらに土を払うと、骨であることがわかった。いまだに腐った肉片が付着していた。

「うそっ！　捜してた女すか？」ホルが恐る恐るいった。

「グリーンピースのだれかが折れた木の根に副え木を当てたのでなければ、これは女だろうな」

ヴァルナーはマングファル川と運河のあいだの土地を掘り返すことを却下したが、クロイトナーは一日時間を取って、自分で捜すことにしたのだ。といっても、クロイトナーがただスコップを持ってあてずっぽうに掘り返しても、カトリーン・ホーグミュラーの遺体を掘り当てるチャンスは万にひとつもなかった。ツキに恵まれているクロイトナーでも、無理な相談だ。それにカトリーン・ホーグミュラーが本当に死んでいて、そのあたりに埋められていることが大前提だ。といっても、今度もクロイトナーのお手柄になりそうな気がしたヴァルナーは、カトリーンについてクロイトナーが知っていることと、警察の事件簿に記されていることをクロイトナーといっしょになって徹底的に洗い直した。その際、カトリーンがクメーダーにひどい虐待を受けていたことがまたもや話題にのぼった。彼女が行方不明になるしばらく前に足を骨折したことを、クロイトナーは知っていた。クメーダーが折ったのだ。ヴァルナーはアガタリート病院に電話をかけ、カトリーンが治療を受けたか問いあわせた。たしかに受診し、骨に金属の副え木をネジ止めしてもらっていた。

「これで、ことは簡単になったぞ。金属探知機を持っていってがむしゃらに捜せば、昼休みには死体と対面できそうだな」ヴァルナーはいった。

クロイトナーは、はげましてくれて感謝するといって、嫌がるホル巡査を同道させ、捜索をはじめたのだ。そしてヴァルナーがちょうど昼休みを取ろうとしたとき、携帯電話が鳴った。

44

ズージーはまだ青あざが残っているところに多めにおしろいを塗った。浴室の鏡に自分の顔が映っている。老けたものだ。苦悩が顔と眉間ににじみでている。口元にまで小さなシワがある。二十代はじめの顔ではない。自分の責任だ。取り返しのつかないことをしてしまった。ズージーが犯した罪を知っている者はいない。知っているのは、ズージー本人と父親と弟だけだ。

首を吊ろうと何度思い詰めたかしれない。あるいはホースで車に排気ガスを引き込むとか。いよいよとなったら、どちらかを決行するだろう。だがまだ万事休すとはいえない。ズージーは恋をしていた。そして妊娠中だ。相手は彼女が地獄を見ていることを露ほども知らない。ふたりそろってペーター・ツィムベックに殺されないためにも、相手にはほどほどに話すほかなかった。

相手はズージーの体じゅうについた傷を知っていた。ズージーは事故にあったとごまかした。相手はなにもいわなかったが、信じはしなかった。彼が家に残した痕跡を、ズージーはすべて消し去った。多くはなかった。もともと相手には私物を残さないようにいってあったし、自分の家のように家具の配置を変えることも、歯ブラシや髭剃《ひげそ》りを置きっぱなしにすることも禁じた。

突然、ズージーは不安を覚えた。胸の鼓動が速くなった。なにか見落としてないだろうか。肝心なことを見落とすことがある。そしてツィムベックは目敏《めざと》い。秘密がばれるようなものが残っていたら、きっと気づくだろう。ズージーは浴室の鏡の横の棚をざっと見てみた。マニキュアの道具、口紅、化粧ブラシ、キューティップスを入れた磁器の容器、オー・ド・トワレの瓶、アフターシェイブローション、デンタルフロス……ズージーは三本あるアフターシェイブローションに目をとめた。二本はツィムベックが刑務所に収監される前に買ったものだ。三本目は先週購入した。アフターシェイブローションは大丈夫だ。どうして不安がよぎるのだろう。いきなりかっと頭に血が上り、アドレナリンが頭と胃にまわった。デンタルフロス！　ツィムベックはデンタルフロスを使わない。自分もだ。ズージーは白いプラスチックケースをつかむと、急いでズボンのポケットにしまった。

その瞬間、浴室の扉が開いて、ツィムベックが音もなく入ってきた。彼に見つめられて、ズージーはたじたじとなった。

「なにをしてるんだ？」ツィムベックがたずねた。

「なんでもないわ。お化粧してから下に行って、店を開ける」

「ズボンのポケットになにか隠しただろう？」

見たのだろうか。ズージーはわけがわからなかった。デンタルフロスを隠したのは、扉が開く前だ。一瞬、ポケットにはなにも入っていないといおうと思ったが、ツィムベックはなにか見たにちがいない。さもなければ、そんなことをいうはずがなかった。ズージーはデンタルフロスのケースをポケットからだして、ツィムベックに見せた。

「医者から使うようすすめられたの」

「そうなのか？」ツィムベックがうさんくさそうにズージーを見た。「聞いてなかったな」

ズージーは肩をすくめた。

「そんなことに興味を持つと思わなかったから」

沈黙が数秒つづいた。その話題はもう終わったということらしい。ズージーはツィムベックのわきをすり抜けて浴室から出ようとした。

「下に行かないと。客を外で待たしちゃいけないものね」

ツィムベックがズージーの腕をがっしりつかんだ。

「下にはだれもいない。ちょいと話がある」

ズージーは顔をこわばらせてツィムベックを見つめ、説明を待った。だが説明はなかった。ツィムベックはズージーを寝室に引っぱっていった。ワードローブの扉が開いている。アイロンをかけたシャツが三着、ハンガーにかけてあった。その横の狭い棚にも五着、アイロンのかかったシャツがきれいに重ねてあった。クリーニングの札がついている。ツィムベックはズージーの上腕を放さず、ワードローブの前に立たせた。腕が痛かったが、ズージーは悲鳴をあげず、泣き言もいわなかった。そのときが来たと自分で判断しないかぎり、ツィムベックは絶対に放さないだろう。

「ワードローブになにが見える？」ツィムベックはたずねた。

ズージーの胃が引きつった。なにか見落としたようだ。二年も留守にしていたのにワードローブの中身を覚えているなんて信じがたい。

「ズボン？」ツィムベックが別のことを話題にしようとしていると願って、ズージーはいった。

「それから？」

セーターとかTシャツとかいったら、シャツを避けているとわかってしまう。

「シャツ？」そういって、ズージーはつばをのみ込もうとした。だが口の中は乾いていた。

「シャツが三枚ハンガーにかかっている。その中にフランネルシャツがある。赤と茶のチェック柄。そうだな？」

ズージーはうなずいた。

「なんでハンガーにかかってるんだ？」

「アイロンをかけたからよ。ほかの二枚と同じ。どうして？　アイロンをかけちゃいけなかった？」

「このシャツは、たたんであるシャツといっしょだった。ムショに入る前に、俺がクリーニングにだしたんだ」

たしかに、ズージーは当時、腕の骨を折っていたためアイロンがかけられなかった。当時はそれでよかった。

「そのシャツがどうしていまハンガーにかかってるんだ？」

「それは……その……」ズージーはしどろもどろになった。心と上腕にとんでもない圧がかかっていたのだから無理もない。「二年も置いたままでしわが寄っちゃったから、アイロンをかけたのよ」

「そうかい。それはありがたい。だけど、ほかの五枚はどうしたんだ？　しわが寄ってないのか？」

「赤と茶のチェック柄があなたのお気に入りだと思ったから」

「だれがいった？」

「だって、よく着ていたじゃない」ズージーの声は消え入りそうになった。ツィムベックの息づかいの感覚が短くなり、上腕をつかむ手にも力が入った。ズージーはうめき声をあげたが、ツィムベックが力を緩めることはなかった。彼に握られた部分の皮膚から血の気が引いた。

「俺にはお気に入りのシャツなんてない。なにを着ても同じだ。赤と茶のチェック柄のシャツが気に入ってたことなんてない。そのシャツにアイロンをかけたのには、別の理由があるんじゃないか？」

ズージーは口をつぐんだ。涙が頬を伝った。

「洗う必要があったんじゃないか？　だれかに着せたからだ。だれか女友だちが泊まったなんていうなよな」ツィムベックはズージーの顔を自分の顔に近づけた。「それとも、そういうつもりだったか？」

ズージーは黙った。なんといったらいいだろう。

「ここに男が泊まったな」

ズージーは絶望して首を横に振った。なにをいっても無駄だ。ツィムベックは自分が正しいとわかっている。

「俺は二年間も動物みてえに檻《おり》の中だった。そのあいだ俺の恋人は相手かまわず寝てたってわけか。がっかりだ」

「そんなこと……」ズージーはその先がいえなかった。

ツィムベックが腕を放すと、自由になった右手でズージーの顔を殴った。ズージーはよろめいて、ベッドの前に置いていた敷物の上にしゃがみ込んだ。ツィムベックは仁王立ちすると、ズボンからゆっくり折りたたみナイフをだして刃を立てた。

「この売女《ばいた》」ツィムベックは情けないというようにズージーを見つめた。「俺がムショで思っていたことを知ってるか？　毎日。四六時中だ。おまえは外で俺の帰りを待っている。そう思ってたんだ。この最低の人生にも俺の味方になってくれる、だいじな人間がいるってな」

ツィムベックはべそをかいた。感極まったのだ。

「俺にはあまりダチがいない。頼れる奴なんてひとりもいない。だけど、おまえがいるって思ってたんだ。いっしょにいろいろなことをしたよな？　あれはもうなんの価値もないのか？　俺はあの呪われた家族からおまえを救いだした。俺があらわれる前、おまえには人生なんてものはなかった。だからおまえがすこしは節度を持つと思ってた。またいっしょになるまで、俺をだいじに思って、誠を尽くすとな」

ツィムベックは洟《はな》をすすり、涙でうるんだ目を袖でぬぐった。ナイフがズージーの目の前にある。危険なほど近い。

「ところが違った。おまえは浮気をした。俺がムショにいるあいだに浮気するとは！　教えてくれないか？」彼の手がナイフの柄をがっしりつかんだ。「俺のどこが悪くて、おまえはそんなことをしたんだ？」ここまではまだ気持ちを抑えていたが、ツィムベックはとうとう爆発して、ズージーを怒鳴りつけた。「俺のどこが悪いんだ？　いえよ！」

ズージーにはいろいろと思うことがあったが、ツィムベックが本当にそれを聞きたがっているとは思えなかった。ツィムベックは膝をついて、涙をぼろぼろ流しながらズージーを見た。ナイフを持った手がぶるぶるふるえている。

「ピーター、ナイフをしまって！　お願い。それをふりまわしても、なんにもならない」

ツィムベックの脳裏にある記憶が蘇った。数年前に刃傷《にんじょう》沙汰になったとき、クロイトナーにいわれた言葉だ。「ツィムベック、ナイフを捨てろ。それを使ったらおしまいだぞ」クロイトナーは警察を笠《かさ》に着るような奴ではなく、いざというときすべきことを知っていた。だからツィムベックはナイフを地面に落とし、数年のムショ暮らしから救われた。そう、あのときはナイフを捨てた。

ツィムベックはズージーの胸を膝で押さえた。ズージーが目を丸くした。ズージーはこの世でただひとりの大切な人間だったのに、ムショ送りになったことをあざけり、裏切った。もしかしたらみんなそのことを知っていて、陰で笑っているかもしれない。だからナイフをズージーの温かく白い首に突き刺し、鮮血がどくどくと首筋を流れ落ちるところが見たかった。ズージーの首に刃を当てると、ツィムベックは深呼吸した。ズージーは必死に首を横に振り、無言のままふるえた。刺される。遅かれ早かれそうなるんだ。いいや、違う。死に際には、だれだって生きたいと望むものだ。このまま何週間、いや、何ヶ月、何年、地獄がつづこうとも！　たずねられれば、ズージーはそれを受け入れるというだろう。絶対にそういう。ズージーは頸《けい》動脈に冷たい刃を感じた。

45

　解剖の結果、クロイトナーが発見した死体は行方不明のカトリーン・ホーグミュラーだと判明した。胸から拳銃の弾丸が摘出された。専門家によると、戦前の銃弾だという。銃弾は無傷のままあばら骨のあいだにはさまり、娘の心臓を止めた。泥炭質の土が死体の腐敗を遅らせ、その結果、背後から撃たれたことがはっきりとわかった。ほかにも死体には死ぬ前に被《こうむ》った無数の傷があった。とくにひどいのが砕けた鼻骨だ。だが鼻骨は医者の治療を受けていたようだ。顔に包帯の痕が残っていた。カトリーン・ホーグミュラーが死んだときに身につけていたレザージャケットからは本人の血が付着したハンカチが見つかった。ちなみにそのハンカチにはJ・Fというイニシャルが刺繍《ししゅう》してあった。

　ヴァルナーたちはすぐにそのイニシャルを読み解いた。殺害された弁護士ヨーナス・ファルキングだ。弁護士の住居をもう一度、家宅捜索して、同じイニシャルの刺繍が入ったハンカチを見つけた。カトリーン・ホーグミュラーとファルキングが、二〇〇七年六月十五日から十六日にかけての深夜に出会っていた可能性が浮上した。もちろんホーグミュラーが殺されたのがその夜であるという具体的な証拠はない。しかし彼女が最後に目撃されたのはその夜だ。そしてファルキングは、どういうわけかその夜、事件に巻き込まれた。

銃弾は軍用か警察用の未登録の拳銃から発砲されたものだろう。おそらく戦争末期の混乱の中で民間人が手に入れたものに違いない。ヴァルナーたちは、郡内の引き出しや地下室や納屋にこうした武器がまだしまい込まれているとみた。特別捜査班の会議で捜査官のひとりが冗談まじりにいった。

「クロイトナーも古い拳銃を持っているらしいですよ。もしかして奴が問題の死体をこしらえたのかもしれませんね。それなら見つけられたのも不思議はない」

みんな、陽気になって、クロイトナーをひとしきり笑い者にした。ティーナまでその噂を耳にしていたので、クロイトナーが呼ばれることになった。

ヴァルナーは、クロイトナーが今回の殺人に絡んでいるとは思わなかったが、ほかにも古い拳銃を所有している者を知っているかもしれない。瓢簞《ひょうたん》から駒《こま》ということがよくある。クロイトナーは噂話の真相を打ち明けた。古い拳銃を所持していたのは彼ではなく、彼のひいじいさんだった。ひいじいさんは戦争末期にデュルンバッハの路上で起きた銃撃戦で落命した。彼はたったひとりで、侵攻してくる連合軍を迎え撃った。ほかの村民はもう戦争に飽き飽きしていた。相手は五百人のアメリカ兵。気付けに酒を飲んだが、どうやら飲みすぎたようだ。そうでなければ、もっとGIを葬ることができたはずだ。

英雄気取りのひいじいさんはGIを何人倒したのかと質問されて、クロイトナーはいった。

「厳密にいえば、ひとりも倒せなかった。だけど路上に投げすててあったひいじいさんの自転車が邪魔で、撤去するために兵士がひとり戦車から飛びおりたんだが、その拍子に足首を骨折した。勇敢な村の駐在だったひいじいさんはそのあと三日間、道の側溝の中で野ざらしになっていた。村人はみんなナチの残党だと思われるのが怖くて、死体を片づけられなかったのさ。親戚も手を貸さなかった」

クロイトナーはヴァルナーに向かっていった。

「もしもあんたが地面に倒れて、起きあがることができなかったら、どうなると思う？　泥にまみれて、腐るままにされるのさ」

「それはいい教訓だ」ヴァルナーは答えた。「ところでひいじいさんの拳銃はどうなったんだ？」

「エルヴィン・ツィムベックが夜中に盗んだ。死体から金目のものをはぎとったのさ。本人はそんなことはしてないといっていたがな。あいつは当時十六歳で、孫と同じで、とんでもないろくでなしだった。だけどみんな知っていた。ほら、触らぬ神に祟《たた》りなしっていうだろう。拳銃を取り返しても、使い道はなかったし」

「ということは、拳銃はいまもツィムベックのところにあるってことだな？」

「ああ、間違いない。ツィムベックが食堂のカウンターの引き出しに拳銃を隠しているという話をクメーダーから聞いたことがある。だけど、そんな細かいことに目くじら立ててもね」

ヴァルナーは刑事六人をパトカー二台に分乗させて、ツィムベックの食堂兼住宅を捜索させることにした。ところがクロイトナーは、すくなくともパトカー四台分の人数が必要だといった。

「ツィムベックがひとたびキレたら、トラやライオン、サイが専門の野獣捕獲人に麻酔銃を撃たせるしか手はない。たった六人で行かせるなら、いまから負傷による欠勤届を書いておいたほうがいい」

ほかの巡査たちもそれに賛同した。

結局〈マングファルミューレ〉の前には七台の警察車両が駐まった。青色回転灯が深い霧の中に浮かび、食堂の壁を照らした。ヴァルナーとミーケが出入口に向かった。クロイトナーたち巡査は、身がまえながら後ろについてきた。厳密にいえば、丸腰の男ひとりが相手だ。それでも巡査たちは手に汗をかいていた。

ヴァルナーは食堂の出入口が閉まっているのをたしかめてからベルを鳴らした。しばらく経っても、なにも起きなかった。ヴァルナーはもう一度ベルを鳴らした。三度目でようやく床板をきしませながら近づいてくる足音が聞こえ、ドアの向こうで声がした。

「開店前だ！」

ヴァルナーとミーケは、その横柄な物言いにすこしだけびっくりした。

「ツィムベックさん」ヴァルナーは閉まっているドアに向かっていった。「これはミースバッハ警察の遠足会ではない。勘違いするな。公務で来ている」

「俺はなにもしてねえぞ」ドアの向こうから返事があった。「帰れ」

「そうできればな。俺の部下も家に帰りたいだろう。あいにく捜索令状がある。五秒でドアを開けなければ、錠を拳銃で撃って壊すが、それでもいいか？」

四秒後、ドアが開いた。ツィムベックがあらわれた。髪はぼさぼさで、シャツのボタンをちゃんととめていない。息も荒かった。ヴァルナーは捜索令状を呈示して、食堂に踏み込んだ。ヴァルナーにつづいてミーケと巡査たちが入り、そのあとから私服警官も店内に足を踏み入れた。ツィムベックの横をすり抜けるとき、全員が緊張した。クロイトナーはホルと出入口の前に立ち、安全装置をはずした拳銃を手に持った。ツィムベックはヴァルナーたちのあとについてきた。

「なんの用だ？」ツィムベックはたずねた。

「あんたにはふたつ選択肢がある。古い拳銃の保管場所を白状するか、われわれに家捜《やさが》しをさせるかだ」ヴァルナーはそう答えた。

「それじゃ、あんたら、当分のあいだ家に帰れないな。俺は拳銃なんて持ってない」

「いいだろう」ヴァルナーは、散開して捜索をはじめるよう部下に合図した。

ルツは二階の住居に通じる階段にまっすぐ向かった。

「上はプライベートだ。それでも上がるのか？」ツィムベックがさっとルッのところへ行き、腕をつかんだ。ヴァルナーとミーケがルッを助けるために駆けよった。

「騒がないほうが身のためだぞ」ヴァルナーはツィムベックにいった。「警官には触らないことだ」

ツィムベックはすこし迷ってからルッの腕を放した。

「住居も見せてもらう。嫌だといってもだめだ。異論はあるかね？」

「恋人が寝室で着替えてる」

「着替えが終わっているかたずねよう」そういうと、ヴァルナーは笑って、階段をのぼりはじめた。

ツィムベックはヴァルナーのダウンジャケットをつかんだ。

「プライベートだといっただろうが、ちくしょう！」

ヴァルナーは目を吊りあげて、ツィムベックの顔をにらみつけた。それからダウンジャケットをつかんでいる手を見た。ツィムベックは手を離した。ヴァルナーは階段をのぼった。そのあとからルッとミーケがつづいた。ツィムベックはついていくべきか、下に残るべきか迷った。そのとき、クロイトナーに目をとめた。

「おまえが手をまわしたのか？」

「いいか、いっておく」クロイトナーはいった。「おまえのじいさんは死体を漁《あさ》るこそ泥だった。ツケは払うことになる。いつかな」

ツィムベックは、これからは付きあい方を変えるといわんばかりの視線をクロイトナーに送ると、二階に上がった。

寝室のドアには鍵がかかっていた。

「ズージーが鍵をかけたんだ」そういうと、ツィムベックはドアの前に立ちふさがった。

「当然だ。それとも、あんたは着替えるところを見たいのか？」

「そこをどいてもらおう」ヴァルナーがそういうと、ツィムベックは脇にどいた。ヴァルナーはドアの前に立っていった。「リンティンガーさん！」返事はなかった。「なにか羽織って、ドアを開けるように。部屋を捜索する！」ドアの向こうからはなんの音もしなかった。

ヴァルナーはミーケに合図した。

ミーケはジャケットから合鍵をだした。ツィムベックが一歩前に出た。暴力に訴えそうだった。大男のツィムベックの一挙手一投足が危険に思えた。

「なんだ？」ヴァルナーはいった。

ツィムベックは一瞬体をこわばらせ、一歩さがった。だが体の緊張は解かなかった。

ヴァルナーはそれに気づいて、拳銃を抜くと、ツィムベックに銃口を向けた。

「隣のドアまでさがれ」ツィムベックがなにかいおうとするのを、ヴァルナーは遮った。

「つべこべいわず、さがれ。俺が引き金をしぼらないと思ったら、大間違いだぞ！　俺が正当防衛で発砲すれば、この家にいるみんながほっと胸をなでおろすだろう」

「やれるもんならやってみろ！」

「本気か？　これは規則違反にならない。取り返しがつかなくなる前に、さっさとさがれ」

ツィムベックはさがった。

ミーケが古くて簡素な鍵穴に合鍵を差してまわした。カチャッと音がして、鍵が開いた。

ズージーはベッドにすわっていた。顔が真っ青だ。部屋に入ってきた警官を見つめて、丸首セーターの襟を上げた。ちょうど着たところのようだ。ギプスをつけた腕は袖を通せず、そのままだった。

46

若い娘は口が利ける状態ではなかった。ミーケが腕に触れると、感電したかのようにびくっとした。ヴァルナーの指示で娘を居間に連れていき、ツィムベックを一階に下りさせた。ヴァルナーはズージーと話す前に、ツィムベックが威嚇するのを心配したのだ。カモミールティーをいれ、ズージーに飲ませると、ヴァルナーは女が同席したほうがいいと判断して、ヤネッテにいっしょにいるように頼んだ。それからヤネッテとふたりだけで話してもいいといったが、ズージーは口をつぐんだままだった。

「俺たちがここに来る前になにがあったか知らない」ヴァルナーはいった。「これからどうしたらいいか、ゆっくり考えるべきだ。俺たちはあんたを保護する。ペーター・ツィムベックが暴力をふるったのなら、刑務所に放り込む。当分のあいだ出てこられないだろう。一生出てこられないかもしれない。あんたが協力しなければ、こういうことが今後もつづく。これからも奴はあんたの腕をへし折るだろうし、もっとひどいことをするかもしれない。決心がつかないのはわかる。だが、ここで決心しないと、どうなるかわからないぞ」

「なにも話すことはありません。あたしはなにも知りません」抑揚のない淡々とした声だった。

ヤネッテがズージーの手を取って話をした。はじめは気持ちをほぐすために当たり障りのない話をした。家族のこと、ペットのこと。ズージーは不作法にならない程度にときどき言葉を発した。だが、怪我《けが》についてはなにも知らないの一点張りだった。

あるときズージーがびくっとしてドアのほうに視線を向けた。ルッツが部屋に入ってきたためだ。

「ルッツ、なんて間が悪いの。入ってきちゃ困るわ」ヤネッテがルッツにいった。

「彼女とふたりにしてくれないか」ルッツはそれだけいった。真剣な面持ちで、有無をいわせない雰囲気だった。

ヤネッテはヴァルナーのほうを見た。ヴァルナーは立ちあがった。

クレーンが甲高い音を立てた。また一台スクラップになった車を吊りあげ、霧に包まれた地面にゆっくりと下ろした。ハリー・リンティンガーは急がなかった。最後のスクラップがどかされると、マンホールの蓋があらわれた。クロイトナーはホルとふたりの巡査にいって、蓋を上げさせた。

ルッはあれから十五分近くズージー・リンティンガーと話した。ほかのみんなは一階に下りて、ツィムベックに目を光らせた。ほかのみんなが、ルッは上でなにをしているんだとたずねたが、ヴァルナーは任せておけばいいとしか答えなかった。だいぶ時間がかかった。多くの者が首を傾《かし》げた。事情聴取はルッの担当ではないし、性格からいって、人をしゃべる気にさせるのが得意とはいえない。口数がすくなく、日ごろから人付きあいがよくなかった。

ルッは階段を下りてくると、ヴァルナーとふたりだけで話したいといって、リンティンガーのスクラップ置き場のことを伝えた。拳銃はそこのマンホールに隠してあるという。ツィムベックを同行させ、拳銃が見つかりしだい逮捕することになった。ルッ自身は食堂に残って、ズージーのケアをしたいといった。ヴァルナーはいろいろ問いただしたかったが、それはあとまわしにしたほうがいいと判断し、ルッの肩を叩《たた》いただけで、ほかの部下を連れて出発した。

ホルが拳銃を持って戻ってきた。拳銃はスーパーの袋に入っていた。ワルサーＰＰ。ナチ時代に警察が制式採用していた拳銃だ。ヴァルナーたちはそのことを知っていた。そのくらいの知識は銃器の専門家でなくてもある。

「こりゃどういうことだい！」リンティンガーのおやじがいった。「とんでもないな。どうしてこんなもんがうちのマンホールにあるんだ？」

ヴァルナーはリンティンガーを事務所に呼んだ。

「だれの拳銃だね？」

「誓っていうが、知らねえよ！　こっちだって驚いてんだ。拳銃だなんて！　どうなってんだ？」

「あいにくこちらは、この拳銃があんたのもので、あんたがここに隠したとみている。もしこの銃でだれかが射殺されたと判明すれば、まずいことになるな」

「頼むよ、刑事さん、そんな無茶な。俺を見てくれ、人を殺すような人間に見えるかい？」

リンティンガーは無実を訴えて、いまにも泣きそうになった。シャツを引き裂いて、むき出しの胸に清い心が収まっているのをヴァルナーに見せることまでしそうだった。

「どうかな」ヴァルナーはリンティンガーの言葉に押されていった。「ではこの拳銃がだれのものか知っていたりしないかな？」

リンティンガーはヴァルナーを上目遣いに見た。目が充血し、団子っ鼻も赤らんでいる。

「俺からはいえない。いったら殺される」

「数年、いや、あんたが天寿を全うするまで保護してもいい。聞かせてもらおう」

リンティンガーは眉を吊りあげ、外を顎でしゃくった。

五分後、ツィムベックは手錠をはめられ、パトカーに乗せられた。そう書くと簡単なように思えるが、ツィムベックを車にすわらせるまですったもんだした。ツィムベックは逮捕されることに納得せず、罵声を吐いて、股間のだいじなものを握りつぶしてやると脅した。だがなにをいっても無駄だった。逮捕されるほかなかった。クロイトナーがまず、分別を持てとツィムベックに訴えた。けれどもツィムベックは口から泡を飛ばしてがなりたてた。口でいってもだめだとわかったクロイトナーは、年下の巡査たちになにがなんでも逮捕しろと命じた。喜ぶ者はひとりもいなかった。血気に逸《はや》るどころか、やる気が見られなかった。

「早くしろ。日が暮れるぞ」クロイトナーが発破をかけた。

若い巡査が六人、ツィムベックに向かってがむしゃらに飛びかかった。六人とも、しっかり体を鍛えていた。申し分ないほどだ。ところがツィムベックは激しく抵抗した。すさまじい格闘になり、巡査たちは無事ではすまされなかった。ツィムベックをなんとかパトカーまで追い込んだが、その結果、ふたりが犬歯を折られ、ひとりは腕を脱臼した。人差し指の骨を折った者もいた。ホル巡査はヘッドロックされて、死にそうな形相《ぎょうそう》になった。無理もない、引きはがしてもらわないと、首を折られる恐れがあった。ほかの五人は半円を描くようにしてツィムベックを追いつめたが、それからどうすればいいかわからず、みんな、クロイトナーの指示を待った。ところがクロイトナーの姿がない。ツィムベックもそのことに気づいて、不安を覚えた。そして股間のあたりになにかを突きつけられて、不安は増大した。

「おとなしくしないとぶっ放すぞ。男の一番だいじなところに穴があいても知らないからな」クロイトナーの声だった。クロイトナーはパトカーの下にもぐって、ツィムベックがいるところまで這《は》っていったのだ。驚いたことに、ツィムベックはホルを放し、おとなしく手錠をかけられた。

ヴァルナーはクロイトナーたちの苦労をねぎらってから、すこし離れたところにある廃車プレス機のそばに立って考えた。捜査はすこしだけ進展した。特別捜査班の本来の対象であるクメーダーとファルキングの殺人事件と直接関係はないが、ふたつの事件がカトリーン・ホーグミュラー殺人事件と深く結びついていることは確実だ。ホーグミュラー殺人事件の凶器がおそらく確保された。それによってペーター・ツィムベックが犯人であることも目星がついた。

事務所にしているバラックのそばにリンティンガー親子が立っていた。父親がしきりに息子に話しかけている。気に入らない。ヴァルナーはふたりを別々にミースバッハ警察署へ連行するようクロイトナーに指示した。カトリーン・ホーグミュラーの運命はこれで本当に解明されたのだろうか。事件はもっと複雑な気がする。肝心の動機がわからない。ツィムベックがカトリーン・ホーグミュラーを射殺したと仮定して、その理由はなんだ。

47

二〇〇七年六月十五日午後十一時四十九分

ファルキングは車を駐めて、左右をうかがった。夜の森でなにかが動いた。動物の目だろうか。闇の中でなにかがキラッと光ったのは、路上に横たわる若い男と関係があるのだろうか。男はファルキングの車の前方十メートルほどのところに、ヘッドライトの光を浴びて倒れている。あやしいものはとくに見当たらない。だがそれで安全だとはいえない。ヘッドライトの届く範囲には木が数本見えるだけだ。

「そのまま走って。あとで警察に電話を入れればいいでしょ！」

娘の声はくぐもっていたが、パニックになっているのがわかる。娘はいったん助手席のフットスペースから出てきたが、また元に戻って小さくなった。

「あの男を置き去りにはできない。次に来た車がひいてしまうかもしれない」

「馬鹿なことをいわないで！　どう見てもあやしいでしょ」

ファルキングの両手が汗で濡《ぬ》れ、鼓動が激しく打った。ファルキングは腹が立っていた。たしかに怪我人を見捨てておけないという心理につけ込んで襲いかかり、金品を強奪する輩《やから》がいる。そういう追い剝ぎまがいの連中が暗躍するせいで、ファルキングのような善良な市民が交通事故にあった人間を見て見ぬふりをして走り去ってしまうのだ。いきなり暗闇からだれかが飛びだしてきて、暴力をふるうかもしれないと思うと、ファルキングは怖くてしかたがなかった。車から降りたときに覚える不安が、いまから恐ろしかったのだ。心臓がばくばくいっている。そのせいで死んでしまうのではないかと思うほどだ。もちろんそれだけ不安を覚えるのは、二十万ユーロを奪われるのではないかという思いも手伝っていた。盗まれたらもう取り返せないだろう。警察に訴えでるわけにもいかない。そんなことをすれば、舅は脱税の嫌疑をかけられ、金は結局没収されてしまう。

「なにをもたもたしているの？」娘がフットスペースからいった。

「そっと前進して、まだ息があるか声をかけてみる。センターロックはかけてある」

「なにを考えてるの？　早く逃げるのよ」

「ああ、そうするさ。助けを呼ぶといってやりたいだけだ」

助手席のフットスペースからため息が聞こえた。

ファルキングは若者のそばまで車をゆっくり前進させた。

「もしもし！　聞こえますか？」ファルキングは閉じた窓越しに声をかけた。アスファルトに横たわる若者は身じろぎひとつしなかった。ファルキングはサイドウィンドウの開閉レバーをすこし押した。サイドウィンドウが一センチほど下がった。ファルキングは首を伸ばして、ルーフとサイドウィンドウのあいだの隙間に口を近づけた。

「聞こえますか？　わたしはこのまま行きます。でも、助けを呼びます。わかりましたか？」

そのとき左後方から人影が駆けよってきた。気づいたときはもう手遅れだった。一瞬、ファルキングの心臓が止まりそうになった。悪夢が現実になった。窓越しに拳銃の銃口があらわれ、声が発せられた。

「車から出ろ！　馬鹿なまねはするな！」

ファルキングは一瞬、アクセルを踏んで走りだそうと思った。だが不安がよぎった。一メートルも走らないうちに頭を撃ち抜かれるかもしれない。ファルキングでも博打《ばくち》を打つことはある。仕事ではどんなリスクも負った。仕事上のリスクを知りつくし、勝負の分かれ目を見極めることができた。よし、勝てる可能性三に対して負ける可能性一だ、というように。それでもうまくいかなかった場合のためにプランBを用意しておく。だが拳銃を持った男がどうでるかはわからない。射撃の腕前も不明だ。それにプランBの用意がない。下手をすれば、死ぬことになる。これまで負ってきたリスクとはレベルが違う。まったく結果が見通せない。不安がファルキングの五臓六腑《ごぞうろっぷ》に広がった。

「出ろといってるんだ！」荒々しく残忍な声だ。声の主はすでに人を殺したり、暴行を加えたりしたことがあるに違いない。バルカン半島やアフリカで恐怖を振りまき、何年も蛮行に手を染めてきた元傭兵《ようへい》だったらどうする。

ファルキングはドアを開けた。膝がかくがくふるえた。拳銃を持った男はファルキングの襟をつかむと、半開きのドアから引っぱりだした。ファルキングは路上に転び、アスファルトで手首の内側をすりむいた。そのときまた襟をつかまれて、立たされた。ワイシャツのボタンがひとつ飛んだ。目の前には黒光りする拳銃を手にした大男が立っている。頭には目出し帽をかぶり、目と鼻だけがむきだしだった。

「財布をだせ！」

ファルキングはあわてて尻のポケットから財布をだした。そのあいだに路上に倒れていた若者が起きあがって、同じように目出し帽をかぶった。拳銃を持った男は財布の中身を見たが暗くてよくわからないらしく、ヘッドライトにかがみ込むと、光に当てて獲物の品定めをした。そのとき男は拳銃を落としたが、気にもしていなかった。若いほうがそこへやってきて、同じように財布を覗き込んだ。ふたりは紙幣をだした。二十ユーロ紙幣が二枚に、五十ユーロ紙幣が一枚。これでは実入りがすくない。つづいてふたりは、ファルキングのユーロカードを見つけた。

ファルキングは、膝をついている追い剝ぎの背後に拳銃が落ちているのを見た。拾うだけで、自分のものになる。ふたりの男はすぐには気づかないだろう。ふたりとも獲物に夢中だ。

だが、そのあとはどうする。拳銃を奪ったら、相手はひるむだろうか。九十ユーロの獲物に満足して引きあげるだろうか。引きあげるか、引きあげないか五分五分だ。いざとなったらふたりのうちどちらかを撃つか。それはまずい。空か足に向けて撃ったらどうだろう。だが、ふるえすぎてうまくいかなかったら、ただではすまないだろう。拳銃を奪われて、そして……

「暗証番号をいえ！」さっき拳銃を構えていた残忍そうな大男がファルキングのほうを向いていった。拳銃がなくても、スーツ姿のポルシェのドライバーをびびらせるには充分な存在感がある。男はファルキングのユーロカードをひらひらさせたが、途中で動きを止めた。ファルキングが拳銃を手にして、覆面のふたりに銃口を向けていたからだ。

ファルキングは荒い息をしながら、唾をのみ込み、声がふるえないように努めた。

「カードを置いて、消えろ」ファルキングは必死に力を込めていった。大男はなにもいわなかった。若いほうも、ファルキングが拳銃を持っていることに気づいて、ちくしょうとささやいた。

「わたしのいったことがわからなかったのか？」ファルキングはチャールズ・ブロンソンのように決めぜりふをいいたかったのに、声がうわずってしまった。泣きべそをかきそうになっている少女が必死に脅しているようにしか聞こえなかっただろう。「わ、わから……」声が出なかった。もう一度試みた。「わからなかったのか……？　こんちくしょう！」絶望で顔が引きつっているだろう。恰好《かっこう》がつかない。勝手に左の頬が痙攣する。失敗だった。

大男がカードを持つ手を下げて、ゆっくりとファルキングに一歩近づいた。若いほうが大男を引きとめた。

「気はたしかか？　あいつが引き金を引いたらどうするんだ？」

「撃てやしないさ」そういうと、大男はまた一歩近づいた。

「甘いな」そういってはみたものの、ファルキング自身、笑いそうになった。自分が拳銃を構えていることがなんとも滑稽に思えたのだ。このままではまずい。人を撃つ気になっている自分に腹が立った。ファルキングは相手の心臓を狙った。引き金にかけた指がふるえている。大男がまた一歩ファルキングに近づいた。ファルキングはさがった。大男が手を伸ばして、拳銃を取り返そうとした。

「拳銃を返せ。早くしろ！」

「手をどけろ。ちくしょう！　手をどけろ！」

銃声が夜のしじまを切り裂いた。一瞬、すべてが固まった。静止画像のようだ。だれひとり動かなかった。そのとき、なにかが地面にたまった落ち葉をかさかさと鳴らしていた。その音は車の反対側のボンネットの先から聞こえた。助手席のドアが開いていた。数秒前には開いていなかった。ファルキングはぎりぎりのところで銃口の向きを変えた。嫌な予感が的中したと知ったとき、手首を大男に握られ、拳銃をもぎとられた。ファルキングはまったく抵抗できなかった。そのあいだに、若いほうが音のしたところを見にいって、地面を見つめた。

「カトリーンだぞ」若いほうがささやいた。

「死んだのか？」大男がたずねた。若い方は身をかがめ、すこしのあいだ姿が見えなくなった。ふたたび姿を見せたとき、目出し帽から怯えきった丸い目が見えた。

「そうみたいだ」若いほうが聞き取れないほど小さな声でいった。

大男がファルキングに体を向けた。「この糞野郎！　あれは俺たちのダチだぞ」というなり、腕を振りあげて、ファルキングの顔を殴った。ファルキングは野球のバットで殴られたかのように吹っ飛んだ。じめじめした地面で体を丸め、口ごもりながら、すまないといった。

「黙れ」大男ががなりたてた。「俺の仲間が片づける手伝いをする。その代わりに、すこしのあいだ車を貸せ。それからユーロカードの暗証番号も教えろ」

ファルキングは、嘘の番号を教えたらなんとかなるか考えた。どうにもならないだろう。

ファルキングが四桁の数字をいうと、大男は車に乗り込んだ。

「俺が戻るまでに、あいつを埋めておけ。いいな？　俺の車にのっているコンテナにスコップがある」

一時間後、ファルキングと若者は死体を埋めた。ふたりは必要なこと以外、言葉を交わさなかった。結局、いくら待っても、ポルシェに乗っていった大男が戻らなかったので、ふたりは思い思いにその場を離れた。

48

ツィムベックは厳重な監視の下、ミースバッハに連行され、いまは取調室にいた。ヴァルナー、ミーケ、ヤネッテの三人がいっしょにいた。ルッはズージー・リンティンガーのところに残った。ヴァルナーは訳を知りたかったが、それはあとでもいい。ティーナは娘の世話があるといって帰宅した。ティーナはそういうが、娘のファレリーは十七だ。ひとりで夜を過ごすくらい平気なはずなのに、ティーナはそれを認めたくないのだ。

ヨハン・リンティンガーの証言によると、ワルサーPPの所有者はツィムベックだった。英雄を気取って殺されて、数日デュルンバッハの通りの側溝に放置されていたクロイトナーのひいじいさんから、じいさんがかっぱらったものだ、とツィムベックは何度も自慢話をしていたという。カトリーン・ホーグミュラーが行方不明になった翌日、拳銃をマンホールに隠しておけとツィムベックにいわれたのだ。そして警察が来るまでずっとそこに置いてあったと自供した。もちろんなんのためにそうするのか問いただしてもよかったはずだ。ツィムベックがその拳銃でなにかよからぬことをしたと思っても不思議はなかった。だがそういう質問は自分にしても、他人にするものではない。それがツィムベックであればなおさらだ。

頑強な警官六人を相手取った大立ち回りを目撃したばかりでもある。貧しい暮らしのすでに老いている男にツィムベックがなにをするか、取調官の想像にまかせる、ともリンティンガーはいった。リンティンガー親子も署に連行されてきていた。親子が口裏をあわせる可能性は高い。リンティンガー親子もツィムベックも、口をひらけば嘘をつくことでよく知られている。ヴァルナーたちは長い夜になることを覚悟した。

ツィムベックには、形勢が悪いことをはっきり伝えた。拳銃から指紋をきれいに拭いとっていても、これまでの伝聞を元に裁判所はツィムベックの所有物であることを疑わないだろう。これが凶器であるかどうかはまだ断定できないが、カトリーン・ホーグミュラーを死に至らしめた銃弾は状態が良かったので、旋条痕鑑定で立証するのはたやすいことだった。

「あんたは問題の夜、トランプ遊びで手札にオーバーを四枚もちながらソロをやって負けた。そのときカトリーン・ホーグミュラーが店に来ていた。何時だった?」ヴァルナーはたずねた。

「さあな。真夜中になるちょっと前だったと思う。そんな昔のことを覚えてるかよ」

「忘れられない夜だったはずだ。めったにあんな大負けはしないだろう」

クロイトナーは些細《ささい》なことが重なって重大な事件が起きたことに気づいて、ヴァルナーたちに話していた。たとえばツィムベックがいくら負けたかとか、その金をどこかで調達したはずだとか。

「それは俺よりもあんたらのほうがよく知ってるだろう。俺はいくらすったんだ?」

「千四百ユーロ以上」

ミーケはあきれて首を横に振った。一回のソロでそれだけ負けるには、よほどのドジを踏まないと無理だ。

「その大金、どうやって支払ったんだ?」

「そんくらいの現金、家に置いている。賭けトランプをするときのために」

「嘘をつくな、ツィムベック!」ミーケががっかりしていった。「おまえにそんな甲斐性があるもんか。クロイトナーがいっしょだった。クロイトナーが俺たちにどういう話をしたか当ててみろ」

「あいつは自分の取り分をもらったからな」

「ああ、たしかに。だが、ほかのふたりに払う分はなかったはずだ。いつ支払った?」

「さあなあ。たしか翌日だ」

ハリー・リンティンガーは合板の机に向かってすわり、コーラの缶をじっと見つめていた。中身はとっくに空だった。だが缶に訊いても、ツィムベックが警察になにを話したか教えてくれるわけがない。それはむずかしいことだ。スクラップ置き場で、父親がなにをいえばいいいか耳打ちしたが、ちょっとした指示でしかなかった。警官の質問に、ハリーは準備できていなかった。

ヴァルナーはヤネッテに質問を任せた。彼女はこの二年、めきめき腕を上げ、取調室では泣く子も黙る怖い存在になっていた。

「そうすると、クロイトナーはツィムベックから取り分をもらって立ち去ったのね。それから、なにがあったの？」

ハリーは、なにをいっているのかわからないとでもいうように、ヤネッテを見つめた。あのときのことをどこまで話していいのだろう。ひとつ間違えれば、自分も刑務所行きだ。あれは追い剝ぎだった。取り引きしたほうがいいだろうか。しかし取り引きをするには、どう切りだせばいいんだ。そんなことをしたら、犯罪行為をしたと白状することにならないか。自分が無実だという話を適当にでっちあげて嘘をつけばいいのか。だけど警察はツィムベックを取り調べている。あいつは警察になにかしゃべったはずだ。だれかがろくでもないことをしたとかいってるかもしれない。そのだれかとは、たとえば自分だ。どうしたらいいか、おやじからは指示されていない。こんな込み入った状況に置かれたら、だれも先が見通せないだろう。ハリーは途方に暮れた。あらゆる可能性が脳裏で浮かんでは消えた。その中には悪手といえるものもあった。

「ええと……なにが知りたいんだ？」時間稼ぎのつもりで、ハリーはたずねた。

ヤネッテは嘘をつけないし、取り調べの相手を騙《だま》すことも禁じられている。たとえば、もう一度訊きたいことを知っているふうに見せかけるのは許されない。しかし警察が実際よりも多くのことをつかんでいると相手に信じ込ませる方法には、もうすこしうまいやり方があった。

ハリー・リンティンガーはヤネッテの敵ではなかった。せいぜいスパーリングのレベルだった。だがそれにもコツは必要だ。ヤネッテはハリーの手からコーラの缶を取ってつぶし、大きな身振りでゴミ箱に投げすてた。それもハリーの目に視線を向けずに。

「たとえばファルキング弁護士について。ほら、ポルシェに乗ってた人よ」

ハリーはぎょっとした。どうしてそのことを知っているんだ。弁護士が話すなんてありえない。あいつも同罪だ。それにもうこの世にいない。可能性はただひとつ。ツィムベックにはめられたのだ。もちろんそうに決まってる。あいつは自分だけ助かりたいんだ。それなら、それでいい。別バージョンを警察に話すまでだ。

「取り引きがしたい」ハリーはできるだけ淡々といった。もちろん怖い顔をしている若い女刑事の目を見てはいけない。そうでなければ、こんなことといえるわけがない。かなりクールにいえた、とハリーは自負した。

「取り引き？」ヤネッテはいった。あきれたという雰囲気が部屋全体に立ちこめた。気はたしかか、このうすらトンカチ、といっているかのようだ。

ハリーは肩を落とした。

「なにをしでかしたの？」

「しでかした？　どうして？」

「取り引きがしたいってことは、刑事罰の対象になることをして、減刑を望んでいるってことでしょ。それなら、さっさと白状したほうが身のためよ、なにをしたの？」

「まず取り引きだ」

「そうはいかないわ。まず知ってることを話しなさい。それが取り引きに値するか判断するのは、それからよ」

ハリーはもうクールに構えることができなかった。なにかまずいことになっている。テレビでは、犯人はうまく取り引きをしているのに。若い女刑事なんかに子ども扱いされたりしない。

「ほら、さっさと知ってることを吐きなさい。そうすれば、なにもかもうまくいくわよ」

「本当に？」

「できるだけのことをする。約束する」

ハリーはほっとした。手を差し伸べて、保護してくれようとしている。もちろん女刑事なんか信用ならない。しかし信じたほうが気が楽になれる。

「ツィムベックがカトリーン・ホーグミュラーを撃ち殺した」ハリーはいった。「俺はそこにいて……」

「あのくず野郎。俺に罪を着せろ、とおやじにいわれたな」ツィムベックは腹を立てながら、頭では必死になにか考えているようだった。リンティンガー親子がどんな口裏あわせをしたか想像を巡らしているのだろう。

「あんたの言い分も聞く。ハリー・リンティンガーの自供にかなり信憑性《しんぴょうせい》があると思っていることは付け加えておく。彼の話だと、あんたらふたりは夜中にヨーナス・ファルキングを襲って、強盗を働いたそうだな。ハリー・リンティンガーは自分の罪を認めている。あんたがその夜、ファルキングのユーロカードで千ユーロ引きだした事件とぴったり符合する」

「俺はそんなことを認めない。あの野郎があの夜だれかを襲ったのなら、そうなんだろう。それならあいつを刑務所に放り込め。俺は関係ない」

ヴァルナーはツィムベックの正面にすわっていた。ツィムベックのマグカップにコーヒーを注いだ。

「別にいますぐ自白しなくてもいい。仮定の話をしよう」ヴァルナーがなにかえげつないことをいったとでもいうように、ツィムベックはヴァルナーを見た。「つまり、もしファルキングが襲われていたらという話をするのさ。あんたは事実と違うといっているが、もし襲撃がおこなわれていたら、そのときだれがカトリーン・ホーグミュラーを撃ったのかな？」

ツィムベックはしばらく考え、マグカップから上がる湯気を吹いてひと口すると、自分の指を見つめながらいった。

「ファルキングさ」

ヴァルナー、ミーケ、ヤネッテの三人は、この自供に面食らった。ミーケがヴァルナーをちらっと見た。取り調べをつづけていいかと問いかけていた。ヴァルナーはミーケにまかせた。

「ファルキングがやったのか。なるほど」ミーケはツィムベックに数秒考える時間を与えた。「どうしてファルキングがホーグミュラーを撃つことになったんだ？」

「さあね。あいつがいきなり拳銃をだして、発砲したのさ」

「いきなり？」

ツィムベックは肩をすくめた。

「ホーグミュラーはそんな真夜中にどうやってそこに来たんだ？　彼女がファルキングを襲ったというのか？」

「カトリーンは突然あらわれたんだ。たぶんファルキングの車に乗っていたんだろう。俺は見てない。夜だったし、あっというまのできごとだった」

「ファルキングが理由もなくカトリーン・ホーグミュラーを撃ったというのか？」

「故意じゃなかった。あいつ……拳銃を振りまわしやがって、それで暴発したんだ」

「どうして彼が拳銃を持っていたの？」ヤネッテが割って入った。「あなたたちがファルキングを襲ったんでしょう。話があべこべじゃない」

「俺はだれも襲っちゃいない。拳銃を落として、そのことをまったく考えない、そういうことだってあるだろう。あのときも、そんな感じだったかもしれないし、そうじゃなかったかもしれない。もう二年も前のことだ」

「そうだとしても」ミーケはいった。「お粗末な作り話に聞こえるな。どう考えても、納得がいかない。そんな話を信じろというのか？」

「勝手にしやがれ。俺は証言記録に署名なんかしねえからな」

「それならハリー・リンティンガーがどんな話をしたか教えてやろう。思いだすきっかけになるかもしれない。彼によると、おまえはファルキングを拳銃で脅して、財布をださせた。そのとき物音がして、おまえはとっさに音のしたほうに発砲した。音を立てたのは、車から降りたカトリーン・ホーグミュラーだった」

「なんだと！　あいつがそういったのか？」ツィムベックは向かいにすわっているミーケのほうへ乗りだした。

「あいつがいったことはでたらめだ。嘘かどうか知りたければ、あいつを質問攻めにすればいい。あいつは間抜けだ。ここにいるみんなが知ってることだ。五分もあれば、辻褄《つじつま》があわなくなる。だけど、おまえらはそうする気がない」

「リンティンガー親子の証言は見事に辻褄があっているのでね」ヴァルナーはいった。「あんたの言い分では……」ヴァルナーは懐疑的な顔をした。「相当に腕のいい弁護士でないと、裁判では勝てないだろう」

「では納得のいく話をしてやろうか」ミーケはいった。「事件はこんなふうに経過した。あんたはハリー・リンティンガーとふたりでファルキングを襲った。ファルキングはカトリーン・ホーグミュラーを連れていた。ちなみに彼女は恋人から逃げていた。彼女はもちろん声でおまえに気づいた。だからおまえは撃ち殺した。そのあと弁護士からユーロカードを奪って、彼の車に乗った。ユーロカードでおまえがなにをしたかはわかっている。一、二週間前、クメーダーは、自称親友が自分の恋人を撃ち殺したことを突き止めたか、突き止めようとしていた。どちらにせよ、おまえがクメーダーの頭を吹っ飛ばす動機になる。なかなかいい射撃の腕だ。まずかったのは、その朝ファルキングがたまたまリーダーシュタイン山に登っていて、おまえが発砲するところを目撃したことだ」

「すごい話だぜ、まったく」ツィムベックがいった。「だけどそれなら俺がなぜ二年前にその場でファルキングを撃ち殺さなかったのか、その理由を教えてもらいたいな。俺がカトリーン・ホーグミュラーを殺したというなら、ファルキングはそのことを知っていたはずだ。ハリーがいったことが真実ならな」

「おまえが脅したんだろう。おまえの図体《ずうたい》に恐れをなして、ファルキングは口をつぐんだ」

「俺があのとき撃たなかったのは、あいつが信用できたからさ。だけど今回は、あいつがしゃべる危険があるから、撃ち殺したってところか」

「なるほど。実際、ファルキングはわれわれに連絡してきて、だれが犯人か明かそうとした。われわれは彼と会ってもいる」

「それで？　なんていったんだ？」

「核心に至る前に、彼に急用ができてね。もしかしたらわれわれが落ちあっているのを、おまえは見ていたのかな？」

「この霧でか？」ツィムベックの声には慇懃《いんぎん》無礼なところがあった。ミーケの主張には弱点があった。

「ファルキングは生命の危険を感じていた」ヴァルナーはいった。「そして事件現場には証拠物件がたっぷりあった。あんたが事務所を訪ねていたら、すぐにわかる。それまでは勾留する」

ツィムベックはヴァルナーをあざけるように見た。

「あんたらはなにひとつわかっちゃいない」

この点に関してはツィムベックのいうとおりだ、とヴァルナーは思った。

49

ヴァルナーの携帯電話に、ヴェーラから電話がかかってきた。前日の晩にヴァルナーのほうから電話をかけ、留守番電話にメッセージを残しておいたのだ。午後遅くヴェーラから電話があって、留守番電話にメッセージが残されていた。真夜中になる前なら自宅に電話をかけてもいいということだった。ヴァルナーが部屋を片づけていてそのメッセージに気づいたのは、午後十時ごろだった。

冷蔵庫の中で、レバーペーストを塗ったパンとチーズをのせたパンがヴァルナーを待っている。数時間前、祖父がそういっていた。祖父はいまテレビの前にすわって、危険きわまりない自転車競技を観戦している。最悪の転落場面がスローモーションで何度も放送される。

祖父は、昔こんな自転車があったらな、とすっかり感心していた。

「まったく、昔は昔でいかれていた。当時はまだ三段変速機もなかったのに。だけど、いかれたことをするには、ちょっとの想像力があって体に悪魔を宿していれば充分だ」

祖父は具体的なことをいわなかったが、ヴァルナーは祖父が一九四四年一月にしでかしたことを親戚から聞いて知っていた。マンフレート少年はどうしてもビー玉が買いたくて、ミースバッハからヴィアルンへ自転車を走らせたのだ。だが凍結した道で転倒して斜面を転げ落ち、雪からつきでている柵の支柱に頭をぶつけた。少年を助けようと駆けつけた農夫は、気絶した少年の頭と支柱がくっついていることに気づいて、十字を切った。ちょうど通りかかった衛生兵が車を駐めて、頭と支柱が合体している原因を調べて驚いた。なんと支柱から突きでた釘が少年の頭に食い込んでいたのだ。農夫はまたしても十字を切った。少年は頭に支柱をつけたまま病院の集中治療室に運ばれた。脳に達した釘が致命傷になりそうだと心配する救急医をよそに、前戦勤務が長い衛生兵がいった。

「脳みそには余計な部分がたくさんあるんですよ。頭部銃創で入院したあとも平気で歩きまわっている戦友をロシアでたくさん見ています」

祖父は若い頃、ほかにもいろいろいかれたことをやらかしたようだが、ヴァルナーに伝わってはいない。テレビはCMの時間になり、CMのあとで悲惨なスケートボード事故の数々を放送するという予告があった。ヴァルナーは電話をするため、台所に引っ込んだ。

ヴェーラは開口一番、折り返しの電話をなかなかかけられなくて悪かったとあやまった。この数日どたばたしていたという。そして捜査がどうなったかたずねた。ふたりはしばらく今回の殺人事件について話したが、ヴァルナーにはそれが厄介な話題の前振りのような気がした。

「それで、なにがあったんだ？」ヴァルナーはたずねた。

「なにがって？」

「しゃべり方が変だ。なにか愉快とはいえないことを話そうとしているように聞こえる。気のせいかもしれないが」

ヴェーラは一瞬ためらった。

「いいえ、気のせいじゃないわ」

「だろうと思った。どうしたんだ？　昨日のような気分にはもうなれないのか？　それをいいたいのか？」

「そうじゃない。あなたのことは好きよ。いっしょにいたい」

「わかった。それじゃ、なにが問題なんだ？」

「クリスティアンが虚脱状態になったことは話したわね。元夫のことよ」

「入院中だったよな」

「ええ。見舞いにいったの。いま癌病棟《がん》にいる」

ヴァルナーはびっくりした。クリスティアンのことは直接知らないが、ヴェーラの心情はよくわかった。ヴェーラはそのことをまったく知らなかったらしい。

「癌なのか？」

「肺癌。彼は三年前から知っていた」

「離婚したのは？」

「二年前。クリスティアンはわたしに負担をかけたくなかったのよ」

ヴァルナーはドア枠にもたれかかった。これから電話で話すことはいい内容ではないと直感した。

「俺たちのことにどう関係する?」

「あなたに理解できるかどうかわからない。クリスティアンを放っておけないの。八年もいっしょだった。彼にはわたしが必要なのよ。そしてどのくらい生きられるか、だれにもわからない」

ヴァルナーは胸がずきんと痛くなった。

「なんといったらいいか。きみのことが好きだとしかいえない。エゴかな?」

「そんなことない。これはわたしの問題だもの。わたしだって……新しい関係を築いたせいでこんなことになって、みじめな気持ちだもの」

「クリスティアンと別れたとき、彼がすでに癌だったと知って、良心が痛んでいるんだな」

「かもしれない」

「気持ちはわかるが、それは不合理だ。彼の病気はきみの決断と関係ない。自分を責める必要はない」

「そうかも。でも彼の気持ちになって。癌を告知されたあと、大切な人が去っていった。これは……きついわ」

「ああ、それはきつい。しかし、それが問題じゃない」

「というと？」

「いまでも愛しているのか？」

ヴェーラは口をつぐんだ。

「きみたちの愛情は、いっしょに暮らすには足りなかった。そこが大事なところだ。クリスティアンの癌とは関係ない」

「そんな簡単なことではないの。当時そのことを知っていたら、別れたりしなかった」

「そしてクリスティアンは潔く、病気を盾に使わなかった。そのこと自体がきみにはプレッシャーになる。だがもう一度ゆっくり考えるんだ。俺たちがこれからどうなるかは、俺にだってわからない、もしかしたら、気があわないとわかるかもしれない。しかし俺は、気があうか、あわないか、確かめる機会が欲しい」

「うまくいくわけないわ。あなたといっしょのときでも、きっとクリスティアンのことが脳裏をかすめてしまうもの……」ヴェーラは言葉を詰まらせた。「同情を土台にして人間関係は作れない。このままだとわたしは一生悔やむことになる。ごめんなさい。人生ってときどき思うようにならない」

「そうらしい」ヴァルナーはキッチンスツールにすわった。悲しくなって、力が抜けた。

「本当にすまない。だが俺も、きみを待てないだろう。やってられないと思うはずだ」

「もちろんよ。わかるわ」電話の向こうでヴェーラの声がうわずった。声がかすれている。

ヴァルナーは、泣いているなと思った。

「ごめんなさい。どんなに申し訳ないと思っているか、わからないでしょうね。元気でね、クレメンス」

ヴァルナーも、元気で、とヴェーラにいって、通話を終えた。キッチンテーブルに向かってすわり、身じろぎひとつしないで壁を見つめた。手にテーブルを感じる。孤独と沈鬱な気分に浸った。

50

特別捜査班の朝の会議は明るい雰囲気に終始した。事件は解決した、とほとんどの者が思っていた。三件の殺人事件はすべてペーター・ツィムベックの仕業だというミーケの推理は受け入れやすかった。だがツィムベックはまだ罪を認めていない。代わりに新しい事実が次々と判明した。困惑はすれども、ミーケの説を固めるものではなかった。

まずツィムベックの店の地下室で十七万ユーロを超える現金が発見された。ズージー・リンティンガーによると、ツィムベックは二年前、その金を父親のスクラップ置き場に隠したという。拳銃が見つかったマンホールにあったらしい。しかしズージーが金の存在を知ったのはごく最近だった。ツィムベックも父親も弟も、ズージーにはひと言も話していなかった。

どうしてかと訊くと、知らないほうが身のためだとみんなからいわれたという。ツィムベックは金について一切の証言を拒んだが、リンティンガー親子は今度も自供した。ツィムベックは前回逮捕される前にふたりのところに金を持ってきて、隠しておくように要求したという。金の出どころについては黙して語らなかった。リンティンガー親子はいわれたとおり金を保管し、その金に一度も手をつけなかった。それが汚れた金だとわかっていたし、ツィムベックの怒りを買いたくなかったからだ。

この件がさらなる疑惑を生んだ。二〇〇七年六月十五日の夜、バイエルン州ではそれだけの金が盗まれるという事件が発生していなかったからだ。ツィムベックがその金をファルキングから盗んだのは火を見るよりも明らかだった。弁護士はその金をどこで手に入れたのだろうか。そしてなぜ警察に盗難届をださなかったのか。身を滅ぼすのを甘受するほど、ファルキングはツィムベックが恐ろしかったのか。

ファルキングのアパートで見つかった布にしみ込んでいたオイルは東欧で作られたものであると判明した。おそらく銃も東欧から持ち込まれたものだろう。ミュンヘン警察が摘発した武器密売人がドラグノフの違法売買に手を染めていたことを自白した。買い手と目されるファルキングの写真を数枚見せたところ、驚いたことに武器密売人は彼が買い手であることを認めた。

混乱に拍車をかけたのは、ヴァルナーがリーダーシュタイン山で発見した銃弾に付着していた血液と皮下組織が、科学捜査研究所の調べで、スタニスラウス・クメーダーのものであると確認されたことだ。いい換えると、その銃弾は致命傷を与えなかったものの、クメーダーに命中していたことになる。ところが旋条痕鑑定によると、ファルキングの死因となった銃弾は別の銃から発射されたものだった。こうなると、ツィムベックが三件の殺人事件を起こしたとはいえなくなる。また礼拝堂の壁に食い込んでいた銃弾を発射したのはだれかという問題が残る。その銃弾が別の銃から発射されたことは疑いようがない。クメーダーを狙った狙撃者はふたりいたということか。信じがたいことだ。

ヴァルナーはルッだけを自分の部屋に呼んだ。鑑識官としての意見を聞きたかったのと、ズージー・リンティンガーとの関係についても問いただしたかったからだ。

「ふたりの狙撃者が同時に頭部を撃ち抜いたのでしょう。そうでなければ、体の別の場所に銃創があるはずです。おそらく一発目は頭をかすり、二発目が死に至らしめたのだと思います」

「だが銃弾がかすめたら普通反応するのではないか?」

「そう思います。もちろん銃弾だと意識しなかった可能性はあります。とくに銃声が聞こえていなければ。鳥の声やヘリコプターのローター音などで銃声がかき消された場合など……」

「わかった、わかった。かなり多くの偶然が重なる必要があるな。ほかにこの状況の説明になることは？」

ルッがすこし目をそらした。どんな説明があるか、ルッにはわかっていた。だがそれは彼がミスしたことの説明でもある。

「礼拝堂の壁に食い込んでいた銃弾にはもともと皮下組織が付着していなかった可能性があります」

「というと……」

「わたしがミスをしたということです。銃弾を手に取ったとき、わたしの手袋には死体の皮下組織が付着していました。本当はあってはならないことですが、起きてしまいました。あれは日曜日の朝でした。まだ寝ぼけていたのでしょう」

「まあ、仕方がない。そのことは報告書にも明記しておいてくれ。その可能性があることをな。だがそれでも、二丁の異なる銃から銃弾が発射された理由の説明にはならない」

「すべての可能性を検討する必要がありますね。たとえば、狙撃者はひとりで、二丁の異なる銃を使ったとか」

「どうしてそんなことをする必要がある？」

「われわれを混乱させるためです。理論的にはありうるでしょう」

「わかった。最初に発見された銃弾が事件の前に壁に食い込んでいた可能性は？　猟銃の流れ弾ということだが？」

「理論的にはありえます。しかしだれが猟にドラグノフを持ち歩きますか？」

「ほかの可能性は？」

ルッはしばらく考えてから、首を横に振った。

「四つ目の可能性が浮上するまで、狙撃者ふたり説がもっとも有力ということだな？」

「そのようです」ルッはいった。

「二発目の弾丸にあう薬莢《やっきょう》は見つかっていないがな」

ルッは肩をすくめた。その話題は終わった。もうひとつの話題は暗黙の了解だった。

「それじゃ、話してもらおうか」ヴァルナーがだしぬけにいった。

「というと……」

「ズージー・リンティンガーのことだ」

「ええと……」ルッは口ごもった。「知りあいなんです」

「だろうと思った。どのくらい深いんだ？」

「かなり深いです」

「つまり付きあってるのか？」

ルッはうなずいた。

「いつからだ？」

「数ヶ月になります」

ヴァルナーはひとつひとつ問いただすほかなかった。ルッはプライベートな話をしない。こういう話となれば、なおさらだ。結婚が破綻したときはずいぶん話した。だがそのときは事情が違った。ルッはひとりでさみしく、気を晴らすためにも話し相手が必要だった。ふたりはふた晩つづけてビールを酌み交わした。ルッは母親でも知らないことをヴァルナーに打ち明けた。やりきれない気持ち。妻子のために建てた空っぽの家でひとり暮らしをしていて、死にたくなるということ。しかし金銭的な余裕がないので、引っ越すこともできない。妻は子どもを連れて別の男のところへ行ってしまった。ひどい時期がつづいた。ヴァルナーは、ルッの身がもたないのではないかと危惧したが、ルッは乗り越えた。それからは自分のことをあまり話さなくなった。もしかしたらその前に洗いざらい話したことを悔いているのだろうか。あるいは話す必要を感じなくなったのかもしれない。

「ツィムベックの女だってわかっていたんだよな」

「はじめは知りませんでした。途中でなんとなくわかりました。彼女がだんだん焦りだしましたから」

「出所が近づいたからか？」

「ええ」ルッは間を置いた。なにか考えているようだった。

「彼女はどういってた？　ふたりのあいだで話題になったはずだ」

「別れたいけど、それができないといっていました」

「できないって、どうして？」

「奴が刑務所にいるあいだはいえなかったんです。それは卑怯だといって」

「じゃあ、出所してから事情を話したのか」

「いいえ、話していません。たぶん」

「どうして？　おまえにはどう話していたんだ？」

「その勇気がないといっていました。もうすこし時間が欲しいと」

「じゃあ、なんで奴は彼女にあんなひどいことをしたんだ？」

「それは教えてくれませんでした。事故だったの一点張りで」

「信じたわけじゃないよな」

「そりゃ、信じませんよ。でも、そういいはってるんです」

「おまえはどう思ってるんだ？」

「ツィムベックは酔っ払っていたんじゃないかと。あるいはドラッグ。彼女に別の男がいると勘づいたのかもしれません」

「おまえはどうしたんだ？　黙って見ていたはずはないよな」

「別れると奴にいえ。無理ならわたしがいうといいました。あいつを恐れる必要はないと説明したんです。わたしは警察の人間だから、彼女を保護できると」

「信じたか？」

「ええ。日曜日に奴に話すことになりました。奴が暴れるかもしれないので、同席してくれと頼まれました。しかしクメーダー殺人事件が起きてしまって。おまけにカトリーン・ホーグミュラーの件まで。でもツィムベックが逮捕されたので一件落着です」

「それはどうかな。どうも引っかかる。ツィムベックは刑務所行きだ。すくなくともファルキングへの強盗でな。奴がカトリーン・ホーグミュラーを射殺したかどうかは正直わからない。リンティンガーのところの息子をもう一度呼んだところだ。なぜかわからないが、今回はリンティンガーよりツィムベックのほうが信じられる」

ルッツが不満そうな顔をした。

「だがまあ、なんとかなるだろう。心配するな。おまえに相手ができたことは喜ばしい」

ルッツは微笑んだ。

「ありがとうございます」

だが彼の顔から不安の色が消えることはなかった。

「まあ、あんまり悩むな。これからのことに思いを馳せろ」

「そうします。しかし……なんか嫌な予感がして」

ヴァルナーは空気の流れを感じて振り返った。ヤネッテが部屋に入ってきたとき、ドアがあいて空気が動いたのだ。

「ヤネッテ、特別捜査班の会議にいなかったな。会議をサボったから罰にコーヒー貯金箱に五ユーロ入れさせろという奴がいた。俺はおまえに限ってそんなことはない、なにかそれなりの事情があるんだと弁護しておいた。そうだよな、ミーケ、そういったよな?」

ミーケがドアロに姿を見せていた。

「まあ、そんな感じでした。正確には、そうでなければ、生意気なスケには決まりを守るように十ユーロ払わせるともいいましたけどね」

「それはともかく」ヴァルナーはいった。「なにか重要なことがわかったんだろう?」

「生意気なスケっていったんですか?」ヤネッテがたずねた。

「ミーケの言葉だ。おまえがここに勤務してから、ミーケがまともな口を利いたことがあるか?」

「生意気なスケというのは撤回してください。でないと、突き止めたことは教えません。聞いたら、興味を持つはずですけど」

51

ヤネッテはこの二年でだいぶ警官らしくなったので、上司にあたる者たちはみな喜んでいた。彼女は元気と根性を兼ね備え、機転が利き、覚えが早い。助言の必要に迫られることはごく希《まれ》だ。

ヴァルナーは彼女の手綱を長く取っていた。限界ぎりぎりまで好きにやらせたほうが、いい結果が出る。今日報告に来たことも、限界すれすれだった。ヴァルナーは細かいことまで訊かないようにした。だからといって責任逃れはできない。問題が生じたときのために、ある程度は知っておく必要がある。

二日前、ヴァルナーはヤネッテに仕事を与えた。ファルキングの依頼人ではないが、書類に名前が残っている女たちの用件がなんだったのか突き止めるというものだ。ヤネッテによると、みんな、ささいな質問だったので、弁護士は顧問料を取らなかったと異口同音にいったという。だが相談の内容を明かす者はひとりもいなかった。

ヤネッテは数人の女について近所で聞き込みをした。その結果、夫やパートナーから家庭内暴力を受けているという情報を得た。そのうちのふたりなどは、夫による虐待が目に余って、隣人が警察に通報したほどだ。したがって弁護士への相談は男女関係である可能性が高かった。女たちが訪ねた日付はファルキングの予定表からわかった。ヤネッテはこの時期に深刻な問題が起きたとにらみ、女たちのなかに付近の病院で急患受け入れされた者がいるかどうか問いあわせた。複数の女が集中治療室に搬送されていた。数ヶ月前から何度も病院の世話になっている者もいた。

「病院のデータをよく入手できたな。裁判所にかけあったのか?」

「裁判所は動いてくれません。女たちは犯罪者ではないので」

「だろうな」そういうと、ヴァルナーは説明を待った。

「刑事警察の人間が病院に電話をかけても対応してくれないと思いました」

「じゃあ、だれが電話したんだ？」

ヤネッテは肩をすくめ、すこし横を向いた。

「まあ、その、ヨハネ騎士修道会事故救助団のヤネッテを名乗りました。年次報告書を書くのに、ライトビヒラー夫人が病院に搬送された日付を確認したいとか、そんなふうにいって。でも問題はありません。病院の事務員がコンピュータで調べてくれました。そうしたらどうですか、ライトビヒラー夫人は治療を受けたことがありましたが、はるかに前のことだったんです。しかも病院へ運んだのはヨハネ騎士修道会事故救助団ではなく、夫でした。だから、ああ、そうだった。電話は受けたけど、家族が病院に運ぶといっていました、と答えておきました。簡単でしたよ」

「よくやった」ヴァルナーはいった。「というか、それはまずいだろう。いずれにせよ、コーヒー貯金箱に十ユーロ払ってもらう」

「そうきますか」ヤネッテは納得がいかないようだった。「それなら、つづきは話しません」

「もちろん話してもらうさ。俺たちは興味津々だ。きっと捜査が進展するだろう。俺はそう確信している。きみはいい仕事をしている。じつに抜け目がない。ただやり方がまずいな。だからルールを覚えてもらわないと。わかるな？」

「納得いきません。いい仕事をしたのなら、なんで罰金を払わなくちゃいけないんですか?」

「まずそういう手を使ってはいけないからさ。今後はやめたほうがいい。それからこのことが発覚したら、俺に火の粉が飛んでくる。だから不安になって、いつもよりも多くコーヒーを飲むことになる。その分はきみに払ってもらわないとな。じゃあ、話をつづけてくれ」

ヴァルナーがルールについて話題にしたら、議論の余地がないことを、捜査官たちはみな知っていた。ヴァルナーはルールを守ることをみんなに求めていた。正々堂々と捜査するというのも、そのひとつだ。目的のために手段を選ばないというのは、ヴァルナーにとって下策だった。だれかがルール違反をすると、ヴァルナーは待ったをかけ、責任を取らせる。ヤネッテはつべこべいわず財布から十ユーロ紙幣をだした。

「もちろん問題は、なぜそんなに時間が空いていたのかということです。虐待されたときと弁護士に相談したときの間隔。一週間ならまだしも、半年ですからね。しかもどの案件でもそうなんです」

「そのあいだ、別の病院にかかったのかもしれない。数ヶ月おきに急患になって、地下室の階段で足をすべらしたと言い訳するなんて、恥ずかしいものな」

「いい勘をしてますね、ミーケ」ヤネッテの声には、さすがだとでもいうような響きがあった。

「何年ものあいだ、うちの両親を見てきたからね。別にめずらしいことじゃない」

「当然、すこし遠くの病院に行っていないか調べました。すべてはずれでした」

「どうやってそんなことを……？」ヴァルナーは語勢を強めることなくいった。

「知らないほうがいいです」

「つづけてくれ」ヴァルナーはため息をついた。

「だれかひとりくらい名前が浮かぶと思ったんですけど。ゼロ。まったく浮かびませんでした。夫やパートナーがおとなしくなって、弁護士に相談する必要がなくなったか、女たちはだれか別の医者にかかったか、どちらかです」

「別の医者。当然だ」

「それが当然じゃないんです。夫の暴力行為はたいてい夜に起きます。地元の医者もいますが、車で二十分圏内には複数の病院があります」

「地元の医者にかかるのは嫌だろうな」ミーケがいった。「守秘義務があるとはいえ、顔見知りだ。噂にならないともかぎらない。怪我の原因についてお粗末な説明をすれば、絶対に噂になる。簡単じゃない」

「では、あなたの両親はどうしましたか？」ヤネッテはミーケにたずねた。

「いつも別の医者を訪ねた。そのうちかかりつけの医者ができた。そいつのところなら夜でもかかれるし、クリニックがかなり郊外にあるので、人に見られる心配がない。そして医者は怪我の理由を聞かない。傷を縫合して、お代をいただいておしまい」

「わたしも、そういう医者がいると思いました。一部にしか知られていない医者です」

「そりゃ、知られているはずはないな。みんな、そういうことは話題にしない。被害者も、加害者も。口コミを想定しているんだろうが、そんなのはないぞ」

「ソーシャルワーカーに訊いてみましたが、やはりそういわれました。でもなにかツテがあるはずだと思ったんです。女たちは全員、同じ弁護士に相談していますが、弁護士がそういう話をするとも思えません」

「たしかに」ミーケはうなずいた。

「家庭内暴力に走った加害者やその被害者が医者を推薦するというのも考えづらいです」

「じゃあ、だれだ？」

「別の医者です。たとえば救急医」

「集中治療室で医者が別の医者を推薦するなんて聞いたことがないぞ。ホームドクターがいるかとたずねるならまだしも」ヴァルナーが口をはさんだ。

「そのとおりです。自分からほかの医者を推薦する医者はいないでしょう」

「じゃあ、どういう場合ならあるんだ？」

「袖の下をもらっている場合ですよ。外部の開業医から。救急医は名刺を渡して、〝今後は、こういう怪我を専門にしている医師に任せるのがいいでしょう。腕のいい医師です。他言しないし、質問もしない〟というだけ。次はそこを訪ねるはずです」

「本当にそんな医者がいるのか?」

「ええ、いますとも」

ヤネッテはにやっとして、もったいぶった。ヴァルナーとミーケが顔を見あわせた。

「それをどうやって突き止めたか知っておいたほうがいいかな?」

「そんなことはないです。でも聞きたいでしょう?」

ヴァルナーは観念してうなずいた。

「地元の病院の集中治療室に若い医者がいるんです。名前はいわなくてもいいですね。ライトビヒラー夫人を治療した医者で、見たところ神経が細い感じだったんです。そこで会いにいって、身分を名乗りました。わたしが身分証をだしただけで、漏らしそうでした。それから殺人事件との関連であなたの名前が浮かんだのだけど、ライトビヒラー夫人をファルキングにつないだのはあなたですね。ちなみにその弁護士が死にまして、といったんです。その医者は顔面蒼白《そうはく》になりました。もちろんはじめのうちはすこし抵抗しました。わたしがいったことは作り話でしたから。でもライトビヒラーについては山勘が当たりました。その医者は悪事に荷担していたんです。そこでもうひと押ししました。ライトビヒラー夫人をほかの医者につないだでしょう。そのことは否定しませんねって。そうしたら、こういったんですよ。あれは推薦しただけだ。禁じられてはいない。ライトビヒラーを弁護士につないだのはきっとその医者だと。結論からいいます。別の医者の名はユンキンガー。フェステンバッハに住んでいます。わたしはその足でユンキンガーのところへ行って、医師免許を剝奪される前に免許状との別れを惜しみなさいといいました。同業者に賄賂を渡したことは微罪ではすまされないとも」

「つまり」ヴァルナーはいった。「女たちは全員、ユンキンガーのところで治療を受けていたのか？　そしてそいつはファルキングのところに相談に行かせた。たぶん手数料をもらって」

「そういうことです」

「よくやった」ヴァルナーは本当に感心した。「きみがこんな敏腕刑事になるとはな」

ヤネッテは笑みを浮かべ、つつましく振る舞おうとしたが、うまくいかなかった。

「ユンキンガーが女たちをファルキングのところへ行かせた。それ自体は道を外れた行為ではない。女たちは夫婦の問題を抱えているわけだから、弁護士を必要とするだろう。しかし正式な依頼人にならなかったのはなぜだ？」

「さすがにそこまでは。ファルキングに訊くほかないですね」

「あいにく奴は死んでしまった」ミーケはいった。「事務所のファイルには女たちに関する記録は一切なかった」

「女たちともう一度話してみようと思います」ヤネッテがいった。

「たしかに臭いが、やめておけ」ヴァルナーはいった。「こっちが欲しいのは、裁判で使える証言だ」

ヤネッテはにやりとした。

「女たちがあやしいですね。ひとりくらい事情を話してもいいのに。おそらく女たちだけでなく、弁護士にも、話せない事情があったんでしょう……」

52

二〇〇九年九月二十四日午前十時

若い女はデスクの向かいの来客用の椅子にすわって小さくなっていた。ファルキングのところにやってきたたくさんの女たちと同じタイプだ。おどおどしていて、顔に青あざを作っている。中には骨折している女もいた。目の前の女も、左の前腕に樹脂製の副え木をつけている。それほど日が経っていない。三日というところか。名前はズザンネ・リンティンガー。怪我をしていない右手の指がふるえている。気が高ぶっている証拠だ。これまた毎度のことだ。ファルキングは、タバコで落ち着くのなら、吸ってもいい、といった。

女はタバコに火をつけたが、コーヒーは断った。たぶん口元に持っていく前に半分はこぼしてしまうからだろう。ファルキングはデスクにのっていた魔法瓶からマグカップにコーヒーを注いだ。いまは目の前の女のふるまいに注意を注ぐ必要がある。これからむずかしい決断をしてもらうのだから。

女は部屋を見まわした。見るべきものなどたいしてなかった。法学の基本図書が数冊。ただし最新版ではない。ほとんどが司法修習生時代のものだ。法律解説書《コメンタール》はパラント（一九三九年に民法の解説書を著した法学者オットー・パラント。基本図書である著作は彼の名で呼ばれている）同様に高額だ。収入がすくなく、法解釈に関わる問題をめったに抱えない弁護士には高すぎる。

ヨーナス・ファルキングの人生は二〇〇七年六月十五日の夜を境にカーブの多い、石だらけの道になった。まず会社をクビになった。それでも案件が検察局に送られるのを阻止できなかった。
ライツアッハレンガ株式会社は、賄賂事件の公判で社名が出ることを厭《いと》わなかった。ファルキングが会社に与えた損害を分割で返却することで合意した。ファルキングはコスベルク&パートナー社に支払った報酬の一部でも返してくれないか問いあわせた。コスベルクの義理の息子が約束した契約が反故になったことも潔く伝えた。だが、金はあいにくすでにコスベルク&パートナー社の赤字補填に使われたあとだった。コスベルクは鑑定がほかの取り引きと関係していたことをまったく知らなかったと驚いていた。
ファルキングは二週間ものあいだ、預かった金を盗まれたことを義父にいえずにいた。事情を打ち明けると、シャオホマイアーは虚脱状態になって入院し、認知症が一気にすすんだ。妻のアネッテと義母は、ファルキングと義父がどうしていい争っているのかわからなかった。そこでファルキングは、シャオホマイアーが違法に貯《た》めた老後の資金を失ってしまったことを打ち明けた。一ヶ月後、アネッテは別居した。ファルキング自身もその直後、家を引き払った。ひとり暮らしには金がかかりすぎるからだ。家はそのまま売却した。ファルキングの妻はいま両親の元に住んでいる。シャオホマイアーの健康状態は悪化の一途を辿《たど》り、経営者不在の彼の会社は不渡りをだしてしまった。

ファルキングはホルツキルヒェンに小さな住居を構え、そこを弁護士事務所と兼用にした。依頼人はごくわずかで、つまらない案件ばかりだった。ファルキングを弁護人に選んだ者が事務所を推薦することはまずなかった。したがって収入は情けないほどすくなかった。ある日、顔に傷を負った女が訪ねてきて、夫が暴力をふるうので離婚したいと相談した。女はどうすればいいかわからなかったのだ。夫の仕返しを恐れていた。ファルキングは告訴や離婚やストーカー行為の規制など考えうる対処法を説明した。ただし、無事に解決する保証はないと付け加えた。次にその女のことを耳にしたとき、彼女は散弾銃で夫を撃ち殺そうとし、殺人未遂の罪で裁かれていた。女はファルキングが頼りにならないと思ったのだろう。弁護人にはミュンヘンの弁護士が依頼されていた。

だがこの件を知って、ファルキングは考えた。しばらく前の夜中、鼻骨を折った娘とフェステンバッハのユンキンガー医師を訪問した。その医師は虐待されている女のあいだでは知られた存在だった。あのときの娘は、どこかの病院の集中治療室で担当医から名刺をもらったといっていた。ファルキングは、ユンキンガー医師がオーバーバイエルン全域の給料が低い救急医に金を払って、対象になる女に名刺を渡してもらっているとにらんだ。虐待する男と傷めつけられた女は、こっそり治療してもらえるところを必要としている。

ファルキングはユンキンガー医師に取り引きをしないかともちかけた。自分のビジネスモデルがばれたのだから、医師が喜ぶわけがない。だが相手が弁護士であり、電話をかけるだけで医師免許を失う憂き目に遭わずにすむと知り、ファルキングの提案に耳を傾けた。発想はシンプルだった。患者をさらに別のところにつないでなにが悪いだろう。暴力をふるうパートナーのいないところで、女にこっそり名刺を渡し、信用できて、ただで相談に乗ってくれる専門家がいると耳打ちするだけだ。その専門家なら、虐待されている女の運命を熟知していて、暴力に訴える男を止められる、と。

「あなたには患者を助ける義務がある」ファルキングは医師にいった。

医師はいい返した。

「こういうと倫理的に問題だが、もしあなたが女たちを本当に救ったら、わたしは患者を失う。欲しいのは金だ」

「仕事が成立したら、そのつど手数料を払う。とくにひどいケースだけこっちにまわしてくれ。それから、金を持っていない女は最初から除外していい」

ファルキングを紹介された女たちはみな、助言を聞いて、自分の問題が法的に解決されるのはむずかしいと認識した。ファルキングは、裁判にもっていっても身の安全は保証されないと伝えた。避難するための施設はあるが、ミュンヘンのような都会にしかない。田舎には、そういう避難場所として借り受けている住居があるだけだ。しかしそこに隠れても、いずれ法廷に立って、暴力をふるった相手を前にして証言しなければならない。相手が屈辱を味わい、腹を立てることは間違いない。運よく相手が有罪になっても、刑務所暮らしはせいぜい三年。そのあとはどうする。夫の元を去るより何年も暴力に甘んじることを選んできた者にとって、解決にならない。

「裁判所に、相手があなたに近づかないよう命令してもらうことはできます。一定の距離を取らなければならない、と。違反すれば、相手は罰として刑務所に送られます。でもそれが守れる男がどれだけいることか……」

訪ねてきた若い娘にそういったとき、娘は失望を隠さなかった。涙が頬を伝った。

「あなたのお相手がそれを受け入れると思いますか？」

「刑務所行きなんてなんとも思わないでしょう。そこが住まいのようなものですから」

「前科があるんですか？」

娘はうなずいた。ファルキングは思案するふりをした。

「しかし手をこまねいているわけにはいかない」ファルキングはかすれた声でいった。「いいようにされつづけるのは嫌でしょう」

「あなたなら解決できると思ったんですけど」

「わたしが知っていることはいま話しました。もちろんリスクがありますが、ほかにも方法はあります。ただ、おすすめはできません」

「リスクならもうとっくに高いです。彼に知られたら……殺されます」

「不安なのはわかります。しかし大げさに考えていませんか？」この質問がこれまでにも何度か成功の鍵となった。

「前にあたしを殺そうとしました。たった九百ユーロのために」

「なんですって？」

「本当です。止めに入ってくれる人がいなかったら、ここにはいません」

ファルキングは啞然としてズージー・リンティンガーを見つめた。最近ではその目つきに慣れていた。しばらく黙ってすわり、なにかいおうとして、愕然とするあまり、いい言葉が浮かばないとでもいうように、言葉を途切れさせる。時間がかかればかかるほど劇的になる。

それからファルキングはおもむろにいう。

「まったく……信じがたいですね。つまり……お相手はあなたを本気で殺そうとしていると？」

答える代わりに、ズージーはティッシュで洟をかんだ。涙がふた粒、青白い頬を濡らした。

「そこまでひどい話ははじめてです。そっとしますね。お相手があなたを殺そうとしているというだけではありません。あなたはこれから一生……そんなのは嫌でしょう」

「どうしろというんですか？」ズージーはさめざめと泣いた。

「なにか行動を起こさなければ。いいですか？　お相手はあなたを骨折させて、殺そうとした。いつか本当にあなたを殺すでしょう」ファルキングも泣きそうな顔をして、首を横に振った。「なにか解決策があるはずです」

「あなたにわからないのなら、あたしにわかるはずがありません。あとはもう……彼を殺すしかないです」ズージーは涙ながらにいった。

ファルキングはデスクに向かって肘掛け椅子にすわっていた。静かに考え込み、コーヒーカップにいれたスプーンをしばらくいじって、娘の最後の言葉が部屋に行きわたるのを待った。

「ひとついいですか？　あなたの場合……」ファルキングはそこでいいよどんだ。

「なんですか？」ズージーがたずねた。

「誤解しないでほしいのですが、これは弁護士としていうのではありません。人間として気持ちはよくわかります」

ズージーはじっと前を見つめたまま、なにもいわなかった。ファルキングもなにもいわなかった。娘がどのくらい黙っているか様子を見ていた。沈黙が長ければ長いほど、次の段階にすすみやすい。

「ご存じでしょうが、弁護士は依頼人と話したことに絶対の守秘義務を負っています。ここで話されることは事務所の外には漏れません」

ズージーはうなずいた。

「これからする質問に、あなたは答える必要がありません。おたずねするのは……人間として興味があるからです」ファルキングはじっと娘の目を見つめた。これからいっしょに暗黒の世界に赴くのだと娘にも伝わっただろう。これで一蓮托生《いちれんたくしょう》、絶対の信頼がなければ話せないことだ。「本当に……」これで最後のためらいを見せるのがコツだ。「本当に自分の恋人を殺害したいのですか？」

ズージーは長いこと、とても長いこと押し黙っていた。彼女が吸っていたタバコはフィルターだけ残して燃え尽きた。もう一度だけタバコを吸ってから、灰皿でもみ消した。「二、三ヶ月前に出会いがあったんです」

「その人を愛しているんですね？」

ズージーはうなずいた。

「ペーターに知られたら、殺されるのはわたしだけではなくなります。愛する人の身が心配なんです。わかります？」

「しかし別の人といっしょに暮らすことは絶対にできないでしょう」

「そうなんです」

沈黙。

「さっきもいいましたが、質問に答えてくれますか？　本気であのことを考えたのですか？」

ズージーはファルキングのくどさに辟易《へきえき》していった。

「もちろんです。あなたがあたしの立場だったら、あいつが死んだらいいのにと考えませんか？」

「考えますとも」そこですこし間を置く。「しかし考えることと、実行することは別物です」

ズージーは泣きはらした目でファルキングを見た。

「あいつが怖くなければ、とっくにやっていたと思います」ズージーは下唇をかんだ。

ファルキングはしばし黙って、ズージーがもっと深く自分の心に耳を傾け、その言葉が願望の世界から実現可能な世界へと飛びだすのを待った。時間が経って、効き目があったと判断すると、ファルキングはその話を終わりにした。

「しかしまあ、これ以上いったら、弁護士として義務を怠ることになります。本当にお気の毒だと思います。あなたを助けたいものです。しかし、どうやらそれは無理そうです」

ズージーは目にたまった最後の涙をぬぐうと、なんとか気を取り直して暇《いとま》を告げた。ファルキングはズージーを玄関まで伴った。歩きながら、この程度の話では顧問料はいらないとズージーにいった。

「法的手段に訴えると決断したときは、いつでもお役に立ちます」

ファルキングは玄関のドアを開けたタイミングで、もうひと押しすることにした。「そういえば……」彼はもう一度ドアを閉めた。「考えたことはないですか？　だれかほかの人に……いわなくてもわかりますよね？」

ズージーは困惑して弁護士を見た。ファルキングは狙ってその質問をした。だがズージーがそのとき思い描いたのは、ありえないくらいひどい話だった。「どうしてそんなことを訊くんですか？」

「じつは……」ファルキングは笑みを浮かべた。喜んだからではない。笑ってごまかしたのだ。「忘れてください。どうかしている。馬鹿なことをいいました。すみません。お話を聞いて、わたしもすこしまいってしまったようです」

「おっしゃってください。ここで話すことは、あたしたちだけの秘密です。そうおっしゃったのは、弁護士さんでしょう」

依頼人に守秘義務はない。ファルキングのようなうだつの上がらない弁護士でも、そのことはよく知っている。だがここでの話が外に漏れないと考えるほうが自然だと思っていた。

「まあ、いいでしょう。あなたが考えたことを自問したのです。率直にいいましょう。殺し屋を雇うということですね」

ズージーは期待に満ちたまなざしで見た。

「そんな、まさか。……どうやったら雇えるのかすら知らないんですけど」

ファルキングはうなずいた。

「訊いてみただけです」

彼はズージーのためにドアを開けてやった。ズージーは出ていこうとせず、ドアノブから
ファルキングの手をどけて、ふたたびドアを閉めた。

「好奇心からの質問ではないのでしょう？」

ファルキングは斜め上に視線を向けて天井を見た。困っているふりだった。

「わたしになにをして欲しいのですか？」

ズージーは絶望と期待がないまぜになった表情でファルキングを見つめた。

「助けてください！」ズージーはささやいた。

「すみません。言い方が悪かったかもしれません。殺し屋を手配すると申しでたわけではないのです」

「弁護士さんにはできるんですか？」

ファルキングは弱ったというように笑ってみせた。

「まいりましたね。こんなところでなにを話しているんでしょう？　どうかしている」彼は顔をこわばらせた。「ツテがあるか知りたいのなら、あります。たぶん殺し屋を雇えます。

わたしは刑事弁護人で、犯罪者が顧客です。殺し屋ではありません。しかし……蛇の道は蛇といいますからね」

「いくらするんでしょう?」

「わかりません。すくなくとも一万ユーロ」ファルキングは玄関のドアを開けた。「話はこまでにして、ひと晩寝たほうがいいです。明日、目を覚まして、いま話したことを考えたら……わたしならきっとぞっとするでしょう。あなたもきっと同じように思うでしょう。それでもわたしに電話をかけたいと思うならどうぞ。電話番号はご存じですね」

ズージーは小さな駐車場に立った。山から吹き下ろすフェーンが街路樹の葉をざわつかせていた。ズージーはベールのように流れる雲を見上げた。生暖かい風が髪と戯れた。ツィムベックを殺させるなんて、考えただけで気が重くなる。本当に自分で思いついたのだろうか。だが自分に正直になれば、否定はできない。心の奥でしばらくぶりに希望が芽生えた。

53

ハリー・リンティンガーは考えを巡らした。心の中で当時の状況を思いかえした。なぜそんなに正確に知りたがるのかわからなかった。カトリーン・ホーグミュラーは死んだ。撃ったのはツィムベック。そして自分はそれを目撃した。それでいいじゃないか。刑事も役人ということか。役人はすべて正確に知っておく必要がある。

「左側のヘッドライトの前だった」

「真ん前か？」ヴァルナーはたずねた。

「ああ。真ん前だった」

「ファルキングが立っていたところは？」

「それは、ツィムベックの前さ。ファルキングは車から降りていた。あいつはツィムベックの前に立っていた」

ヴァルナーがなんでもう一度ハリー・リンティンガーと話すことにしたか、ミーケにはわからなかった。ハリーの証言には非の打ちどころがなかった。どこにも矛盾はない。ツィムベックがホーグミュラーを射殺し、クメーダーがそれを突き止めた。そのためクメーダーはツィムベックによって排除された。それをファルキングが目撃した。そのせいで、ファルキングも始末された。ヴァルナーはなにに引っかかっているのだろう。

ヴァルナーにいわせれば、すべてがハリー・リンティンガーの証言に基づいていることに問題があった。

「あんたが立っていたところは？」

「右側のヘッドライトの前」

「で、それからカトリーン・ホーグミュラーが車から降りた。そうだな？」

ハリーはためらった。質問に落とし穴があるような気がしたが、見つけだせなかった。

「ええと……そうですね。あいつが降りたのはそのあとです」

ミーケが割って入った。

「おまえはそのことに気づいて、ツィムベックに警告したのか？」

ははあ、そういうことか。ツィムベックに教えたから、ホーグミュラーは……そんな手に乗るものか。「俺が？　俺はなにも気づかなかった。警告なんてしなかった」

「ホーグミュラーが降りるところを見なかったんだな？」

「ああ。俺はヘッドライトの前に立ってたから、まぶしくて」

「なるほど。だが音がしたんじゃないか？」

「いいや。あいつは……物音を立てなかった。なにも聞こえなかった」

「ではツィムベックは、彼女が車から降りたことにどうやって気づいたんだ？」

「それは……」

なんでこんなことを訊くんだ。やったのがツィムベックではなかったことにしたいのか。このまま嘘をつきつづけるのは無理だ。いずれ辻褄があわなくなる。ホーグミュラーが車から降りたことにだれも気づかなかったのは本当だ。あいつは物音ひとつ立てなかった。だけどツィムベックはあいつを見たはずだ。「ツィムベックは見たはずだ」

「ほほう。どういうことか説明してもらおう」ミーケは話を聞きながらファルキングの車を上から見た図を描いて、三人の男とカトリーン・ホーグミュラーの立ち位置を描き加えた。人は頭をあらわす点と肩をあらわす棒線で描かれた。これでだれがどこにいて、どこを向いていたかわかる。カトリーン・ホーグミュラーがツィムベックの背後にいたことは一目瞭然だ。ミーケはペンでスケッチを指した。「どうやったらツィムベックに見えたというんだ？後頭部に目がついてるのか？　見えたということは、ヘッドライトのだいぶ前の方にいたことになる。そうしたらおまえと同じでまぶしくてわからなかったんじゃないか？」

ハリーは黙った。

「リンティンガー」ヴァルナーが口をひらいた。「あんたの証言はおかしい。もう一度よく考えてもらおう」

ハリーはこの先どう話したらいいかわからないまましゃべりだした。どうしてツィムベックを白状させて、一件落着にしないのだろう。ここにいる連中はあいつを気の毒だなんて思うはずがない。むしろその逆だ。顔を上げて、証言し直せと要求しているヴァルナーの目を見た。いいだろう。カトリーンがどういう状況で死んだか本当のことを話そうじゃないか。ただしやったのはファルキングではなく、ツィムベックにする。うまくいくはずだ。

「たしかに。カトリーンが降りたことに、ツィムベックはまったく気づいていなかった。いま思いだしたんだけど、あいつは警告射撃をした。それがカトリーンに命中したんだ」

「警告射撃はふつう上に向けるものだがな」

「そうだけど、ツィムベックは横に向けて撃った。なんでか知らないけど、あいつはそうしたんだ」

「どういうふうに？　ちょっとやって見せてくれ」

ハリーは腕を肩の高さに上げて伸ばし、ななめ右に向けると、拳銃の引き金をしぼる仕草をした。

ミーケはスケッチを手に取った。

「そうなのか？　たしかか？」

「間違いないさ。自信を持っていえる」

「ツィムベックは右利きだということがわかっている。だとすると、おまえが嘘をいっていないことが前提だが、カトリーン・ホーグミュラーのほうではなく、逆の方向に撃ったことになるぞ」

ミーケは図に記したツィムベックの棒線に拳銃を持った大きな腕を描き加えた。

「だけど、そうだったんだ」ハリーはいいはった。「それはただの図じゃないか。俺はこの目で見たんだ。あいつは森に向けて発砲した。そしてカトリーンが倒れた」

「リンティンガー、だれかが森に向かって発砲したことは信じよう。だがそれはツィムベックじゃなかった。ファルキングだ。彼なら向きがぴったりあう」

ハリーは、もう嘘は通らないと思った。嘘を見抜かれてしまったのだ。

「おい、すぐに本当のことをいえ」ミーケが怒鳴った。「さもないと刑務所でまともに作業ができないようにおまえの尻を引き裂いてやる」

「ちくしょう！　最悪だ」ミーケはいらついて部屋を歩きまわりながらコーヒーをひと口飲んだ。「これからどうします？　ツィムベックの逮捕令状を撤回するんですか？」

「すくなくとも強盗罪は立証できる」

「ユーロカードの件で、すでに有罪判決を受けていますよ」

「刑法上、それが同一の犯行になるかどうかが問題だな。厳密にはカードの不正使用で有罪になった。強盗罪ではない。だがそれは裁判所が判断することだ」

「クメーダーが死ぬ前にカトリーン・ホーグミュラーを殺した奴を突き止めたと仮定しましょう」ミーケはいった。「それがファルキングだったとすれば、クメーダーを射殺する動機があったことになります。証人の口を塞ぐためか、クメーダーの復讐《ふくしゅう》から逃れるための犯行」

「ファルキングが銃を購入したことも符合するな。しかしクメーダーは、犯人がファルキングだったことを突き止めていなかった。奴は、ファルキングがカトリーンの行方を知っているらしい、としかクロイトナーにいっていない。ハリー・リンティンガーも本当のことをクメーダーに話していない。話していたなら、ツィムベックはそのことを俺たちにいったはずだ」

　ミーケはヴァルナーの考えが正しいと認めざるをえなかった。辻褄があわない。

「ファルキングが無料で相談に乗った女たちはどう絡みますかね？　なにか臭いってボスはいってましたよね」

「ああ、いったが？」

「そっちからなにか出てきませんかね」ミーケがすこし考えを巡らした。「たしかに女たちは口が堅い。しかし真相に迫るには、ほかに手はないでしょう」

　ヴァルナーはいいことを思いついた。

「いわれてみればそうだな。可能性があるかもしれない。弁護士はなんでもメモする癖がある」

「違法なことはメモしないでしょう」

「違法だからこそだ。それがばれたとき、メモを取っておけば切り札になる。とくに日時のメモはな。それがあれば、話を適当にでっちあげることもできるし、そのメモをいつどうやって使うか自分で判断できる」

「しかしそんなメモなど押収されていませんよ」ミーケはいった。「ファルキングのところから押収した紙の資料はすべて調べてあります」

「そういうメモを事務所に残すはずがない。警察の手が届かないところにあるはずだ」

「あのな。お前が会いたいのかどうかは、わからないけどよ」

「妻のところとか?」

「たぶんな。両親と暮らしているといってたな。だとすると、捜索令状は取りづらい」

「しかしファルキングがそこにあずけた書類は提出してもらったでしょう」

「ああ。ファイルにファルキングと書かれているものはな。だが俺なら、隠そうと思うものに自分の名前は書かないぞ」

ミーケが考え込んでいるあいだに、ヴァルナーは受話器をつかんだ。だがヴァルナーが電話番号を打ち込もうとしたちょうどそのとき、電話が鳴った。ヴァルナーは受話器を取った。

「もしもし?」そのとたんヴァルナーは表情を固くした。「嘘だろう……捜索の手配はしたんだな? ……よし、状況は逐一知らせてくれ」ヴァルナーは受話器を置いて、ミーケを見た。

「どうしたんですか?」ミーケはたずねた。

ヴァルナーは気を取り直していった。

「ツィムベックが逃亡した」

54

ツィムベックはミースバッハ市内の狭い路地を走った。行く当てはない。刑務所行きだけはごめんだ。逃げるしかない。バイエルン州から、ドイツから。だがひとりは嫌だ。ズージーならついてくるだろう。あいつに世界を見せてやる。逃亡しながら。そのくらい平気だ。戦うことには慣れている。なんとかなるはずだ。もちろんいまは郡内のサツが総出で追ってくるだろう。すでに国内で指名手配されているかもしれない。けれども追手はついてない。霧のおかげで視界が悪い。俺がどこへ逃げるつもりか、サツは知らない。

ツィムベックは息が切れて、塀にもたれかかった。こめかみで血管がどくどくと脈打った。この数分は全力疾走した。

食堂の地下で見つかった十七万ユーロについて取り調べを受けるため、ツィムベックはいつもと違う部屋に連れていかれ、そこで待つようにいわれた。見張りは若いホルと巡査がもうひとり。ふたりは後ろにまわしたツィムベックの両手に樹脂製の使い捨て手錠をかけてから、温水暖房機のそばの椅子にすわらせた。温水暖房機のフィンが錆びてざらざらしていた。かといって、そこでこすって手錠が切れる者などそうそういない。だがツィムベックは違った。手錠の鎖をフィンにあてがい、三回上下させると、腕にありったけの力を込めて引っぱった。ツィムベックがなにをしているか気づいて、ホルともうひとりの巡査があわてて駆けよったが、手遅れだった。ホルは改めてヘッドロックされた。ツィムベックはじわじわと前に出た。もうひとりの巡査は自分の拳銃を机に置き、ホルの拳銃をツィムベックの手に渡すほかなかった。その拳銃で脅されて、ふたりの巡査は互いの腕を手錠で温水暖房機につないだ。もちろんツィムベックは錆びていないフィンを選んだ。それからその半地下の部屋の窓から飛びだし、霧にまぎれて姿を消したのだ。

ツィムベックはぜえぜえ荒い息をした。サイレンが聞こえる。青色回転灯が深い霧の中で点滅している。警察はミースバッハ市内を虱潰《しらみつぶ》しに捜索しているようだ。ツィムベックはもたれかかっていた壁からはずみをつけて離れた。どこからか若い女の子の笑い声が聞こえる。ズージーの笑い声が脳裏をかすめた。昔はよく笑った。ふたりが幸せだった頃のことだ。いまはどうだ。ズージーは裏切った。だが自分からすすんでしたはずがない。あいつの人生に紛れ込んできた奴にそそのかされたに決まっている。ツィムベックは、相手のどこがいいのかわからなかった。どうせ甲斐性のない奴に決まってる。口先だけのおいしい話をして、いいよったのだろう。どっちにしても腰抜けだ。でなければ、正体を見せているはずだ。

足音がして、ツィムベックははっとした。地面に響く固い足音。走っているようだ。ツィムベックがいる路地と交差する路地から聞こえる。無性に腹が立った。警察から逃げることになった理由について、それまでまともに考えていなかった。ツィムベックの世界では警察から逃げるのは日常茶飯事だ。だが今回は、なにも悪いことをしていない。ズージーと卑怯な親兄弟に殺人の罪をなすりつけられた。よく考えたら、最低の話だ。足音が大きくなった。

ツィムベックは駆けだした。路地を二十メートルほど走ると、左側に二棟のアパートがあり、そのあいだに抜け道があった。霧がすこし薄くなった。そこは色違いのダストコンテナーが並ぶ裏庭だった。一歩脇に動く。これで路地からは見えないはずだ。そっと顔をだして覗く。そこからは路地が薄ぼんやりとしか見えない。すこし離れても、霧が立ちこめているのがわかる。警官がふたり、路地を駆けていくのが一瞬だけ見えた。裏庭の奥は垣根になっていて、そのそばにニワトコが二本生えていた。ツィムベックは垣根を飛び越えて、隣の敷地に立った。そこもアパートだった。抜き足差し足で建物の角まで行く。建物の横に三台分のガレージがあり、シャッターがひとつ開いていた。その前にエンジンのかかった車が駐まっている。持ち主はちょうどガレージのシャッターを閉めているところだ。

持ち主は車に戻ったとき、ツィムベックにまったく気づかなかった。持ち主が運転席にすわろうとしたとき、背後で声がした。

「おい」

車の持ち主はびくっとした。どこからともなく知らない男があらわれたからだ。

「なんですか?」持ち主はおどおどしながら微笑んだ。相手は見るからにあやしい男だ。

大きな拳骨が目にもとまらぬ速さで飛んできた。鼻骨が折れる音だけが車の持ち主の記憶に残ることになった。強烈な一撃で頭がのけぞり、バランスを崩して後ろに倒れ込むと、首がドアにはさまった。激しく鼻血をだし、なにが起きたか考える間もなく乱暴に首を引き抜かれ、意識を失った。あとで医師の診断から、髪の毛をわしづかみされて、こめかみをしたたかにフェンダーに打ちつけられたことがわかった。

ツィムベックは力なくだらんとした持ち主をガレージに引っぱっていき、服のポケットの中身を調べた。四百二十ユーロの現金が入っている札入れとクレジットカードが二枚。それから電源が入っているiPhone。ツィムベックはガレージのシャッターを閉めた。車の中には耳フラップつきのロシア製毛皮帽子が置いてあった。季節的には暖かすぎるが、顔を隠すには都合がいい。ツィムベックはそれをかぶると、センターコンソールにあったサングラスをかけた。これで顔を隠せるが、なにも見えなくなった。昼間なのに、太陽の光が霧に遮られて薄暗かった。

ツィムベックが車に乗って通りにでたとき、パトカーとすれ違った。巡査はツィムベックを見とがめなかった。捜索していたのは車ではなかったからだ。車の持ち主が発見されるまで、この状況は変わらないだろう。ツィムベックは車の速度を上げた。はたしてズージーはまだ食堂にいるかどうか。

55

「捕まえてみせる」クロイトナーがいった。隣には口数の少ないホル巡査が立っていて、地面のタイルの模様を見ていた。ツィムベックが逃亡したのは、クロイトナーのせいではない。だれが見張りにつくか決めるのも、彼の役目ではなかった。まさかツィムベックが手錠を切るなどとだれも思わなかった。そうでなければ、未熟なふたりの巡査に見張りを任せるはずがない。これ以上ない失態だ。

「こう霧が深くちゃ、見つけるのもままならないな」ヴァルナーはひどくいらだっていた。

「奴はどこへ向かうかな?」

クロイトナーは首を傾げて考えた。

「ズージーのところだろう。だれか食堂に向かわせたか?」

「いいや」ヴァルナーはいった。「さっそくだれかを向かわせる。しかしこの霧では三十分はかかるな」

その瞬間、ルツが部屋に入ってきた。顔に気持ちが出ている。心配しているのだ。

「それで?」ヴァルナーはたずねた。

「電話に出ない。なにが起こっているのかわからない。彼女は……食堂にいるといっていた。理解できない」

「すこしのあいだ出かけているのかもしれない」

「携帯電話を持ってでるでしょう。わたし……見にいってきます」

「わかった」ヴァルナーはいった。「行ってくれ。俺たちが電話をかける。応援を向かわせるから、ツィムベックと遭遇しても、ひとりでは行動するな。いいな? 人数が揃うまで待つんだ」

ルッはうなずいたが、聞いていたようには思えなかった。

ズージーは寒気を覚えていた。オイルヒーターを全部つけているというのに。寒気は体の中から広がっていた。あいつはいなくなった。警察が捕まえた。結果は上々だ。しかしいつまで安全でいられるだろう。ルッには帰ってほしくなかったが、もう大丈夫だといわれた。ルッは警察で自分が思い描いたとおりの状況になっているか確かめたかったのだ。だれかがツィムベックをうっかり釈放したら大変だ。夕方、迎えにきて、家に連れてかえるといっていた。

ズージーは風呂に熱い湯を張った。バスタブに湯がたまるのを待つあいだ、食堂に下りた。カウンターを見つめる。あいつはもうそこに立っていない。伝説のトランプゲームが繰り広げられた常連客用のテーブルに視線を移す。そこにもあいつはいない。食堂はもぬけの殻だ。ここにはズージーしかいない。空気は冷えたタバコの煙と古いワックスの匂いがするだけだが、あいつが昨日吸ったものと同じだ。窓を開けて換気してみたが、役に立たない。あいつがいた痕跡はこの食堂から消えないだろう。

ズージーは頭まで熱い湯につかった。バスタブに沈んでいると、音が聞こえない。樹脂製のギプスがバスタブの縁にぶつかったときだけ、コツンと音がした。バスタブの中は静かで平和だ。そして温かい。けれども守られている感覚はなかった。いまあいつが浴室に入ってきても気づかないだろう。想像しただけでアドレナリンが分泌され、つま先から眉間まであっというまに行きわたる。腹腔《ふっこう》神経叢《そう》が心臓と肺を圧迫した。ズージーは目を開けて、上を見た。その瞬間、浴室の明かりが消えた。

ルッは深い霧の中、ひたすら車を走らせたが、遅々としてすすまなかった。軽率といえるくらいどんどん速度を上げた。三十メートル先も見えない。ツィムベックもこの霧の中を逃げているのだろうか。行き先は〈マングファルミューレ〉か。だとしたら、おそらくもっと速く車を走らせているだろう。ツィムベックは危険を覚悟で、交通規則を無視するはずだ。ルッはまたズージーの番号に電話をかけた。通話中。警察のだれかと話しているのかもしれない。あるいはツィムベックか。ハンドルを握る両手が汗ばんだ。ルッはパニックになっていた。ズージーには電話がつながらず、ツィムベックがこの霧の中、彼女のところへ向かっている。それともすでに着いているだろうか。だからズージーは電話に出ないのだろうか。ルッは考えるうちに気が気でなくなった。

突如、霧の中から銀色の車のテールがあらわれた。反応が一瞬遅れ、ルッがブレーキを踏んだときにはもう、車のテールはどうしようもないほど近くにあった。ブレーキは間にあわない。人工樹脂とガラスがはじけ飛んだ。ルッが運転する車は、放牧地から逃げだした牛が道路からどくのを待っていた車に激突した。シルバーのポルシェを運転していたドライバーが降りてきて、すごい形相でルッツを見た。ルッツはウィンドウを下ろして、形ばかりの詫《わ》びを入れた。ドライバーは罵声を吐いて、警察を呼ぶと叫んだ。ルッツは、警察にはいま重要な案件があるからシルバーのポルシェをかまっている暇はない、写真を撮っていったん家に帰ったほうがいいといった。男は甲高い笑い声をあげ、完全にキレて、携帯電話で一一〇番をかけた。ルッツは自分が警官だと名乗り、名刺を渡して、大至急行くところがあるといった。ポルシェのドライバーはますます甲高い笑い声をあげた。ルッツが車を後退させて、走り去ろうとしているのを見て、路上で腕を広げて叫んだ。

「行くなら、俺をひいていけ」

ルッツも、ガラスを下ろした窓から、「それなら覚悟しろ」と叫んでアクセルを踏んだ。ポルシェのドライバーはさすがに考えを変えて、横に飛んだ。それでもルッツの車のバンパーが男のふくらはぎをかすり、男は追突された自分の車の後ろに横たわった。そのとき霧の中からBMWが走りでてきた。ドライバーはかろうじて難を避けたが、ポルシェのテールはまたしてもぶつけられる羽目に陥った。

ズージーはバスタブからさっと立ちあがった。湯が浴室の床に流れた。浴室を見まわす。ドアは閉まっている。だれの姿もない。だが浴室はさっきよりも暗かった。どうしてだろうと思っていると、いきなり明るくなった。ズージーはシーリングライトを見た。乳白色のカバーを通して、白熱電球がふたつともっているのが見えた。ひとつはいまにも切れそうだ。光がゆらめき、いったん消えて、一秒後にまたともった。ズージーは深呼吸して、耳を澄ました。なにも聞こえない。マングファル川の瀬音も聞こえなかった。

そのときなにか聞こえた。とても小さな音だが、音楽のようだ。ずっと遠くで鳴っている。ズージーは息を殺した。間違いない。モーツァルトの「トルコ行進曲」だ。だが同じメロディが速いテンポで何度も繰り返されている。ズージーはその着信メロディがモーツァルトの作曲であることを知らなかったが、以前から気に入っていた。音は一階の店の洋服掛けからしている。携帯電話を入れたままにして、ジャケットをそこにかけていた。電話をかけてきたのはルツだろう。電話に出ないので心配しているに違いない。ズージーはバスタブから出て、体をふいた。そのとき着信メロディが消えた。

ツィムベックはラッツェンレーエンとオーバーヘーガーを通る細い道を取った。道ばたの柵の支柱が車の窓をよぎる。三本先の支柱もろくに見えないというのに、驚くほどの速さで窓をよぎった。ツィムベックはなんとも思わなかった。ぶつかった奴は運が悪かったと思えばいい。といっても、相手がトラクターだったらまずいが。

霧の中、車を走らすのはむずかしい。事故を起こそうが関係ないと思っている者にとってもそうだった。道の右側に突然、自転車を漕《こ》いでいる者がふたりあらわれた。年配の男と若い女だ。いきなりあらわれたので、ツィムベックもあせった。年配の男が驚いて勾配のある草地に自転車ごと転倒した。若い女はどうなっただろうと見たときには、もう姿がなかった。消えていなくなっていた。ルームミラーでも確認できなかった。ツィムベックは避けようとして、すこしハンドルを切ったが、すくなすぎた。とっさにハンドルを切るのはそれが限界だった。車を止めて、ウィンドウを下げた。じめっとした冷たい空気が車内に入ってきて、ツィムベックの顔を包んだ。ハードな運転に疲れた。すこし休んで、また走ればいい。食堂に近づけば、危険が増す。警察はまだいるだろうか。あるいは、また来ているだろうか。ツィムベックがズージーを連れていくか仕返しをするつもりだと、警察は考えるだろう。仮にそんな無謀なことはしないだろうと思っていたとしても、きっとだれかを食堂に向かわせたはずだ。ツィムベックは窓を開けたままにした。新鮮な空気を吸うと元気が出る。ここからは注意しなければならない。

食堂まで直線距離で五百メートル離れた野道に車を駐めた。そこから食堂までまっすぐ通じる道はない。あとは牧草地を歩いて横切るほかない。ツィムベックは岩や電柱をすべて知り尽くしていた。ときどき霧の中から牛があらわれ、息せき切って歩く彼を見て驚いていた。牧草地のはずれでツィムベックは柵を乗りこえ、家畜脱出防止格子、ついで食堂の駐車場脇を流れる小川を渡った。ようやく納屋の横にベッドのすのことトラクターの古タイヤと古レンガが見えた。この二年間、ここは時間が止まっていた。ズージーの車は駐車場に駐めてある。車はその一台だけだ。警察車両はない。まだ来ていないということだ。建物の中からせわしない着信メロディが聞こえた。

ズージーは鏡の前に立って、髪にドライヤーをかけていた。ドライヤーの音にいらだった。ほかの音をかき消してしまう。だれかが浴室に入ってきても聞こえないだろう。ましてや家に入ってくる音など聞こえるわけがない。だけど、だれが入ってくるというのだろう。ツィムベックは警察に捕まっている。二、三時間前にも捕まっていると確認した。けれどもツィムベックのやることはわからない。仮に逃げだしたとしたら、ルツが電話をかけてくるはずだ。さっきの着信メロディはそれだったのかもしれない。髪が乾きかけているというのに、急に頭に汗が噴きだした。本当にルツだったかも。そのときまたメロディが聞こえた。思い過ごしだろうか、だれかが鼻歌まじりに「トルコ行進曲」を歌っているような気もする。それも寝室のドアの向こうで。ズージーはドライヤーを止めて、聞き耳を立てた。しんと静まりかえっている。ただテンポの速いメロディだけが、どこかから聞こえている。まるであの世から聞こえてくるようだ。こんな必死に電話をかけてくるなんて、いったいだれだろう。

ズージーの息づかいが速くなった。

グレーのスウェットスーツを着てスニーカーをはくと、階段を下りた。携帯電話はもう鳴っていない。かすかだが、下で風が抜けている。ズージーは風が入ってくるほうを見た。裏口のドアが開いている。そのドアはしまりが悪く、かってに開いてしまう。ズージーがバスタブに湯を張る前は閉まっていた。もしかしたら風にあおられたのかもしれない。ときどきそういうことがある。ズージーはドアを閉めた。気になって、ふたたびドアを開けて外を見た。駐車場の向こうの霧の中に白樺《しらかば》が二本生えている。その先は灰色の霧が立ちこめ、見通すことができない。白樺は黄色くなった葉がすこしあるだけだ。それは枝垂れ白樺だ。ズージーは以前見たことのある中国の墨絵を思いだした。枝はまったく動かず、写真でも見ているようだ。数日前からずっと風が止まっていた。だとしたら、ドアを押し開けたのはなんだろう。その瞬間、またしても携帯電話の着信メロディが鳴った。

ズージーはトイレに通じる廊下に立ててある洋服掛けへ向かった。レザージャケットはその洋服掛けにかけてあった。またメロディが鳴りだした。しかし聞こえたのはジャケットからではなかった。どこか別のところ。後ろからだ。ズージーの膝から力が抜け、足にしびれを感じた。数歩戻って、食堂の中を見まわす。最初に常連客用のテーブル、そこにビールのグラスが一客置いてある。ビールはなみなみと注がれていた。だれかの飲みかけだ。だが席にはだれもいない。さらに三歩すすむ。またメロディが鳴った。ズージーはぎょっとして振り返った。そこに携帯電話を手にしたツィムベックが立っていた。ツィムベックはズージーにディスプレイを見せた。大きな文字で「ルッツ」と読める。

「お友だちのルッツが留守番電話にもう六つもメッセージを残しているぞ。それからミースバッハ局の二九九二九九っていう番号からも何度もな。なんか見覚えがある。警察からじゃないか。どうして出ないんだ？　みんな、パニックになってるぞ」

ズージーはなにもいわず、唾をのみ込んだ。

ツィムベックは携帯電話をジャケットにしまった。

「ひとまずしまっておこう。また鳴ったら、おまえに渡す」

ズージーは下唇をかんで、胸元で腕組みした。強情を張るためというより、寒気がしたからだ。

「よく出てこられたわね」

「ああ。人違いだってわかったのさ。刑事がいったよ。すまない、ツィムベックさん。勘違いだった。釈放する」

ズージーは信じられなかった。どうしてそんなことがありうるだろうか。ルッは黙っていたのだろうか。それに、それならなんで警察が電話をかけてくるのだろう。

ツィムベックは笑った。

「冗談だ。俺みたいな奴を釈放するわけがねえだろう。絶対にない。だれも釈放しようなんて考えない」間。「といっても、おまえは違うかもしれない……俺はいつもそう思ってた」

「もちろんよ。自由の身になれればいいのにと思ってた」ズージーは微笑んでみせた。

「じゃあ、なんで警察に突きだした？　どうして拳銃を隠した場所をサツに教えた？」

「あたしじゃないわ」

「ほう、サツが自分たちで当たりをつけたっていうのか?」ツィムベックは眉を吊りあげた。

「どうやって隠し場所を知ったかわからない。でも、わたしは教えていない。信じて」ズージーは途方に暮れた。嘘だということが顔に出ていた。

ツィムベックはじっとズージーを見た。彼の目には焦がれる思いがこもっていた。ズージーを信じたいのだ。ズージーがいまでも全面的に自分の味方だと。

「ズージー」ツィムベックはいった。「このところ思ったようにいかなかった。俺も辛《つら》く当たった。わかってる。ときどき自分が抑えられないんだ」

ズージーはどう答えたらいいかわからず、肩をすくめた。

「おまえにいい男がいるのはわかってる。ルツっていうんだな?」

ズージーは黙っていた。

「俺には関係ない。俺がいいたいのは、俺たちにもいい時代があったってことだ。俺たちの関係はいまとは違ってた。楽しかったし、馬鹿もやった。いい時代だった。そして俺にとって……」ツィムベックはそこで声を詰まらせた。「俺にとって、おまえはいまでも最高の女だ。やり直そうぜ、ズージー。やり直そう」

ズージーは彼の目を見た。薄暗い食堂で、ツィムベックの空色の目が光った。まつ毛が黒く、女性のように長いため、夢見るような目つきに見える。その目で見られると、子どもを前にしているような気になる。その目のせいで、がっしりした肩や筋骨隆々の腕や長年の喧嘩で傷だらけの手がかすんで見えなくなる。もし選べるものなら、乱暴で粗野なところと無縁なその目だけを取りたい。酒に溺れ、すぐに手を上げ、憎しみを発散するのではなく、憧れに満ちたやさしい目をした彼でいてくれたら、世界が終わるまでいっしょにいてもいいのに。

「なんて顔をしてるんだ」ツィムベックがいった。おだやかで、やさしさを感じる声だ。

「やり直そう。エンターロットアッハの森林祭で出会ったときみたいにさ」

「無理よ。警察に追われてるんでしょ」

「高飛びする。いっしょだ。この霧だから捕まりっこない。考えたんだ。国境を越えてオーストリアに逃げる。そっちで車を手に入れて、イタリアに行く。ドイツの警察はもう手が届かない。ジェノヴァで南米行きの船に乗る。それで新しい人生のはじまりだ。リオで暮らすんだ。いいだろう。太陽とサンバ。それとも、残りの人生をスクラップ置き場でくすぶらすつもりか？」

ズージーはためらった。ツィムベックの計画はいつでも面白そうだ。けれども今回は無意味だ。警察に捕まるだろう。捕まらなかったとしても、知らない土地ではますます彼から逃げられない。いつかまた泥酔して、キレた勢いで喉をしめるだろう。いまはそんなことを思ってもいないだろうが。

「無理よ。やるだけ無駄だわ。ここから逃げることはできるでしょう。イタリアまでは行けるかもしれない」

ツィムベックは悲しそうにうなずいて、うつむいた。

「まさか俺がイタリアに行こうとしてるなんて警察にちくらないよな？」

「いうわけないでしょ」いまだけは本心だった。

「だよな。拳銃の在処《ありか》もいってないんだよな」

「ええ、いってない。そういったでしょ」

「だけど引っかかるんだ……」

ツィムベックは謎めいた笑みを浮かべた。なにが引っかかるのか、ズージーにはたずねる勇気がなかった。

「おまえにはさんざん騙されてきたからな。さあ、行くぞ。俺の車で行く。牧草地の向こうに駐めてある」ツィムベックは洋服掛けのところに行って、レザージャケットを取って、ズージーに投げた。

ズージーはレザージャケットを着ながら、どうしたらいいか考えた。ポケットに食堂の鍵が入っている。食堂の出入口から飛びだして、施錠したら、ツィムベックは裏口にまわらなければならない。自分の車に逃げ込む時間が作れるだろうか。ズージーはうなずいて、指示されたほうに足を一歩だしたかと思うと、さっと身をひるがえして、出入口に向かって走った。途中、長いテーブルをまわり込まなければならない。だがツィムベックのほうが速かった。テーブルを飛び越えて、ズージーと出入口のあいだに立った。

「正気か？」そう怒鳴ると、ツィムベックは怒りのまなざしでズージーをにらみつけ、腕をつかもうとした。だがレザージャケットの袖しかつかめなかった。ズージーはギプスをつけた腕を振りあげて、ツィムベックの顔を殴った。衝撃はさしてなかったが、不意をつかれたツィムベックは足をもつれさせ、椅子に倒れ込んだ。ズージーは今度は裏口に向かって走った。ドアに辿り着く前に、追いすがるツィムベックの足音が聞こえた。ドアを開けたとき、ズージーの目の端に躍りかかってくるツィムベックが見え、息づかいが聞こえた。ズージーは外に飛びだして、ドアを閉めた。ジャケットから鍵をだして施錠しようかと一瞬考えたが、時間がかかりすぎる。その代わりに折りたたみ式の椅子を、ドアレバーの下にかませて、つっかえ棒にした。おあつらえむきの位置だった。その瞬間、ドアレバーが下げられたが、椅子がうまくブロックしてくれた。ツィムベックはもう出られない。しかし長くはもたないだろう。ツィムベックは早速ドアに体当たりした。

ズージーは建物をまわり込んで、自分の車がある駐車場へ走った。ジャケットのポケットから急いで車のキーをだしたが、地面に落としてしまい、車の下に転がってしまった。ズージーは膝をついて拾いあげた。その瞬間、建物の裏で、ドアが壊れ、走ってくる足音が聞こえた。ズージーはキーを拾って、さっと立ちあがった。アドレナリンが指先までまわった。

ツィムベックは建物の角に姿をあらわし、ズージーを追いかけてくる。車に飛び込んで、ぎりぎりセンターロックを作動させられるかもしれない。ツィムベックが近づいてきた。あと数歩の距離だ。ズージーはキーを差そうとしたが、両手がふるえて、またもやキーを落としてしまった。

56

ツィムベックの捜索はフル回転でおこなわれていた。といっても、実際には遅々としてすすまなかった。霧が深いせいで、警察車両は思うように速く走れなかったからだ。ヴァルナーはミュンヘンに特別出動コマンドの出動要請をし、シュリーア湖かロットアッハまで移動にどのくらいかかるか問いあわせた。ツィムベック相手では万全を期す必要がある。返答は芳しいものではなかった。移動時間はすくなくとも二時間。ヘリコプターは視界不良のため離陸できなかった。

状況はどうあれ、捜査はつづけなければならない。ヴァルナーはアネッテ・ファルキングに連絡を取り、夫が残した書類がほかにないかたずねることにした。両親の家で暮らすファルキング夫人と連絡がついた。夫人は協力的だったが、夫の書類はすべて警察に渡したといった。

「あなた用にまとめたファイルにご主人の書類がはさんである可能性はないですか？」

「たしかに夫はわたし用のファイルを作っていました。不動産関係の書類です。まだ中身を確かめていません」

「よかったら中身を確かめていただけませんか。このまま待っています」ヴァルナーはみずからグムントに出向いて、ファイルを見てみたかった。しかしこの霧では移動に三十分はかかる。それにツィムベックが逃げまわっているうちは、ミースバッハを離れたくない。ヴァルナーは指揮の要《かなめ》だ。二分後、ファルキング夫人から電話がかかってきた。

「ファイルの最後に、関係のない書類がまじっていました。面談記録です。お捜しになっているのはこれですか？」

ヴァルナーが欲していたものだった。

「ファックスはありますか？」

ヴァルナーはファックスで送られてきた書類を興味津々に読んだ。一年以上前に作成された面談記録だった。ライトビヒラー夫人がファルキングを訪ねていた。理由は夫に暴力をふるわれ、殺されると危惧したため。夫の行為を止めるために講じることのできる法的措置を説明したとある。しかし夫が復讐心に燃える恐れがあるため、ライトビヒラー夫人は提案されたすべての可能性を断念した。面談中、途方に暮れた夫人はプロの殺し屋を紹介してくれないかと弁護士に相談した。夫人はそれが最終手段だとみなしていた。ファルキングは、依頼殺人は訴追の対象になるのでそういう考えは捨てるように強くすすめた。それで面談は終わり、夫人は正式な依頼人にはならなかった。

ヤネッテが手にした別の面談記録もほぼ同じ内容だった。ただし弁護士を訪問したのはバッハという女性だった。日付も異なる。ファルキング夫人がファックスしてくれた五件の面談記録を通読すると、結果としてどれもそっくりの内容だった。ファルキングを訪ねてきた女たちはみな途方に暮れていて、殺し屋を斡旋《あっせん》してくれと頼む。ファルキングは毎回、断固断っている。五人の女は同じ事情で同じ弁護士を訪ねている。

「これって、なんか変ですね。ひとりくらい夫を殺そうと思うかも知れない。それはわかります。でも、二年のあいだに五人も。しかも全員が同じ弁護士に殺し屋の斡旋を頼んでいるなんて。どうしてそんなことを弁護士に頼むんですか?」

ヤネッテはデスクに広げたファックス用紙を見つめて、困惑していた。

ヴァルナーも面談記録を一通、片手に持って、もう片方の手にマグカップをつかんで、どっちを先にするか迷っていたが、結局、コーヒーを飲み干してから、腕を伸ばして面談記録を見た。

「遠視ですか?」ヤネッテはたずねた。

「問題の全体像をつかもうと思ってな。木を見て森を見ないとかいって、日本人はそうするらしい。たしかに細かいところを見るよりも、成果が上がる」

「それで？　全体像は見えました？」

「変だってことはわかった」

「わたしがいったことじゃないですか」ヤネッテはあきれたという顔をしていった。

「ああ、たしかにいった。しかしまだなにも見えていなかった。口でいうだけでは全体像をつかんだことにならない。五枚のファックス用紙を遠くから見てみろ。なにか気づかないか？」

「同じような言葉でつづられた面談記録ですけど……」

「女が殺し屋を雇いたがったという内容だ」ヴァルナーが口をはさんだ。「弁護士はなぜこんな記録を残したんだ？」

「保身のためでしょう？」

「そうだ。だが、なにに対してだ？」

　ヤネッテはしばらく考えた。

「もしかしたら女のだれかが本当にそうしたときのためでしょうか。そのときは、捜査線上に弁護士の名が浮かびます。女がどういう話をするかわかりません。記録を残しておいて、それを引用すれば、万全です」

「そのとおりだ。だがそれでも、殺人願望を持つ女がこんなに集まってくることの説明にはならない」

「これって全員、ユンキンガー医師がファルキングに橋渡しした女ですね」

「そうだ。しかし全員がすぐ殺し屋を雇いたがるなんて変じゃないか？」

ヤネッテは肩をすくめた。

「ここに上がっているのはファルキングの予定帳にあった女たちだよな。全員調べたといっていた」

ヤネッテはうなずいた。

「じゃあ、この間に死んだ夫やパートナーは何人いる？」

「ひとりも死んでいません。ファルキングは見事に説得したようですね」

ヴァルナーはまたファックス用紙をデスクから取って、きれいに束ねた。

「全員と話したんだよな。殻を破れそうなのはどいつだ？」ヴァルナーは束ねた紙をヤネッテに渡した。ヤネッテは名前を見た。

「ライトビヒラーでしょうね。でもなにをしゃべらせようというんですか？」

「弁護士を介して殺し屋を依頼しようとしたか訊いてみるんだ。依頼殺人は罪になる。訴訟手続きがはじめられる、といってみろ。殺そうとしたことを傍聴席の夫に聞かれるなんて耐えられないだろう」

「ボスからそういう提案を受けるなんて、信じられないです」

「提案じゃない。演出だよ。禁じ手ではあるがな。この場合、話をしてくれれば、訴訟にはならないとライトビヒラーに約束するんだ。電話で話すほうがいいな。それからきみがどういう話をしたか、俺は聞かないほうがいい。ファルキングと会ったときのことをライトビヒラーがどういうふうに話したかだけ教えてくれ」

「ひどすぎです！　病院を騙したときは十ユーロ払わされたのに」

ヴァルナーは自分の財布から十ユーロ紙幣を抜いて、ヤネッテに渡した。

「きみが受けた罰金は俺がもつ。じゃあ、部屋に戻って、仕事にかかってくれ。俺の電話で話すのは望ましくない」

ヤネッテは「偽善者」「ペテン師」とぶつぶついいながら、部屋を出ていった。

ずっと黙ってすわっていたミーケがヴァルナーににやっと笑いかけ、デスクからファルキングの面談記録を取ると、ざっと目を通しながら首を横に振った。

「もしかして、これって逆じゃないですかね？」

ミーケはファックス用紙をデスクに戻した。

「どういう意味だ？」

「ファルキングが殺し屋を雇うようにすすめたんですよ」

「そして面談記録では、自分の身を守るために、逆の展開にしたってことか？」

「そうです」

「それなら、話の内容が繰り返されているのもうなずける。だが奇妙なのは、一度も殺しが起きていないことだ」

「そりゃそうですよ。だれが本気で殺し屋に声をかけますか？」

「たしかにそうだ」ヴァルナーはいった。「一方で、俺が弁護士だとして、殺し屋を斡旋するとしたらどうかな。一度目でうまくいかなかったら、もう一度試すかもしれない。しかしそうなると、ばれる恐れも高くなる。それを五回もやったというのか？　女のだれかが警察に行くんじゃないかと心配になるはずだ」

「俺だったら警察に行きませんね」

電話が鳴った。ヴァルナーはすまないという仕草をして、受話器を取り、ヴァルナーと名乗った、それからクレメンス・ヴァルナーだと電話の相手にいうと、顔を曇らせ、「すぐ行く」といった。

ヴァルナーは受話器を置いた。ミーケがけげんそうに見た。

「うちのじいさんが事故にあった」ヴァルナーはしばらくしていった。

57

二〇〇九年九月二十八日午後七時四十五分

ファルキングが夜の駐車場に入ると、ヘッドライトが敷き詰めた砂利とまばらに生えている木々を照らした。夏の昼間ならここは人でごったがえしているだろう。数百台の車がずらりと並んで日射しを浴び、所有者たちはビーチマットやビーチタオルやワニのフロータなどを思い思いに持って、湖岸で憩っているはずだ。キルヒ湖は泥炭地から流れ込む水のせいでオーバーバイエルンの中でも最も水温が高いことで知られている。だから子ども連れの家族に人気がある。だが秋の夜ともなると、駐車場はがらあきだ。クサリヘビはもう冬眠しているはずだ。地面から膝の高さまで霧が漂っている。湿地でフクロウの鳴き声が響き、心まで冷え冷えする。まさにその効果を狙って、ファルキングはこの場所を選んだ。

ヘッドライトが小型車を照らした。駐車場にはその一台しかなかった。ファルキングは車を駐めて降りると、車のそばでふるえているズージー・リンティンガーのところへ歩いていった。

「どうしてこんなところを待ちあわせ場所にしたんですか？」ズージーはたずねた。怯えているようだ。

「すこし車から離れましょう」そういうと、ファルキングはだれか見ていないか確かめるようにあたりを見まわし、黙って五十メートルほど歩いてからズージーに話しかけた。

「弁護士事務所は盗聴されている疑いがあるのです。わたしの車も安全ではないでしょう」

ファルキングはコートの襟を立てた。

　ズージーはびっくりしてファルキングを見た。

「どういうことですか？　まさか……あたしたちの話が？」

「そうかもしれません。残念ながら、まずいことになりました」

　ズージーはなにもいわなかった。あっけに取られて、ファルキングがこれからいうことを聞く気もないようだ。これは一連のやりとりの中でも一番いただけない。ファルキングは唾棄すべきと思っていた。だがその一方で、引っかかるのは無実の人間ではない。その逆だ。人を殺す気なのだから。そのせいで女たちに不都合が生じても、それは他人の命は尊重すべきだという教訓になるだろう。ファルキングは何度もそういうふうに自分を納得させてきた。そのうち、自分でもそう信じるようになった。それでも、最低の気分だ。

「依頼していた殺し屋が逮捕されてしまったのです。さきほど仲介人から知らされました。それですぐあなたに電話をかけたのです」

「逮捕？　なんてこと！　わたしたちのこと……いや、あたしのことがばれてしまったのですか?」

「いいえ、別の件で逮捕されました。なぜか警察に目をつけられていたのです。わたしたちの依頼について、警察は知らないと思います。もちろんあなたの名前は明かしていませんし。ただ警察がなにか勘づけば、あなたを依頼人とみなすでしょう」

「どうしてそう思うんですか?」ズージーは胸をしめつけられ、息が詰まったようだ。

「わたしは弁護士ですから。あなたの恋人に他意がないことは明らかです。そして彼が死んで喜ぶ人といえば……」ファルキングは声をひそめ、改めてあたりをうかがった。しかし暗くてなにも見えなかった。「あなた以外に考えられませんからね」

ズージーはふっと息を吐いた。過呼吸になりそうだ。ファルキングは彼女の手を取った。

「大丈夫。そんなことにはなりませんよ。警察は別件で逮捕したのですから。余罪を追及することはあるでしょう。しかしまだ実行に移していない件には興味がないはずです」

ズージーの息づかいがすこしゆっくりになった。

「彼は口を割りません。プロです。彼の仕事は口が堅いことで成り立っています」

「渡したお金はどうなるんですか?」

ファルキングはまさにそのことで苦しんでいるような目つきをした。

「隠しても仕方がないでしょう。この業界に返金はないんです」

ズージーは息をのんだ。父親と弟は前金の一万ユーロを三軒の高利貸しに用立ててもらった。返金は例の十七万ユーロに手をつければなんとかなると踏んだのだ。ツィムベックは食堂の地下にあるスチール戸棚にその金を保管していた。ズージーは、ツィムベックが金をそこに突っ込むところを盗み見ていた。スチール戸棚は金庫ではないが、頑丈だから簡単には開かない。とはいえそのうちハリーと父親がガスバーナーでドアを焼き切ってくれる。だが、ツィムベックがあの世へ行くことが前提だ。もちろん急ぐ必要がある。警察はもうすぐ食堂を捜索するはずだ。それなのに、ツィムベックは健在で、リンティンガー一家は一万ユーロの借金を抱え込むことになる。返金が滞れば、高利貸しは腕をへし折るくらい平然とやる連中を寄こすだろう。それに二万ユーロ、ツィムベックに返さなければならない。ツィムベックも腕をへし折るくらい、いとも易々《やすやす》とやってのけるだろう。

「お金を返してください」ズージーは懇願した。「お金を取り戻さないと大変なことになるんです」

「本当に申し訳ない」ファルキングはいった。「わたしもこの件では困ったことになっているんです。わかってください」

ズージーは、ファルキングがどういうふうに困っているのかわからなかったが、問い質《ただ》さないことにした。

「これは間違いでした。こんなことをすべきではなかったんです。どうしてこんなことに首を突っ込んでしまったのか。信じがたいことです！」ファルキングは神経質に笑った。「品行方正な弁護士が犯罪に加担してしまうとは！　あきれてものがいえませんよ！」

ファルキングは自分の言葉にすこしだけ余韻を残した。うまい具合に、フクロウが鳴いて、ドラマチックな気分を高めた。それから声を押し殺して、ファルキングは話をつづけた。

「あなたがあまりに気の毒でしたから」

うまくいった。ズージーは苦悶《くもん》の表情を見せた。涙が頬を伝った。うつむいて、運命には逆らえないとあきらめきったまなざしをした。

「わたしたちはお咎《とが》めなしですむといいのですが。本当にそう願っています」ファルキングは両手をズージーの肩に置いてから、背を向けて車のところへ戻った。


二十分後、ファルキングはオフィスチェアに腰かけて、安物のウィスキーを飲んだ。手には札束があった。こんなインチキで金持ちにはなれない。稼げるのは年に二万ユーロ、うまくいって五万ユーロ。非課税だ。なんとか暮らしていけるし、借金の返済に充てることもできる。ライツアッハレンガとの件ももうすぐ片がつく。残りはあと五千ユーロ。札束から二千五百ユーロ数えて脇に置いた。

この手口は面倒くさいし、危険を伴う。たいていの場合、殺人を考えるところまで誘導できない。女たちはそのまま事務所を立ち去り、ファルキングは面談記録をつける。殺し屋のことを話題にした女のうちで連絡してくるのはごくわずかだ。これまでに五人が決心して、金を持ってきた。そして殺し屋が逮捕された話をすると、そのうちの四人は音信不通になった。ファルキングの話を信じたかどうかはわからない。女たちが騒がなければ、どうでもいいことだ。だが残りのひとりは兄弟を使い、金を返せと暴力に訴えてファルキングを脅した。ファルキングはおとなしく金を返した。

ズージー・リンティンガーのことが頭から離れない。涙を見させられたのは、これがはじめてではない。殺し屋が逮捕されたと聞くと、呆然《ぼうぜん》となるか、泣きだすかどちらかだ。ファルキングは最近、こうした女たちを軽蔑するようになっていた。パートナーと距離を取ればいいものを、女たちは基本的に意気地がないからプロの殺し屋に金を払う。そういう不逞《ふてい》の輩は大損して当然だと思うようになっていた。

ファルキングはボトルに残っていたウィスキーをグラスに注いだ。それにしても落ちぶれたものだ。もはやクロバエみたいなものだ。糞で命をつないでいる。

金を騙しとってきたほかの女と違って、ズージーのことはすこし気になった。なぜかわからない。年を取って、涙もろくなったのかもしれない。生まれたときから騙されつづけてきた女だったからかもしれない。だがそれはほかの女たちも同じだ。金を奪うことで、惨めな人生の最悪のくびきを取り除いてやったのだ。だがズージーの場合はどこか違った。途方に暮れてはいたが、恋に落ちているようでもあった。そいつがだれかは知らない。ひょっとしたら、いま背を向けようとしている相手と似たり寄ったりの奴かもしれない。それでも新しい相手はどこか違うように思える。ズージーをこよなく愛し、やさしく扱うような気がする。もちろんいまの相手がふたりのあいだに割って入らなければという条件付きだ。ズージーにはようやく人生にすこしだけ幸せを感じる機会が訪れているのだ。それをなにがなんでも手にしたい。だから殺人も厭わないのだろう。

皮肉なことに、だれかがペーター・ツィムベックを亡き者にすれば、ファルキングも胸が痛むことはないだろう。あいつは二十万ユーロ近くの金を盗み、ファルキングのキャリアを台無しにし、結婚を破綻させた張本人だ。ファルキングの人生が瓦礫《がれき》の山と化したのはあいつのせいだ。ファルキングは、あの金がまだすこしは残っているだろうかと自問した。残っているなら、どこにあるのだろう。ツィムベックはおそらく散財したか、ギャンブルですっているはずだ。だがすこしは残っているかもしれない。あいつはあの事件のあと刑務所行きになった。もし残っているなら、ズージーと取り引きすることができるかもしれない。たとえばペーター・ツィムベックの死と引き換えに残った金の半分を返せと。ただし、ファルキングは殺し屋ではないし、殺しを依頼したこともない。他人を食い物にする詐欺師、社会のゴミ溜《た》めに巣くうパラサイトだ。たしかにそうだが、殺人となれば話が違う。そのためには一線を越える必要がある。そしてその一歩を踏みだすのが怖くて仕方がなかった。

ファルキングは最後のウィスキーを一気に飲み干した。ツィムベックが二年前、ファルキングの金を盗んだことを、ズージーはすこしも知らない恐れがある。ユーロカードの件はあいつがやった数ある犯罪行為のひとつでしかない。しかも、他愛《たわい》ないほうだ。

ちょうどその頃、ファルキングに比べたら人殺しに抵抗がない三人が、事務所にしているタバコ臭いコンテナーの中で椅子にすわっていた。ただし抵抗がないのは、自分の手を汚さず、被害者の名がペーター・ツィムベックであるかぎりだが。

「殺し屋が逮捕されただと？　ついてないな。ありえない」ハリー・リンティンガーが歯ぎしりした。

「まいったな！　おまえみたいなドジはほかにいないぞ！」父親のヨハン・リンティンガーがいった。ハリーがけげんそうに父親を見た。

「そんな馬鹿面をするな。俺たちは弁護士にいいようにされたんだ。あいつは金をくすねて、今ごろ俺たちの健康を祈ってシャンパンでも飲んでるぞ。ひでえ野郎だ」

「まさか。今回のことで、あの人も面倒を抱えてしまったのよ」ズージーはいった。

「ああ、そうだろうさ」父親は腹立たしそうに咳払いすると、ビールをラッパ飲みした。

「まんまと騙されやがって。俺からなにを学んだんだ？」

「糞だな。これからどうする？」弟のハリーが口をとがらせていった。「金は戻ってこないんだろ？」

「やっぱり食堂の地下にある十七万ユーロをこっちのものにしないとな」

「どうやって？」

「考えるんだよ」

ハリーは考えた。そして思いついたことをいった。

「ツィムベックをうまくおびきだして、戸棚をバーナーで焼き切る。それでどうかな？」ハリーは希望の光を見た気がした。

「馬鹿なことをいうな！」父親が頭ごなしに息子をしかりつけた。「あいつに気づかれたら、俺たちの命はない。おまえは黙って聞いてろ、いいな？」

ハリーは肩をすくめた。

「俺たちと金のあいだにはふたつの難関がある。分厚くはないものの鉄でできた扉と尊敬おくあたわざるツィムベックだ。鉄の扉は俺たちでなんとかなる。ツィムベックについては、始末するために金を払った」父親は勝ち誇ったようにふたりを見た。しかし父親が頭に描いた解決策は、ほかのふたりにはうまく伝わらなかったとみえる。

「で？」ハリーが困惑してたずねた。

「金を払ったんだから、やってもらわないとな。簡単な話だ」

58

ルッは霧の中をなんとかマングファル谷までやってきた。あと数百メートル。食堂が見えてきた。ツィムベックが運転してきた車が食堂の前に駐まっているのではないかと、気が気ではなかった。ツィムベックの車は警察が押収してあるが、ああいう手あいにとって、車の調達などいともたやすいことだ。食堂の駐車場が霧の向こうに見えてきた。駐車場には一台しか駐まっていなかった。ズージーの車だ。ズージーはその横にひざまずき、車の下を探っている。だがズージーはすぐに立ち上がってドアを開けた。そのときツィムベックが建物の裏手から出てきて、ズージーに向かって突進した。ルッはアクセルを踏んだ。ツィムベックがズージーに追いつくよりも早く、ふたりのあいだに車で割って入った。ツィムベックは運転席のドアにぶつかった。ズージーはすぐに気づいて、ルッの車に乗り込んだ。ツィムベックには阻止する暇がなかった。ルッは発車し、霧の中に消えた。

ツィムベックはふたりを見た。肩で息をし、手に拳を作った。運転席の男は昨日見かけたサツの人間。たしか鑑識官だ。どうやらあの男がズージーの新しい彼氏らしい。さっき電話をかけてきたルッというのが奴なのだろう。ズージーの携帯電話はまだ手元にある。ルッの電話番号は突き止められる。だがそれだけでは役に立たない。携帯の番号を利用して奴の住所を割りだすのだ。ツィムベックはインターネットでその男について調べるコツを心得ているわずかな人間のひとりだ。といっても、家にあるコンピュータは故障している。このあいだ癇癪《かんしゃく》を起こしてそのコンピュータを壁に投げつけた。ズージーの腕をへし折ったのはそのときだ。それにこれ以上、食堂にとどまるわけにはいかない。ものの数分で、ここはサツで埋めつくされる。ツィムベックは車を強奪したときついでに手に入れたiPhoneを思いだした。

ズージーはふるえていた。ルッが車の暖房を強くしても、まだふるえが止まらなかった。ルッは彼女を落ち着かせようとした。家に行こう。熱々の紅茶とぽかぽかのベッドが待っている。彼女になにも起こらないように、自分が見張ればいい。ツィムベックが顔を見せることがあれば、即刻逮捕されるだろう。

「おまえのところに連れていくのか。どうかな?」電話口でヴァルナーがいった。

「じゃあ、署ならいいんですか? 彼女を給湯室にでもすわらせますか?」ルッはいった。

「俺がだれで、どこに住んでいるか、ツィムベックは知りません。利口な奴なら、霧が出ているうちに高飛びすることを考えるでしょう」

「まあ、いいだろう。強制はできない。しかし、だれかを警備に行かせる。手のあいた奴がいたらすぐにな。いまは総出でツィムベックを捜索している」

「気にしないでください。気をつけますから」

ヴァルナーは複雑な気持ちで受話器を置いた。ルツのいうとおりではある。ツィムベックはルツがどこに住んでいるか知らない。おそらくどこのどいつかもわからないはずだ。それに奴は女を捜している場合じゃない。とはいっても、人間に分別があるとだれが決めた。ストレスがかかって、感情に流されたら……。ツィムベックなら大いにありうる。

ツィムベックはコンピュータフリークではないが、iPhoneでインターネットを探るくらいはお手のものだった。刑務所でツィムベックと同房の奴がこっそりiPhoneを持ち込んでいて、ふたりで毎晩ネットサーフィンをして、ポルノのサイトを見ていた。画面が小さいので楽しみは半減したが、ないよりましだった。ツィムベックは、使用料をだれが払っているのか不思議に思った。たぶん収監された仲間を見捨てない奴か、デパートかなにかに強盗に入ってたんまり金を稼いだ奴がいるのだろう。ツィムベックはグーグルで「ルツ ミースバッハ刑事警察署」と検索した。たくさんの役に立たないサイトのなかに今年の三月に発行されたミースバッハ・メルクール紙の記事があった。弱冠十歳のダニエル・シュヴォボダがアイスホッケーのトーナメントで得点王になったという記事だったが、そこには父親のルツと並んでいる写真がのっていて、ルツはミースバッハ刑事警察署で働いているという記述があった。ツィムベックはネットで電話帳をひらいた。「ルツ・シュヴォボダ」の名が見つかった。郡内にその氏名はひとりだけで、住所はフィッシュバッハアウだった。フィッシュバッハアウは通ったことがあるだけで詳しくないが、グーグルマップでルツ・シュヴォボダが町の中心から二キロほど離れたところに住んでいることがわかった。

クロイトナーとホルは、ルツからの電話連絡があってすぐマングファル谷へ向かった。ホル巡査がルツの家を見張ると名乗りでた。ツィムベックを逃がしてしまった手前、ここでなんとか挽回《ばんかい》したいと思ったのだ。クロイトナーははじめ、あまり乗り気ではなかった。ツィムベック捜索に加わりたかったからだ。だが考え直して、ホルの提案にうなずいた。ヴァルナーもこれならクロイトナーが捜査の邪魔をしないと思って、ホルの申し出を受けた。

「ちょっと待ってください。これってフィッシュバッハアウに行く道じゃないすよ」ホルがいった。

「そうさ。だからなんだ?」

「ルツの家に行くことになってるんですけど」

「行くさ。ちょっと寄り道してからな」

「ボスは寄り道をしろっていいましたっけ?」

「じゃあ、訊くが、直行しろといわれたか?」

ホルは一瞬、答えに詰まった。いつもはすぐに口答えする。シャルタウアーのほうが指導は楽だった。ホルとはとことん議論しなければならない。クロイトナーはシャルタウアーのことを思いだしてなつかしくなった。しかし二年間の研修が終わり、今度は粘着質のホルを押しつけられた。クロイトナーにぴしゃっといわれて、ホルはしばらくあまりしゃべらなかったが、しだいにいつものずうずうしさが戻ってきた。

「すくなくとも、どこへ向かっているのか教えてくれませんか？」

「〈マングファルミューレ〉だよ」

「ツィムベックを捕まえるんすか？」

「あたりきだ」

「どうせもう逃げてますよ。だれかに見つかるまで、食堂にいると思いますか？　それにパトカーが二台向かってますけど」

「あいつらになにができる？」

ホルは憮然《ぶぜん》として外を見た。外の景色に見るべきものはなかった。三十メートル先も見えないほどだ。こんなに濃い霧は経験がない。クロイトナーは車速を落とし、小声で罵声を吐いた。ふたりは分かれ道に来た。数メートル手前でようやく黄色い道路標識が見えた。ホルは道路標識を見て、「左です」といった。そちらがマングファル谷に下る道だ。ところがクロイトナーは右にハンドルを切った。

「〈マングファルミューレ〉は左ですよ」ホルがいった。

「わかってる」

「じゃあ、なんで」

「問題はツィムベックもそれを知っていることだ。つまり奴はその道を取らない。マングファル谷を越える道ではなく、裏手からまわるはずだ」クロイトナーは前方を指差した。「こっちの道だと、車で食堂まで行けない。だが途中で車を降りて、歩いて牧草地を横切れば、食堂に行ける」

「考えましたね」ホルはいった。その言葉に皮肉っぽい響きがなければ、クロイトナーは褒め言葉ととって笑みを返していただろう。

「笑ってろ。あと二百メートルで車を駐める」

ホルは腕組みして、退屈そうな顔をした。クロイトナーは深い霧の中、パトカーをゆっくり走らせた。ちょうど一分後、道ばたに駐車している車が姿をあらわした。クロイトナーは二十メートルほど手前でパトカーを駐めた。前方の車にはだれも乗っていないようだ。クロイトナーはナンバープレートを照会した。すぐに返事が来た。すこし前に盗難届がだされた車だった。持ち主によると、殴った男の背格好はツィムベックに該当した。クロイトナーはホルのほうを見た。ホルはあっけに取られて無線機を見つめ、「すげえ！」とひと言いった。

クロイトナーは拳銃を抜いて、安全装置をはずすと、ホルを見た。

「行くぞ。ツィムベックがどういう奴かもうわかっているな。見つけたらすぐ足を撃て。それでもあばれたら、もっと上を撃て。やれるな？」

ホルはごくりと唾をのみ込んで、うなずいた。霧の中に入っていったら、いつツィムベックが飛びかかってくるかわからない。ホルは背筋が寒くなった。

ふたりは道ばたに駐めてある車に近づいた。そのときホルがたずねた。

「なんで車で逃げないんでしょう?」

「さあな。もう乗る気がないんだろう。この車は盗難車として捜索されていると思ってるのさ。実際そうだしな。あるいはこれから乗るつもりかもしれない」

ふたりは後席を覗き込んだ。やはりだれも乗っていない。突然、霧の奥から物音がした。ホルは身をすくませると、振り返って目を凝らしたが、なにも見えなかった。

「奴が近くにいるかもしれませんね」ホルはささやいた。

「奴にも俺たちが見えないだろう。せいぜい声が聞こえるくらいだ」

「じゃあ、どうやって奴を見つけるんすか?」ホルは両手で拳銃をかまえて、何度もあたりを見まわした。

「いい質問だ。奴が戻ってこないか、ここで様子を見る」

「といっても、この車のそばじゃないすよね?」

クロイトナーはうなずいて、ついてくるようにホルに合図した。数メートル先の道ばたに、うっすらと黒いものが見えた。二、三歩行くと、伐採された木が高く積まれていた。クロイトナーとホルはその裏にしゃがんだ。

そこからは、ツィムベックが駐めた車が見える。それ以外は霧に包まれて見えない。パトカーも目視できなかった。

「ほんとうにすごいすね」ホルがいった。「奴がそこにいたとは思えないすよ」

クロイトナーは思案げにパトカーがあると思われるほうを見ていた。ふたりは世界の狭間《はざま》にいるようだった。ふたりが知っているものは存在してはいるが、見てたしかめることができない。クロイトナーはそれが気に入らなかった。

「施錠しましたっけ？」ホルがたずねた。

「キーを挿したままだ」クロイトナーはいった。

「なんでですか？　うかつじゃないすか」

「第一にパトカーを盗む奴はいない。第二に緊急事態のとき、すぐ車を発進することができる、キーを捜す必要がないからな。あわてると、キーがうまく差せないこともある」

その瞬間、バタンという音がした。

「いまのは車のドアを閉める音じゃないすか？」ホルがじっと霧の奥を見つめた。

「ちくしょう！」クロイトナーが隠れているところから飛びだすと、パトカーのほうへ銃口を向けながら走った。エンジンがうなりをあげ、急発進したのか、タイヤのきしむ音がした。いきなり霧の中からクロイトナーに向かってパトカーが走りでてきた。クロイトナーは側溝に身を投げた。パトカーはパワースライドしながら向きを変え、あっというまに走り去った。

クロイトナーはあえぎながら起きあがると、パトカーを見た。エンジン音と共にパトカーは霧にのみ込まれた。ホルがクロイトナーの横に立った。

「とんだことになりましたね」ホルの声にはあざ笑うような調子が感じられた。

「馬鹿にすんな。そんなことをしてる暇があったら指令センターに連絡しろ」

ホルは霧を見つめてから、クロイトナーに視線を戻した。

「携帯電話はドアの収納ボックスです」

クロイトナーはしばらく徹底的にジャケットに触りまくった。

「ああ、俺のはセンターコンソールだ」

ホルは唖然としてクロイトナーを見た。クロイトナーはパトカーが消えた方角を指差した。

「あそこだ」

59

ヴァルナーが病室に入ったとき、祖父は目を閉じていた。もうひとつのベッドは空いていた。祖父は毛布から出していた腕と頭に包帯を巻いていた。それ以外は毛布がかけてあるので、体の輪郭もよくわからない。だが華奢《きゃしゃ》で小さくて、子どもみたいだ。ヴァルナーはしばらくドアのところに立って祖父を見つめた。顔立ちにはまだ、ヴァルナーと自転車で遠出をしたり、山登りをしたりした四十代半ばの頑健な頃の面影が残っている。母親が死に、父親が失踪して、祖父に引き取られたのがついこの間のような気がする。いつ祖父を棺《ひつぎ》に安置しても不思議はないというのに。目の前の姿を見ると、いまがまさにその瞬間のような気がする。

「中に入ったらどうだ」祖父がヴァルナーのほうに顔を向けた。

ヴァルナーは笑みを浮かべて、ベッドのところへ行った。

「具合は?」

ヴァルナーは来客用の椅子を引き寄せた。

「そんなにひどくはない。頭をすこしすりむいただけだ。すぐよくなる」

「看護師の話では自転車事故だったそうだが?」

祖父はためらった。あまりしゃべりたくないようだ。

「そうじゃないのか?」

「そうだが、それがどうした?」

「もう何年も自転車に乗っていなかったじゃないか。事故を起こすのも無理はない。もう乗っちゃだめだ」

「うまくいってたんだ。あいつが霧の中から飛びだしてこなけりゃな。わしは避けようとして、斜面を転げ落ちてしまった。下にリンゴの木があって、こんにちはをしちまったのさ」

ヴァルナーは驚いて祖父を見た。

「おまえだってそうなっていたさ。歳《とし》は関係ない」

「まさかあのおんぼろ自転車に乗ったのか？　前輪がなかったはずだが」

「まさか……借りたのさ。マウンテンバイクをな」

「ほう？　だれから？」

「ルクレツィアからさ。あの子は二台持っていてな」

ヴァルナーはルクレツィアという名に覚えがあったが、だれのことかすぐにはぴんとこなかった。それから気づいた。

「マルクト広場に住んでいるあの娘か？」

「ああ、あの娘さ。悪いか？」

「そんなことはない。なんでマウンテンバイクを貸してくれたのかなと思ってね」

「いっしょに遠出をするためさ」

祖父はいらついてヴァルナーを見た。ヴァルナーのものわかりの悪さが神経に障ったのだ。

「わしの交友関係に口をだすんじゃなかろうな。わしはもうそういう歳じゃない」

ヴァルナーはあっけに取られた。

「本当によく会ってるんだな」

「そうさ。いいか、あの子はわしを好いている。こんなおいぼれのどこがいいのかわからんがな」

「じいさんの体が欲しいとは思えないな」

「あたりまえだ。そっちの話はとんとしない」

「それなら、じいさんの愛嬌《あいきょう》がお気に召したかな」ヴァルナーは祖父をじっと見つめた。

ヴァルナーは笑うしかなかった。祖父も笑った。

「あきれてものがいえない。どこへ向かっていたんだ？」

「ヴァルだよ。あそこで朝食に白ソーセージを食べようってことになってな」

「あの娘は……やさしいのか？」

祖父が顔をほころばせた。

「よく笑う。わしが冗談をいうとな。今日なんて、笑いすぎて目に涙をためたほどだ。いい子だ」

「じいさんの冗談で笑うのか？」ヴァルナーは嫌味をいった。

「おまえにはわからんのだ。女の多くがわしの冗談で笑うぞ」祖父はいたずらっぽくにやりとした。

ふたりとも、そのとおりだと知っていた。ヴァルナーは祖父の腕に手を置いた。

「ほかは異常ないんだな？」

「軽い脳震盪《のうしんとう》と肘を打った。それだけだ」

「お大事に。今晩また来る」ヴァルナーは祖父に目配せをすると、病室を後にした。

病院の表玄関に向かって歩いていたとき、ヴァルナーは外で女がひとり逆光の中に立っていることに気づいた。ヴェーラとそっくりのふさふさの髪とレザージャケットが目にとまった。玄関のガラスドアに背を向けている。まさかヴェーラがミースバッハに来ているのか。なにか話すことがあるのだろうか。ヴァルナーは困惑した。どうして前もって電話をくれなかったのだろう。ヴァルナーは外に出た。

「ヴェーラ……？」

女は振り返って、驚いてヴァルナーを見た。ヴェーラではなかった。ルクレツィア・バイスルがタバコを吸っていたのだ。勘違いに気づくのに、ヴァルナーはすこし時間がかかった。

「すまない」彼はいった。「人違いだった」

「かまいません」そういうと、ルクレツィアはヴァルナーが立ち去るのを待った。

「うちのじいさんとサイクリングをしたそうだな？」

「ええ。ごめんなさい。あんなことになるなんて。馬鹿なことをしたわ」

「うちのじいさんはもう十年は自転車に乗っていない」

沈黙。ルクレツィアは腕組みした。ヴァルナーは立ち去らなかった。

「ごめんなさいっていったんですけど。ほかになんていえばいいのかしら？」

「楽しかったか？」

ルクレツィアはいきなり不躾《ぶしつけ》な質問をされたかのような表情をした。

「ええ、とっても。わたしは楽しかったわ」

「うちのじいさんも楽しかったそうだ」

ルクレツィアはなにもいわず、これで打ち解けたのか、これから頭ごなしになにかいわれるのか、判断がつかないようだった。

「個人的なことを訊いてもいいかな？」

「わたしの仕事のことでなければ」

「うちのじいさんが好きなのか？」

「ええ」

「なぜ？」

「面白いし、チャーミングでしょ。若い連中にはない美点よ。それに……」ルクレツィアはふっと笑った。

「それになんだ？」

「わたしの祖父に似ているのよ。三年前に死んだ。大好きだった」

ヴァルナーは自分の靴を見つめ、ダウンジャケットのポケットに両手を入れた。

「すまなかった」

「なんで？」

「金目当てかと思ったんだ」

彼女は肩をすくめた。

「だとしたらどうなの？　そういうことがまだ楽しめる年でしょ？」

「年金で足りるかどうか。うちのじいさんがどんなに元気か知らないからいえるんだ。そっちのことは放っておいてくれ」

「マンフレートはわたしの祖父に似ているといったでしょ。そんな人とできると……」ルクレッツィアは顔をしかめた。

「そういったのか？」

「なんですって？」

「なんでもない。またサイクリングするときは、もうすこし気をつけてやってくれ」ヴァルナーは歩きだした。

「ごめんなさい……」

ヴァルナーは振り返った。

「それより、さっきはわたしのことをヴェーラって呼んだわね。どうして？」

「人違いだった。服装が似て……」ヴァルナーははっとしてルクレッツィアのレザージャケットを見つめた。ひらめいたことがあってあわてて別れを告げると、車のところに走った。

60

ヴァルナーはヤネッテとミーケを部屋に呼んで、捜査の方向性を間違えていたと告げた。

「ツィムベックはカトリーン・ホーグミュラーを殺していない。俺たちは奴が殺したとにらんでいた。そういう証言が得られたからだ。だがその証言はガセだった。ふたりとも異論はないと思う。ファルキングが犯人だとしたら、ファルキングはクメーダーのことも撃ったはずだといいたくなる。目撃者を排除するため、あるいはクメーダーの仕返しを恐れたため。いまだに銃の所在はわからないが、ファルキングは不法に入手した。とはいえ、クメーダーはその銃で殺されていないという証拠がいくつかある」

ヤネッテが発言した。

「ですけど、ファルキングでもなく、ツィムベックでもないのなら、いったいだれにクメーダーを殺す動機があったというんですか？」

「そこに面白い点がある。今回の殺しの動機がわからず、俺たちは悪戦苦闘してきた。なぜだ？　カトリーン・ホーグミュラー行方不明事件とのつながりを頼りにしていたからだ。ほかに手がかりがなかったので、なにか謎が解ければ、動機もわかると思っていた。しかしクメーダーを殺す動機はだれにもなかったのかもしれないんだ」

「五百メートルも離れていて、猟銃の誤射とは考えられませんけど」ヤネッテがいった。「あいつは巻き添えを食っただけで、本当はクロイトナーを狙ったものだったとでもいうんですか？」ミーケが口をはさんだ。「あいつなら、殺したいと思っている奴はわんさかいるでしょう」

「鴨《かも》料理をごちそうになるまでは、だれもクロイトナーを射殺したりしないだろう」ヴァルナーはいった。

「冗談はさておいて」ヤネッテが発言した。「動機がないのなら、犯人はどうしてクメーダーを撃ったりしたんですか？」

「ほかの奴をやるはずだったんだ」

「だれをですか？」ミーケがたずねた。「クロイトナーは除外してですが」

「ああ、除外していい」ヴァルナーはいった。「そういえば、あいつからの報告はまだか？」

ミーケとヤネッテは肩をすくめた。

「よし、いいだろう。話を戻そう。だれが撃たれるはずだったか？　クメーダーはなんでリーダーシュタイン山に登ったか思いだせ。ドゥルゴヴィチの命日だ。クメーダーはツィムベックとまる一日山で過ごし、ビールを飲むはずだった。ドゥルゴヴィチが墜落死してから、それが恒例行事だった。そのためにお揃いのＴシャツと野球帽を作らせたほどだ。そこが重要な点だ。仮にだれかがツィムベックを狙っていて、奴が朝、家から出るのをうかがっていたとしよう。うかがっていたのは、奴の服装を確認するためだ。あれだけの距離からの狙撃だ。顔をたしかめるのは無理だろう。そもそも顔は野球帽のつばに隠れて見えなかった。まだ外はそれほど明るくない時間だったしな。とにかく、犯人がリーダーシュタイン山でツィムベックを狙うとしたら、ツィムベックのすぐ後ろを追うか、テーゲルン湖へ向かって先回りするはずだ。犯人は登山する際にツィムベックを見ている必要はない。そしてガラウン丘陵について、なにを捜すか？　標的は目立つ黄色いTシャツに野球帽という出《い》で立《た》ちで山頂に立つ。身長と体格はふたりとも似ている」

「しかし犯人はクメーダーを撃ってしまう恐れがあると思わなかったですかね？　その日、ツィムベックがリーダーシュタイン山に登ることを知っていたのなら、その理由もわかっていたはずでは？」

「そうともかぎらない。ツィムベックがその日、山に登るということしか知らされていなかったかもしれない。同じ服装でだれかと山頂で待ちあわせしていることを知らされていなかったらどうだ」

「言い方を換えると、本当はツィムベックを射殺したかったというんですか？」

「いけないか？」

「その場合、だれに動機があるんですか？」ミーケはたずねた。

ヤネッテはファルキングの面談記録の束から一枚抜くと、ヴァルナーに渡した。ヴァルナーはそれをちらっと見てから、唖然としてヤネッテを見つめた。

「ズージー・リンティンガーか？　彼女もこの中に？　なんでいままでいわなかったんだ？」

「わかっていると思いましたので」

「気づかなかった。ファルキングと接触があったことしか知らなかった」

ミーケはその紙を取って、ざっと目を通した。

「つまりズージー・リンティンガーはファルキングに殺し屋を斡旋してもらってツィムベックを殺すつもりが、殺し屋はあやまってクメーダーを撃ってしまったということですか？」

「ありえますね」ヤネッテはいった。

「ライトビヒラーとは話してみたか？」

ヤネッテはライトビヒラーに詰問していた。どのような結果を生むか教えず、なにひとつ約束もしていないのに、ライトビヒラーはファルキングがメモに残した内容をあっさり認めた。もっとも殺し屋のことを話題にしたのはライトビヒラーではなく、ファルキング自身がそちらに誘導したものだったという。ためらいがちだったが、ファルキングは殺し屋を仲介するといった。だがその後、殺人を実行する前に殺し屋が逮捕されて、払った金は返ってこなかった。

「もし五人の女が全員、同じことになっていたら、ファルキングがこの二年間なにを飯の種にしていたかわかったことになる」ヴァルナーはいった。

「でもひとつ疑問が残ります」ヤネッテはズージー・リンティンガーとの面談記録を高く掲げた。「ズージー・リンティンガーの場合は違う経過をたどっているのはなぜでしょう？　だれかがツィムベックと勘違いしてクメーダーを射殺したのなら、殺人の依頼は実行されていたことになりますね」

「そうだな、ファルキングのビジネスモデルは女のへそくりから金をせしめることにある」ヴァルナーも認めた。「女は警察に相談できないし、金を返せと声高にいうこともできない。今回だけ殺人を実行したのはなぜだろう。それでは、せしめた金も失う。だれもただで人殺しはしないだろう」

「自分で撃てばいいんですよ」ヤネッテはいった。

「あいつは詐欺師でも、自分で殺しはしないでしょう。そういうタイプじゃなかった」ミーケが口をはさんだ。

ヴァルナーは肩をすくめた。そのとき電話が鳴った。

ヴァルナーは受話器を取った。

「ヴァルナーだ……なんてことだ。ルツは知ってるのか？　……いや、いい。俺が連絡をする。とにかく戻ってこい」ヴァルナーは受話器を置いた。ミーケとヤネッテがけげんそうにヴァルナーを見た。「クロイトナーだ」ヴァルナーはため息まじりにいった。「とんでもないことをやらかした」

61

二〇〇九年九月二十九日午後四時五分

二〇〇九年は、オクトーバーフェストにとって記録的な年になった。入場者数やビールの消費量ではない。天候に恵まれたことだ。一滴の雨もオクトーバーフェストの気分に水を差すことがなかった。土曜日の、それも市長によるビール樽《だる》の口開け宣言にぴったりあわせて青空になり、それからずっと神様はバイエルン州に穏やかな秋の日射しを送りつづけた。彼らも含めた世界中からやってきた数百万の人々が祭りに興じた。肌の色も、金の有無も、出身地の如何《いかん》も問わない祭り。ここではみな兄弟。いっしょになってビールを飲み、ベンチの上に立って、乾杯の歌を唱和する、それでオーケー。

ファルキングはげっそりやつれた顔を見ていた。目に隈ができ、おどおどしている。かつてふくよかだった頬は、じゃがいもの袋みたいにだらりと垂れている。鼻の左右には深いしわがあり、口元を越えて顎まで達している。ファルキングたちはオクトーバーフェストの最終週にシャオホマイアーを連れてきたのだ。元気な頃は、毎年二回は繰りだしていた。一度目は「イタリア人の週末」（オクトーバーフェスト二週目の週末のこと。その頃が特にイタリア人で賑わうことから）と決まっていた。いつもチェゼナーティコから来ているデッキチェアのレンタル業者に会うことにしていたからだ。一家は三十年以上にわたって夏のあいだこの業者からデッキチェアを借りていた。二度目は最終日である日曜日か十月三日、三日が月曜日か火曜日でも、この日と決まっていた。なぜならこの日はドイツ統一記念日で祝日だからだ。オーストラリア人、イタリア人をはじめとするいかれた連中は姿を消して居心地がよく、心なしか祭りの終わりを感じる憂いも漂う会場で、次のオクトーバーフェストまであと三百四十九日などと冗談を飛ばし、最後の巨大ブレーツェルをかじり、一リットルジョッキで三杯、四杯、五杯、六杯と最後のビールを喉に流し込む。ファルキングたちはシャオホマイアーをオクトーバーフェストに連れてくるのはいいアイデアだと思っていた。シャオホマイアーのかって知ったる場所だし、午後の日射しを浴びてチキンの丸焼きのハーフを食べれば、気分も晴れ晴れするだろうと考えたのだ。医者はいい顔をしないだろうが、一リットルジョッキを注文してやってもいい。ところが思惑ははずれた。地下鉄のホームに降り立ち、数千人に及ぶ人混みにもまれながら駅の出口に向かっただけで、シャオホマイアーはパニックを起こして、悲鳴をあげながら手を振りまわした。ビールテントまで連れていけば、知っている環境に気持ちが落ち着くだろうとファルキングはいったが、シャオホマイアーをどこかへ連れていくこと自体が無理だった。シャオホマイアーは過呼吸を起こし、救急隊員を呼ぶ羽目に陥った。オクトーバーフェストには救急隊員が多数動員されていたので、その点は助かったが。

ファルキングはいま、二年以上前にシャオホマイアーといっしょにリキュールを飲んだテーブルにいた。シャオホマイアーをうまくいいくるめてださせたおよそ二十万ユーロの大金は、すでに二度と拝むことができない金となった。当時、金が失われたことをファルキングが告白したとき、シャオホマイアーは虚脱状態に陥った。身体的にも精神的にも。その後、アルツハイマー症候群が急速に進行し、シャオホマイアーは介護が必要になった。いずれそうなる運命という診断だったが、進行しなかったかもしれないし、もっとゆっくりだったかもしれない。妻のアネッテは、不幸の元凶はファルキングだとなじり、別居した。ファルキングは、シャオホマイアーの病状が悪化した責任は自分にあると認め、すこしでも改善させたいと思った。何度か義父の世話を買ってでたこともあるが、アネッテと義母ははじめのうち体よく断った。ファルキングに会えば、シャオホマイアーのストレスになるかもしれないという事情もあったからだ。しかし病気が悪化して、ファルキングがだれかわからなくなったのを見て、アネッテと義母はファルキングに罪滅ぼしの機会を与えた。

シャオホマイアーはぼんやりとすわったまま、ちらちらとファルキングをうかがっていた。この若い男とは前にあった覚えがあるが、名前も自分との関係も思いだせないという顔をしている。つまりシャオホマイアーは疑り深い顔をしていたのだ。

「なんて顔をしているんだ、ベルント。紅茶をもう一杯飲むかい？」ファルキングは義父の肩を叩いていった。義父はじろっとファルキングをにらんでから、テーブルにのっている空のティーカップに視線を落とした。義母のマリーアは、今日ケンプテンで女友だちと会い、そのまま一泊するという。認知症になった夫をひとりにしておけなくなってから、はじめての遠出だ。妻のアネッテが父親の世話をすることになったが、犬を連れてジョギングをするとき、代わりにシャオホマイアーといるとファルキングは名乗りでた。

「どうだい？　紅茶を飲むかい？」

ファルキングがそうたずねても、シャオホマイアーは答えず、首を横に振るだけだった。

ファルキングの携帯電話が鳴った。発信者番号は非通知だった。ファルキングは電話に出た。

「やあ、ファルキングさん、元気か？」ファルキングの知らない声だった。柔らかい声だが、すこしバイエルン訛《なまり》がきつかった。

「どちらさまでしょう……」ファルキングはいった。

「そうか、俺を知らなかったね」その声がいった。「しかし俺はあんたを知っている。ひとまずそれで充分だ」

「あのですね、あなたがどなたか知りたいのですが」

「そりゃ、知りたいだろうさ。しかし人生は思いどおりにならないんだ、ファルキングさん」

「名乗らないのなら、電話を切ります」

「切るのはまずいと思うんだがね。そばにいる御仁と同じように車椅子生活はしたくないだろう」

あやしげな話になってきた。

「どういうことですか？　それ以上いったら、警察に通報しますよ」

「警察に通報するのか！」電話の向こうの声があざけった。「女に殺し屋を斡旋しているあんたがそれをいうかね。冗談にしか聞こえないぞ！」

「いったいなんのことか……」ファルキングは先がいえなかった。

「……わからないってのか？」相手があざ笑った。「シナリオ通りって感じだな。『いったいなんのことかわからない』傑作だ。思った以上にお粗末ときた」男はげらげら笑った。「いいか、よく聞け。契約を結んだら、守るのが道理だ。弁護士先生に説明するまでもないよな。協約、談判、言い方はいろいろあるだろうがな」

「それをいうなら、『合意は拘束する』ですよ」ファルキングは小声でいった。「わたしになんの用なのです？」

「いったとおりさ。約束を守れ。ツィムベックはまだ生きている」

「だれかがわたしを誤解しているようですね。わたしにはまったく覚えがありません……」

ファルキングは声を低くして、さっとあたりを見まわした。だが見えるのはシャオホマイアーだけだった。彼がなにかしゃべったとしても、だれも信じはしないだろう。

「……だれかを始末するだなんて」ファルキングはいいかけた言葉を最後までいった。「よく聞け」声がいった。「相手が悪かったな。一万ユーロも払わせておいて、なにもしないなんて、俺たちのところでは通らないんだよ。わかったか？」

電話の向こうの男はなにもかも承知しているようだ。ズージー・リンティンガーが話したのだろう。もしかしたら最初からあの娘の後ろで糸を引いている奴がいたのかもしれない。あるいはほかにもツィムベックをあの世に送りたい奴がいるということか。いったいだれだろう。ファルキングは問いかけたくなったが、どうせ電話の相手はいわないに決まっている。

「なにをいいたいのか、わたしにはさっぱりわかりませんね」ファルキングはいった。「たしかにうまくいかなかった事例があります。いただいた金はもうありません。しかしなんならお返ししてもいいです。あくまで好意として。それでなんとかなりませんか？」

「金は返してくれなくていい。リンティンガーが支払った分の仕事をしてくれないか」

「無理ですよ。なにを考えているんですか？　リンティンガーが本気だったとは思えません。あ……あのときはたしかに重大犯罪について話をしました。でも、その気はないといっていました。あなただって、本気じゃないでしょう」

アネッテが犬とジョギングをして戻ってきた。アネッテは汗をかき、微笑みながら、どうかしたのかとたずねた。ファルキングは携帯電話を指差した。アネッテもうなずいて、家に入った。

「アネッテによろしくいってくれ」電話の向こうの男がいった。「元気そうじゃないか。よく走れる。これからもそうだといいな」

ファルキングは息が詰まった。見張られている。居場所を知られている上に妻の名前までわかっている。おそらくファルキングのことをなにもかも知り尽くしているのだろう。ファルキングはあたりを見まわした。すぐにはだれも見つけられなかった。

「家族には手をだすな。金は返す。利子をつけたっていい。それ以上は無理だ」

「だけど、やってもらわないとな。いいか、俺たちが自分の手を汚してもいいんだ。そのくらいなんとも思わない。わかるか？　俺たちがあの世へ送るのは、ツィムベックがはじめてじゃない。ただすぐに警察に目をつけられるだろう。だから自分でやるわけにいかない」

「しかしどうやったらプロに声をかけられるか知らない。プロの見つけ方だって知らないんだ」

「じゃあ、自分でやりな。こっちにとってはどうだっていい。肝心なのは結果が伴うことだ」

「かんべんしてくれ。わたしは……」ファルキングは声をひそめて、家の裏にまわった。「わたしは殺し屋じゃない。人を殺したことなんてないんだ。どうやればいいかも知らない。無茶な要求はよせ」

「どうやればいいか教えようじゃないか。今度の日曜日の早朝、ツィムベックはリーダーシュタイン山に登る。どうぞ殺してくださいってなもんだ。狙い撃ちにすればいいんだからな。やるのは、おまえだろうと、だれだろうとかまわない。狩猟期に入っている。銃声がしても、目立つことはない」

「銃なんて撃ったことがない。馬鹿げている」

「ふざけてんのか？　二〇〇一年にヴァッサーブルクの射撃大会で射撃王になったのはだれだ？」相手はますますバイエルン訛がひどくなった。ファルキングは口をつぐんだ。たしかに三百メートルの距離なら腕に自信がある。相手は本当になんでも知っている。

「実行するのはだれだろうとかまわない。今度の日曜日。ツィムベックが死ぬ。さもないと、別の人間が死ぬことになる」

ファルキングは必死に考えた。だれかがツィムベックを始末したがっている。なぜだ？　恋人を虐待したからじゃない。そんなことで、こんな騒ぎを起こすはずがない。おそらく金絡みだ。だれかが死ぬと、大金が舞い込む。盗まれた二十万ユーロ！　ツィムベックがその金の残りを保管していることを知っていて、それを懐に入れたいのだ。

「ツィムベックの金を手に入れる手伝いをさせたいんだな」ファルキングはいった。鎌をかける価値はある。実際、電話の相手は数秒沈黙した。

「金ってなんだ？」相手がいった。

「ひどいな。ひょっとしてあんたのシナリオにはこういう言葉もメモしてあるんじゃないか？『金ってなんだ？』。ツィムベックがどこかに隠した二十万ユーロのことだよ」ファルキングは家の角にまわると、義父がまだテラスにすわっているかたしかめた。家の中からはシャワーの音が聞こえる。アネッテにも話は聞こえないだろう。

「その金がどうしたというんだ？」相手がたずねた。

「それはわたしの金だ」ファルキングは、あの恥知らずで、野蛮な犯罪者ツィムベックに金を奪われて泣き寝入りしたら馬鹿だと思った。ツィムベックはファルキングの人生を台無しにした張本人だ。その代償は払ってもらう。そして金の一部でも取り返せるなら歓迎だ。

「あんたはツィムベックをあの世に送りたい。いいとも。そうしよう。その代わり、金は返してもらう。すでに払ってもらった一万ユーロはさっぴいてもいい」

「あの金はもうほとんど残っていない。いまさらなんだ？」電話の男が受け身になった。

「まだ充分あるだろう。ツィムベックには金を使う時間がなかったはずだ。刑務所にいたのだから」

「二万くらいは残っているかな」

「十五万いただく。それでも、あなたは四万六千ユーロくらいの儲けになる」

「十五万！」相手は神経質に笑った。すこしやりとりして、相手に六万渡すことで手を打ち、すでに受けとった殺人依頼金はファルキングがそのままもらうことになった。

62

ズージーは毛布にくるまってカウチに横たわり、紅茶を飲んでいた。ルッは腕にギプスをはめた彼女を見つめていた。ズージーは金色の髪を後ろで結び、ほつれた髪が数本、顔にかかっている。目の下と鼻頭に無数のそばかすがある。ルッはズージーの鼻翼に目をとめた。そのまなざしからは愛情と思いやりがうかがえた。

部屋には田舎風の家具がしつらえてあった。ルッが職人といっしょに工事した床暖房で、部屋はぽかぽかだ。ズージーは紅茶をひと口飲むと、マグカップを両手で包んだ。彼女の目はマグカップ越しに遠くを見つめていた。ルッが気に入っていた子どもっぽさは微塵もなかった。ツィムベックが出所してから、ズージーにはいいことがひとつもなかった。

「あいつは捕まる。逃げられっこない。すくなくとも二十年は塀の中だ」

ルッはズージーと並んでカウチにすわり、彼女の手を取ると、彼女の掌を自分の頬に当てた。マグカップを包んでいた手は温かかった。ズージーはルッの髪をなでて、笑みを浮かべようとした。ルッをすこしでも幸せにしたくて笑みをこしらえたのだ。ズージーの微笑みはすばらしい。心から微笑んでいる。だがそれには気力が必要だ。

「これで解決だ。いっしょになれる」ルッはささやいた。

ズージーの笑みが消えた。顔が苦痛にゆがみ、涙が鼻翼と口元を伝って顎を濡らし、一瞬そこにとどまってからぽとりと毛布に落ちた。ズージーはゆっくり首を横に振った。

「まだよ。はじまったばかり」

泣きはらした目で、ズージーはルッツを見つめた。

「そうだな。俺たちふたりは、これからだ」

「いいえ、そうはいかない。あたしは……」ズージーは洟をすすった。ルッツが彼女にティッシュを差しだした。

「あたしは刑務所に入らないといけないからよ」

ルッツが口をあんぐり開けた。言葉を発するのに数秒かかった。

「なぜ？」

「だって……クメーダーが死んだのは、あたしのせいだもの」

ルッツは完全に言葉を失った。両手をしきりに動かした。そうすれば質問がすらすら出てくるとでもいうように。だが質問を口にすることはできなかった。

「殺し屋を雇ったの」ズージーは涙で濡れた顔を両手で隠そうとしたが、ギプスが邪魔してうまくできなかった。

「殺し屋を雇って、クメーダーを殺させたっていうのか？」

ズージーはなにもいわなかった。

「だけど、なんで？」

「本当はペーターを撃つはずだったの……だけど殺し屋が人違いしちゃって。ふたりは同じ服を着ていたのよ。わかる？　そんなこと、あたしは知らなかった。ふたりがお揃いのＴシャツと帽子を作らせていたなんて」

「そのことを知っている者がいるのか？」

「父親と弟」

「それなら、ばれる心配はないだろう。きみが事件に関係していると示唆する情報はない」

ズージーは首を横に振った。

「警察に行かないと。あたし、生きていけない」

「警察に行くことはない。どうせクメーダーは生き返らない。それに奴は君の親友を死に追いやったんじゃないか。俺は気にしない。奴のせいできみが刑務所に入るなんて、俺は嫌だ」

ズージーは顔をしかめた。目からまた涙がこぼれた。顎と下唇がふるえている。途方に暮れて、ズージーは窓の外を見た。だがそこにも解決の糸口はない。外はどこまでも灰色だった。

「きみはいったいだれに……つまり、撃ったのはだれなんだ？」

ズージーは息をのみ、ためらって、洟をかんだ。そのとき、外で車の音がした。ルッツは立ちあがった。「クロイトナーだ。ずいぶん遅かったな」

「ペーターかも」ズージーが小声でいった。恐怖のあまり目を大きく見ひらいている。

ルツは窓辺に立って、霧に包まれた外を見た。アプローチに車が駐まっているのがうっすら見えた。銀色と緑色に塗られた車で、警察のロゴが入っている。

「クロイトナーだ」ルツはいった。

「うちに来るみたい？　それとも、外でなにかしているの？」

「さあな。だれも見えない。ちょっと見てくる。またぞろなにかくだらないことをしているに違いない」

ルツが玄関を開けると、しめった冷気が足に絡みついた。外に長居したくはなかった。いまだに人影がない。ルツは横を向いた。家の角までは見えるが、その先の庭はほとんどわからない。なにも動く気配はなかった。自分の血流が聞こえそうなほど静かだった。ルツは外に足を踏みだし、霧の中に向かって叫んだ。

「おい、クロイトナー？　どこだ？」

63

ルツは耳を澄ました。クロイトナーの返事はない。

「おい、クロイトナー！　なにやってんだ？」

今度もルッの声は返事を得ぬまま消え去った。どこか家の裏手で物音がした。雨樋《あまどい》の下に敷き詰めた砂利をだれかが踏んだような音だった。ルッはそっちに視線を向けたが、なにも見えなかったので、パトカーのところへ歩いていった。ルッはクロイトナーが乗っているパトカーを知っていた。目の前のパトカーはまさしくそれだった。ただクロイトナーの姿がどこにもない。ルッはなにかおかしいと感じた。

家のそばでなにか気配がした。ルッはそれを目の端で捉えた。だが振り返ってみると、なにも変わりがない。いや、ドアが開いている。開けっぱなしにしただろうか。思いだせない。そのとき、拳銃を念のため家に持ち帰り、居間のテーブルに置いていたことを思いだした。むきだしのまま置きっぱなしにしていることに不安がよぎった。家の中で電話が鳴った。

ズージーは鳴りだした電話のほうを見た。出るべきか迷った。自分の家ではない。外からルッの声がした。

「電話に出てくれ。署からの電話かもしれない」

ズージーはマグカップを脇に置くと、毛布をはいで、電話がのっている小机のところへ行った。ズージーが受話器に手を伸ばしたとき、だれかが前腕をつかんだ。ズージーは身をこわばらせた。振り返る勇気がなかった。

「そのままにしておけ」そういうと、ツィムベックがズージーの体を自分のほうに向けて、顔を覗き込んだ。外からルツの声がした。

「留守番電話に切り替わるから、受話器を取ってくれ」

ルツの声が近づいてくる。

ルツが居間に入ると、まだ電話が鳴っていた。急いで受話器を取ると、ルツは名を名乗って、数秒待った。それから電話を切った。

「なんで出てくれなかったんだ？　留守番電話に切り替わってしまった」ルツはカウチのほうを見たが、ズージーはそこにいなかった。

「出られない事情があるのさ」窓のあたりで声がした。ルツは振り返った。ツィムベックがそこに立っていた。そして彼の前に、ルツのほうを向いて、ズージーが立っていた。ツィムベックはズージーの胸を押さえて、彼女のこめかみに拳銃の銃口を当てていた。さっきまでテーブルに置いてあったルツの拳銃だ。「おまえの携帯電話をテーブルに置け」

ヴァルナーはデスクマットを指で叩きながら、電話機とミーケとヤネッテを順に見た。

「なんで電話に出ない？」

ヴァルナーはトレーから電話帳を取って、ルツ・シュヴォボダの名を見つけるまで上から下へ指でなぞった。そこに携帯の番号が記入されていた。ヴァルナーはその番号にかけたが、しばらくして受話器を置いた。

「携帯の電源は切れていない。なのに出ない。おかしいな。ミーケ、対応を頼む。そうだ、クロイトナーが戻ったら、すぐ俺のところに来るようにいってくれ」

ツィムベックの大きな前腕がズージーの顎を上げた。鋼《はがね》の銃口はズージーのこめかみに当てたままだ。つい今し方、ツィムベックは固定電話機を拳銃で撃って壊し、ルッツの携帯電話をジャケットにしまった。

「どうするつもりだ？」ルッツはたずねた。「きさまはもうお尋ね者だぞ。どこにも行けはしない」

「霧で見えないさ」ツィムベックが答えた。

「そうかもしれない。だが逃げられるとしても、きさまひとりでなければ無理だ。ズージーを放せ」

ツィムベックはズージーを前に突きだした。ルッツは希望を抱いて、ズージーに一歩近づいて抱き留めようとした。

「おい！　動くな」ツィムベックはルッツに拳銃を向けた。ルッツは両手を上げて一歩さがった。ツィムベックは玄関に置いてあったジョギングシューズを指差した。そこに並んでいるほかの靴よりも小さい。

「その靴をはけ」

ソックスしかはいていなかったズージーが、玄関に歩いていった。

ツィムベックは拳銃をかまえたまま、ルツのところにやってきた。

「次はてめえだ」

ルツは壁にもたれかかって、パニックに陥らないように静かに息をした。

「俺がムショにいるあいだ、よろしくやってたのか？」

ルツはなにもいわなかった。

「てめえに質問してんだぞ」

ツィムベックは声を張りあげた。目が泳いでいる。

「その人のことは放っておいて」ズージーはツィムベックをなだめようとした。そのとたん耳をつんざく銃声がとどろき、ズージーの足下にあった靴が吹っ飛んだ。ツィムベックが床めがけて発砲したのだ。

「黙って靴をはけ！」

ズージーは身をすくませ、ふるえる手で靴紐《くつひも》を結んだ。ツィムベックはまたルツのほうを向いた。

「想像してみろ。ムショにいるあいだに、女を寝取られたら、てめえならどうする？」

「きさまにはわからないだろうな。大事なのはセックスじゃない」

「じゃあ、なにが大事なんだ？　愛情か？」

「いっても無駄だ。きさまにはわからないことだ。それより、尻に火がついてるんだぞ、なんで逃げない？」

「この女がここにいるからさ。俺たちは別れない。てめえは納得いかないだろうが、そういうことだ」

「ズージーも納得がいかないさ」

「昔はこいつにもわかっていた。てめえがあらわれて、ズージーの尻を追いかける前はな。ムショ帰りなんか相手にするな、警察の人間と付きあったほうがいい、あいつが邪魔をしたら、またムショに放り込むとか、こいつにいったか？」ツィムベックはズージーのほうを向いた。「あと一歩だったたな。カトリーン殺しを俺になすりつけようとした。やったのは俺じゃねえ。サツはわかってるくせに、だれも気にもしねえ。シュヴォボダ刑事さんがいったからだ。ツィムベックをのさばらしておけない。あいつに罪をなすりつけろ。あいつのいうことなんかだれも信じないってな」

ツィムベックは一歩さがって、ルッの頭から足下まで見た。

「なんてゲス野郎どもだ。俺がカトリーンを撃ってないことはわかってる。そうだろう、えっ？」

「俺の知るかぎり、撃ったのはきさまだ」

「なるほど。やっぱりてめえは俺に罪をなすりつける気だな。後ろを向け」

ルッはためらった。ズージーが拝むようにツィムベックを見た。

「ねえ、行きましょう。時間がないわ」

「行くかどうかは俺が決める」ツィムベックはまたルッに銃口を向けた。「後ろを向けっていってんだ」

ルッは後ろを向いた。心臓が早鐘を打った。ツィムベックはなにをするかわからない。撃つつもりだろうか。ルッが最後に記憶しているのは、背後でなにかがすばやく動いたことだけだった。

64

十二時半をすこしすぎた頃、クロイトナーからの連絡を受けて出動した巡査が、居間で気絶しているルッを発見した。後頭部に裂傷を負っていたルッは、気がつくと激しい頭痛を訴えた。それでもすぐヴァルナーに電話をかけるといって聞かず、そのあと巡査と共に署に戻って応急処置を受けた。ヴァルナーは状況の急変を受けて、郡内の交通封鎖を命じ、ローゼンハイムの警察本部にも一報した。フィッシュバッハアウからローゼンハイムやインタールは目と鼻の先で、そこからすぐにオーストリアに入国できる。もっとも国境越えのルートは無数にある。これが普通の日ならヘリコプターを飛ばして、捜索中の車をまたたくまに見つけだせるのだが、ツィムベックは濁った湖を泳ぐ魚と同じだった。居場所はだれにもわからず、検問に引っかかることを祈るほかなかった。

ヴァルナーは直接の部下たちを緊急会議に招集した。ヤネッテ、ティーナ、ミーケがヴァルナーの部屋に集まった。裂傷と脳震盪に苦しむルッツも同席した。ツィムベックがズージーを誘拐してからおよそ四十分が経過していた。心配で気が変になりそうになっていたルッツは現状がどうなっているのか知りたがった。いまのところ待機する以外にできることはなかった。ただひとつ手がかりがあった。ツィムベックはルッツの携帯電話の電源を切っていなかったのだ。だからおおよその位置は特定でき、ローゼンハイムやインタールではなく、西に向かっていることがわかっていた。ヴァルナーは郡内の東部にいた警官たちを西に移動させた。しかしそれも焼け石に水だった。霧のせいでツィムベックのように無謀な速度で車を走らせられなかったので、追いつくことも、先回りすることもかなわなかった。電話が鳴った。ツィムベックがグムントとテーゲルン湖のあいだで検問を突破したという一報だった。この追跡劇の最中に、パトカーが一台、観光バスと衝突した。ツィムベックは霧の中に消え、南へ向かったとみられる。

ツィムベックがテーゲルンゼー谷から逃げだすには、方法はもはやひとつしか残っていない。アヘン峠を越えてチロルに入るルートだ。だがアヘン峠の道は狭い。テーゲルン湖の南には捜索の手を広げていなかったが、オーストリア警察がアヘンキルヒでツィムベックが来るのを待ちかまえることができる。パトカー一台以上で、道を封鎖するように要請した。本来なら、ツィムベックが網にかかるのを待つだけだった。だがヴァルナーは安心できなかった。アヘン峠を越えられないことくらい、ツィムベックは先刻承知のはずだ。なにか別の手を考えているに違いない。

十五分後、パトカーが二台、霧の中をゆっくり走っていた。一台目はクロイトナーがハンドルを握り、ヴァルナーは後部座席に、ミーケは助手席に乗っていた。ルツはホルが運転する二台目のパトカーに同乗した。みんな、登山靴をはいていた。ミーケは大急ぎで飲み水とわずかばかりの食料とセーターを詰めたリュックサックを手配した。

ヴァルナーたちはこれまでに判明した情報から、ツィムベックが徒歩で国境を越えるつもりだと判断した。それが可能なのはブラウベルゲ山脈越えだけだ。

後席にすわっていたヴァルナーは移動中、ノートパソコンに保存してあった事件現場の映像をもう一度見直した。

「おい、クロイトナー、よく考えろ」ヴァルナーは映像を早送りしながらいった。「ツィムベックのことを一番よく知っているのはおまえだ。あいつはどこへ行く気だ?」

「さあな。オーストリアだろう」

「しかしアヘン峠越えはしないだろう。そんな馬鹿じゃないはずだ」

「ほかにどこへ行くっていうんだ？　この方角ならアヘン峠しかないだろう」

「どこかに二、三日身を隠して、様子を見るつもりかもしれない。永遠に道路封鎖するわけにいかないからな」

「それなら隠れ家がいるな。この時期に野宿は無理だ。女も連れてるし」

「山小屋か。いまなら人がいない」

「山小屋を捜索することくらい、あいつにもわかるでしょう」ミーケはいった。

「俺たちが知らない山小屋があるんじゃないか？　あいつのじいさんは密猟をしていたそうじゃないか」

「密猟？」じっと前を見つめていたクロイトナーが、霧の中から突然あらわれたテールランプに気づいて、急ブレーキをかけた。「ちくしょう！　こんなとろとろ走っていたんじゃ埒《らち》が明かない」クロイトナーは青色回転灯をつけた。前方を走っていた車が道をゆずった。

「密猟じゃない。やっていたのは密輸だ。ブラウベルゲ山脈を越えて。ハルザーシュピッツェ山の南に密輸業者の隠れ小屋があるって話を聞いたことがある。いまでもあるんじゃないかな」

「奴がそこをめざしているなら狼谷《ヴォルフスシュルフト》を通るな」

「あちこち行ってるんですね」ミーケがヴァルナーにいった。

「奴は三十分先を行っているが、女はそんなに速く歩けないだろう。追いつけるんじゃないか？」

「楽勝だ。おふたりのコンディションは知らないが、俺は日ごろから体を鍛えている」クロイトナーの言い方はどこか自虐的だった。

「おまえまでついてくるのはどうかな。今度はツィムベックに制服を盗まれかねないぞ」

ミーケがくすくす笑った。

「そうですね。一度へまをした奴には、二度目もあるでしょう」

クロイトナーがまたブレーキを踏んだ。パトカーと衝突した観光バスがいきなり目の前にあらわれたのだ。その場にとどまっていた巡査たちに、ツィムベックが徒歩でブラウベルゲ山脈を越えてチロルへ向かっているかもしれないので、このまま追いかけるといい残した。

巡査たちは口々にいった。

「幸運を祈ります」

「気をつけて、危険な奴ですから」

「検問を突破するような奴です。なにをするかわかりませんよ」

ツィムベックは林道からはずれて、百メートルほど森に入ったところでパトカーを捨てた。霧が立ちこめているので、林道からも、駐車場からも、パトカーは見えないだろう。ツィムベックはルッの家で手に入れた拳銃を腰のベルトに差して歩きだした。ズージーは凍えていた。セーターしか着ていなかったからだ。ツィムベックは、歩けば温まる、これから山越えするといった。

ゆっくりと同じテンポで、ふたりは狼谷を登った。

「どうするの？」ズージーがたずねても、ツィムベックは返事をしなかった。

しばらく黙々と歩いてから、ツィムベックがいった。

「あんな警官のどこがいいんだ？」

ズージーは迷った。本当のことをいうべきだろうか。それともツィムベックの機嫌を損ねないほうがいいだろうか。どこへ向かっているかもわからないし、ツィムベックがなにをするつもりか知らない。こんなところでは、だれも助けてくれないだろう。

「いかしてるってわけじゃないわ」ズージーはいった。

「じゃあ、なんで寝た？」

「あたしがひとりのとき、いっしょにいてくれたのよ。あたし、寂しかったの」

「もっと面会にくりゃよかったんだ」

ズージーは黙った。

「まあいい。俺が戻ったんだから、ルッって奴とは縁を切るよな？」

「もちろんよ。あなたが帰ってきたんだもの」

ズージーはツィムベックの一歩後ろにいたが、ツィムベックの目に入るように斜め後ろを歩くようにいわれていた。ズージーはこっそりギプスをいじった。しばらく前から傷んでいて、樹脂の部分が簡単に取れた。赤くて目立つ。ズージーはそれを地面に落とした。

「やっぱり引っかかるんだよな」ツィムベックがだしぬけにいった。

「なにが？」

「あのルツって奴と別れるっていうのがだよ」

ツィムベックは静かに登りつづけた。ズージーは一歩遅れて、あとにつづいた。どう答えたらいいのだろう。

「その気はないんじゃないか？」

ズージーはなにもいわなかった。

「拳銃の在処を警察にばらしたよな。どうも辻褄があわない」

「あたしはばらしてないわ」

ツィムベックが足を止めた。ズージーも止まった。ツィムベックはズージーの顎に人差し指をあてて、上を向かせた。

「俺に嘘をつくのか？　それなら、ふたりでなにをくっちゃべったんだ？　あいつは、心配いらないとかいったんだろう。ツィムベックならいくらでも檻に入れてみせるとかさ。違うか？」

ズージーは目を閉じて、おずおずと首を横に振った。殴られると思った。ところがツィムベックは手を上げなかった。目を開けてみると、ツィムベックが悲しそうに見ていた。

「すまねえな。俺はつい手を上げちまう」ツィムベックの目がうるんでいた。

「いいのよ」ズージーはささやいた。

「あいつも殴ったことがあるか?」

ズージーは首を横に振った。

「ちゃんと話を聞くってわけか?」

ズージーは肩をすくめた。たしかに、ルツはちゃんと人の話を聞いてくれる。ツィムベックは聞く耳を持たない。ズージーのいうことなど端《はな》から聞く気がないのだ。だから関心を持って聞いてもらえるのがうれしかった。

「惚《ほ》れてる。そうなんだな?」

ズージーは絶望してツィムベックを見たが、なにもいわなかった。

「そういえばいいじゃねえか。俺にはわかる。惚れてるんだな?」

ズージーはおずおずとうなずいた。ツィムベックもうなずいた。

「どうしてそうなったんだ?」

「わからない。気づいたらそうなってた。あたしにはどうしようもなかった」

ツィムベックは片手で顔の汗をぬぐった。もしかしたら涙だったかもしれない。それからツィムベックは山を見上げた。立ち枯れたトウヒが見える。三十メートルほど先で枯れ枝を霧の中に伸ばしている。

「そうなったのは、おまえが昔のようには俺を愛せなくなったからだろう。そうだよな？」

ズージーはなにもいわなかった。

「そういえばいい。いつまでも嘘をついてるわけにはいかねえ」

「そのとおりよ」ズージーはいった。「ここが壊れちゃったの」ズージーは自分の心臓を指差した。「なぜかしら？　自分でもわからない。気づいたらそうなっていたの」

今度はツィムベックがなにもいわなかった。ズージーから顔をそらして、黙って立ったまま、立ち枯れたトウヒに視線を向けていた。ツィムベックは重い息づかいで腕を組み、肩をすくめた。ズージーが彼の肩に触れた。

「ペーター、あたしはあなたのことが好きよ。でも、昔のようにはいかない。辛いでしょうけど、こればかりはどうしようもないわ」

ツィムベックがズージーのほうに顔を向けた。目がうるみ、顎がふるえていた。

「ごめん」ズージーはいった。「こんなことになるなんて思ってなかった」

ツィムベックは洟をすすった。

「だけどそうなっちまった。おまえはもう、あいつのものなのか？」

「いまさら変えられないわ！」ズージーも泣きだした。「すてきな時間を過ごしたわね、ペーター。でも、これからはあたし抜きで生きていって」

ツィムベックは黙って山を見上げ、なにか聞こえるとでもいうように霧の中に耳を澄ました。

「前を歩け」そういって、ツィムベックは山のほうを顎でしゃくった。

65

ミースバッハを出発してから四十分後、ヴァルナー、クロイトナー、ルツの三人は狼谷を登っていた。三人ともリュックサックを背負っている。ずんずん歩いたが、急ぎはしなかった。女を連れたツィムベックのほうが歩きはゆっくりのはずだ。登山ルートは三時間かかるから追いつけるだろう。ツィムベックが盗んだパトカーが見つからなかった。捜す時間が惜しかったので、ヴァルナーは二手に分かれることにした。ミーケとホルはシルデンシュタイン山のケーニヒスアルムに向かった。そこからもチロルへ山越えできるが、そっちに逃げた可能性は低い。ヴァルナー自身は、クロイトナーとルツを連れて狼谷を越えるルートを取った。このルートはブラウベルゲ山脈の尾根を越えてハルザーシュピッツェ山へとつづいている。三人は霧の中をすすんだ。視界はせいぜい三十メートル。十五分後、ヴァルナーはかがんで、赤い樹脂の破片を拾って、ルツに見せた。

「ズージーのギプスの破片です。わざと落としたようですね」

「じゃあ、この道で正しいんだな。それでも、ミーケにはシルデンシュタイン山に向かってもらおう」

二十分後、クロイトナーがじれったくなっていった。

「こんなちんたら歩いてちゃ追いつけない。もっと速度を上げないと」

「俺たちはおまえみたいに鍛えていないんだ」ヴァルナーはいった。「それにルツは頭を殴られている。とにかく落ち着け。ルツのほうがよほど焦っているはずだ」

「よし、俺がちょっくら先にいって、様子を見てくる」

クロイトナーは早足になり、ふたりを残して先を急いだ。

「気をつけろ」ヴァルナーは後ろから声をかけた。「ツィムベックが霧の中からいきなり飛びだしてこないともかぎらないからな」

ズージーは息があがって汗をかいた。ツィムベックにせき立てられた上に、道がけわしくなった。それに体を支えたり、引きあげたりするのに、怪我をしていないほうの手が必要だった。そしてツィムベックの前を歩いているため、気づかれずにギプスの破片を落とすのはむずかしかった。

いままでになく険しい個所で足下の地面が崩れ、ズージーは二メートルほど落下してしまった。力尽きて、起きあがれなかった。

「ちょっと休ませて」そういうと、ズージーは必死にツィムベックを見た。

「わかった。だがちょっとだぞ」ツィムベックはパトカーの中で見つけたミネラルウォーターのボトルをズージーに渡すと、すぐそばの岩にすわった。

「どうするの？」ズージーはたずねた。「みんな、あなたを追ってる」

「ハルザーシュピッツェ山の向こう側に隠れ家がある。だれも知らない。じいさんの時代のものだ。そこなら検問が撤収されるまで数日隠れられる。それからはまた様子見だ。車を調達して、イタリアに向かうつもりだ」

「あなたを止めないわ」

ツィムベックはズージーの手からボトルを取って、ふた口ほど飲んでから、ズージーの壊れかけているギプスを見た。

「それ、どうしたんだ？」

「気になるからいじっちゃうのよ。そしたら、はがれてきちゃった」ズージーは、怯えているのを悟られませんようにと祈りながらいった。

ツィムベックはうなずいたが、ズージーの言葉を信じたかどうかはわからずじまいだった。ツィムベックはもう一度ズージーにボトルを渡そうとした。ズージーは首を横に振った。ツィムベックはボトルを地面に置いた。

「俺としては、ふたりしてここから消えようと思ってるんだ」

ズージーはなにもいわなかった。

「だけど、どうもそうもいかないようだな」ツィムベックは立って、首と肩をまわして体をほぐした。「おまえは俺と行きたくない。そうなんだろう？」

「うまくいくと思えないもの」

「ああ、そうかもな」ツィムベックはふたたび静かに立って、遠くを見つめた。「じゃあ、おまえを連れずにいくしかない」

ツィムベックはトランス状態のように抑揚のないしゃべり方をした。頭の中では同時に大事なことを思案しているのか、心ここにあらずという様子で話している。

「どういう意味？」ズージーはたずねた。

「いったとおりだ。おまえとは袂《たもと》をわかつ」

「じゃあ……」ズージーは期待に胸をふくらませて、来たほうを見た。

「いいや」ツィムベックはいった。「もうちょっといっしょに登ろう」

それがどういう意味なのか、ズージーにはわからなかった。なんのためにいっしょに歩かなくてはならないのだろう。こんなツィムベックは見たことがない。彼の目はなにも見ていないようだ。心の内がどうなっているのか、外からは推し測りようがなかった。だがズージーは、ツィムベックがなにかよからぬことを考えているような気がしてならなかった。

ズージーはなにかいおうとした。ところがツィムベックは、静かにしているように手で合図した。霧に包まれた静寂に耳を傾けている。数秒後、かすかに物音が聞こえた。もやっていて、なにも見えないずっと下のほうからだ。だがすぐにまた静かになった。しばらくしてまた音がした。さっきよりもはっきり聞こえたが、いまだに小さな音で、遠く離れている。だがそれがなんの音かはおおよそ予想がついた。石が崖を転げ落ちる音。山を登ってくる者がいるのだ。

ルッが遅れはじめた。ヴァルナーはそのことに気づいて、足を止めた。ルッは頭痛がひどくなって朦朧《もうろう》としていた。ヴァルナーは、降りたほうがいい、とルッに声をかけた。だがいうだけ無駄だった。上の霧の中に愛する女がいて、命の危険にさらされている。

「わかるよ」そういって、ヴァルナーはゆっくり歩いた。寒かったが、ダウンジャケットを脱いでいた。狼谷の斜面は急峻《きゅうしゅん》だった。

「馴《な》れ初《そ》めは？」

ルッは微笑んだ。

「クロイトナーにつれられて店に入ったんです。彼女はひとりで店を切り盛りしていました。なんとなく好ましかったんです。ビールを運んできたとき、彼女が微笑みまして」

「気があると思ったんだな？」

「それは思い込みでした。実際は違いました。気持ちが通じたのはずっとあとになってからです。頻繁に店に通うようになって、彼女もわたしに引かれたんです」

「そんなに好きなのか？」

「気が変になるほど愛してます。もちろん恋する女はだれだってやさしいでしょう。でも彼女は本当にやさしいんです。いい心の持ち主なんです。彼女はけっしてひどいことをしません。それなのによりによって……あんな奴といっしょになるなんて……」ルッは息が詰まって、それ以上話せなかった。

「おまえの彼女を取り戻そう。約束する」

ルッはそれっきりなにもいわなかった。可能性がどれだけ低いか自分でもわかっていたのだ。ツィムベックがキレても、だれもズージーを守れない。ヴァルナーたちは一歩一歩規則正しく足を前にだした。葉を落とした枝にカラスがじっと止まって、目の前を通りすぎるふたりの登山者に視線を向けていた。ヴァルナーは登山道を見た。視界は数メートルもない。

「クロイトナーはどうしたのかな？」ヴァルナーはいった。

「なにも見つけられないのでしょう」

ふたりは歩きつづけた。ヴァルナーはルッを目で捉えた。歩くのが辛そうだ。頭を殴られたのが応《こた》えているのだろう。ヴァルナーは歩みを遅くした。

「ふたりだけになったからちょうどいい」ヴァルナーはいった。「ズージーは絶望的な状況にある。ツィムベックからは逃げられないだろう。そして奴は彼女の残りの人生を台無しにしてしまうはずだ」

「だから、なんですか？」

「いいたいのは、そういう絶望的状況では、なりふりかまわないかもしれないということだ」

ルツはなにもいわなかった。

「彼女はけっしてひどいことをしないといったが、ツィムベックに対してもか？」

「なにがいいたいんです？」

ヴァルナーは足を止めた。

「ルツ、これはどうやったって見過ごせないからいうんだ」

ルツはなにをいわれるか察していたらしく、うつろな目でヴァルナーを見た。

「それなら、いったらいいでしょう」

「ズージー・リンティンガーが殺し屋を雇った形跡がある。というか雇わせた形跡があるんだ」

「まさか」そういうと、ルツは無理して笑ってみせた。彼の言葉には自信の欠片《かけら》もなかった。

「だとしても、その殺し屋はまだ実行にうつしていませんが」

「いいや、実行したんだ」

「というと？」

「クメーダーを射殺した」

「クメーダー？　どういうことです？」

「犯人はツィムベックと間違えたのさ。ふたりはあの日、お揃いのTシャツと帽子を身につけていた」

「まさか！　馬鹿げてますよ。ズージーが殺し屋を雇うはずがありません。そんな金など持っていないし」

「いざとなれば、金を用立てる方法はある」

「形跡というのは……どのくらい信憑性があるんですか？」

「ファルキングがメモを残していた。彼女がファルキングを訪問し、殺し屋を手配できないかと相談したと記されている」

「待ってください！　殺し屋を雇うのに、どうしてあの弁護士のところへ行かなくちゃならないんですか？　でっちあげですよ」

「ファルキングのところへ行ったのは、ツィムベックのことで法律上の相談をするのが目的だったのだろう。おそらく、ファルキング本人が殺し屋のことを話題にした。殺し屋を仲介するといって、ズージーに金を払わせたのだと見ている。だがそれは面談記録には記されていない」

「なんで知ってるんですか？」

「あいつは同じ手口で、さらに四人の女から金をせしめていた。そのうちのひとりが、どういう流れでそうなったか告白したんだ」

「じゃあ、ファルキングが金を取って殺し屋を雇ったというんですか？」

「違う、違う。金を取っただけだ。そのあと女には、依頼した殺し屋が逮捕されたといっている。もちろん金はそのまま返ってこない。うまく考えたものさ。被害者は警察に訴えられないからな」

「ファルキングは殺し屋を雇わなかったんですか？」

「ほかの女の場合はな。標的になった男たちは全員生きている」

「じゃあ、ズージーのときだけ、どうして違うんですか？」

「そこが解せないんだ」

66

ガスが薄くなった。霧の限界高度に近づいたのだ。

「証拠はないんでしょう？」ルツはいった。

「ああ」ヴァルナーはいった。「実際には、どう進行したのかわかっていない。だがファルキングが、ふざけてあんなメモを残したはずはない」

「あいつが書いたことは本当のことじゃないといいましたよね」

「いいや、そうはいっていない。一部分、自分に都合よく脚色している。しかし殺し屋について女たちと話したのは間違いない」

「ただし、あいつはなにもしなかったんですよね」

「ズージー・リンティンガーのときは違ったようだ。あるいは自分からそうしたか。ファルキングは遠距離射撃の名手だった。銃が入っていたリュックサックが彼のものであることが、あれから判明している」

「捜査結果のいくつかが、わたしの耳には入っていなかったみたいですね」

「そりゃあ……おまえがずっと署に来ていなかったからだ。それに個人的感情で動いている。本来なら捜査からはずすべきなんだ」

「なんでそうしなかったんですか?」

「人手が足りなかった。ツィムベックに引導を渡すのに、おまえが必要だった」

「ボスとはこの十二年間、毎日いっしょに仕事をし、お互いに頼りにしてきたでしょう。いまさらそんなことをいわなくても」

「ああ、もちろんそうだ。しかし事件簿の最後に、おまえを捜査からはずした理由として、そんなことを書きたくないんだ。感情に流されるのはプロらしくない」

ルツは立ち止まって白い息を吐いた。

「まさかズージーを逮捕しないですよね？　あれほどひどい目にあったのに。いまある証拠で嫌疑が固まると思いますか？」

ヴァルナーも立ち止まった。

「それはまだわからない。いまある証拠では不十分だろう。しかし証拠がある以上、無視できない」

ルツは暗い面持ちでヴァルナーを見た。悪いほうに考えているのは明らかだ。

「同僚や友人をつらい目にあわすのは本意ではない。しかし見過ごせない」

「彼女がそんなことをするとは思えません。証拠は出ないですよ」ルツは急に楽観的になり、元気をだして登りはじめた。

「おまえをあとで驚かせたくないからいっておくんだ」

「なにに驚くというのです？」

「この件がハッピーエンドで終われば、おまえはあの娘を抱きしめることが叶《かな》う。ただし、ふたりだけでしゃべるのはだめだ。このあとあの娘を署に連行する」

ルツは歩きつづけたが、ふと前方を見て足を止めた。二十メートルほど先で、クロイトナーが木にもたれかかって、ふたりを待っていた。

「それで？」ヴァルナーはたずねた。「どうなんだ？」

「ふたりの話し声が聞こえた。この先にいる。距離はわからないが、すぐそこだった」

「よし」

「いいかどうかはわからない。歩くテンポを上げる。さもないと追いつけない」クロイトナーはルッを見た。

「もっと速く歩ける。行ってくれ」

三人はさらに三十分歩いた。だれかしら物音を聞いたといって、途中で何度も足を止めた。だがいくら耳を澄ましても、自分の息づかいしか聞こえなかった。あたりは静寂に包まれていた。谷から上ってくる音もない。三人は泡の中を動いている感覚に襲われた。視界を遮るその泡が三人の世界だった。いくら歩いても、前方に見えるものは霧にかすんでいた。前を見つづけるのはしんどかった。灰白色の壁を見ているようなものだったからだ。そのうち三人は足下の地面しか見なくなり、ときおりツィムベックが眼前にいるような気がして、はっと目を上げた。しかしツィムベックが目の前にあらわれることはなかった。あらわれたのは背後からだった。三人は、岩場をまわり込んだとき、声をかけられた。

「おい、こっちだよ、サツの旦那方！」

三人が振り返った。クロイトナーはすかさず拳銃を手にした。だがツィムベックも拳銃を持っていた。しかもズージーのこめかみに銃口を当てている。

「ゆっくり手を上げろ。変な真似《まね》はするなよ」

ヴァルナーとルツはゆっくり手を上げた。クロイトナーは迷って、動かなかった。

「クロイトナー、銃を捨てろ。それを使ったらおしまいだぞ」ツィムベックはクロイトナーに笑いかけた。「クロイトナー、昔おまえにそういわれたっけな。ほら、捨てるんだよ」

クロイトナーは拳銃を地面に置いた。ツィムベックは三人に数歩下がるようにいってから、ズージーに拳銃を集めさせた。ズージーは拳銃を全部ヴァルナーのリュックサックに突っ込むと、そのリュックサックをツィムベックのところに持っていった。それからツィムベックはズージーに命じて、クロイトナーのところへ使い捨て手錠を持っていかせた。クロイトナーはルツとヴァルナーに手錠をかけるほかなかった。そのあとズージーがクロイトナーに手錠をかけた。

それを見ながら、ツィムベックはいった。

「手錠はクロイトナーのパトカーの中で見つけた。クロイトナー、車を貸してくれて感謝する。そうそう、ボディビルディングとマラソンの雑誌、とっても愉快だったぜ。いろいろ計画してるんだな」

クロイトナーはツィムベックにくそったれと罵声を吐いた。ツィムベックは聞き流して、手錠がしっかりかかっているか確かめた。そのあいだズージーとルツはひと言も言葉を交わさなかった。ズージーはルツの視線に耐えかねて、顔をそむけた。行くぞ、とツィムベックが号令を発すると、ズージーは途方に暮れた様子でルツとツィムベックを見た。ツィムベックはそのことに気づいた。

「てめえがルツだったっけな?」ツィムベックはそういって、手錠をかけられた刑事をさげすむように見つめた。

「もう一度こいつをよく見ておくんだな」ルツをしばらく見てから、ツィムベックはいった。

「これが見納めだ」

ツィムベックはズージーの腕をつかむと、引っぱるようにしてまた登りだした。まもなくふたりは霧にまぎれて消えた。

ツィムベックは三人の拳銃と携帯電話、それからヴァルナーのリュックサックを持っていった。ほかのふたつのリュックサックも中を探って、ポケットナイフ二本とレザーマンを奪った。それからまだ若いが、すでにがっしりした木にヴァルナーたち三人の手錠をひっかけて動けないようにした。

「ポケットになにかないですか? 鋭いもの」ルツがたずねた。「車のキーとか」

ヴァルナーは車のキーを持っていた。だがキーには尖《とが》ったところも、鋭い角もなかったため、樹脂製の手錠を切断するのは無理だった。

「ちくしょう」しばらくキーをノコギリ代わりにして悪戦苦闘した末に、ルツは悪態をついた。「以前は車のキーで切断できたのに」

「リュックサックになにか入っていないか？」ヴァルナーがクロイトナーにたずねた。クロイトナーのリュックサックは近くにあった。足で引っかけて引き寄せることができた。

「だめだ。鋭利なものはなにもない」

「くそっ、こんなことってありですか。なんとかこれをはずさなくては。もう耐えられません。彼女の身になにかあったら大変だ」

「ルッ、気をしっかり持て。落ち着いて考えるんだ。手錠をはずす方法がなにかあるはずだ。切断以外の方法ということだが」

「ケーブルを抜くのは無理です。抜けない設計になっていますから」

「あれはどうかな……」ヴァルナーはクロイトナーのほうを見た。「おまえ、タバコを吸うな」

「ああ、まあ」

「じゃあ、タバコを持ってるか？」

「リュックサックにひと箱入ってる」

「ライターは？」

「箱に入れてある」

「火をつけてケーブルを焼き切れないか？」

「それですよ」ルッはいった。「早くしてくれ」

三分後、三人は手錠から解放された。ツィムベックとズージーは十分先を行っている。しかもツィムベックは拳銃を四丁持っていて、ヴァルナーたちは丸腰だ。援軍の当てもない。携帯電話があれば、逃亡者はハルザーシュピッツェ山の南麓《なんろく》にあらわれるとチロルの警察に連絡できるのだが、その術《すべ》がないのだからいくら頭を悩ませても意味がない。それにツィムベックに追いついても、どうすればいいかわからなかった。

しばらくすると、ルッツは休憩したいといって頭を抱えた。

「どうした？」

ヴァルナーがたずねると、ルッツはいった。

「ひどい頭痛がするんです。目がかすんで」

ルッツをそこに残すことにした。ヴァルナーとクロイトナーのどちらかがルッツを連れて麓《ふもと》に下ることも考えたが、ルッツは怒りだして、ズージーの安全を確保するほうが先決だといった。

「すこし休んで具合がよくなったら、ひとりで山を下ります」ルッツはいった。

ヴァルナーはルッツひとりを残していきたくなかったが、ほかに選択肢はなかった。

67

ルッツを残して先を急いでから十分ほどしてようやく霧が晴れ、青空が見えた。ハルザーシュピッツェ山へとつづく稜線《りょうせん》に辿り着くと、日の光がさんさんと降り注いだ。雲海からグッフェルト山の山塊がそびえていた。その先には稜線がアヘン湖と並行して伸びるウンニュッツェ山があり、その稜線の左側がハルザーシュピッツェ山だ。

はじめのうち、クロイトナーとヴァルナーは、ツィムベックが本当に山頂をめざしているのか確信が持てなかった。右のほうへ向かった可能性もある。裸眼でふたつの方向を仔細《しさい》に見て、クロイトナーがハルザーシュピッツェ山の頂のすぐ下にいるふたつの人影を見つけた。ふたりはゆっくりと登っている。ツィムベックとズージーに違いない。霧が晴れたことで、追跡はますます困難になった。ふたりを視認できたが、それは逆に見つかってしまうことを意味していた。これだけ高山になると、樹木は背が低く、身を隠せるところなどろくにない。ツィムベックを不意打ちにすることは望み薄だ。道が下りになって、見渡しが利かなくなってからのほうがよさそうだった。そのときまでツィムベックから目を離さないようにした。奴が山頂をめざしているかぎり、追っ手には気づかないだろう。一度だけツィムベックは振り返って、追っ手がいないか確かめた。ヴァルナーとクロイトナーはとっさに大きな岩の陰に隠れた。

それからまもなくツィムベックとズージーは山頂について、休憩をとった。ヴァルナーとクロイトナーはしばらくふたりを観察して、どうしたらいいか考えた。待機するほかなかった。ツィムベックに気づかれずにこっそり山頂に登ったとしても、そのあとどうしたらいいだろう。

山頂で動きがあった。ツィムベックが立ちあがった。ツィムベックにせき立てられたらしく、ズージーも腰を上げた。ズージーはあとずさり、ツィムベックはその場にとどまった。拳銃を手にしている。ツィムベックとズージーの距離が広がった。ズージーは崖ぎりぎりのところまで来た。ツィムベックがなにかいっている。

「あいつ、なにをしてるんだ？」

クロイトナーは肩をすくめた。

「おまえはあいつのことを知ってるんだろう。あいつはなにをする気だ？」

「奴はいかれてる。なにをする気かなんてわかるもんか。だけど、こうしてはいられないな」

「わかった。別行動しよう……」

ズージーは崖に背を向けて立った。垂直に切り立っているわけではないが、落ちれば確実に死ぬ。ツィムベックはズージーから数メートル離れて、拳銃の安全装置をはずした。

「なあ、ズージー」ツィムベックはいった。「俺はずっとおまえの面倒を見てきた。おまえを守ってやった。そのあいだ、ひどい目にあわずにすんだ。そうだよな？」

ズージーは不安で身をこわばらせながらうなずいた。

「今度は俺が逃亡中だ。だが、おまえを連れていけない」

「ええ」ズージーはささやいた。「足手まといになる」

「問題はそこじゃないだろう……」ツィムベックは太陽を見て、目をしばたたいてから南に目を転じた。水平線にツィラー谷の氷河が見える。その向こうはイタリアだ。「俺に面倒を見てもらうのは嫌なんだろう。よくわかんねえが、そういうことだよな」ツィムベックの声はかすれ、ふるえていた。「どうしてだ？」

「ペーター、あなたを好きじゃないとは……」

ズージーは恐ろしくて、その先がいえなかった。

「わかってる。だけど、ほかの奴のほうが好きなんだろ。困ったことに、俺にはおまえしかいない。刑務所でずっとおまえに会えるのを楽しみにしていた。ずっとだ。どのくらいかわかるか？　二年だぞ」

ズージーはなにもいえなかった。

「俺はおまえを連れていけない。だけど、置いていくわけにもいかない、だって……」ツィムベックは谷のほうを顎でしゃくった。「……下にいる野郎がおまえを手に入れる。わかるよな？」

ズージーは首を横に振った。

「なにがいいたいの？　なんでひとりで行ってくれないの？　わたしは……なんとかなるわ。

ひとりで戻る」

ツィムベックは悲しそうに首を横に振った。

「おまえに俺のことはわからない。もう一歩さがれ」

ズージーはあたりを見まわした。すでに切り立った崖の際に立っている。見ると、ツィムベックが拳銃を向けている。

「ペーター、やめて！」

「さがれ！」ツィムベックが声を張りあげて発砲した。ズージーの靴先で石がはねた。

「ツィムベック……」背後からヴァルナーが声をかけた。斜面を登ってきて息を切らしていた。ツィムベックが振り返った。ヴァルナーがあらわれたことにさして驚いていないが、邪魔されたことに腹を立てたようだ。

「ヴァルナー刑事！　ふたりの部下をどこに置いてきちまったんだ？」

「ひとりは具合が悪くなったので山を下りた。あんたが頭を殴ったからだ。クロイトナーも付き添って下りた。それに逃亡者が山上にいることを下の者に伝える必要もあるしな。携帯電話を盗まれたからそうするほかなかった」ヴァルナーはズージーのほうを見た。「リンティンガーをそんなところに立たせておくのはまずいな。滑落するかもしれない」

「放っておいてもらおう」

「放ってはおけない。人が危険にさらされているのを黙って見ているわけにいかない」

「いいだろう。おまえもそっちへ行け。早くしろ」ツィムベックはヴァルナーに拳銃を向けた。ヴァルナーはゆっくりとズージーのところへ行って、横に立った。

「一歩さがれ」

「待て。あんたがまだ知らないことで伝えたい話がある」

ツィムベックは面倒くさそうな顔をしたが、話を聞く気はあるようだった。

「カトリーン・ホーグミュラーを射殺したのはあんたではないことがわかった」

「だからそういっただろうが」

「息子のほうのリンティンガーが、やったのはファルキングだと認めた。したがって、この事件であんたが法廷に立たされることはない。ただしいくつか小さな違法行為が残っている。どのくらいお勤めすることになるかは自分で計算してくれ。とにかく逃亡して無期懲役になるよりましだろう」

「なんだよ、結局ムショ行きかい。しかも無期懲役もありなのか。クメーダー殺しの濡《ぬ》れ衣《ぎぬ》を俺に着せてな」

「そっちもファルキングが犯人のようだ。あんたに嫌疑がかかることはまずない」

「じゃあ、ファルキングを殺したのはだれだっていうんだ?」

ヴァルナーはためらった。この話はしたくなかった。被疑者のリストのかなり上のほうにツィムベックの名が上がっているからだ。

「ファルキング殺しに関しては、正直いって暗中模索だ」

「ほう。暗中模索か。じゃあ、あいつの事務所で俺がいた痕跡が見つかった場合はどうなるんだ？」

「あんたがいた痕跡？」

「ああ、痕跡が見つかってるんじゃないかな。俺はかっとして指紋をふきとるのを忘れた」

ツィムベックはこれで逃げ道を失ったことになる。軽い罪ですむといって説得しようとしたが、思惑がはずれた。あとは時間を延ばすことしか手はない。隙を見て、ツィムベックを押さえ込むか、奇跡を待つしかない。

「たしかに証拠を隠滅した形跡はなかった。どうしてファルキングを殺したんだ？」

「あいつが俺を殺そうとしたんだ。あれは正当防衛だ」

「ガラウン丘陵でファルキングを見かけたんだな？」

「俺は食堂の前から礼拝堂を見ていた。そのとき銃声がとどろいて、クメーダーの頭が吹っ飛んだ。目を疑ったよ。信じられなくて、あいつに携帯で電話をかけた。だけどあいつは出なかった。その直後、リュックサックを背負って人目を忍びながら下りてくる奴を見つけたんだ。そのリュックサックからなにが覗いていたと思う？　銃身だよ。しかも顔に見覚えがある。そのときは思いだせなかったがな」

「いつ気づいたんだ？」

「次の日さ。あの弁護士だって思いだしたんだ」

「ファルキングか」

「ああ。それであいつがクメーダーを狙撃したなって思った。馬鹿げてるよな。俺を撃つならわかる。あいつから二十万ユーロもの大金を奪った。それで目からうろこが落ちた。そうだよ。あいつが狙ったのはクメーダーじゃなくて、俺だった。同じTシャツ、同じ野球帽。まだ薄暗かったし、距離があった」

「あんたの食堂の地下で見つかった金はファルキングのものだったのか？」

「どうかなあ」ツィムベックはにやりとした。「警察にいわなかったってことは、なにか訳があったんだろう」

「犯人がファルキングだと気づくまで一日かかった。それからファルキングを訪ねたのか？」

ツィムベックはうなずいた。

「どうしてあんたを殺そうとしたのか、ファルキングはいったのか、彼を殺す前に……？」

ズージーの目が心なしか曇った。ファルキングはズージーのことをいっただろうか。

「撃ち殺してないといってた！」ツィムベックは笑った。「わかるか、銃があいつのカウチにのっていて、撃ち殺してないといったんだ！　わけがわからんと思った。それで俺は銃を取ってあいつに狙いをつけた。あいつはどんどん早口にしゃべった。俺はうんざりして、引き金を絞った。カトリーンのときにやっておけばよかった。ポルシェのトランクルームになにがあるかわかっていたら、やっていたさ。それじゃ、一歩さがれ」

ヴァルナーは奈落を見た。

「それはとてもできない。撃ってくれたほうがいい」

「いいだろう」そういうと、ツィムベックはヴァルナーの心臓を狙った。ヴァルナーはツィムベックの目を見た。こういうときはアイコンタクトが重要だ、と警察学校で臨床心理士から教わった。しかしツィムベックの目には同情の欠片もなかった。青く冷たい目だった。こいつは撃つだろうと思って、ヴァルナーは背後の奈落を見た。あっというまに地面に激突するだろう。頭から落ちたほうがよさそうだ。どっちでも同じかもしれないが。ツィムベックがちゃんと命中させれば、体が短い旅路を辿らなくても死ぬことができる。ツィムベックの背後には雲海が広がり、そこからリッサーコーゲル山が顔をだしている。その横にはプランケンシュタイン山。その先にはヴァルベルク山とゼッツベルク山。そして白い霧のかかったテーゲルン湖と水平線。これが見納めか、とヴァルナーは思った。狙いがはずれることもありうる。それでもあまりに怖かった。

ツィムベックはヴァルナーの心臓を狙っている。ヴァルナーは銃口の上の青い目を見て、発砲を待った。だが発砲はなかった。いきなりツィムベックの頭が前に傾き、拳銃を持つ手と、もう一方の手を体に持っていった。数秒後、遠くで銃声が聞こえた。ツィムベックは膝からくずおれた。両手からあふれ出た鮮血が、ズボンを伝ってハルザーシュピッツェ山の山頂にこぼれ落ちた。ツィムベックは血に濡れた自分の手を信じられないというように見つめた。拳銃を持つ手が血だらけの腹部からゆっくり離れた。銃声がとどろき、ズージーの足に命中した。ズージーの体ががくっと揺らぎ、後ろによろめいた。足下の石が崩れ、足の支えを失った。ズージーは体を前に倒して、なにかつかもうとしたが、もろくなった土塊《つちくれ》しかなく、鋭い悲鳴とともに奈落に落ちた。ツィムベックはついさっきまでズージーが立っていたところを見つめた。そこにはもうなにもなく、ただアルプスの山脈が見えるだけだった。ツィムベックはうめいた。だが苦痛のうめきではなかった。魂の叫びだった。目に涙を浮かべると、ズージーの名を叫んだ。その声が山々に木霊した。それからツィムベックはやっとの思いで立ちあがった。すでにかなり出血していた。

「ツィムベック、じっとしていろ！」そういうと、ヴァルナーはツィムベックに両手を伸ばした。身構えたのではない。馬鹿なまねをさせないためだった。だがツィムベックはヴァルナーのことはかまわず、最後の力を振りしぼって駆けだし、ヴァルナーを払いのけるなり、崖から身を翻した。ツィムベックはそれほど下まで落ちなかった。二十メートルほど落下したところで石だらけの斜面に激突してから、はねてはまた激突して、ずたずたになった体は霧の中に消えた。

ツィムベックの最期を見ていたのは、ヴァルナーだけではなかった。ヴァルナーの二メートル下に、クロイトナーとズージーが立っていた。クロイトナーは、ヴァルナーがツィムベックと話しているあいだに、こっそり山頂をまわり込んで、銃弾が当たって倒れた華奢な娘を抱きとめたのだ。

「大丈夫か？」

クロイトナーはうなずいた。ズージーはやつれた顔を岩に当てて、足の傷口を押さえながら、斜面を見おろしていた。ヴァルナーは振り返って、自分たちが来た登山道を見た。西方の稜線の先にシルデンシュタイン山がそびえている。山頂に人がふたりいて、こっちに手を振っていた。

68

二〇〇九年十月四日午前五時五十五分

ファルキングは食堂からすこし離れたところに車を駐めた。ツィムベックが家から出てきても、これなら見えないだろう。ファルキングはウィンドウを下げたまま走ってきた。近くを流れるマングファル川と朝露のせいで、外の空気はじめじめしていた。生暖かいフェーンが吹く兆しはあったが、まだ冷え冷えしていた。空は澄んでいて、木々の上に星が浮かんでいる。

夜はほとんど眠れなかった。酒は飲まず、十一時にベッドに入ったものの、未明の二時半まで眠れなかった。結局、酒を二杯飲むことにした。五時に目覚まし時計が鳴った。ファルキングはすぐに目を覚まし、トイレに行って吐いた。今日人をひとり撃ち殺す。そう考えただけで、胃がひっくり返った。朝はいつも血糖値が低い。ファルキングの心は暗かった。ベッドに腰かけて、前の晩に準備したリュックサックを見つめた。銃が差してある。ドラグノフという狙撃銃だ。麻薬密売でたまたま弁護することになり、無罪を勝ち取った昔の依頼人が、恩返しのつもりでミュンヘンに住むある銃器密売人の住所を教えてくれた。この密売人は旧ソ連邦から独立した国々の腐敗した軍関係者から銃器を手に入れ、ドイツに密輸していた。男はドラグノフをすすめた。狙撃手のあいだでは優秀な銃と認められていた。

ファルキングは一瞬、銃口を口にくわえて引き金を引くのが手っ取り早いのではないかと考えた。尻込みするのはわかっていた。だからベッド脇にブドウ糖入りのボンボンのパックと、抵抗があるのになぜ実行するのか、その理由をメモした紙を置いていた。

第一の理由。ツィムベックは二十万ユーロ近くの大金を奪った。ファルキングには、その金を返してもらう権利がある。だがそれは、ツィムベックが死ぬことが前提だ。それにツィムベックは社会に害をなす犯罪者だ。奴が死ねば、この国もすこしは住みよくなるだろう。

第二の理由。依頼人に脅迫されている。ファルキングがツィムベックを排除しなければ、妻を殺すと匂わしている。記憶では、刑法典に規定されている免責的緊急避難が適用されるはずだ。自身および家族の死を避けるために人に危害を加えた場合は処罰されない。法学の教科書は、海で遭難したふたりの人間が、ひとりしか支えられない木材にかじりついた場合を例にあげ、自身の身を守るために同じ境遇の人間を溺死させることは許されるとしている。刑法は個人が自分を生存させる権利を尊重しているのだ。これも同じ状況じゃないか。ツィムベックかアネッテのどちらかが死ななければならない。もちろん脅迫者が自分の脅迫行為を認めるかどうかは疑わしい。警察に捕まったときのために、なにがなんでも依頼人がだれか突き止めなければならない。ファルキングが殺人の報酬を欲しがったと女たちが証言したら、公判で免責的緊急避難は適用されなくなる恐れがある。

食堂の上の階で明かりがついた。ツィムベックがいよいよ出かける。ルームミラーにヘッドライトが映った。車が一台近づいてきて、ファルキングの後ろ五十メートルほどのところで停車し、ヘッドライトが消えた。だれも降りない。だれだろう。どうやらファルキングが仕事をするか確かめるために、依頼人が見にきたのかもしれない。この状況を見て満足するはずだ。

一階の食堂に明かりがつき、すぐにまた消えて、リュックサックと小さなビール樽を抱えた男が家の裏から出てきて、駐車場に駐めてある二台の車の一台に乗って、走り去った。ファルキングはバットマンのような絵柄のTシャツと野球帽を記憶にとどめた。ツィムベックをあわてて追う必要はない。行き先はわかっている。驚いたことに、ファルキングの後ろに駐まった車のヘッドライトが点灯して、ツィムベックのあとを追った。車はファルキングの車のそばを走っていったので、運転席の男を見ることができた。暗かったが、依頼人ではなさそうだ。

ファルキングは脅迫電話を受けたあと、ツィムベックを排除したいと思っているのがだれか考えた。そしてそいつは金のことを知っている。ファルキングから見て、ツィムベックは奪った金を吹聴《ふいちょう》するような奴には思えない。恋人のズージー・リンティンガーは知っているだろうか。彼女も知らないかもしれない。ファルキングは、ズージー・リンティンガーに父親と弟がいることを調べていた。弟の顔を見て、二年前にツィムベックといっしょに追い剝ぎをやった奴だと気づいた。これで脅迫者がだれか見当がついた。ツィムベックが山に登るのを知っているのもうなずける。ツィムベックの身近に情報源がいる。けれども、さっきそばを通りすぎた車を運転していた男はズージーの父親にも、弟にも似ていなかった。

日が昇る三十分前、ファルキングはガラウン食堂に到着した。テーゲルンゼー南の駐車場からではなく、アルプバッハ谷から登った。急がずあわてず食堂の北の人目につかないしげみに位置取りして、ドラグノフと銃架を組み立てると、リーダーシュタイン山の頂上をうかがった。

頂上でだれかが動いている。きっとツィムベックだ。奴がすでに登っていることに、ファルキングはすこし驚いた。十リットルのビール樽を袋に入れながらの登山だ。だが、あいつはやはり人並みはずれた体力の持ち主だと再認識しただけだった。頂上にいる男は体を鍛えていて、筋骨隆々だ。ファルキングが記憶しているツィムベックよりもすこし痩せているような気もするが、バットマンのような絵柄のTシャツを着て、野球帽をかぶっている。礼拝堂前のベンチに小さなビール樽もある。あいつに間違いない。ツィムベックだ。あいにく顔はよく見えない。野球帽を目深にかぶっていたからだ。

ファルキングは標的に照準をあわせた。恐れていた瞬間の到来だ。引き金を絞れば、命がひとつ消えることになる。指がふるえ、逡巡《しゅんじゅん》しそうで怖かった。恐ろしくなって、なにもせずに山を下りることになったらどうしよう。だが心配は杞憂《きゆう》に終わった。落ち着いていたし、着々と狙撃の準備に入った。ひとつ気がかりなことがあるとすれば、登山者が近くを通りかかって、姿を見られてしまうことだ。急ぐことにした。

視界良好、フェーンが収まり、標的とのあいだに遮るものはない。狙撃する絶好のタイミングだ。標的が礼拝堂を囲む手すりにもたれて、じっと湖を眺めたとき、ファルキングは野球帽に狙いをつけた。スコープの十字線をゆっくり標的の頭へ上げていく。ファルキングは静かに息をして、引き金に指をかけた。そのとき標的が急に動いた。手すりから一歩離れて、礼拝堂のほうを見た。そこにジョギング姿の男があらわれた。標的とジョギング姿の男がすこし言葉を交わす。それからジョギング姿の男は礼拝堂の南側の手すりから身を乗りだした。標的は三歩移動して、礼拝堂の裏側の壁の前で足を止めると、ふたたび谷を見た。急がねば。ジョギング姿の男が標的の前に立って、またおしゃべりをはじめたら、もう手遅れだ。この遠距離では、ジョギング姿の男を撃ってしまう恐れが大きい。標的が一瞬じっと立ち尽くした。十字線がふたたび標的の頭を捉えた。顔はよく見えない。やはり記憶しているツィムベックとは違うように思える。だが視角と光線の関係で顔が違って見えることはある。ファルキングは無駄なことを考えないことにした。改めて引き金に指をかける。その瞬間、礼拝堂の壁に赤いものが飛び散った。礼拝堂の前にいた標的は頭を飛ばされて、地面に沈んだ。ファルキングはふるえながら自分の銃を見つめ、匂いをかいだ。間違いない。まだ撃っていなかった。銃声が聞こえたが、それはドラグノフが発したものではなかった。銃声は離れたところから聞こえた。ファルキングは起きあがる勇気が出なかった。茂みの中から様子を見ると、およそ三十メートル左でなにかが動いた。ファルキングはスコープをそっちに向けた。そこで何者かが狙撃銃を分解し、リュックサックに詰めていた。男はあたりをうかがい、リュックサックと用途不明の小型トランクを持ってその場を離れ、森の中に姿を消した。ファルキングが男を見たのはわずかな時間だったが、顔に覚えがあった。知っている顔だ。銃を片づけていたとき、はっとした。あいつとは仕事で関わったことがある。その男が代わりに仕事を片づけたことに、ファルキングは当惑した。あれほど不安に苛《さいな》まれ、落ち込む気持ちに耐えてきたというのに、すべて無駄だったのだ。これで罪を背負う必要はない。一生担ぐことになると思っていた肩の荷が下りた。別の人間が片づけるとは、なんてついているんだ。ずっとついてまわっていた不運もついに終わった。ファルキングは帰り道を急いだ。有頂天になっていなければ、もしかしたら見られていることに気づいたかもしれない。食堂のそばに立っていたツィムベックがファルキングと銃身が覗いているリュックサックを見て、記憶にとどめた。

69

ミーケは署の武器庫から狙撃銃を借りだして、リュックサックに詰めて山に登った。場合によって使うことになるかもしれないと考えたからだ。運よく銃弾が命中した。ミーケは当たると思っていなかった。ツィムベックの死体はその後、ハルザーシュピッツェ山の麓で発見された。ズージーは病院に搬送された。ショック状態だった。ヴァルナーはルツとふたりだけで自分の部屋にいた。

「さて一番むずかしい問題を片づけよう」ヴァルナーはいった。

「やはり見逃せませんか？」ルツはいった。「彼女が関わっているという証拠は……」

「証拠はない。自白するだろう。クメーダーが死んだことに責任を感じて、気持ちが静まらないだろう」

ルツはため息をついた。

「ひどいですよ。彼女は地獄を見てきたんです。その彼女を刑務所行きにするんですか？」

「そうなるとはかぎらない」

ルツがヴァルナーをけげんそうに見た。

「彼女は責任を感じる必要がないかもしれないんだ」

ルッが口をつぐんだ。ボスがなにをいおうとしているか気づいたようだ。ヴァルナーはコンピュータのほうを向いて、MPEGデータをひらいた。リーダーシュタイン山が画面いっぱいに映しだされた。

「覚えているかな？　二個の銃弾の謎をめぐって三つの説を立てた。ふたりの狙撃手がいた。ひとりの狙撃手が二丁の銃を撃った。あるいは礼拝堂の壁に食い込んでいた銃弾は事件以前からあったものだった」

「それで？」ルッはコンピュータのモニターに目が釘付けだった。

「四つ目の可能性があったんだ。かなり込み入っているが、考えられるものだ。ファルキングが署に来たがらなかったことが気になっていたんだ。それからあいつが残した言葉が四つ目の可能性に思い至る呼び水になった。『部下はもう家に帰してもいいんじゃないですかね。たぶん、そのほうがいい』あいつはそういったんだ。そのことはあれから気にしなかったが、意味もなくいったわけじゃなかったんだ」

ルッは明らかに緊張していた。

「そうなんだ。四つ目の可能性。ヴェーラ・カンプライトナーがあの日、新しい望遠レンズを試しにきてくれたことが功を奏した。彼女はかなり早い時間に現場に来ていた。おまえほど早くはなかったが、十分遅れて到着した。そしてガラウン丘陵からこれを撮影した」

ヴァルナーはコンピュータ上の映像を見た。まずガラウン丘陵と食堂が映った。早朝らしい雰囲気だ。青空だが、まだ太陽は出ていない。リーダーシュタイン山の山頂にだけ日の光が射していた。逆光、つまり東から。ビデオカメラはガラウン丘陵からリーダーシュタイン山の礼拝堂をズームアップした。壁の前で人の動きがあった。ルツだろうと予想がつく。ルツがいつも使っている鑑識のトランクがそばにあった。壁に飛び散った血痕の右上でなにか作業している。両手でなにをしているかは、体が陰になってわからない。

「なにをしているところだ？」ヴァルナーはたずねた。

「壁から弾丸を取りだしたときですね」

「俺もそう思った。しかしよく見ろ」ヴァルナーは映像を静止させて、血痕の横の場所を指差した。「ここに黒いシミのようなものがある。銃弾が食い込んだ穴かな？」

「でしょうね」ルツはいった。「写真と比較する必要はあります」

ヴァルナーはデスクにのっているトレーからファイルを取った。事件現場の写真がはさんであった。そのうちの一枚に礼拝堂の壁が写っていた。白い円で囲んであるのは、それが銃弾の穴だからだ。ヴァルナーはその写真をモニターの横に掲げた。同じ場所だった。

「いいねえ」ヴァルナーはいった。「銃弾の穴に間違いない。問題は次だ！」ヴァルナーは映像をはじめのほうに巻き戻した。ルツの体がまだ陰になっていない個所だ。ヴァルナーは映像を静止して、拡大した。「おかしくないか？」

ルツはなにもいわなかった。

「銃痕がまだない」

ルッはうつむいてうなずいた。

「礼拝堂の壁に銃弾を埋め込んだのはおまえだな。なぜだ？」

「ドラグノフから発射された銃弾が見つかれば、犯人は東欧から来たプロの殺し屋と考えるだろうと思ったんです。そうなると、犯人を見つける目星は付かない。みんな知ってることです」

「銃弾はどこで手に入れた？」

「証拠品保管所です。八年前にあった高速道路殺人事件の証拠品です。わたしがレミントンで撃ち込みました。レミントンは自宅の銃器保管庫にあります」

「ファルキングもツィムベックを撃つつもりだった。しかしおまえのほうが早かった。ファルキングは、どうやらガラウン丘陵でおまえを見かけたようだな。顔見知りか？」

「裁判で証人に立つことがよくありますが、なにかの訴訟でファルキングが弁護人だったんです」

「ファルキングがドラグノフを手配したのはもちろん偶然だな。だが、そう珍しい武器ではない」

「ええ」

ふたりはしばらく沈黙した。なにをいったらいいのかわからなかったのだ。ヴァルナーは長年いっしょだった同僚の殺人の罪をあばいた。もしかしたら謀殺ではなく、故殺と判断されるかもしれない。だがルッが刑務所に入るのは間違いない。

「あの娘を救おうとして、人違いをしたんだな。残念だ。本当にそう思う」

「彼女のおなかにはわたしの子がいるんです」

「妊娠しているのか？」

「ツィムベックがわたしの子を育てることになるかもしれなかったんです。あるいは殺すかも。最低でしょう。手をこまねいていられなかったんです。まさか……ほかにもあのTシャツを着た奴がリーダーシュタイン山にいるなんて思わなかったんです。現場に行って、死んだのがクメーダーだとわかったとき、崖から飛びおりようかと思いました。でも、それでは彼女をひとりにしてしまうと思って、思いとどまったんです」

ルッは両手で顔をおおった。ヴァルナーは彼の肩に手を置いた。

「三年から五年で出られるだろう。彼女は待っていてくれるさ」

ヴァルナーは受話器を取った。

「俺たちも待っている」

70

拘置所に搬送されるルツをみんなで見送った。ヴァルナー、ヤネッテ、ミーケ。ティーナもルツに別れをいうために来た。みんな、言葉がなかった。夜は晴れて、霧が消えていた。数日ぶりに満天の星が見える。三件の殺人事件が解決した。いつもだったら、こういう日にはみんな揃ってビールで乾杯するのだが、今日ばかりはそれはない。口数もすくなく別れると、みんな、思い思いに立ち去った。病院の駐車場に着いたとき、ヴァルナーの携帯電話(あれから取り戻していた)にヴェーラから電話がかかってきた。ヴェーラはヴァルナーにどこにいるのかたずねた。ヴァルナーは、病院の前にいると答えた。わたしもそうだ、とヴェーラがいった。ちょうどミュンヘン工科大学付属病院から出てきたところだという。

「電話をくれてうれしいよ」ヴァルナーはいった。

「そうなの？」

「ああ。きみがなにをいおうとしているかは知らないが、声が聞けて、俺はうれしい」

「クリスティアンに話した」

「なにを？」

「あなたがいることを」

「なんで？」

「思った以上にあなたが欲しいようなの」

ヴァルナーは街灯にもたれかかった。夜露がついていた。水滴がたまったところに、指で線を描いた。

「それはいいニュースだ」

「そう？」

「そうさ。昨日は電話でクールに振る舞ったが、じつはぜんぜんそうじゃないんだ。きみといっしょになれるならなんでもする」

「瀕死《ひんし》の元夫がいてもいいの？」

「元夫であるかぎりはな」

「簡単じゃないわよ。甘く見ないほうがいい」

「いいか、ヴェーラ。女にこれほど激しく心を揺さぶられたのは久しぶりなんだ。むずかしい時期に関係がはじまったが、それがどうした？　きっとなんとかなるさ」

「わたしたちの関係ってひと筋縄じゃいかないけど……」

「かまわないさ！　その足で車に乗って、ミースバッハに来てくれ。うまい具合に、じいさんは肘の怪我で入院中だ。いくらでも大声だせるぞ」

「わかった」ヴェーラはすこし考えた。「ちょっと家に帰って、持っていきたいものがあるといったら怒る?」

「そんなのどうでもいいから、いますぐ来てくれ!」

通話を終えると、ヴァルナーは体が火照《ほて》っていることに気づいた。携帯電話の着信履歴をひらいた。一番上にヴェーラの名があった。

がらがらになった駐車場を外灯が照らしていた。病院のほとんどの窓から明かりが漏れている。ロビーの照明も煌々《こうこう》とついている。だれかが人影のないホールから玄関に向かって歩いてくる。ルクレツィア・バイスルだ、とそのときになってヴァルナーは気づいた。ルクレツィアは病院から出てくると、玄関の横の自転車置き場へ向かった。自転車のキーをはずし、ライラック色のニット帽をかぶると、夜の闇の中に消えた。彼女が幸せそうに微笑んでいるような気がする。ヴァルナーは病院に入った。祖父も上機嫌かどうかたしかめるために。

謝辞

本書を執筆するにあたって支えてくれた人々に感謝を捧げます。とくにミースバッハ刑事警察署のヨハン・シュヴァイガー第一首席警部と興味深い専門知識を教えてくれたクラウス・ノキッシュ氏に。

本書の出来を信じ、その内容に感激し、わたしに大いにやる気を起こさせてくれたドレーマー・クナウル社の経営陣およびすべての従業員にもお礼をいいたいと思います。とくに批判と建設的な意見を寄せて、本書をよりよいものにしてくれた担当編集者アンドレア・ハルトマンに感謝します。

訳者あとがき

酒寄進一

アンドレアス・フェーアの「ヴァルナー&クロイトナー」シリーズ第二作をお届けする。フェーアのデビュー作であるシリーズ第一作『咆哮《ほうこう》』は、凍結した湖でクロイトナー上級巡査が少女の死体を発見するところから物語がはじまった。今回はプロローグでふたつの不穏なエピソードが語られたあと、クロイトナーの視点で本編が語られる。

クロイトナーはガラウン丘陵でジョギングをしている。全欧警官技能コンクールで銅メダルを取ると大見得を切り、だめだったときは仲間にヴァイスアッハアルムで高級鴨《かも》料理をおごることになっている。まったく身の程知らずもいいところだ。ところでガラウン丘陵、ヴァイスアッハアルム、高級鴨料理という三つのキーワードが並んだとき、『咆哮』をすでに読んだ方なら、「レーオンハルト・クロイトナー上級巡査とハイキング」という巻末のおまけがあったことを思いだすだろう。

クロイトナーは「リーダーシュタイン(ガラウン丘陵)」の項でこう語っている。

「スタニスラウス・クメーダーが礼拝堂のすぐそばで射殺された事件は、俺が解決した」

クメーダーの名は本書のプロローグに出てくる。

そう、『咆哮』の巻末の「おまけ」はただのハイキングガイドではなく、これからはじまるシリーズの予告編のような意味合いをもっていたのだ。本書はプロローグで語られた、二度と拝めなくなる「大金」とDVを背景にしながら、殺人事件の現場に居合わせたクロイトナーが、一連の事件を最後にどう「解決」するかまでを語ったものだ。

『咆哮』では、湖と雪山が重要な舞台となったが、今回は秋模様に染まった十月の山と谷が主な舞台となる。青息吐息で歩くように走るクロイトナーと、その登山道に連なる「イエス・キリストの苦難の道行き」がかぶるところが面白い。いかにもクロイトナーらしい。ヴァルナーの祖父もあいかわらず濃いキャラで、いろいろとやらかしてくれる。前作から変わったところといえば、ヴァルナーに「出会い」があったことだろう。そうした捜査関係者とその周辺の人間模様を楽しみながら、クメーダーはなぜ射殺されたのかという謎解きに取り組むことになる。

本書では、ミュンヘンの有名なオクトーバーフェストも話題になるが、なんといってもバイエルン州らしさを醸しだしているのはトランプ遊びだろう。バイエルン州には伝統的なトランプ遊びがある。「羊の頭」を意味するシャーフコップフ（Schafkopf）と呼ばれるゲームで、これが本書のタイトルになっている。本文でも聞き慣れない言葉が多出するので、割注を入れるなどしてわかりやすくなるよう心がけたが、やはりここですこし体系的に説明しておいた方がいいだろう。

シャーフコップフのプレイヤー人数は四人で、ドイツ伝統の三十二枚のカード（スート）を用いる。ドイツ式トランプは、日本で普及している英米式トランプとはだいぶ趣が異なる。絵札はキングにあたるケーニヒ（König）、上位を意味するオーバー（Ober）、下位を意味するウンター（Unter）と呼ばれ、格付けとしてオーバーがクイーン、ウンターがジャックに相当する。数札は7、8、9、10の四種類のみで、これにA《エース》が加わる。スートはドングリ（Eichel）、木の葉（Gras）、ハート（Herz）、鈴（Schellen）の四種類からなっていて、それぞれクラブ、スペード、ハート、ダイヤに相当する。

シャーフコップフでは、切り札スートは原則としてハートと決まっていて、オーバーとウンターの順で、すべてのオーバーとウンターが切り札となる。オーバー同士あるいはウンター同士では、ドングリ＞木の葉＞ハート＞鈴の順でスートの強さが決まっている。

オーバー、ウンター以外の札の強さはA＞10＞ケーニヒ＞9＞8＞7の順で、強い方がカードの点数も高い。一方、絵札のオーバーとウンターは強いが、点数はあまり高くない。ちなみにオーバーは三点、ウンターは二点、Aは十一点、10は十点、ケーニヒは四点、9、8、7は〇点。すべてのカードの点数を合計すると百二十点になるので、半分を越える六十一点以上を取ることで勝利する。

なお本文中でオーバーが三枚と木の葉のエースがまわってきたツィムベックは「ソロ」を

宣言して、勝負に出る。攻撃者がひとりで他の三人を相手にすることを意味し、この場合、攻撃者は切り札スートを自由に指定できる。木の葉のエースが手札にあったので、ツィムベックは当然、切り札スートを木の葉にした。さて、勝敗やいかに。

いずれにせよ、今回の一連の事件の発端がこのトランプ遊びにあることはいうまでもない。

＊＊＊

アンドレアス・フェーアはこのシリーズ以外にも「弁護士アイゼンベルク」シリーズというリーガルサスペンスを書いている。こちらは二作まで発表され、『弁護士アイゼンベルク』『弁護士アイゼンベルク　突破口』として東京創元社から翻訳出版されている。主人公は依頼人のためなら手段を選ばない猪突猛進型の女性弁護士で、全体にシリアスなタッチで語られている。ふたつのシリーズを並べてみたとき、著者はコミカルな描写が目立つ本シリーズとのバランスをとっているように思われる。

『弁護士アイゼンベルク　突破口』の訳者あとがきで、バイエルン地方を舞台にしたミステリ群の中での本シリーズの位置づけや、二〇一九年にミュンヘンで著者と会ったときのことなどに触れているので、興味のある方は参照してほしい。その訳者あとがきでは「シリーズをつづけるかぎりマンネリになる恐れをはらむ。フェーアはそうしたマンネリをよしとせず、

『冒険』がしたくなって、刑事事件専門の女性弁護士を主人公に据えた作品を構想したという」と著者の言葉を紹介したが、意外や意外、その後は立てつづけに本シリーズの新作を二作発表し、先祖返りしているようにさえ見える。今年の六月、シリーズ九作目にあたる新作が出版された。発売されて一ヶ月もたたないのに、ドイツのアマゾンでの読者評はすでに三百三十三件にのぼり、五つ星がずらっと並んでいる。これから読むのが楽しみでならない。

ところで本国では二〇一八年に発表された「弁護士アイゼンベルク」シリーズの二作目『突破口』に登場する、風采はあがらないが、なかなか味のある探偵アクセル・バウムが、じつは本シリーズ第七作で先に登場していて、ふたつのシリーズはゆるやかにつながりを見せている。著者のいう「冒険」とはここまで視野に入れたものだったのかもしれない。

さて本シリーズの全作品を出版年順に並べておく。

二〇〇八年　『咆哮』Der Prinzessinnenmörder
二〇一〇年　本書『羊の頭』Schafkopf
二〇一一年　KarWoche（受難週）
二〇一二年　Schwarze Piste（黒いゲレンデ）
二〇一三年　Totensonntag（死者の日曜日）
二〇一五年　Wolfsschlucht（狼谷）

二〇一七年　SchwarzWasser（シュヴァルツヴァッサー社）
二〇一九年　Tote Hand（死んだ手）
二〇二一年　Unterm Schinder（皮はぎ職人のもとで）

第三作では俳優夫婦の家で事件が起きる。もともと台本作家としてテレビドラマのミステリを手がけていたフェーアなので、映画業界の細かい描写までリアリティがある。独壇場といえるだろう。個人的に気に入っているのは第五作で、まだ刑事なりたてのヴァルナーと、若いクロイトナーが登場する一九九二年の物語だ。ふたりはナチ時代の犯罪と対決することになる。

このシリーズが読者のみなさんから支持を受け、訳しつづけられることを切に願っている。

汚れなき子

ロミー・ハウスマン　長田紫乃／訳

真夜中、一組の母娘が病院に搬送された。母親は重傷を負っていたが娘は幸い無傷だった。身元を聞かれた娘が囁く。「私たち、見つかっちゃいけないんだよ」デビュー作にしてフリードリヒ・グラウザー賞最終候補となった超ヒット作。

―――本書のプロフィール―――

本書は、二〇一〇年九月にドイツで刊行された小説『Schafkopf』を、本邦初訳したものです。

小学館文庫

羊《ひつじ》の頭《あたま》

著者　アンドレアス・フェーア
訳者　酒寄進一《さかよりしんいち》

二〇二一年九月十二日　初版第一刷発行

発行人　飯田昌宏
発行所　株式会社　小学館
〒一〇一-八〇〇一
東京都千代田区一ツ橋二-三-一
電話　編集〇三-三二三〇-五一三四
販売〇三-五二八一-三五五五
印刷所 ―――― 図書印刷株式会社

この文庫の詳しい内容はインターネットで24時間ご覧になれます。
小学館公式ホームページ　https://www.shogakukan.co.jp

ISBN978-4-09-406804-7